나의 과거를 지우라, 암살자

「스승니임~! 좀 도와주세요오!」
「시끄러워! 날 끌어들이지 마라!」
숲에서 매지크를 쫓아온 「사악한 짐승」이 모습을 드러냈다——

어느새 레티샤의 손이
뺨을 쓰다듬고 있었다.
그것을 깨달았을 땐 이미 그녀의 얼굴이
필요 이상으로 가까웠고—

암살자의 몸을 마술로 만들어진 불기둥이 감쌌다! 하지만…
「바보같긴。 내가 이걸 기다렸다고는 생각하지 못한 걸까——」
불꽃 속에서 명료한 말소리가 들렸다。

CONTENTS

나의 과거를 지우라, 암살자

SORCEROUS STABBER

ORPHEN

애장판 3

나의 과거를 지우라, 암살자

秋田禎信
Yoshinobu Akita

일러스트 쿠사카 유야　**번역** 곽형준　**디자인** 백진화
편집 정성학 김일철　**마케팅** 김정훈　**책임편집** 박관형

나의 과거를 지우라、암살자

프롤로그

손가락에 묻은 피를 혀로 핥아 닦는다. ――피가 많이 묻지 않았다면, 가장 좋은 방법이다. 천으로 훔치면 그 천을 어딘가에 버려야 하니까.

아무도 없는 뒷골목――달만이 눈치 빠르게 빛을 내리는 벽돌 벽 사이. 그는 시체가 된 남자를 내려다보며 조용히 혼잣말을 내뱉었다.

"당신은 날 알아차린 모양이네. 너무 유명해서 그럴까?"

그는 시체에게 말을 걸고 있었지만, 시체가 된 남자의 위치에서는 그의 얼굴이 역광을 받아 보이지 않았다. 물론 시체에게는 아무래도 좋은 일이리라. ――자신을 죽인 인간의 얼굴 따위 보인다고 해봐야 악몽만 오래 이어질 뿐이다.

그는 말을 이었다. 새카만 옷에 마찬가지로 검은 망토――그리고 검은 머리카락. 모든 것이 검정……. 하지만 그의 윤곽과 어둠의 경계선은 또렷하게 드러나 있었다. 그에게는 생명의 힘이 넘쳐 흐르고 있었다. ……그 누구도 막을 수 없는 압도적인 힘이다.

압도적인 힘――

"맞아."

그는 실제로 시체에게 그런 말을 들은 것처럼 고개를 끄덕이며 긍정했다.

"아무도 날 막을 순 없어. 그 사람이 내게 명령했거든. 다른 누구도 아닌 '그녀'가――그녀의 말이 있는 한, 난 절대 멈추지 않아."

그 말은 마치 혼잣말이라기보다는 주문처럼 들렸다. 그가 스스로에게 거는 마법의 말.

시체가 되어 땅바닥에 굴러다니는 사람은 노인이었다. 칠흑의 로브를 걸친 백발의 노인. 놀랄 정도로 출혈은 없었지만 확실하게 숨통이 끊어져 있다. 지나가던 사람이 보더라도 그 노인이 길바닥에 누워 자고 있는 것으로밖에 보이지 않으리라. ――다만 어째서 이렇게 지위가 높은 인간이 뒷골목 같은 곳에서 자고 있는지는 의아해 할지도 모른다. 노인의 가슴에는 은제 펜던트가 걸려 있었다. 검에 몸을 얽은 외다리 드래곤의 문장이.

그것을 내려다보며 살인자는 조용한 목소리로 말을 이었다.

"사신은 세상의 황혼까지 멈추지 않아. 결코……."

거기서 그는 말을 끊고 자신의 가슴 안쪽을 뒤졌다. 가느다란 손이 사슬을 얽는다. 그것도 역시 은제 펜던트였다. 《송곳니 탑》의 마술사라는 증거이자 드래곤 문장의 펜던트. 그의 망토를 어깨에 고정하는 금속에도 같은 문장이 보였다.

그는 바보 같은 소리야, 하고 입안에서 중얼거리고는 펜던트에서 손을 떼고 그 손으로 자신의 아랫배에 살짝 얹었다. 그리고 나지막하게…… 꿈에서 깨어난 것처럼 신음했다.

"피를 핥은 탓인가. 토할 것 같군."

그는 그대로 그 자리를 떠났다. 뒷골목에 시체와, 그리고…… 작은 속삭임 하나를 남기고.

"당신의 말이 맞아. 나는 키리란셀로다."

……문득 떠올려 보면, 그는 동생과도 같은 존재였다. 아니, 그런 식으로 따진다면 온통 적뿐인 이 《탑》에서 같은 교실의 학생들은 가족이나 다름없는 존재였다.

딱히 그것이 별난 것은 아니다. ──《송곳니 탑》에서는 모든 사람이 그렇게 생각하리라. 단순한 견습생까지 포함하면 수천에 달하는 수의 흑마술사를 거느리는 대륙 흑마술의 최고봉 《송곳니 탑》──하지만 같은 교실의 '가족'이라 해도 동료일지언정 반드시 같은 편이라는 보장은 없다.

졸음과도 비슷한 나른함이 느껴지는 눈꺼풀을 내리며 그녀는 책상에 세운 팔에 뺨을 짚으며 지친 듯이──혹은 기막힌 듯이──한숨을 쉬었다.

한숨과 함께 덜컥 뺨에서 떨어진 손가락이 몸에 두른 검은 로브의 옷자락을 쓰다듬었다. 이 《탑》에서는 교사 다음 가는 지위를 뜻하는 칠흑의 로브다. 어떠한 실수도, 그리고 망설임도 용납하지 않는 유일한 색, 얼룩 하나 없는 어둠의 색──하지만 그가 아는 어떤 소년은 그 색을 이렇게 불렀다──녹이 슨 강철의 색, 이라고.

어떤 의미에서는 딱 맞는 색이다. 지금 그녀의 처지를 돌이켜 보면.

그녀는 마치 비아냥대듯이 그렇게 생각했다. 그리고 다시 한숨을 쉬었다. 이번에는 정말로 지친 듯이.

긴 흑발이 물 흐르듯이 자신의 어깨에서 등으로 흘러내리는 모습을 곁눈으로 보며, 그녀는 더욱 잘 흘러내리도록 하려는 듯이 기지개를 켰다. 그녀가 앉아 있던 오래된 목제 의자가 삐걱삐걱 소리를 냈다. 거 시끄럽네, 하고 그녀는 웅얼거리듯이 투덜댔다. 뭐든 상관없으니 불평을 내뱉고 싶은 기분이었다.

점점 초조함이 몰려왔다. ——마음에 들지 않는다. 창문이 없는 벽도, 감촉이 좋지 않은 테이블도, 물론 소리를 내는 의자도. 그중 최악인 것은 그다지 넓지 않은 이 방 안쪽에 걸린 벽걸이 시계로, 진자에 녹이 슨 것인지 희미하게 끼익끼익 소음을 내고 있다. 평소라면 그다지 신경도 쓰지 않을 정도지만 주변이 조용하니 귀에 거슬렸다. 말 상대라도 있었으면 좋았을 텐데——하고 그녀는 생각했지만, 유감스럽게도 이 방에는 그녀 외에는 없었다.

답답함에 그녀는 혼잣말을 내뱉었다.

"언제까지 기다리게 할 셈이야?"

그러자 갑자기 등 뒤에서 그 물음의 대답이 돌아왔다.

"……미안하군."

어딘지 잠에서 덜 깬 듯이 흐릿한 눈을 옆으로 흘기며 그녀는 목소리가 들려온 쪽으로 고개를 돌렸다. 목소리의 주인이 누구인지를 확인하는 것보다 먼저 입이 열렸다.

"내가 이 휴게실을 싫어하는 거 알면서도 30분이나 기다리게 한 거야?"

"사실을 말하면, 입구에서 잠시 널 관찰하고 있었어, 티시."

"관찰이라…… 넌 때때로 그런 바보 같은 짓을 하더라."

그녀——티시라고 불린 여자는 의자 등받이를 품 안에 안듯이 휙 몸을 돌려 앉았다. 그리고 고개를 들어 키가 크고 체구가 튼튼한 남자와 시선이 마주쳤다. 험상궂은 표정이라 다소 늙어 보이지만 사실은 아직 20대 중반——실제 나이는 모르지만. 흑발을 살짝 길러 목 뒤에서 묶은 모습은 그 남자와 마찬가지고, 무슨 말을 해도 꿈쩍도 않는 철면피 같은 성격도 똑같았다. 그의 변명을 들으면 우연이라고 하겠지만, 실은 악취미적인 흉내일 것이라고 못되게 추측해 버린다.

그가 몸에 두른 것은 색 자체는 그녀의 것과 똑같지만, 로브 가장자리에 은색의 선이 두 겹으로 둘러져 있다. 교사의 제복과 똑같은 디자인이지만 그는 교사가 아닌 교사 대리일 터다.

'아무래도 잊기 일쑤란 말이지……. 특히 그 자신이.'

하고 마음속으로 덧붙였다. 그녀는 그에게서 시선을 떼고 전혀 마음에도 없는 웃음을 띠었다. 그리고 그가 자신의 정면에 앉기를 기다린 후에 입을 열었다.

"그래서, 관찰 결과 뭔가 이상한 거라도 발견했어?"

"딱히."

그것이 그의 대답 전부였다. 그녀는 포기의 한숨을 흘리며 어깨를 움츠렸다.

"그래서, 나한테 무슨 볼일이야, 포르테? 날 불러낸 이유까지 '딱히'로 끝낼 셈이라면——"

"'내가 기다린 만큼 내 신세 한탄에 어울려 줘야겠어'인가."

남자——포르테 퍼킹검은 거의 즉답이라고 해도 좋을 타이밍으로 그렇게 입을 열었다. 그녀는 곧바로 눈살을 찌푸렸다.

"그렇게 간단히 남의 마음을 읽지 않는 게 좋다고 몇 번이나 말했더라?"

"가진 능력은 활용해야지."

"그럴 수 없으면?"

"네가 지금 생각한 것이 나의 대답이다. 그래. ……그처럼 되겠지."

그런 말을 입에 담아도 미동도 하지 않는 포르테의 표정에 그녀는 한순간 한없는 짜증을 느꼈다. 하지만 곧바로 자제했다. 그녀는 고함을 지르는 대신 조용히 내뱉었다.

"분에 넘치는 능력이 몸의 파멸을 불러올 거라곤 생각한 적 없어?"

포르테가 그런 그녀의 말을 바보 취급하듯이 입가를 일그러뜨리는 모습이 보였다.

"우리를 말하는 건가? 그것은 마술의 존재를 근본부터 부정하는 것이 되지 않나?"

"안 그렇거든. 난 훈련의 의미를 이해하고 있어. 강력한 마술을 제어하기 위해 죽음도 각오하고 이 《탑》에서 훈련을 받았다고. 마술을 억누르기 위해. 증대시키기 위해서가 아니라."

"하지만 그 결과 너의 마술은 강대해지지 않았나, 티시—— 죽음의 절규(키닝)라고 불릴 정도로."

"그 이명인지 뭔지는 그만 부를 수 없어? ——무대 대기실에서 서로 장기자랑이라도 하는 것 같아서 한심스럽지 않아?"

"효과가 있다면 허세도 필요한 법이다, 티시——."

"티시라는 호칭도 쓰지 마."

"그럼 레티샤. 슬슬 용건으로 들어가고 싶다만."

"그래."

그녀, 레티샤는 자포자기하는 듯한 분위기로 손을 흔들며 동의했다. 그 용건인지 뭔지를 듣고 싶다기보다는 이 대화 자체를 곧장 끝내고 싶은 눈치였다.

하지만 레티샤는 그 용건도 그다지 태평하게 받아들일 수 있는 내용이 아닐 것임을 느꼈다. 벽에 걸린 시계의 진자가 끼이끼이 야유하듯이 울렸다. 마치 누군가를 부르는 날카로운 죽음의 외침처럼.

포르테 퍼킹검──《송곳니 탑》 차일드맨 교실의 젊은 교실장은 냉담한 목소리로 짧게 내뱉었다.

"그가 나타났다."

제1장 변함없는 피해자

타프렘 시는 지금까지 세 번 멸망했다. 전설로는 그렇게 전해진다. 그중 기록에 남아 있는 '붕괴'는 두 번뿐이다. 인간과 윌드 드래곤 종족이 대립했을 때 한 번――킴라크 교회와 마술사들의 파국, 모래 전쟁이라고 불린 전쟁의 불길로 다시 한 번.

하지만 2백 년 동안 두 번이나 모조리 무너졌음에도 시가지는 흐트러짐 없이 대지에 뿌리를 내리고 있었다. 오히려 계획적으로 세워진 건물이 휘황찬란하게 장식된 과자처럼 아름답게 비쳤다. 서쪽으로 산악지대, 동쪽으로 《숲》을 수원으로 삼은 인공호수 사이에 둘러싸인 중앙에 도시 최대의 건축물――백아(白亜)의 세계도탑(世界図塔)을 얹은 《송곳니 탑》 도시.

키에살히마 대륙에서 유일하게 흑마술사가 마음 편히 거주하는 것이 허락된 장소.

……그는 그곳으로 돌아왔다.

"이곳은 역사 깊은 곳이야. 어떤 의미에선 아렌하탐보다 훨씬 말이야."

도틴은 홀로 그렇게 중얼거리고는, 역시 홀로 연신 고개를 끄덕였다. 흰 테이블과 흰 의자――분위기 편안한 학생용 카페 바에 자리를 차지하고 책을 펼친 채 어디까지나 홀로 말을 이었다.

"뭐니뭐니해도 흑마술사들이 근면하게 역사를 계속 기록한 덕분에 과거 기술에 흔히 있을 법한 '기록의 공백'이 없거든. 실은 그런 의미에선 역사서의 질이 가장 떨어지는 곳이 아렌하탐이기도 하지만. 옛 왕도여서 기록할 수 없는 일도 수없이 많았을 테고 말이야. 하지만 역시 마술사는 정직해. ——타인만이 아니라 자신에게도."

두꺼운 렌즈의 안경을 걸친 신장 130센티 정도의 '지인'——키에살히마 대륙에서도 남단 이외에는 살지 않는 소수 민족이다. 그렇다고는 해도 그들은 3백 년 전에 이 대륙에 인간이 이주해오기 전부터 있었던 선주민족이며, 현재도 아직 자신들의 자치령을 가지고 있다. 인간 때문에 절멸한 종족도 있으니 어떤 의미에선 그 독설가가 말하듯 '파격적인 대우'가 되는 셈이다.

그가 걸친 너덜너덜한 모피 망토——이것은 지인들의 매우 보편적인 민족의상으로, 실내에서도 벗지 않는다. 도틴은 안경의 위치를 바로잡으며 득의양양하게 떠들어댔다.

"이 마을은 과거 두 번이나 다시 세워졌어. ——정말 대단한 일이야. 2백 년 전에 노르니르와의 대립으로 한 번 송두리째 무너지고, 반세기 전에도 교회와의 전쟁으로 괴멸 상태가 되었거든. 이건 유사시에 마을 사람 전부를 《송곳니 탑》으로 이송하는 보안 시스템 때문이겠지. 하지만 아무리 생각해도 도시 같은 것보다 처음부터 요새로 설계된 《탑》 쪽이 더 방어하기 용이할 테고——"

"저기……."

갑자기 끼어드는 목소리——바로 뒤에서다. 하지만 도틴은 그 부름을 완전히 무시했다.

"단지 알 수 없는 건 마을 주민이 《탑》으로 도망쳤다면, 천인이나 교회의 군대가 어째서 굳이 사람도 없는 이 마을을 파괴했냐는 점이야. 막대한 노동이었을 게 틀림없는데——실제로 킴라크 교회가 결과적으로 패배한 건 그게 원인이었지. 사람 없는 타프렘 시를 파괴하던 중에 측면에서 힘을 모으고 있던 흑마술사들에게 공격을 당했거든. 뭐, 기습이라고는 해도 열 배 가까운 세력 차이를 뒤집었으니까 마술사들의 전투능력은 어마어마했겠지. ——이건 새삼스럽게 감탄할 일도 아니지. 우린 실컷 실제 사례를 봤으니까."

마지막 한마디만은 잊고 있었다가 떠올린 것처럼 덧붙인, 피로로 쉰 목소리였다. 그리고 그 잊고 싶은 과거를 떨쳐버리듯이 고개를 저은 뒤에 말을 이었다.

"뭐, 어찌 되었든——"

"손님……."

다시 목소리. 또 무시.

"이제는 이 타프렘 시에 손을 대려 하는 군대는 없어. ——천인은 이미 이 세상에 없고, 교회는 왕도의 귀족연맹에게 군대를 빼앗겼으니까. 그 귀족연맹은…… 좀 미묘하지만, 그래도 대륙의 반대쪽에 있는 이 마을까지 원정을 올 정도로 한가하진 않을 테고."

"저기 그러니까……."

"요컨대 이곳은 순풍만범이라는 거야. 특출난 산업은 없지만, 인구 이동이 막대하니까. 재정도 그럭저럭 풍부하고——"

"……."

등 뒤의 목소리는 결국 침묵하고 말았다. 거기서 마침 도틴도 할 말이 떨어져 책을 본 채로 경직한 채 말을 멈추었다. 그 뒤로 잠시 어찌할 도리가 없는 정적이 주변에 흘렀다.

인내심 대결에 패배한 쪽은 도틴이었다. 그는 턱, 하고 책을 덮고 뒤를 돌아보았다. ——그곳에는 도틴과 비슷한 차림을 한, 역시 도틴과 같은 지인 남자를 고양이의 목덜미라도 붙잡은 듯이 매달아 들고 있는 우락부락한 체격의 웨이터가 서 있었다. 나이는 삼십 살 정도로, 입가에 수염도 기른 모습이다. 허리부터 아래로 앞치마를 차고 있는 모습을 보니 웨이터 겸 마스터이지 않을까.

그 웨이터는 애교 있는 미소를 띠고 이쪽을 내려다보고 있었다. 큰 체격치고는 동안으로, 그 미소에도 적의는 엿보이지 않는다. 다만 도틴에게는 그 웃음이 비유하자면 사형수에게 보이는 목사의 웃음으로 보였다.

그건 아마도——하고 생각했다.

가게 안이 거의 폐허처럼 엉망진창으로 망가진 탓이겠지, 하고 도틴은 질색하며 분석했다. 얼마 전까지는 깔끔하게 정리되어 있던 그 카페는, 지금은 어째서인지 테이블도 의자도 거의 박살이 나 바닥에 널부러져 있다. 물론 도틴과 이 웨이터, 또 그가 집어들고 있는 지인 이외에 가게 안에는 아무도 없다. 훨씬 전에 도망친 상태다. 깨진 커피 컵과 그 주변에 고인 갈색의 물웅덩이에 신발 끄트머리가 젖어 있는 것을 깨닫고 있는지 아닌지, 웨이터는 방글방글 웃으며 이쪽을 바라보고 있었다.

웨이터는 입술을 씰룩이며 천천히 입을 열었다.

"이건, 손님의 일행이시죠?"

그는 한손으로 잡아 들고 있는 '그것'을 시선으로 가리켰다. ——도틴도 그 행동에 이끌리듯이 시선을 움직였다. 그곳에 있는 것은 평소와 다름없는 '그것'이었다. 정말로 변하지 않는다. 언제나, 항상…….

웨이터가 집어들고 있는 그 지인도 역시 커다란 모포 망토를 넉넉하게 두르고 있다. 작은 체구도, 부석부석한 머리카락도 도틴과 비슷했지만 안경은 끼고 있지 않다. 그 대신이라고 하기에는 알맞지 않지만, 그 지인은 망토 자락 너머로 칼집이 보이도록 차고 있었다. 허름한, 한눈에도 중고품임을 알 수 있는 물건이다.

도틴은 망설이지 않고 고했다.

"아뇨. 그런 사람 처음 보는데요."

그 말을 들어도 웨이터의 표정은 변함이 없었다. ——당황한 기색을 보인 사람은 오히려 그의 손에 매달린 쪽의 지인이었다.

"야, 인마! 도틴!"

그 지인은 도틴을 삿대질하며 외쳤다.

"너 그렇게 차가운 녀석이었냐!? 이 형은 슬프다!"

도틴은 찌릿 날카롭게 형을 쏘아보고는——크게 숨을 들이쉬더니 일장연설을 늘어놓았다.

"1년에 한 번쯤은 사치를 부리자고 앞으로 석 달은 쫄쫄 굶을 것도 각오한 슈가 케이크를 내가 화장실에 다녀온 사이에 내 것까지 다 해치우고, 테이블에 올려 둔 설탕 종지까지 핥아 먹은 것으로도 모자라, 다른 테이블에까지 난입해 난투를 벌인 끝에 가게 대부분을 엉망진창으로 만드는 사람은 새빨간 타인이라는 것으로 되어 있어요."

"무어가 '되어 있다'냐! 핏줄의 인연은 그런 게 아닐 텐데! 잘 들어라, 동생아! 고락을 함께한다는 것은 괴로움을 둘이서 나누어 절반으로 줄이고, 기쁨은 둘이서 얼싸안고 두 배로 만든다는 의미지 않냐!"

"어차피 늘어난 괴로움을 나한테만 떠넘길 뿐이잖아……."

"그런 비굴한 사고방식은 버려라! 그러고도 이 몸, 마스마튜리아의 투견 볼카노 볼칸의 동생이라니, 한심하기 짝이 없구나!"

웨이터에게 붙잡힌 지인――볼칸은 아등바등 과장된 몸짓으로 그렇게 외쳤다. 가까이 있다면 덤으로 두세 번 얻어맞았을지도 모르지만, 웨이터는 형의 뒷덜미를 단단히 잡고 놓지 않았다. 웨이터는 여전히 표정 하나 변하지 않았다. ――될 수 있으면 그대로 석화해서 형을 영원히 공중에 매달아 주면 좋을 텐데, 하고 생각하면서도 도틴은 중얼거리듯이 내뱉었다.

"동생, 동생은 무슨. 그렇게 강조하지 마. 모르는 사이잖아."

"동생아, 동생아, 동생아. 이 형은 그런 말투는 좋지 않다고 본다."

"그러니까 강조하지 말라고!"

"뭐, 어찌 되었든."

느닷없이 웨이터가 입을 열었다. 볼칸도 도틴도 퍼뜩 입을 다물었다. 웨이터의 흰 폴로셔츠로 감싸인 가슴 부근의 근육이 움찔 움직이는 모습이 보였기 때문이다.

그는 어디까지나 싱글벙글한 얼굴로 말했다.

"모르는 사이든 아는 사이든 상관없으니, 가게 정리하는 거나 도와라, 얼간아."

"예……."

도틴은 힘없이 고개를 늘어뜨렸다. 그때――

딸그랑…….

작은 종소리와 함께 문이 열렸다. 그쪽을 돌아보자 하얀 목제 문

을 열고 쑥대밭이 된 가게 안에 모습을 나타낸 사람은 한 소년이었다.

"어라~?"

소년은 검은 머리카락을 쓸어 올리며 그렇게 내뱉었다. 등까지 기른 긴 머리카락 탓에 언뜻 보기에는 여자처럼 보였다. ——그것만이 아니라 얼굴도 잘못 본 것이 아닐까 싶을 정도로 여성스러웠는데, 도틴이 그 소년을 남자라고 알아차린 이유는 단지 그 복장과 극단적으로 여윈 체격 탓일 뿐이었다. 나이는 14, 5 정도일까. 전신의 의복도 온통 검은색이라, 몸에 두른 분위기까지 합하여 도틴에게 자신이 아는 어떤 사람을 연상케 하였다.

'흑마술사…….'

도틴은 마음속으로 그렇게 중얼거렸다. 실제로 특성상 이 마을에는 흑마술사가 많다. 하지만 이 소년만큼 드러내놓고 흑마술사 같은 차림을 한 사람은 오히려 드문 편이다.

소년은 웨이터 쪽으로 시선을 향하며 깜짝 놀란 듯이 물었다.

"무슨 일 있었나요, 플립 씨?"

"아아, 티피스냐……. 그런 차림으로 있어서 몰라봤다."

플립과 티피스——두 사람의 이름을 머릿속에 보관한 도틴은 힐끗힐끗 소년, 티피스라고 이름을 댄 소년 쪽을 관찰했다. 마술사라는 직업은 어느 정도의 체력이 없다면 해낼 수 없으니 저렇게 마른 몸으로 괜찮을지 의문이 들지 않는 것은 아니다. 덤으로 보통, 특히 흑마술사는 머리를 짧게 친다. 그렇다면 이 티피스라는 소년은 어쩌면 단지 마술사의 차림을 한 평범한 학생일지도 모른다.

'그럴 리 없겠지.'

도틴은 자신의 추측을 스스로 부정했다. 차라리 눈에 띌 정도로 영양섭취가 부족한 흑마술사라고 하는 편이 가능성이 클지도 모른다.

어찌 되었든 정체에 대한 해답은 티피스 자신의 말로 쉽사리 뒷받침되었다. 그는 자신이 입고 있는 새카만 옷을 손으로 쓰다듬으며 쑥스러운 듯이 말했다.

"예. 마침 《송곳니 탑》에 볼일이 있어서요. 그래서 정장 차림이에요. 남의 옷이지만요."

"볼일?"

플립이 묻자, 티피스가 어깨를 움츠리며 대답했다.

"별 건 아니에요. 선생님의 대리로 갔거든요. 옛날 동료를 마중나가러 간다면서 오늘은 자리를 비우셔서요."

"선생님이라면…… 티시인가. 옛날――동료라고?"

그 목소리에서 기묘한 울림을 느낀 도틴이 고개를 들자――플립의 표정에서 처음으로 웃음이 사라져 있었다. 그 대신 수상하다는 듯이 미간에 세로로 주름이 서려 있다. 그는 그 얼굴로 혼잣말처럼 말을 이었다.

"뒤숭숭한 일이 벌어지지 않으면 좋을 텐데……."

"예?"

그 말에 티피스가 어리둥절해하자, 플립은 하하 웃으며 손을 저었다.

"아니. 그냥 그런 느낌이 들었을 뿐이야. 너희 선생, 대단한 사람이잖냐?"

"선생님이요? 별로 그렇게 안 보이던데요. 이런 비상시국에 옛날 사진이나 꺼내서 한숨을 쉬는 걸요…….”

그렇게 말하던 티피스는 입을 다물었다. 그리고 이제야 깨달은 듯이 가게 안과 이쪽을 둘러보고는――

“그래서, 이 쑥대밭은 대체 무슨 일이 있었던 건가요?”

“이 녀석들이 벌인 짓이야.”

플립은 한숨을 쉬며 대답했다.

“저기, ‘이 녀석들’이라뇨, 전 딱히――”

도틴이 머뭇거리며 말했지만 두 사람에게는 들리지 않은 모양이었다. 그 대신 볼칸이 연신 고개를 끄덕였다.

“그래, 그래. 잘못한 건 형을 배신한 이 박정한 동생뿐이지.”

그 말을 들었는지, 아니면 무시해서인지, 플립은 근처 바닥에 볼칸을 내던졌다. 철퍽, 하는 소리를 내며 볼칸이 털부터 바닥에 떨어졌다.

“자, 그럼 정리를 시작해야겠군.”

플립이 자신의 허리를 쓰다듬으며 중얼거렸다.

“도울게요.”

티피스의 말에 플립이 기분 좋다는 듯이 웃었다.

“괜찮겠냐? 뭐, 네 마술이 있다면 편하겠다만.”

“그 대신 오늘은 선생님이 없어서 점심밥을 사서 돌아가야 하니까, 만들어 주세요.”

“그 정도야 별것 아니지.”

플립은 티피스의 요구를 받아들였다. 왠지 모르게 이야기가 온후한 방향으로 흐르기 시작한 모양이라 도틴이 조금 안심하며 물어보았다.

"아, 그럼, 전 뭘 하죠?"

플립은 싱긋 웃으며 대답했다.

"저 2백 킬로 정도 되는 선반을 원래대로 고쳐라, 얼간이들아."

"예……."

세상 만사 그런 법이지, 하고 낙담하며 도틴이 대답했다.

가도는 한없이 이어진다. 대륙 남단의 지인령(地人領) 마스마튜리아부터 북쪽 끝의 교회 총본산, 킴라크까지――.

여름도 가경에 접어드는 계절. 가도를 품에 안듯이 감싼 숲의 나무들은 그 수 미터는 됨직한 몸 안에도 채 담지 못할 정도로 넘치는 생명력을 잎과 가지의 생생함으로 반영하고 있었다. 태양은 낮에 가까워짐에 따라 한없이 높게 올라 새하얀 빛을 강하게 뿌렸다. 남쪽에서 불어온 바람으로 가도의 건조된 지면에서 마치 안개 같은 흙먼지를 일으켰다. 그리고……

"우와아아아아아아!"

비명이 아득히 먼 곳에서 들렸다. ――오펜은 힐끗 귀를 기울이고는 곧바로 원래 작업으로 돌아갔다. 마차의 고삐가 망가졌기 때문에 고치는 중이었다.

고삐는――원래 에버래스틴 가 소유의 물건이라는 신분에 부끄럽지 않게 고급스러운 가죽으로 되어 있었다. 부드럽고 검은 가죽과 기름으로 굳힌 두꺼운 천을 합쳐 만든 것으로, 그만큼 고치는 작업은 번거로웠다.

"이것 참."

오펜은 중간에 끊어진 고삐를 마끈으로 꿰며 중얼거렸다. 그는 가도 옆에 세운 마차 마부석에 앉아 편안하게 말의 엉덩이에 발꿈치를 올리고 있었다.

"실제로 저 녀석이 온 뒤로 극단적으로 성가신 일이 늘지 않았냐?"

그는 힐끗 시선을 말들의 뒤통수에 던지며 동의를 구했지만, 무뚝뚝한 암말들은 고개조차 저으려 하지 않았다. 오펜은 신경 쓰지 않고 작업을 계속했다.

나이는 스무 살 정도 되어 보이는, 검은 머리에 검은 눈을 가진 지극히 평균적인 평민의 풍모를 가진 남자였다. 눈매는 사납지만 지금은 따지자면 곤혹스러운 듯이 그림자가 드리워 있다. 전신은 온통 까만 복장으로, 움직이기 편해 보이는 차림이었다. 가슴에는 은제 펜던트──검에 얽힌 외다리 드래곤의 문장이 셔츠의 주름에 침몰한 듯이 파묻혀 있다.

다시 멀리서 비명이 들렸다.

"으꺄아아아아아아!"

뒤이어 지면이 파이며 폭발하는 듯한 굉음이 들렸다. ──오펜은 이번엔 고개를 들려 하지도 않았다. 대신 나지막하게 혼잣말을 내뱉었다.

"처음엔 작은 예감이었지. 뭔가 이상하다 싶었어."

"살려──히아아!"

다시 비명. 폭음. ──그 소리에 섞여 이번에는 날카로운 울음소리 같은 것까지 들렸다.

"오페에에에에에엔!"

그리고 후왁, 하고 밀려드는 뜨뜻미지근한 폭풍이 오펜의 흑발을 나부끼게 했다. 하지만 그는 끝까지 무시하기로 작정했는지, 바람이 실어온 모래 먼지를 눈을 깜빡여 털어내면서 중얼댔다.

"다음은, 그때였지. 클리오가 만든 아침밥을 먹지 않고 몰래 버렸더니 그 뒤에 연속해서 불행이 일어났어. ――눈앞에 커다란 바위가 굴러떨어지질 않나, 영문을 알 수 없는 곳에 구덩이 함정이 있질 않나. 아침밥을 버린 건 아무에게도 들키지 않았을 텐데 말이야."

쿠웅! 하고 폭음이 가까워졌다. 낮게 깔리는 진동음과 함께 지면이 흔들리는 바람에 마부석 위에 있던 오펜의 손이 미끄러졌다. 가죽에 실을 꿰기 위한 5센티 크기의 바늘이 푹, 하고 엄지손가락에 박혔다.

"아얏."

신음을 내뱉은 오펜은 작고 빨간 버튼처럼 부풀어 오른 핏방울을 왼손 엄지와 함께 입에 물었다. 그리고 힐끗 가도를 따라 펼쳐진 숲 쪽을 보았다. ――대륙 최후의 비경인 《펜릴의 숲》과 가까운 이 부근은 사람이 사는 곳과 가도 이외에는 전부 숲이다. 다만 이곳으로부터 조금 북상하면 숲은 갑자기 모습을 감추고 대륙의 주민이라면 모르는 사람이 없는 '메마른' 토지가 나타난다. 킴라크 교회 관리구역, 흔히들 일컫기를 약속의 토지――게이트 록이.

어찌 되었든 그가 보는 한 숲은 아직 조용했다. 나무들 안쪽에 불꽃 같은 빨간 섬광이 힐끗 스쳐 지나간 듯도 보였지만.

"그리고――"

그는 손가락을 입에 문 채로 웅얼웅얼 말했다.

"그 즈음부터 뭔가 이상한데, 하고 생각하기 시작했어. 아니 뭐, 애초에 저 녀석의 존재 자체가 충분하다 못해 지나칠 정도로 이상하긴 하지만."

고삐를 고치는 작업은 포기하고——어차피 나중에 마술로 수복하면 된다——그는 등을 마부석 등받이에 턱, 하고 기댔다. 그리고 눈을 감고 크게 하품을 내뱉었다.

"이걸 어떡한다. ——완전히 그거잖냐. 옛날부터 정신 나간 놈한테 날붙이를 들리면 안 된다고들——."

그때——

"스승니임~!"

울먹이는 목소리로 외치며 숲 안에서 뛰쳐나온 금발 소년을 보고 오펜은 눈을 부릅떴다.

"이 바보 같은 자식! 매지크——"

"살려주세요오!"

매지크라고 불린 소년은 그다지 어울리지 않은 검은 망토를 퍼덕이며 마부석에 매달렸다. 그는 단정한 이목구비의 얼굴을 확연한 공포로 일그러뜨리며 입을 열었다.

"그 마물이——"

"시끄러워! 이 자식, 도망칠 거라면 내 쪽으로 오지 말라고 했을텐데!"

"너무 박정한 거 아닌가요, 스승님——."

그렇게 울먹이는 매지크가 마부석으로 올라오려 하자, 오펜은 황급히 발로 차 밀었다. 그리고 자신도 무서운 듯이 매지크가 뛰쳐나온 부근을 보고 외쳤다.

"일일이 나한테 기대지 마라! 너도 내 학생이라면 자기 몸은 스스로 돌보라고!"

"너무하세요! 스스로 돌보라고 해도 저런 사악한 짐승을 어떻게——"

오펜은 끈질기게 자기 발에 매달리는 매지크를 열심히 떼어내려 했지만——매지크도 필사적인 형상으로 저항했다. 시간 낭비에 견딜 수 없게 되어 다음으로 목청을 높인 사람은 오펜 쪽이었다.

"알 게 뭐냐! 너도 이제 생초짜가 아니니까 스스로 생각해! 방법이라면 얼마든지 있잖냐. ——몸을 돌려서 저 검은 악마와 동귀어진한다든가, 이 자리에서 배를 가른다든가!"

"전부 죽는 거잖아요오!"

"그러니까 알 게 뭐야! 어쨌든 날 말려들게 하지 마!"

말들이 부르르르, 하고 콧숨을 내뿜으며 앞다리의 발굽으로 지면을 긁었다. 마부석에서 들리는 두 사람의 고함에 놀란 것인지, 아니, 그게 아니라면 혹시——

오펜은 등골이 싸늘해지는 감각을 느끼며 생각했다.

'이 말들을 겁먹게 하는 무언가가, 이미 상당히 가까운 곳까지 다가온 건가——.'

"어쨌든 스승님! 제발 살려주세요오!"

"울지 마! 나라고 불사신은 아니라고! 할 수 있는 일과 없는 일이——"

"커헉——. 자, 잠시만요, 스승님! 뭔가요, 이 손은! 좀 진정하시——"

순간——

부스럭.

수풀이 흔들리는 소리가 말싸움을 조용히 저지했다.

"……."

오펜은 매지크의 목을 조르던 손을 천천히 떼며 중얼거렸다.

"늦었나……?"

매지크도 떨리는 목소리로 그 중얼거림에 맞장구쳤다.

"아마도요……. 같이 죽어요, 스승님."

"미쳤냐!"

오펜은 자신의 학생을 퍽 떠밀어 마차 밑으로 내동댕이치고는, 소리가 들린 쪽으로 시선을 향했다. 그곳에 있는 것은——

숲에서 모습을 나타낸 것은 새카만 털이 난 작은 강아지였다. 아니, 강아지가 아니다. ——모습이 개와 조금 다르다. 결정적인 차이는 눈이었다. 그 강아지(비스무리한 무언가)의 두 눈은 등 뒤에 있는 숲의 나무들보다 선명한 녹색이었다. 그것은 이 대륙에서는 드래곤 종족이라 불리는 최강의 마술을 다루는 일족만 보유한 특징으로, 거기에 칠흑의 털을 가진 짐승이라고 하면 그것은 오로지——'성역'의 수호자로 전해지는 심연의 숲 늑대, 딥 드래곤밖에 없다. 다만 이곳에 있는 것은 태어난 지 얼마 되지 않은 개체였지만.

하지만 그래도 이 강아지(비스무리한 무언가)야말로, 기껏해야 인간 흑마술사에 지나지 않는 오펜이 무슨 수를 쓰든 당해낼 수 없는 마술 사용자임에는 틀림이 없다. 또한 최근 며칠 동안 그의 골머리를 썩이는 것도 바로 이 '마물', '사악한 짐승', '검은 악마'——뭐, 호칭이야 아무래도 좋지만——이었다.

오펜은 그 새끼 드래곤을 향해 척 삿대질을 했다.

"잘 들어!"

그는 있는 힘껏 목청을 높여 외쳤다. 울고 싶은 심정으로.

"난 이제 질색이다! ——무슨 인과(因果)인지, 무슨 일만 벌어지면 내게 달려드는 괴물들과 싸우는 것도, 시시껄렁하고 성가신 일에 말려드는 것도, 어리광쟁이 계집애의 하찮은 어리광을 듣는 것도 말이다!"

마치 아래에서 매지크가 중얼거리는 소리가 들렸다. 완전히 자기 일이 아니라는 말투로.

"……심적으로 굉장히 궁지에 몰리셨네요~."

"시끄러워! 어쨌든 난 이제 진절머리가 났어! 복너구리들한테 돈을 받으면 아담한 집이라도 사서 은거할 거야! 고양이도 기르고, 아무도 집에 다가오게 하지 않을 거라고!"

새끼 드래곤은 대답하지 않는다. 짧은 팔다리를 아장아장 움직여 무언가를 찾듯이 고개를 움직인다. 아마도 지시를 기다리는 것이리라——.

그 지시를 내릴 주인은 아직 모습을 보이지 않는다.

오펜은 자신의 열변에 도취된 듯이 목청을 높였다.

"어쨌든 난 이제 절대로——"

"심적으로 궁지에 몰렸구나……."

"시끄럽다고 했을 텐——"

데, 라는 모양으로 입을 벌린 오펜은 거기서 움직임을 멈췄다.

"어라……? 방금 네가 한 말이냐, 매지크?"

그는 학생의 모습을 찾았지만, 어느새 매지크가 사라져 있었다. 새끼 드래곤을 보고 어딘가로 도망친 모양이다.

"그렇다면…… 방금 그건 누구지?"

두리번두리번 주변을 둘러보았다. 새끼 드래곤 외에는 마차 주변에 누구의 모습도 보이지 않는다. 그저 방금 전의 목소리는 분명 자신이 아는 목소리라는 것을 떠올렸다.

"티시……?"

그렇게 중얼거린 순간, 다시 수풀을 헤치고 이동하는 소리가 들렸다. 부스럭――하고, 아까보다 크게. 다음으로 뛰쳐나온 것은 더욱 시끄러웠다.

"오페엔!"

허리까지 금발을 기른 17살 정도의 소녀가 울먹이는 목소리로 그를 부르며 숲에서 나왔다. 황급히 추슬러 입었는지 블라우스는 단추가 하나씩 엇나가 있었고, 평소엔 잘 입지 않는 치마도 숲을 달린 탓인지 조금 더러워져 있었다. 그녀는 지면의 새끼 드래곤을 안아 올리고는 다시 우는 소리를 내뱉었다.

"정말 말도 안 돼!"

"크, 클리오."

오펜은 오싹한 공포를 느끼며 소녀의 이름을 불렀다. 소녀――클리오는 훌쩍이며 운동화로 지면을 마구 굴렀다.

"정말 말도 안 되는 거 있지, 저 바보! 그게 누굴 것 같아? 매지크인데――"

"어어, 아. 응. ――그러냐."

오펜은 애매하게 맞장구를 치며 마부석 난간 뒤에 숨어 방어 자세를 취했다. 아까 말했듯이――결국, **뭔가**가 날붙이를 손에 넣은 것이다.

그런 오펜의 경계는 눈에도 들어오지 않는지 클리오는 계속해서 말을 쏟아냈다. 그녀가 고개를 흔들 때마다 파닥파닥 휘둘리는 금발은 젖어 있는 탓인지 평소보다 조금 색이 진했고, 선명한 파란색 눈동자도 역시 눈물로 색이 변해 있었다.

"그 자식이 아까 뭘 했는 줄 알아? 정말 믿을 수가 없어——. 정말로 말도 안 돼!"

"아…… 그래?"

무슨 일이 일어났는지 대강 상상이 된 오펜은 생기 잃은 눈으로 먼 산을 바라보았다. 클리오는 계속해서 말했다.

"내가 말이야, 건너편에서 깨끗한 시내를 발견했거든? 그래서 몸을 씻는 동안 망을 보라고 말했더니, 그 자식이, 바위 뒤에서 몰래 말이야, 훔쳐보질 뭐야! 말이 된다고 생각해!?"

"아~……. 응……. 말이 안 되네, 응."

오펜은 몰래 그 자리에서 도망치려고 몸을 움직이며 입안에서 웅얼댔다. 일단 이번이 초범이 아니라는 것은 말하지 않는 편이 좋겠군, 하고 생각하며 마부석에서 내려가려 했다. ——클리오의 반대쪽으로.

그러자 느닷없이 클리오가 절규라도 하듯이 목청을 높였다.

"조금은 화 좀 내면 안 돼!?"

"어? 어어…… 아니 그럴 수가! 저 못된 자식 같으니!"

오펜은 움찔 몸을 떨며 시선을 클리오에게 향하고는, 결국은 마부석에서 내려오지 못한 채로 과장스럽게 주먹으로 바닥을 때렸다.

"믿을 수 없는 범죄로군! 건드려서는 안 되는 영역에 발을 들여놓아 나의 가장 사랑하는 친구가 눈물을 흘리게 만들다니! 그 죄, 신은 물론이고 인간조차도 용납하지 못하리! 그럼, 난 이만 볼일이 있어서——"

"어딜 가는 거야, 어딜!"

클리오는 잽싸게 마차 옆까지 달려오더니 가볍게 마부석으로 뛰어올랐다. 그리고 도망칠 틈도 주지 않고 뒤에서 오펜의 벨트를 붙잡고는 흔들며 외쳤다.

"꺼내는 말도 죄다 묘하게 연극조고!!"

"어어, 그럼——그 망할 자식, 다음에 만나면 손가락을 전부 부러뜨리고 왼손과 오른손 새끼손가락을 서로 묶어 주겠어. 그럼 난 볼일이——"

"그러니까 왜 일일이 볼일이 생기는 거야! 오펜——"

클리오는 거기서 갑자기 냉정한 목소리를 내뱉었다.

"혹시 내가 엿보기를 당하든 말든 아무래도 상관없어?"

"그럴 리 있냐."

오펜은 지극히 당연하다는 듯이 말했다. 그리고 마음속으로 덧붙였다.

'튄 불똥에 데는 사람은 나인데 말이다.'

그는 눈앞의 소녀와 그 소녀의 품 안에서 눈을 동그랗게 뜬 새끼 드래곤을 은근슬쩍 손으로 밀어냈다.

"그건 그렇고 말이다. 아까 숲 쪽에서 폭음이 들리던데——"

"응."

클리오는 망설임 없이 고개를 끄덕였다. 그리고 눈가에 고였던 눈물을 훔치며 말했다.

"어쨌든 옷을 입지 않으면 아무것도 못 하잖아. 그러니까 그동안

일단 레키에게 뒤쫓도록 부탁했어."

그녀는 그렇게 말하며 품 안의 새끼 드래곤에게 감사를 표하듯이 입가를 쓰다듬었다. 레키는 것은 그녀가 이 새끼 드래곤에게 붙인 이름인데, 오펜이나 매지크가 멋대로 '검은 악마'나 '지옥의 마수' 같은 명칭을 입에 담는 통에 드래곤 본인(?)은 어느 것이 정당한 호칭인지 좀처럼 자각하지 못하는 듯했다.

그건 그렇고, 오펜은 타이르듯이 말을 받았다.

"아, 그래. 그렇게나 쫓아다니면서 겁을 주면 아무리 매지크 녀석이라도 반성했겠지. 그러니까 그쯤 해서 넘어가고——"

"뭐를!?"

클리오는 목청을 높였다.

"겁을 주면이라니, 레키의 마술을 다치지 않을 정도로 맞추면서 숲속을 뒤쫓았을 뿐이잖아! 그게 뭐 얼마나 대단하다고?!"

"죽음의 공포에 가깝지 않았을까 싶다만……."

"어디가! 절대로 용서 못 해. 그 애, 여기로 도망쳤지? 어디로 갔는지 몰라?"

실은 모른다. 하지만 말해도 믿어줄 것 같지 않았다.

오펜은 반쯤 자포자기하며 설득을 시도했다.

"저기 말이다, 나로선 되도록이면 싸움은 벌이지 않았으면 한다만……."

아니, 정확하게는 그 싸움에 자신을 말려들게 하지 않길 바랐지만, 클리오에게는 그런 문제조차 아니었던 모양이었다.

"딱히 싸움 같은 거 안 해."

"호오."

오펜이 맞장구를 쳤다. 그녀는 부릅 표정을 예리하게 만들더니 진지한 표정으로 단언했다.

"처형이지."

"야 인마!?"

비명을 질러도 클리오는 들을 기색이 없었다. 그녀는 재빨리 마부석 위에서 주변을 둘러보고는 멀리까지 명료하게 들리는 목소리로 소리쳤다.

"얼른 나오시지, 매지크! 어차피 근처에 숨어 있지!? 날 엿본 건 오른쪽 눈이야, 왼쪽 눈이야!? ——둘 중에 마음에 드는 쪽을 후벼 뽑아 줄 테니까 당장 나와!"

"……두 눈이라고 하면 어쩔 거냐? 양쪽 다 뽑을 거냐?"

오펜은 왠지 모르게 궁금해서 물어보았다. 클리오는 표정 하나 바꾸지 않고 진지한 얼굴로 조용히 대답했다.

"양쪽 눈 사이에 구멍을 뚫어 줄 거야."

"너 예전엔 양갓집 아가씨이지 않았었냐……."

"지금도 그렇거든!? 애초에 말이지, 엿보기 같은 건 인간으로서 최악이기 짝이 없는 행위야! 그 정도의 벌은 당연히 받아야지!"

"아니……. 근데, 힐끗 훔쳐본 정도잖냐? 딱히 네 알몸을 엿보면서 네 속옷까지 머리에 뒤집어쓰거나 하진 않았을 테니……."

"뒤집어썼어."

"안 썼거든요!?"

——그렇게——

무심코 소리를 지르고 만 실책을 스스로도 깨달았는지, 느닷없이 터져나온 매지크의 목소리는 거기서 얼어붙은 듯이 딱 멈췄다. 오펜도, 클리오도, 곧바로 조용히 목소리가 들린 쪽을 보았다. ──매지크는 어느새인지, 어디에 어떻게 숨어 있었는지, 또 숲 안으로 도망치려고 나무와 나무 사이에 몸을 반쯤 집어넣은 참이었다. 검은 망토에 검은 복장. 명백히 수상한 복장을 한 잘 생긴 미소년. 하지만 그 표정은 참으로 가엾을 정도로 공포에 일그러져 있었다.

한 박자 뒤늦게 새끼 드래곤──레키의 시선도, 휘리릭 그쪽으로 향했다.

"매지크."

클리오의 목소리는 한없이 조용했다. 너무나도 조용했다고 해야 할지 모른다.

"예히……."

혀가 제대로 움직이지 않는 듯한 매지크의 대답. 그는 흔들리는 시선을 클리오의 얼굴에서 돌리고 도움을 요청할 셈인지 오펜을 바라보았지만──오펜은 힘없이 고개를 저었다. 어찌할 도리가 없다.

클리오는 레키의 머리를 쓰다듬고 희미하게 미소를 지으며 물었다.

"남길 말은?"

"저기……."

오펜의 위치에서 소년이 가슴 앞에서 성호를 긋는 모습이 똑똑히 보였다. 매지크가 아니었다면 죽음을 각오한 것이리라 여겼으리라.

하지만 매지크는 조심조심 입을 열었다.

"가슴 패드는 필요 없지 않을까?"

"사형."

클리오가 즉답했다. 동시에 품에 안은 새끼 드래곤을 조용히 앞으로 내밀었다. 그녀의 의사가 전달되기라도 하였는지, 레키는 아무런 신호도 없이 예리하게 눈을 떴다. ——녹색의, 드래곤 종족의 증표인 두 눈을.

딥 드래곤 종족은 시선을 이용해 마법을 사용한다. 갑자기 주변의 공간이 녹색의 섬광으로 칠한 것처럼 보였다. ——그것은 착각이었을까——.

다음 순간 일어난, 매지크까지 한꺼번에 숲을 단숨에 날려 버린 대폭발은 결코 착각이 아니었다.

"——그렇게 된 겁니다."

딱, 딱, 딱…….

책상을 두드리는 펜의 소리가 귀를 따갑게 만들었다.

펜을 들고 있는 사람은 얼굴 대부분이 수염으로 뒤덮인 중년의 레인저 대원이었다. 수염에는 백발도 많이 섞여 있었으니 중년이라기보다는 초로에 접어들었다고 해야 할까. 삼림 레인저 표준 장비인 쓸데없이 주머니가 많이 달린 밤갈색 재킷을 입고 있다. 와펜에 곰 문양과 함께 적혀 있는 것은 그들의 표어——'우리는 침범하지 않는다'.

레인저 대원의 펜은 그저 끄트머리로 책상을 두드릴 뿐, 그 책상 위에 있는 서류는 아까부터 계속 새하얀 채였다. 빈칸이 채워져 있는 것은 기껏해야 오늘 날짜——서류를 기입하는 레인저의 이름과 번호——그리고 이쪽의 이름——마지막으로 분류.

날짜에는 그다지 의미가 없다. ——그저 오늘의 날짜일 뿐이다. 그리고 레인저의 이름에도 의미가 없다. 실제로 저 레인저의 글자가 너무 지저분해 읽기가 도통 고역이 아니다. 이쪽의 이름은 읽을 것까지도 없다. 오펜. 잘못된 스펠링으로 그렇게 적혀 있다. 의미가 있어 보이는 것은 분류였다. 다시 말해, 이 서류가 기재되어야만 했던 이유.

악필 탓에 읽을 수 없는 것은 다른 칸도 마찬가지였지만, 오펜은 대강 예상이 되었다. '파괴활동'이라고 쓰여 있음에 틀림이 없으리라. ——그 외에 무어가 있단 말인가.

하아—— 하고 레인저가 크게 한숨을 내뱉었다. 그는 칼칼하게 마른 목을 움직여 노력해야 간신히 알아들을 수 있는 목소리로 말했다.

"다시 말해, 댁이 데리고 다니는 아가씨가, 역시 댁이 데리고 다니는 꼬마에게 멱 감는 장면을 엿보여서, 그 보복으로 보호림을 약 7백 미터에 걸쳐 송두리째 날려 버렸다고, 그렇게 말씀하시는 거요?"

"예, 예에……."

레인저는 분명히 그가 한 말을 그대로 되풀이했을 터지만, 어째서인지 오펜은 마치 속고 있는 듯한 기분이 되었다. 오펜은 억지웃음을 그리고 자신의 뒤통수에 손을 대며 말했다.

"가끔 있는 일인지라……."

"가끔이라……."

레인저가 참으로 곤란하다는 듯이 중얼거렸다. 펜으로 책상을 두드리는 행위는 멈추지 않았다.

"정확하겐 아가씨가 꼬마에게 엿보이는 게 말이요, 아님 보복으로 숲 한 면을 초토화시키는 짓 말이요?"

"……대충, 양쪽이요."

오펜의 대답에 레인저는 아무런 대답도 하지 않았다. 고개를 끄덕이지도 않았다.

그가 서 있는 곳은 그 일이 있던 곳으로부터 가장 가까운 레인저 대기소였다. 비좁고 살풍경한 곳으로, 책상과 의자, 낡은 모자걸이와 서류용 캐비닛 외에는 책상 위에 술병이 3병 놓여 있을 뿐. ──그중 두 병은 비어 있다.

레인저가 남은 한 병에 무언가 질문을 던지는 듯한 시선을 보내는 모습이 보였다. 실제로 누군가와 상담하고도 싶어지리라. ──설마 현재 이 평화로운 세상 안에서 국가 반역의 뜻이라도 가지지 않은 한 귀족 연맹──다시 말해 왕실──과 킴라크 교회 하에 보호되는 《펜릴의 숲》에 불을 지르는 인간이 있을 리 없다. 물론 밀렵꾼 등은 끝없이 속출하지만, 그것과는 완전히 차원이 다른 이야기다.

애시당초 《펜릴의 숲》의 보호──라기보다 불가침을 호소한 당사자는 수백 년 전, 창설된 지 얼마 되지 않은 킴라크 교회였다. 당시 교주인 라모니로크가 내린 이 '여신의 명령'은 이후 귀족 연맹과 교회의 손으로 줄곧 지켜져 오고 있다. 이유는 둘──하나는 애초부터 《숲》이 개발지로서는 그다지 매력적인 곳이 아니라는 것. 또 하나는 일부러 인간 따위가 보호하지 않아도 《숲》은 훨씬 강력한 수호자를 가지고 있다는 것. 다시 말해 수많은 드래곤 종족이다.

그런 사항들을 떠올리며 오펜은 피로에 눈을 감았다.

'어쩌면 난 킴라크 교회 창설 이래 처음으로 《숲》에 파괴활동을 행한 인간일지도 모른다는 건가…….'

"피해 상황은 내 동료가 조사하고 있는 중이외만……."

레인저는 자신의 수염을 북북 긁으며 말을 이었다.

"화재는 일어나지 않았소. ──어찌된 영문인지는 모르지만. 그러니까 이 이상의 피해가 나올 일은 없겠지."

화재가 일어나지 않은 것은 그것이 마술로 만든 불인 탓이겠지, 하고 오펜은 예상했다. 하지만 굳이 입에 담지 않고 말없이 레인저의 말을 기다렸다.

레인저는 느릿한 말투로 말했다.

"그렇다고는 해도 귀족 연맹이 관리하는 토지를 그렇게나 대놓고 태웠으니——킴라크의 윗사람들이 뭐라 말할지 제쳐두고라도 말이오. 어떤 벌칙이 기다릴지는 모르지만, 구금은 틀림없을 게요. 우리는 일단 귀족 연맹에게 권한을 인정받은 관리자로 일하고는 있지만——"

거기서 그는 힐끗 오펜의 가슴 부근을 보았다. ——드래곤 문양의 펜던트를 본 것이다, 하고 오펜은 깨달았다.

"일하고는 있지만, 관할은 킴라크 교회란 말이지. 그러니까 본래라면 난 댁들을 교회에 넘겨야만 해. 하지만 댁은——"

오펜은 고개를 끄덕였다. 그리고 펜던트를 들며 대답했다.

"마술사입니다."

드래곤 문장——검에 얽힌 외다리 드래곤 문장. 이것은 대륙 흑마술의 최고봉인 《송곳니 탑》에서 마술을 배웠다는 증표이다.

이번에는 레인저가 고개를 끄덕였다.

"그래. 마술사를 교회에 넘겼다간——잘해 봐야 실컷 괴롭힘을 당한 끝에 죽겠지."

"그렇겠죠. 킴라크 교회는 인간 마술사라는 존재를 싫어하는 모양이니——이유는 모르지만요."

"그럼 왜 그렇게 바보 같은 짓을 한 게요?"

레인저는 거칠게 콧방귀를 뀌며 초조한 말투로 말했다. 오펜은 왠지 모르게 어린 시절 들개와 싸워 7바늘이나 꿰맸을 때 의사에게 똑같은 말로 혼이 났던 일을 떠올렸다.

아마 그때는 다른 사람 탓을 했었을 것이다. 하지만 이번에는 좀 더 제대로 된 변명을 준비할 수 있을 것 같았다. 오펜은 자신도 잘 알 수 없는 심정으로 나지막하게 대답했다.

"왠지…… 인생이 제대로 굴러가질 않는 것 같아요."

철컹.

"어떡할 거냐……?"

"어떡할 거야……?"

눈앞에서 잠긴 철창에서 옆에 앉은 클리오에게 시선을 옮긴 오펜이 게슴츠레 뜬 눈으로 물었다. 자리를 뜨는 레인저의 기척이 복도 모퉁이 너머로 사라진 것을 느끼고 그는 음험한 말투로 중얼거렸다.

"네가 그런 걸 물을 처지냐……?"

그 말을 들은 순간, 클리오가 벌떡 몸을 일으켰다. 그녀의 가슴에 안겨 눈을 가늘게 뜨고 있던 레키가 데구르르 바닥으로 굴러떨어졌다.

"내가 잘못했다는 거야!?"

"그럼 누가 잘못했는데?"

심기 불편한 목소리로 오펜이 되묻자, 아무리 클리오라 해도 입을 다물 수밖에 없었던 모양이었다. 오펜은 바닥에 드러눕고는 그들이 구속된 감옥을 둘러보았다. 아무래도 이 아가씨는 이해하지 못하는 모양이지만 자신들이 놓인 상황은 지나가는 말로도 낙관할 수 없었다…….

“우연히 그곳을 순찰하던 레인저에게 들킨 게 문제였지. 우리는 이대로 《숲》 파괴범으로 킴라크 교회에 인도되어서——나와 매지크는 그대로 처형, 넌…… 개종을 당해서 하위시민으로 보호를 받든지, 인신매매꾼에게 팔릴지는 모르겠다만, 뭐 대충 그렇게 되겠지.”

감옥 안에는 당연하지만 아무것도 없었다. ——구석에 물이 담긴 주전자와 양철 컵, 더러운 모포가 둥글게 말려 있을 뿐이다. 그 모포 옆에는 그것과 똑같은 모양으로 너덜너덜해진 매지크가 굴러다니고 있었다. ——레키의 마술에 엉망진창으로 공격당해 한 번은 상당히 위험한 상태까지 갔었지만, 지금은 일단 몸을 떨며 잠꼬대를 할 정도로는 회복되어 있다.

어찌되었던 비좁은 곳에 세 명이 한꺼번에 갇혀 상당히 답답했다.

오펜은 한숨을 쉬고, 침울해진 클리오의 손을 가볍게 치며 말을 이었다.

“뭐, 여기서 일하는 레인저 아저씨가 교회에 인도하는 건 가능한 한 미루고 《송곳니 탑》에 연락을 취해 주겠다고 했어. 그러니까 희망이 완전히 없는 건 아니야.”

“《송곳니 탑》…….”

가위에 눌려 신음하는 매지크의 뺨을 앞발로 쿡쿡 찌르는 레키를 보며, 클리오가 오펜의 말을 따라했다.

“네가 자란 곳?”

“그래.”

오펜은 조용히 고개를 끄덕였다. 그리고 바닥에 누운 채로 클리오의 얼굴을 올려다보았다.

"넌——거 뭐냐, 토토칸타 마술사 연맹에 있던 하티아라면 알고 있겠지? 그 녀석도 나도…… 모두 그곳에서 자랐다. 선생님 밑에서 말이야."

반짝——마치 클리오의 눈이 빛난 것처럼 보였다. 눈을 깜빡인 것이다.

"선생님? 그러고 보면 네게도 선생님이 있었겠구나."

"그야 당연하지."

"어떤 사람이었어?"

그 질문에 오펜은 훗, 하고 웃음을 흘렸다. ——천천히 상반신을 일으켜 클리오의 옆에 앉았다. 딱, 하고 손가락을 튕기자 그 소리에 이끌려 새끼 드래곤이 이쪽을 향하는 모습이 보였다. 아장아장 다가오는 레키를 무릎 위에서 안은 오펜은 잠시 생각에 잠겼다. ——그렇게 해서 떠오른 설명은 단 한마디였다.

"차일드맨이라는 흑마술사야."

"……그건 만났을 때 들었어."

"그랬던가? 이 대륙에서 가장 강한 힘을 가지고 있던 흑마술사……. 다른 설명은 떠오르질 않는군. 다시 말해 그런 사람이었어."

"오펜 너보다 강해?"

적지 않게 흥미가 일었는지 클리오는 몸을 내밀었다. 오펜은 레키의 목을 쓰다듬으며 작게 고개를 끄덕였다.

"비교도 안 됐어. ——까놓고 말하면 말이지. 이건 차일드맨 교실에 있던 학생 전부에게도 해당되는 말인데…… 누구 하나 스승인 그를 따라잡지 못했어. 차일드맨은 역사 안에서도 사례를 찾아볼 수 없을 정도로 초인적인 힘을 가지고 있었지."

"그 사람만? 왜?"

클리오의 물음에 오펜은 눈을 깜빡였다.

"이상한 걸 묻는군 그래. 선생님은 힘을 가지고 있었어. 태어나면서부터 말이야. 이유 같은 건 없어."

"그럴까?"

그녀는 왠지는 모르지만 수상하다는 듯이 허공을 올려다보며 말했다.

"노력이라든가 훈련이라든가, 그런 건 상관없다는 거야?"

"없지는 않지. 어떤 재능이라도 상응하는 제어력이 없다면 막상 힘을 해방했을 때 폭주할 뿐일 테니까. 매지크 녀석이 그 전형이지."

오펜은 그렇게 말하며 바닥에 떨어져 있던 작은 돌멩이를 매지크의 얼굴에 내던졌다.

"하지만 그렇다고 해도 선천적인 마력의 크기는 중요해. 이것만큼은, 그래——예를 들어 키와 마찬가지야. 아무리 노력해도 타고난 것 이상으로는 자라지 않지. 어느 정도는 성장시킬 수 있지만 말이다."

"나 예전부터 궁금했는데——"

그녀는 그렇게 물으며 오펜의 무릎 위에서 레키를 들었다. 그리고 자기가 품에 안으며 말을 이었다.

"《송곳니 탑》은 어떤 곳이야?"

"……한마디로 설명하긴 어려운데."

"한마디가 아니어도 상관없어. 어차피 할 일도 없는데 뭘."

"누구 탓이냐?"

오펜이 눈을 가늘게 뜨며 묻자 클리오는 곧바로 시선을 피했다.

레키도 그런 그녀를 따라 고개를 돌렸다.

'가끔 골려주지 않으면 곧장 잊는단 말이지, 이 녀석은.'

하고 생각하면서 하아, 하고 한숨을 내뱉은 오펜이 말을 이었다.

"《송곳니 탑》이라는 건 도시의 이름이다. 딱히 문자 그대로 탑이 세워져 있는 건 아니야. 아니, 뭐, 탑이 있긴 하지만……."

"……무슨 말을 하고 싶은 거야?"

클리오는 전혀 이해가 되지 않는다는 표정으로 말했다. 오펜은 곤혹스러운 듯이 다시 설명을 시작했다.

"그러니까 말이다, 《송곳니 탑》이라는 명칭에는 수많은 의미가 있어. 일단 첫 번째는 탑이다. 2백 년 전 이 대륙에 인간 마술사가 탄생했을 때――그 발생의 원인이 된 월드 드래곤 노르니르는 마술사를 위해 세계도탑이라고 불리는 건축물을 지었어. 뭐, 지금 들어가 보아도 대체 무엇을 위해 만들어진 탑인지 좀처럼 알 수 없는 모양이고, 애초에 세계도탑의 출입도 금지되어 있지만. 그 탑이라는 놈이, 뭐라고 해야 하나…… 원뿔을 조금 휜 듯한, 요컨대 송곳니 모양을 하고 있거든. 그래서 세계도탑은 《송곳니 탑》이라고 불리게 되었지."

"응."

클리오가 고개를 끄덕이는 것을 보고 오펜은 다시 설명을 이었다.

"그리고 또 다른 의미가…… 도시의 이름이다. 이 세계도탑을 중심으로 펼쳐진 도시가 있는데, 이것도 통칭 《송곳니 탑》 도시라고 불리고 있어. 정식 이름은 '타프렘 시'이지만 말이야. 뭐, 꽤나 인구도 많은, 그럭저럭 큰 도시다."

"토토칸타랑 비슷해?"

"……토토칸타랑 비교하지 마라. 규모가 완전히 다르니까. 기껏해야 3분의 1 쯤 되려나. 그리고 마지막이 가장 일반적인 의미인데—
—다시 말해서, 타프렘 시가에서 조금 벗어난 곳에 흑마술사를 양성하는 거대한 시설이 있어. 그걸 대륙 흑마술사의 최고봉인 《송곳니 탑》이라고 부르지. 정식 명칭은…… 역시 《송곳니 탑》이다만."

"오펜 네가 공부한 곳이지?"

"그래."

오펜은 머리 뒤에서 깍지를 끼고 벽에 등을 기댔다. 그리고 눈을 감고 덧붙였다. 몇 가지의 의미를 가진 《송곳니 탑》이라는 이름——

"……어떤 《송곳니 탑》이든 추억이 있지."

"……예?"

그는 되물었다. 살풍경한 방에서 홀로 침대에 앉은 채로. 두 개 있는 2층 침대의 아래층. 쇠파이프를 엮어 만든 조악한 침대는 방 양쪽에 평행하게 놓여 있다. 방 중앙은 통로로 쓰이고 그 외에 가구다운 가구는 없다. 창문은 하나. 철제 창틀에는 빨간 녹이 슬고 모양도 조금 찌그러져 있다.

그는 방 입구에 선 노인을 가만히 바라보았다. 그 노인은 검은 로브를 두르고 지위를 나타내는 회색 외투를 걸치고 있다. 로브를 두르는 것이 허락된 사람은 《탑》의 고위 마술사뿐이다. 회색 외투는 그중에서도 장로——엘더라고 불리는 최고위 마술사임을 의미했다.

노인은 길게 기른 수염 안에서 낮게 갈린 목소리로 말했다. 고요한 눈빛으로 이쪽을 바라보며.

"너다."

"저……인가요."

"그래. 네가 올라가는 거다."

장로의 말에는 머뭇거림이 없었다. ——그 노인은 묵직하고 침착한 음성으로 말을 이었다.

"우리 《탑》은 미묘한 처지에 있다. 그건 알겠지?"

안다——고 해야 했지만, 실은 잘 알지 못했다. 그는 아직 10살이고, 솔직히 말해 정치에 대한 말을 들어도 딱 와닿지 않았다. 하지만 이 《탑》에서는 그런 어리광은 허락되지 않는다. 그것만큼은 확실히 알고 있었다.

그래서 그는 곧장 고개를 끄덕였다.

장로는 딱히 그것으로 충분하다고도, 그것이 아니라고도 말하지 않았다. 대신 그대로 말을 이었다.

"우리는 인재가 필요하다. 궁정마술사 《십삼사도》로 나가지 않는, 이 《탑》을 위한 구성원이 말이지. 그 사람이 바로 너다. 아니, 그렇게 되어야겠다."

"……."

"이미 6명의 젊은이——너 같은 젊은이가 올라간 상황이다. 그 남자의 교실에 말이지. 모두가 천재적인 재능을 가진 자들이야. 그래. ……바로 너와 같이, 키리란셀로."

"전……."

그는 무언가 말하려 했지만 뒤를 잇지 못했다. 무언가 명확한 이미지가 있던 것은 아니고 단지 입으로 튀어나왔을 뿐이라 의미는 없다. 완전히 없다고 해도 과언이 아닐지 모른다. 그 정도의 말이었다.

장로도 그것을 알고 있었을지 모른다. 그는 주저 없이 무시했다.

"넌 아직 어리다. 하지만 본격적인 교육을 시작하기에는 나쁘지 않은 나이지."

"……."

"네게 내려진 주제는 하나다. 단 하나."

장로는 눈을 감고는 말을 이었다.

"널 가르치는 자를 뛰어넘어라. 그뿐이다."

——헉……——

오펜은 몸을 튕겨 일어나며 눈을 떴다. 자는 도중에 땀을 흘린 것은 아니다. ——심장이 쿵쾅대지도 않는다. 그다지.

하지만 어쨌든 자신이 당황하고 있다는 것만은 자각할 수 있었다. 아니, 오히려 초조함에 가까울까.

"칫……."

오펜은 혀를 찼다. 관자놀이 부근을 손가락으로 긁적이며 주변을 둘러보았다. ——새카만 감옥 안, 창문으로 들어오는 어렴풋한 달빛에 완전히 곯아떨어진 매지크의 얼굴이 하얗게 떠올랐다. 클리오는 없다. ——그녀만은 대기소 숙직실을 빌릴 수 있도록 부탁했다.

창문으로 비스듬하게 들어오는 달빛을 오펜은 가만히 바라보았다. 아무 생각도 하지 않고, 조용히.

마중이 온 것은 다음 날 아침이었다.

제2장 느닷없는 암살자

창문으로 들어온 빛이 달빛에서 아침 햇빛으로 바뀌었다. 그 광경을 보며 오펜은 어느새 다시 잠이 들었던 모양이었다. 하지만 그래도 아마도 약 한 시간 정도뿐이었으리라. ——그 정도만 잔 뒤 문득 눈이 뜨였다.

아침은 항상 기상하기 어려웠다. 하지만 오늘은 전혀 그렇지 않은 점에 그는 마음 한구석이 걸렸다.

'이런 땐 불길한 일이 일어나는데…….'

그는 마음속으로 그렇게 중얼대며 뒤집어쓰고 있던 모포를 걷었다. 당연하다고 하면 당연하지만, 매지크는 아직 감옥 구석에서 깊이 잠들어 있었다. 오펜은 천천히 몸을 일으켜 주변을 둘러보았다. 이상은 없다. 하지만 위화감은 느껴졌다.

'몸이 멋대로 흥분하고 있어……. 뭔가를 예감하는 건가?'

그렇게 자문한 그는 홀로 고개를 저었다. 의미가 없잖아, 하고 스스로를 타이르고——그 증거인 것은 아니지만 입술을 핥았다. 목이 말랐다. 일어날 때면 언제나 그렇지만 오늘 아침은 평소와 조금 다른 느낌이 들었다…….

"매지크!"

오펜은 느닷없이 외치고 몸을 둥글게 웅크리고 잠이 든 자기 학생의 어깨를 발로 찼다. 와하아, 라는 비명을 지르며 매지크가 벌떡 일어났다. 그리고 허둥지둥 변명을 하듯이 손을 휘둘렀다.

"후——훔쳐보지 않았거든요, 정말로——"

"시끄러워! 그 이야긴 진즉에 끝났어!"

오펜은 그렇게 외치고 부릅 표정에 힘을 주었다. 불길함이 점점 부풀어 오름을 느꼈다. 근거는 없지만, 그는 이미 거의 확신하고 있었다——.

'내가 자는 사이에 뭔가가 일어났어.'

하지만 그 예감을 입에 담지는 않고 매지크에게 물었다.

"계속 자고 있었냐?"

"예? ——예, 그런데요……."

매지크가 어리둥절한 얼굴로 대답했다. 그리고 주변을 두리번거렸다.

"저기…… 여기, 감옥인가요? 저 왜 이런 곳에 있는 건가요?"

"클리오한테 물어."

오펜은 짓궂은 기분으로 그렇게 쌀쌀맞게 대답했다. 이상하다는 듯이 이쪽을 보는 매지크는 일단 무시하고, 철창 입구에 손을 대고 재빠르게 읊조렸다.

"나 발을 들이노라, 초대받지 않은 문."

마술이 효과를 발휘하며 철컹, 하고 철창의 잠금쇠가 풀리는 소리를 냈다. 오펜은 말없이 철창을 밀어 열고는 재빨리 그곳에서 빠져나왔다. 뒤에서 따라 나오는 매지크를 기다린 다음, 대기소 바깥으로 이어지는 통로를 보았다.

"……."

그렇게 형태로 굳혀지지 않는 생각을 멍하니 주무르는 사이에 오펜은 매지크가 아까부터 가만히 자신을 쳐다보고 있음을 깨달았다.

갑자기 발로 차서 깨우면 당연할지도 모르지만, 저 의아한 눈빛은 무언가 다른 것을 호소하는 듯으로도 보였다.

궁금해진 오펜이 물었다.

"……왜 그래?"

"아뇨, 저기……. 스승님. 펜던트, 어떡하셨나요?"

"앙?"

오펜은 반사적으로 자신의 가슴에 손을 가져갔다. 평소라면 그곳에 금속의 감촉을 느낄 터다. ──언제나 몸에 달고 있는 드래곤 문장은 그의 거의 유일한 신분증명서였다. 《송곳니 탑》의 흑마술시인 증거. 하지만──

그곳에는 손에 익숙한 은세공품의 감촉이 없었다. 아무것도 없었다.

"어라……?"

오펜은 당황해서 주머니 이곳저곳을 뒤졌다. 평소 잘 때에는 분명히 펜던트를 벗지만, 어젯밤은 벗지 않았을 터다. 하지만 어찌 되었든 주머니 안에도 펜던트는 없었다.

"떨어뜨린 건가?"

"어디에요?"

"모르겠는데……. 어쩌지?"

하지만 오펜은 그렇게 곤혹스러워하는 목소리를 내면서도 실은 반쯤 건성으로 대답하고 있었다.

'《송곳니 탑》의 문장 따위 없으면 없는 대로 끝인 물건이지만…….'

지금 느끼는 위화감은 그 정도로는 끝나지 않는 종류였다.

"칫……."

오펜은 검은 머리카락을 위로 쓸어 올리며 혀를 찼다.

그대로 자기 학생의 대답을 기다리지 않고 눈가에 힘을 주어 통로를 나아가기 시작했다. 원래부터 넓은 대기소는 아니라 몇 걸음만 걷자 곧바로 로비로 통하는 문에 도착했다. 오펜은 문 손잡이를 잡고 잠기지 않은 것을 확인한 다음 단숨에 문을 열어젖혔다.

덜컹…….

훤히 열린 문이 오른쪽 벽에 부딪히며 튕겨 돌아왔다. 로비라고는 해도 현관문에서 이어지는 공간일 뿐, 좀 더 정확하게 비유하자면 그저 넓은 현관이라고 하는 편이 가깝다. 내부 장식은 승합마차 대합실 같은 분위기로, 어제 오펜이 조서를 쓴 것도 이곳이었다. 현관 바로 근처에 모자 걸이가 있고, 옹이투성이인 싸구려 목제 책상이 있고, 술병이 굴러다니고, 의자에는 노년의 레인저가 깊숙이 의자에 걸터앉아 있었다.

레인저가 앉은 의자 너머에는 문이 있고, 그곳이 숙직실로 클리오가 잠들어 있을 터다. 꾸우욱――불길한 예감이 가슴을 찌르는 것을 자각했다.

오펜은 한숨을 쉬었다.

"걱정이 적중했군."

"……예?"

매지크의 의문에는 대답하지 않고 오펜은 로비에 발을 들였다. 그대로 거침없이 방 중앙까지 나아갔다.

노년의 레인저는 완전히 곯아떨어져 있었다. 이곳에 들어온 오펜과 매지크조차도 알아차리지 못하고, 배에 두 손을 올린 채 수염 속의 입은 침묵하고 있다.

'이 할아버지가 이 대기소에는 레인저가 셋이 있다고 했었지——할아버지 이외엔 근처에 집이 있어서 이곳에 묵는 사람은 할아버지뿐이라고도.'

"매지크."

오펜은 바로 뒤까지 따라온 학생을 불렀다.

"아, 예."

매지크가 깜짝 놀란 듯이 대답했다. 오펜은 어깨너머로 소년의 얼굴을 보고 말을 이었다.

"클리오는 저쪽 방에 자고 있어. 마차까지 데리고 나와 주지 않겠냐?"

그는 그렇게 말하며 숙직실 쪽을 가리켰다.

매지크는 켁, 하고 비명을 질렀다. 그리고 자신의 근육이 빈약한 가슴판을 손으로 가리키며 말했다.

"제가요? 간신히 목숨을 부지했는데요? 이번에야말로 본격적으로 살해당할 거라고요."

"괜찮아. 클리오는 이미 화 가라앉혔어. 한 방 먹이고 시원해진 거겠지."

"허어……."

매지크가 석연치 않다는 기색을 보였다. 소년이 반신반의한 태도로 숙직실 문으로 향하는 모습을 보며 오펜은 잠이 든 레인저 쪽으로 다가갔다. 나무 바닥을 밟는 부츠 바닥이 삐걱삐걱 시끄럽게 소란을 피웠다——.

매지크가 숙직실 문을 열었다.

'노크를 안 했군.'

오펜은 마음속으로 그렇게 중얼거리며 노년 레인저의 몸을 건드렸다. 그리고 그대로 몸을 흔들며 말을 걸었다.

"이봐, 할아버지. 일어나."

스스로도 지독하게 치졸한 광대놀음에 아랫배가 쓰라린 느낌을 받았지만, 표정으로는 드러내지 않았다.

"아침이야. 좀 이르지만 일어나지 그래."

그때――

갑자기 와장창, 하고 커다란 도기가 깨지는 소리가 들렸다. 꽃병이라도 벽에 내던진 것일까. ――뭐, 그런 소리였다.

"우와아아아!"

매지크의 비명. 그 뒤를 쫓듯이 클리오의 외침이 들렸다.

"뭐야, 갑자기! 심지어 벌을 받고 24시간 이내에 두 다리로 서다니, 엄청 건방지거든!"

"뭐, 뭐어!?"

"레키! 해치워!"

"스승님은 거짓말쟁이이이이이이이!"

울음 섞인 비명과 함께 폭음이 울렸다. 폭풍에 떠밀려 방에서 뛰쳐나온 매지크는 그대로 대기소 바깥으로 달려갔다. 그 뒤를 쫓아 잠옷 차림의 클리오가 튀어나왔다. 가슴에 앞발을 둥글게 만 딥 드래곤을 안고.

"기다리라고 했지! 역시 내 손으로 직접 때리지 않으면 분이 풀리질 않겠어!"

그녀도 잠결에 삐친 머리를 흔들며 매지크를 쫓아 대기소를 나갔다. 두 사람의 모습이 사라진 후 오펜은 작게 안도의 한숨을 쉬었다.

"후우……."

그는 레인저의 몸을 흔들던 손을 뗐다. 이렇게나 큰 난리를 피워도 노인은 눈을 뜰 기색을 보이지 않았다. 편안히 눈을 감고 손가락 하나 꼼짝 않고…….

오펜은 힐끗 의자 밑을 들여다보았다. 오랜 세월 노인의 체중을 지탱해서 지금은 체중이 실린 형태로 굳어진 의자 밑에는 작은 웅덩이가 생겨 있었다. 지금도 그 웅덩이에 작은 물방울이 의자에서 떨어져 내리고 있다.

그것은 아주 자그마한 피웅덩이였다.

출혈량으로 따지면 나이프에 손가락을 벤 정도이리라. ——핏방울은 노인의 배에 뚫린 상처로부터 흘러내리고 있었다. 상처는 언뜻 보건대 칼날로 인한 상처——그것도 소형 나이프로 인한 자상(刺傷)으로 보였다. 본래라면 출혈이 더욱 심해야 할 터지만, 그렇지 않다는 것은 상처를 입기 전에 심장이 멈췄기 때문일 것이다. 살해당하기 직전에 공포로 쇼크사했거나, 아니면——

"마술로 맨처음에 내장을 파괴당했거나, 지."

오펜은 조용히 혼잣말을 내뱉었다. 다시 말해 이 살인을 저지른 인간은 마술로 레인저를 죽인 뒤 다시 일부러 시체를 찌른 셈이 된다.

피웅덩이를 내려다보며 다시 한숨을 쉬었다. 아까 느꼈던 불안함은 이것이 원인이었군, 하고 그는 조용히 판단했다. 피냄새가 자신을 깨운 것이다. 매지크나 클리오는 느끼지 못할 정도로 아주 희미한 피비린내.

"망할."

오펜은 욕설을 내뱉었다. 의미가 없다. ——의미가 없어, 하고 마음속으로 되풀이했다. 이 노년 레인저의 죽음에는 의미가 없었다.

'타살인 건 틀림없지만…… 누가 이런 짓을?'

노인은 배의 상처를 누르듯이 두 손으로 감싸고 있었다. 울퉁불퉁한 손가락은 모두 피투성이가 되어 움직이지 않는 몸을 스스로 누르고 있는 것처럼 보였다.

'그리고 동기는 제쳐두고라도, 수단은? 같은 대기소에 있던 나나 매지크에게 들키지 않고 사람 하나를 죽일 수 있을까?'

그렇다고 한다면——이것은 살인자의 기술이 아니다.

'스태버(암살자)의 기술이야. 그런 것치고는 참으로 대담한 녀석이다만…….'

"어떻게 된 거지?"

오펜은 자신에게 물으며 몸을 일으켰다. 초조한 심정으로 방 안을 둘러보고——난투의 흔적은 물론 아무것도 없는 것을 확인했다. 레인저는 졸던 와중에 살해당했거나, 아니면 깨달을 사이도 없이 살해당했으리라.

그건 그렇고 무언가 이 살인의 의미를 설명해 줄 것이 실내에 남겨져 있지 않을까 오펜은 초보자의 눈으로 주변을 둘러보았다. 어제 보았을 때와 거의 달라진 것이 없는 난잡한 레인저 대기소. 하나만 내용물이 남아 있던 술병은 이미 모두 텅 비어 있었다. 강도 및 절도범의 범행이라면 캐비닛 같은 곳을 뒤진 흔적이 있어도 좋을 터이지만, 그런 흔적은 보이지 않는다.

"무슨 일이 일어난 거지? ——젠장, 사람이 살해당했는데 난 왜 깨닫지도 못한 거야?"

그는 초조함이 담긴 목소리를 내뱉었다. 그리고 그대로 휙 벽을 둘러보다가――

움직임을 멈췄다.

"……."

의미는 있었다. 적어도 그 순간, 그는 그렇게 생각했다.

레인저의 시체에 정신이 팔려 이제까지 깨닫지 못했었지만…….

노년 레인저 반대편 벽에 피투성이의 단도――틀림없이 살인에 이용한 흉기이리라――가 꽂혀 있고, 나이프의 칼날에는 역시 꼼꼼하게 피칠갑을 한 그의 은제 펜던트가 걸려 있었다. 그리고 그 나이프는 펜던트만이 아니라 한 장의 쪽지도 벽에 고정하고 있었다.

오펜은 오한을 느끼며 중얼거렸다.

"경고, 인가……?"

쪽지에는 유려한 필체로 《송곳니 탑》에는 주의하라, 하고 적혀 있었다.

키에살히마 대륙의 인간 마술사와 드래곤 종족과의 차이점은――한마디로 말해서 의미의 차이라고 할 수 있으리라.

태고 시절, 신들로부터 직접 마법이라는 비의를 훔쳐 자신들의 '마술'로 삼은 드래곤 종족과, 지금으로부터 몇 백 년 전 정도 전에 그 드래곤 종족 중 하나인 월드 드래곤 종족과의 혼혈이라는 형태로 마술사라는 특이한 능력자를 낳게 된 인간――.

발생한 경위도 다르고——시기도 다르며——그저 유래만이 같을 뿐, 그 의미 부여도, 처지도 완전히 다르다. 현재 대륙에서 가장 번영한 무리는 인간 종족이겠지만, 그럼에도 종족의 종합적인 '힘'이라는 의미에서는 인간은 드래곤 종족에게 아득할 정도로 미치지 못한다.

그런 사실을 굳건히 인정하려 하지 않으려는 마술사도 세상에는 있지만…….

어쨌든 매지크는 그러한 무리들과 만나면 한마디 해주겠다고 마음속으로 굳게 다짐했다. 노릇노릇하게 구워지며.

'틀림없이 저건 괴물이야…….'

매지크는 속으로 중얼거렸다. 레인저 대기소 근처. 짧은 마차길이 가도까지 이어지는 중간 지점이다. 아직 이른 아침이기 때문에 조금 어두웠고 근처를 뒤덮듯이 솟은 숲의 거목들이 희미하게 푸른 어둠 속에 떠올랐다.

매지크는 땅바닥에 납작 엎드린 채 시선만 위로 들었다. ——가장 처음으로 보인 것은 자신도 잘 아는 운동화 앞머리.

금발 소녀. 클리오는 잠옷 차림의 품 안에 새카맣고 작은 짐승을 코끝으로 달래다 문득 진지한 얼굴을 보였다.

"하나 묻고 싶은 게 있어, 매지크."

"예히……."

불길한 예감이 들었다——제발, 신이시여——.

클리오는 그대로 말을 이었다.

"어째서 그런 바보 같은 짓을 저지른 거야?"

그렇게 어려운 질문에 어떻게 대답하라고, 하고 생각한 매지크는

분명 신에게 기도한 것이 문제였으리라 결론을 내렸다.

“어째서냐고 물어도…….”

“어째서!?”

클리오는 물러나지 않았다.

‘아니, 얘가 뭐 하나 양보한 적이 있었던가?’

매지크는 그렇게 생각하며 천천히 상체를 일으켰다. 클리오는 뚜벅뚜벅 발소리를 내며 이쪽으로 다가왔다. 대기소 뒤에서 말이 푸드득거리는 소리가 들렸다.

“아~, 그러니까.”

매지크는 은근슬쩍 방어 자세를 취하며 대답했다.

“앙갚음……을 할 작정이었는데…….”

“앙갚음이라고?”

클리오가 째릿 예리하게 노려보며 물었다. 매지크는 뺨을 씰룩이며 말했다.

“아니, 그러니까 저기…… 막 심부름꾼처럼 부려먹으니까, 확 화가 났다고 해야 하나…….”

“……흐응…….”

클리오가 가만히, 수상하다는 눈빛으로 매지크를 바라보았다. 매지크는 어색한 기분에——아니, 클리오의 그 태도가 공격의 전조임을 깨닫고——뒤로 물러섰다. 하지만.

“흐응.”

클리오는 계속해서 그렇게 되풀이하고는 새끼 드래곤을 털썩 왼쪽 어깨에 태우고 매지크에게 등을 돌렸다. 깔고 누운 것처럼 어깨에 올려진 새끼 드래곤과 딱 시선이 마주쳤다.

'어라……?'

일단 도망치기 위해 엉덩이를 뒤로 빼고 있던 자세가 허무하게 돌아간 것에 매지크는 눈을 동그랗게 떴다. 평소라면 여기부터 클리오의 본격적인 공격이 시작될 것인데.

클리오는 그대로 이 이야기는 끝이라는 듯이 매지크를 돌아보지도 않았다. 그저 무의식적으로 레인저 대기소를 바라보는 분위기다. 그것이 도리어 더 불길한 느낌이어서 매지크는 그녀에게 말을 걸었다.

"크, 클리오……."

"……."

클리오는 대답하지 않았다. 말이 들린 기색조차 보이지 않았다.

그 대신 완전히 혼잣말이라도 내뱉듯이 말했다.

"오펜——."

"어?"

"오펜, 뭘 하는 걸까."

"……."

매지크는 대답할 말이 아무것도 떠오르지 않아 멍하니 클리오의 뒤통수를 쳐다보았다. 고양이 같은 동작으로 얼굴을 씻는 딥 드래곤에게 시선을 빼앗기면서도 어떤 생각이 떠올랐다.

'설마, 스승님과 합류한 뒤에 다시 공격할 작정인 건——.'

하지만 그러한 분위기도 아니었다. 결국, 할 수 있는 건 나지막하게 중얼거리는 것뿐이었다.

"스승님은…… 뭔가, 이상했어. 뭐가 어떻게 이상하다고 할 수 있는 건 아니지만…… 뭔가를 숨기고 있는 것 같았어."

"상당히 예전부터 그랬어. 몰랐던 거야?"

그녀가 짜증 섞인 말투로 내뱉었다. 나보고 어쩌라고, 하고 매지크는 입속에서 투덜거렸다. 기분 나쁘게 화를 내네——하고 덧붙이면서.

"난 '것 같았다'고 말했을 뿐이야. 애초에 스승님이 우리한테 뭘 숨길 필요가 있다는 건데."

"……라……."

그 말은 거의 들리지 않았지만, 그녀가 얼굴을 절반 정도만 이쪽으로 향한 덕분에 입이 빠끔빠끔 움직이는 것만은 보였다.

"뭐?"

매지크가 되묻자, 그녀는 인상을 찌푸리고 매지크를 돌아보더니 ——고함을 치는가 싶었더니 조용히 중얼거렸다.

"……모른다고."

"왜 화를 내는 거야?"

"화 안 냈어."

클리오가 부루퉁한 얼굴로 말했다. 매지크는 주저하듯이 엉덩이를 빼고 신음했다.

"역시 화내고 있네."

"아니라고 했잖아."

"그러니까 화내고 있다고……."

"딱히 화낸 적——"

"아, 거 봐. 귀까지 빨갛게 되어선 완전히 화가——"

끈질기게 되풀이하자 클리오의 눈가가 씰룩 경련했다——.

"아까부터 진짜 시끄럽네! 화가 안 났을 리 없잖아! 훔쳐보길 당하고, 남을 왕따 대장처럼 말하고, 오펜은 뭔가를 숨긴다고 생각했더니만 방도 안 바꿔주고 말이야!"

"아아아아! 하지만 뭔가 평소대로 돌아가서 안심이다아아!"

목을 조르는 클리오의 손을 어떻게든 풀어보려고 안간힘을 쓰던 매지크는 그렇게 외쳤고

그때——

느닷없이 어떤 기척을 느꼈다. 머리에 올랐던 피가 단숨에 밑으로 빠져나가는 오싹한 기분. ——매지크는 몸을 부르르 떨고 그 기척의 방향을 시선으로 찾았다.

클리오는 아직도 계속 중얼대고 있었다.

"오펜은 뭔가 날 짐짝으로밖에 안 대해 주고! 용돈도 안 주고! ……어? 왜 그래?"

클리오가 그런 매지크의 반응을 보고 얼이 빠진 듯이 신음했다.

"뭐?"

기척의 방향——막연히 등 뒤라고 생각했지만, 거의 어림짐작이나 마찬가지였다——으로 고개를 돌리려고 하며, 매지크는 되물었다. 클리오가 아직 목에서 손을 놓지 않은 채로 멍하니 중얼거렸다.

"갑자기 왜 입을 다무는 건데?"

"아니…… 뭔가……."

매지크는 입안에서 웅얼거리며 시선을 클리오 쪽으로 되돌렸다. 이 귀족 같은 용모의 소녀는 어느새 머리 위로 이동해 있던 딥 드래곤의 새끼와 똑같이 지극히 단순한 '?' 표정을 띠고 있었다. 그런 그녀의 얼굴을 허라도 찔린 듯이 휑뎅그렁한 눈으로 쳐다보며, 매지크는 망설였다. ——아무런 설명도 할 수 없다. 아무런 파악도 되지 않

았으니까. 그저 무언가를 느꼈을 뿐…….

'……!'

순간, 머릿속에서 그 '무언가'가 형태를 취하며 매지크의 의식에만 그 모습을 드러냈다.

――'위험'

매지크는 순간적으로 반쯤 매달리듯이 클리오의 몸을 부둥켜안았다.

"뭐――뭘 하는 거야!"

클리오가 지른 비명이 귓가에서 찌릿찌릿 울린다. 하지만 그 충격을 무시한 매지크는 전력으로 외쳤다.

"나 잣노라――."

주문의 목소리와 함께 단숨에 짜여진 마력이 자신의 몸 안에서 공간을 향해 방출되는 것을 느꼈다.

"나 잣노라, 광륜의 갑옷!"

키에살히마 대륙의 인간 마술사는 예외 없이 음성마술사라고 불린다――.

음성, 즉 주문을 매체로 마술을 다루는 것이 그 명칭의 유래이다. 주문의 목소리가 닿지 않는 곳에는 마술의 효과가 미치지 않고, 효과 그 자체도 영속하지 않는다. 목소리는 보존할 수 없기 때문이다.

어찌 되었든 매지크는 '이번엔 성공했다'라고 마음속으로 자신에게 갈채를 보냈다. 그의 외침에 응하듯이 무수한 광륜의 벽이 두 사람의 주변을 둘러쌌다. 그 빛의 장벽 속에서 매지크는 필사적으로 기도했다.

'부디 예감했던 위험이 내 마술로 막을 수 있는 종류이길……!'

그 순간——

광륜의 틈새를 꿰뚫듯이 홍련의 섬광이 홍체 안으로 뛰어들어 왔다.

'크——!'

번쩍——!

폭풍이 빛의 장벽을 짜부라뜨릴 듯한 기세로 밀려왔다. 불꽃이 작렬한다. 미쳐 날뛰는 격렬한 빛의 율동——하지만 그 폭발의 중심은 그들이 있는 곳이 아니었다.

레인저 대기소다. 대기소가 갑자기 폭발한 것이다.

——그것을 깨달은 순간, 매지크는 힘이 다해 장벽을 없앴다. 폭풍의 여파가 체구가 작은 그를 땅바닥에 내동댕이쳤다. 클리오도 새끼 드래곤을 품에 감싸며 땅에 넘어졌다.

잠시 후…… 할 말을 잃은 두 사람은 동시에 몸을 일으켰다.

대기소는 흔적도 없을 정도로 깨끗하게 사라져 있었다.

"……뭐……."

클리오가 경악하며 눈을 부릅떴다.

매지크도 몸을 일으키며, 너무나도 황당무계한 사태에 넋을 잃은 표정을 지었다. 대기소는 마치 케이크 위에 올린 과자로 만든 집의 말로처럼 단숨에 푹 파인 듯이 짜부라지고 거대한 불꽃에 휘감겨 있었다.

기름에 불이라도 붙은 것인지, 거뭇한 연기가 하늘로 솟아오르고 있었다…….

"스승님이——."

그렇게 말하려던 매지크는 밑에 있던 클리오에게 떠밀렸다. 그녀는 아직 멈추지 않는 폭풍에 금발을 휘날리며 재빨리 몸을 일으켰다.

"오펜!"

공포가 담긴 목소리로 클리오가 이름을 부르는 것이 들렸다. 매지크도 같은 심정으로 마음속으로 신음했다.

'저 오두막에 계속 스승님이 있었다면…… 살아나지 못했을 거야…….'

대기소는 완전히 무너지고 지붕에서 불꽃을 내뿜고 있었다. 대기소에서 상당히 떨어진 곳에 있던 매지크와 클리오도 마술을 사용해야 간신히 몸을 지킬 수 있었다. ――폭발의 중심에 있었다면――.

반응은 클리오 쪽이 더 빨랐다.

"구해야 해!"

소녀는 그렇게 짧게 외치고 타오르는 오두막으로 달려가려 했다. ――매지크는 황급히 뒤에서 그녀의 팔을 붙잡았다.

"기다려!"

그 순간 클리오가 거칠게 뒤를 보았다.

"뭔 말도 안 되는 소릴 하는 거야!"

그녀는 날카로운 말투로 따졌다.

"오펜을 죽게 만들 셈이야!?"

"그, 그게 아니라……."

매지크는 곤혹스러운 듯이 대답하며 일단 그녀의 팔을 놓았다.

"저 폭발이라면, 살아날 수 없을 거야. ――아, 그러니까 다시 말해서."

그는 자신을 노려보는 클리오의 형상을 보고 말을 고쳤다.

"다시 말해서, 스승님 자신이 아무런 대책도 세우지 않았으면―

—스승님이라면, 우리보다 훨씬 더 능숙하게 몸을 지킬 수 있잖아? 스승님조차 손을 쓸 수 없었다면 이제 와서 우리가 할 수 있는 일은——."

하지만 클리오는 수긍하지 않았다.

"너 말이지, 오펜이라고 만능이 아니거든!?"

그녀는 다시 레키를 품에 고쳐 안으며 대기소 쪽을 돌아보았다. 그리고 뒤를 보지 않고 말을 이었다.

"저 안에서 기절했을지도 모르고……. 넌 걱정 되지도 않아?"

"그야 걱정은 되지. 그런데 우리가 나섰다가 발목이나 붙잡았던 일이 지금까지 수도 없이 많았잖아——."

매지크의 말을 듣고 클리오가 무언가 항의의 목소리를 내뱉으려던 바로 그때——.

느닷없이, 제3자의 말이 들렸다.

"——그래. 문득 생각났는데, 너희는 거치적거려."

"————!?"

갑작스럽게 들려온 목소리에 매지크와 클리오가 동시에 돌아보았다——하지만 목소리가 들렸다고 생각한 등 뒤에는 누구의 모습도 보이지 않았다——.

"누구야!?"

클리오가 날카롭게 외치며 물었다. 매지크도 일단 방심하지 않고 주변을 둘러보았다. 아무도 없다. ——아무도 없지만——.

있다는 것은 알 수 있었다. 방금 전까지 인기척 따윈 느껴지지 않았지만 지금 그 목소리의 기척은 피부를 따갑게 자극할 정도로 이곳에 넘쳐나고 있었다. 심지어——

'이 느낌……. 어딘가에서 만난 적이 있는 녀석……인가!?'

목소리도, 분명히 어딘가에서 들은 적이 있는 느낌이었지만, 명확하게 떠오르지 않는다. 그 상황을 의아해하는 와중에 목소리는 다시 들려왔다.

"……그는, 그 혼자로 충분해."

그 순간, 매지크는 깨달았다.

"위야!"

그렇게 외치며 하늘을 올려다보았다. 그곳에 목소리의 주인이 있었다.

복면으로 얼굴을 가리고 있어서 표정은 알 수 없었다. 하지만……저 녀석은 분명 웃고 있어, 하고 매지크는 직감했다.

매지크와 클리오의 머리 위, 십수 미터 정도 상공에 뻐끔 떠 있는 인영. 살짝 팔짱을 끼고 곧게 선 자세로. 밑에서 올려다보고 있다는 점을 차치해도 그 목소리의 주인——남자이리라. 아마도——의 키는 그다지 크지 않음을 짐작할 수 있었다. 평범한 키에 평범한 몸매. 아니, 약간 말랐을까. 멀리서 보아도 부드러워 보이는, 군더더기 없는 근육으로 뒤덮여 있는 것을 알 수 있다. 전신은 온통 검은색 옷이고 머리카락도 검정. 얼굴을 가린 복면조차 검은색이었다.

클리오가 다시 외쳤다.

"누구냐고 물었잖아! 내 말이 안 들리는 거야!?"

"……내 이름은 너무 유명하거든……."

그는 마치 비아냥대는 듯한 말투로 그렇게 대답했다.

복면 틈새로 보이는 예리한 안광이 조용히 이쪽을 내려다보고 있다. 나이는 얼마 되지 않겠어, 하고 매지크는 직감했다. 자칫하면 자신과 별 차이가 없을지도 모른다. 물론 매지크는 소리도 내지 않고 자신의 몸을 공중에 띄우는 마술은 행사할 수 없지만.

남자——아니, 소년이 작게 주문의 목소리를 중얼거리는 소리가 들렸다. 그와 동시에 그가 천천히 지면까지 내려왔다.

톡, 하고 가벼운 발소리를 내며, 상대가 몇 걸음밖에 떨어지지 않은 거리에 내려섰다. 매지크는 반사적으로 외쳤다.

"나 발하노라——"

하지만 소년은 움직이지 않았다. 복면 틈새에서 이쪽을 바라보는 눈조차 깜빡이지도 않고 작게 알릴 뿐이었다.

"마술 구성에 실패했어. 그래선 효력이 생기지 않아."

"빛의 하얀 칼날!"

매지크는 상관하지 않고 외치며 오른손을 앞으로 내밀었다. —— 하지만 상대의 선고대로 마술은 발동하지 않았다. 미풍조차 일으키지 못하고 허공에 뻗은 자신의 오른손을 보며 매지크는 경악했다. 이윽고——조금 늦게——그렇다면 성공할 때까지 시도하면 됨을 깨달았을 때에는 이미 상대 쪽이 움직이고 있었다…….

"나 발하노라, 빛의 하얀 칼날."

온통 까만 소년의 목소리는 낮게 억눌려져, 마치 이쪽에 아슬아슬 닿을 정도의 목소리로 조절하여 지르는 것으로도 들렸다. ——어쩌면 정말로 그럴지도 모르지만. 순간——이쪽을 향해 조용히 뻗은 소년의 오른손에서 작은 빛이 맺히더니——

다음 순간, 시야 가득 하얀 빛이 가득 찼다. 막지도, 피하지도 못하는 와중에 발사된 광열파가 자신의 살갗을 달구고——

'죽겠어!?'

매지크는 무심결에 죽음을 각오하고 비명을 질렀다. 그러자——

파직, 하고 작은 소리를 내며 빛이 사라졌다. 깨닫고 보자 그렇게나 힘차게 공간을 채우고 있던 광열파의 반짝임은 흔적도 없이 사라져 있었다. 자신도…… 죽지 않았다.

"……."

소년은 말없이 이쪽을 바라보고 있다. 아니, 매지크가 아니라, 매지크를 지나 등 뒤에 있는 다른 무언가를 가만히 응시하는 듯했다. 그 시선을 따라 뒤를 돌아보자 그곳에는 잠옷 차림으로 사나운 표정을 짓고 있던 클리오와, 그녀가 안고 있는 새끼 딥 드래곤이 있었다.

"……레키한테 감사하시지."

그녀 자신조차 간담이 서늘했을 듯한 말투로 그렇게 말했다. 매지크는 순순히 그 말에 고개를 끄덕였다.

'그래……. 레키가 구해준 거구나.'

식은땀으로 축축해진 등을 의식하며 매지크는 사정을 이해했다. 레키 자신은 긴장감이라고는 없이 클리오의 팔에 머리를 올리고 축 늘어져 있을 뿐이다.

설령 태어난지 얼마 되지 않은 레키가 다루는 것이라고 하여도, 딥 드래곤 종족이 다루는 마술은 인간의 마술과는 비교도 되지 않는다. 그렇게 생각하자 매지크는 마음속에 안도가 가득 차는 것을 느꼈다.

거기서 소년이 무언가를 중얼거리는 소리를 듣고 다시 앞을 보았다.

상대는 천천히 입을 열었다.

"오호라……. 《숲》에서 딥 드래곤을 데려고 나온 인간이 있다는

정보는 사실이었군. 뭐, 아스라리엘이 거짓말을 했을 거라고 생각한 건 아니지만, 그녀도 때때로 별난 짓을 벌이니 말이지…….”

그 소년의 목소리에는 딱히 뜻밖의 상황에 대한 당황스러움이 담긴 것도, 초조함이 보이는 것도 아니었다.

단지 소년의 말 중에 아스라리엘이라는 단어가 나온 순간, 레키가 움찔 고개를 움직이는 것이 보였다. 무언가에 반응한 듯이 눈을 깜빡이며.

그것을 본 매지크의 뇌리에 번뜩임이 스쳤다.

“아스라리엘이라면, 그 딥 드래곤을 말하는 거냐? 우리를 놓아 준…….”

“맞아, 소년.”

자신도 별반 다르지 않은 나이일 텐데도 소년은 그렇게 매지크를 불렀다.

“이렇게 된 이상, 내가 그 애를 죽이면 그녀에게 원망을 받겠지……. 딥 드래곤이 사용하는 소생의 마술은 죽은 직후밖에 듣지 않는다고 하니 말이야. 시체의 손상이 심한 경우도 안 된다고 하고……. 그런데.”

그는 복면 사이에서 조용히 눈을 가늘게 떴다. 그리고 딱히 누구를 지칭하는 것도 아닌 말투로 내뱉었다.

“정말로 죽은 게 아닐까 걱정했어.”

“까불지 마라, 빌어먹을 꼬맹이.”

그 대답은 또다시 위쪽에서 들려왔다…….

“오펜!”

클리오가 환성을 질렀다. 매지크도 그런 그녀에게 이끌려 상공을 올려다보았다. 그곳에는 아까 전 소년과 똑같은 모습으로 오펜이 공중에 떠 있었다. 소리도 없이——그저 전신에 가벼운 화상이나 까진 상처투성이라 움직임이 조금 위태로운 인상이었지만.

오펜은 실이 뚝 끊어진 듯이 지면으로 뛰어내렸다. 몇 미터나 되는 높이조차 그다지 장애가 되지 않는다는 듯이 가볍게 내려선 오펜은 매지크와 소년의 사이를 가로막듯이 서서 노려보았다.

"스승님, 무사하셨군요!"

매지크가 그렇게 말하자 오펜은 뒤도 보지 않고 그래, 하고 대답했다.

"죽는 줄 알았지만 말이지……. 누군가 싶었더니 저런 꼬맹이가 그 마술을 쓴 거냐."

"그래. ……이런 꼬맹이가 썼지."

소년은 뭔가 우습다는 듯이 그렇게 중얼거렸다. 매지크의 위치에서는 표정이 보이지 않았지만 오펜이 의아하다는 듯이 어깨를 움직이는 것은 보였다.

그 순간, 소년이 움직였다. 복면 속 눈동자를 번뜩 빛내며.

"나 춤추노라, 하늘의 누각."

중얼거림은 한순간이었고, 그 결과도 한순간이었다. 후욱…… 하고 소년의 모습이 시야 속에서 흐려지더니, 다음 순간 오펜의 바로 앞까지 이동해 있었다.

"공간전이——말도 안 돼!?"

오펜이 비명을 질렀다. 소년은 아무것도 아니라는 듯이 말했다.

"놀라는 건 좋지만, 동요는 빈틈을 낳는 법이야."

그 말고 함께 바로 눈앞에 있는 오펜의 이마에 손가락을 가져다

댔다. 조용히, 그리고 정확하게.

"큭――!"

오펜이 신음하며 한 걸음 뒤로 뛰어 피했다. 그 대응을 보고 복면의 두 눈에서 빛이 사라진 것을 매지크가 깨달았다. 눈을 감은 것이 아니다. ――이유는 알 수 없었지만 매지크는 깨달았다――따지자면, '보는' 눈에서 '노리는' 눈으로 변한 것이다.

그 증거로, 소녀는 아무런 동요도 하지 않고 조용히 입을 열었다.

"나 치노라, 유리의 우박――."

파직――그런 소리가 공간에 생겨났다.

그 순간, 오펜만이 아니라 매지크의 몸까지 하늘을 날고 있었다.

"뭣!?"

"으아아아아흐아아아아아!"

각각 비명을 지른 오펜과 매지크는 수 미터 정도 날아 지면에 뒹굴었다. 소년과――눈을 휘둥그레 뜨며 고개를 향하는 클리오의 등을 바라보며 간신히 몸을 일으켰다.

"……."

복면을 쓴 소녀는 멍하니 자신의 손을 보며 중얼거렸다.

"역시 드래곤에겐 마술이 통하지 않는 것 같네……."

아무래도 클리오도 함께 날려버리려고 했던 모양이다. ――하지만 레키가 그 마술을 막은 것이리라. 매지크의 조금 뒤에서 오펜이 고통으로 신음을 흘리며 일어났다.

"망할……."

이 상황에 투덜거리는 듯했다.

클리오가 매지크의 옆을 스쳐지나가며 허둥지둥 오펜에게 달려갔다. 그녀는 오펜의 얼굴을 들여다보며 물었다.

“괘, 괜찮아, 오펜? 레키한테 치료해 달라고 하는 게 좋을까?”

“아니…… 까진 정도의 상처야. 그것보다 이 녀석의 주의를 한순간이라도 녀석에게서 떼게 하지 마라.”

오펜은 조용한 목소리로 그렇게 말하며 소년 쪽을 향해 턱을 들었다. 매지크도 상대에게 시선을 향하며 물었다.

“그게 무슨 말씀이세요?”

오펜의 대답은 간결했다.

“지금 이곳에서 가장 큰 힘을 가진 건 그 검은 털북숭이야.”

오펜이 레키의 머리를 툭툭 쓰다듬으며 말했다. 레키도 그 손길에 맞춰 코끝을 쿡쿡 위로 들어 오펜의 손을 건드렸다.

“……허어.”

“그리고 두 번째는 저 녀석이다.”

그렇게 말하며 오펜은 살짝 자세를 낮춰 소년 쪽을 경계했다. 뭐어? 하고 클리오가 목청을 높였다.

“무슨 소리야, 오펜!?”

“뭔 소리고 나발이고 진짜야. 넌 이해 못하겠지만, 매지크, 너라면 알겠지? 어떤 이유인지는 모르겠지만 저 꼬맹이의 마술은 나보다도…… 몇 단계 위라는 걸.”

어느 정도 마술이라고 이름이 붙은 무언가를 다룰 수 있는 인간이라면, 다른 마술사가 마술을 행사할 때 공간에 방출되는 마력의 구성을 대략이나마 볼 수 있다. ――그리고 구성의 정밀도에서 상대의 역량을 어느 정도는 추측할 수도 있다.

다만 매지크의 눈으로 보기에는 오펜이 다루는 마술의 구성도, 가만히 이쪽을 바라보는 복면의 소년이 다루는 마술도 모두 자신과는 차원이 너무 달라 비교를 해 보아도 어느 쪽이 위인지는 도통 알 수 없었다.

'뭐어…… 본인이 그렇게 말하니 그 말대로겠지만…….'

매지크는 스승과 소년을 번갈아가며 보며 그렇게 생각했다. 하지만——

"그 표현은 그다지 적절하지 않은걸……."

소년은 여유 넘치는 말투로 내뱉었다.

"당신이 나보다 약한 거야. 순서를 잘못 짚으면 문제가 생기는 법이지."

"……?"

의미를 이해할 수 없었던 매지크는 눈살을 찌푸렸다. 옆을 보자 오펜도 자신과 똑같은 표정을 보이고 있었다.

이윽고 오펜은 그대로 몸을 일으켰다. 곳곳에 화상을 입은 몸을 다시 세게 부딪혀 상당히 괴로운 것일까——. 옆구리 부근을 손으로 누르며 거칠게 숨을 몰아쉬고 있었다.

"공간전이의 마술…… 어째서 네가 쓸 수 있는 거지?"

오펜이 신중하게 물었다. 하지만 소년은 대답하지 않았다. 불투명한 눈빛과 복면으로 가려진 표정으로, 이쪽을 보고 입을 다물고 있었다.

오펜이 발끈한 듯이 외쳤다.

"그건 지극히 특별한 구성을 사용하는 마술이야. ——나의 선생이 만들어낸 특수한 구성을 말이다! 일반 마술사에게는 절대로 공개하지 않았어. ——《십삼사도》조차, 그걸 쓸 수 있는 인간은 없다고!"

“……맞아. 궁정 마술사에게도 숨기고 있는 《송곳니 탑》의 최고 기밀이지. 뭐, 그만큼 위험한 마술이기도 해. 하지만.”

소년은 가볍게 어깨를 으쓱였다.

“난 쓸 수 있어. 당신보다 훨씬 능숙하게. 아니…… 표현이 잘못되었네. 당신이 나보다 서투른 거야.”

“영문을 알 수 없는 소릴——”

“응. 하찮은 고집일 뿐이야. 하지만 더욱 중요한 용건도 있긴 해.”

소년은 척, 하고 손가락을 가리켰다. 매지크와…… 클리오를 순서대로.

“아까 생각했어. 오늘 아침은 명령대로 당신에게 경고만 할 셈이었지만, 거기에 더해서, 당신에게 중요한 것이 또 하나 있어.”

“경고…… 역시 네놈의 짓이었냐!”

오펜이 분노에 거의 이성을 잃은 형상으로 한 걸음 앞으로 나섰다——매지크는 이들이 나누는 대화의 내용을 이해할 수 없었고, 오펜이 어째서 저렇게 화를 내는지조차 짐작이 가지 않았지만, 다음으로 소년이 고한 말은 알지 못한다는 말로 넘어갈 수 없는 내용이었다.

“응, 맞아.”

소년은 그렇게 득의양양하게 고개를 끄덕이고 고했다.

“그리고, 역시 당신은 혼자가 되어야 해. 나처럼 말이야. 그러니까 거치적거리는 저 둘을 스탭하려고 해.”

스탭——이라는 단어는 매지크가 모르는 말이었다. 하지만 그 말을 들은 순간 오펜이 지은 표정으로 보건대, 아무래도 그다지 좋은 의미의 단어는 아닌 듯했다.

“무슨 이유에서냐…….”

오펜이 이마에 비지땀을 맺으며 신음하듯이 물었다. ——조용히 자세를 낮추는, 매지크도 몇 번이나 본 그의 전투태세로,.

'스승님…… 진심으로 싸울 셈이야…….'

매지크는 이유도 모르고 겁을 먹고 조금 뒤로 물러났다. 그러다 실수로 클리오의 발끝을 밟고 말아 뒤에서 그녀에게 얻어맞았다.

그런 난리법석을 피우는 와중에, 오펜의 물음에 소년이 답했다.

"'그녀'의 명령이거든. 그녀는 당신을 원래대로 되돌리길 원해. 어차피 당신도 그녀의 말에는 거스를 수 없으니까 따르는 게 좋을 거야."

소년은 끝까지 시원스러운 말투를 무너뜨리지 않고 말했다. 오펜은 아무런 대답도 하지 않고 조용히 대치했다. 아니, 서로의 거리는 조금씩 변하고 있을지도 모르지만 매지크는 알 수 없었다. 두 사람이 보이는 긴장에 견딜 수 없게 된 매지크는 등 뒤의 클리오에게 속삭이며 물었다.

"클리오, '스탭'이 뭐야?"

클리오는 즉답했다. 평소에는 보이지 않는 굳어진 목소리로.

"뒤에서 찌르는 것……. 다시 말해 암살이란 뜻이야."

켁—— 하고 매지크가 숨막히는 비명을 흘렸다.

"스승님!?"

자신도 모르게 비명 같은 소리를 질렀다. 오펜은 그들의 대화를 듣고 있었는지——짧게 외쳤다.

"레키에게서 떨어지지 마! 클리오한테 매달려 있어!"

그리고 소년을 향해 달리기 시작했다. ——오펜은 믿을 수 없는 속도로 스태버(암살자)——라고 불러도 지장은 없으리라. 스스로 선언했으니까――에게 달려들었다. 작은 동작으로 상대의 동체 한가운데를 노리는 견제의 찌르기――

암살자의 움직임은 오펜 이상으로 작았다. 아주 조금 어깨를 움직인 정도로밖에 보이지 않는 움직임으로 오펜의 주먹을 쉽사리 피하더니, 움직였던 어깨를 살며시 오펜의 가슴 부근에 가져다 댔다.

그런 광경으로밖에 보이지 않았다.

하지만 그렇게 생각했을 때, 오펜이 그 자리에서 공중을 돌아 땅바닥을 굴렀다. 갑자기 몸에 초중력의 마술이라고 받은 듯이 지면에 쓰러져, 피를 토할 기세로 기침을 하는 모습이 보였다. 그는 그대로 지면을 굴러 암살자의 곁에서 후퇴했다.

그런 오펜을 보며 암살자가 고했다.

"놀라운데. 힘의 차이가 이렇게 클 줄은 몰랐어. 이래서야 갱생시키는 것도 고생스럽겠군."

"젠장……!"

암살자에게서 몇 걸음 떨어진 오펜이 몸을 일으켰다. 그때, 매지크의 뒤에서 클리오가 갑작스레 목청을 높였다.

"레키! 뭐든 좋으니까 저 녀석을 해치워!"

매우 막연한 명령이었지만 레키는 일단 '해치운다'는 말을 자의적으로 해석했는지――

화악!

암살자의 몸을 순식간에 새하얀 불기둥이 감쌌다. 높이는 5, 6미터 정도 되는 불꽃의 기둥은 1초도 되지 않아 암살자의 몸을 가렸다.

하지만.

대기소의 불에도 지지 않을 정도로 하늘 높이 솟아올랐던 흰 불꽃 안에서 명료한 목소리가 들렸다.

"바보 같긴. 내가 이 기회를 기다렸다고 생각하지 않아? 설령 드래곤 종족이라 해도——."

그리고 불꽃 안에서 손이 힐끗 보였다. ——이쪽으로 정확하게 조준을 맞춘 손이.

"두 가지 일은 동시에 할 수 없어. 지금 경우는, 공격과 방어겠지?"

"멈춰어어어어어어!"

비명을 지른 사람은 매지크도 클리오도 아닌, 오펜이었다——.

하지만 암살자는 멈추지 않았다.

"나 발하노라——"

클리오가 외치는 소리가 들렸다.

"레키! 막아——."

하지만 그 명령은 매지크도 이미 늦었음을 알 수 있었다. 그리고 자신으로 말할 것 같으면 방어의 마술을 짜올리려고는 하고 있지만 갑작스러운 일이라 대응이 늦어졌다.

'그럴 수가——.'

매지크는 마음속으로 절망의 비명을 질렀다. 불기둥 안의 암사를 향해 꼼짝도 하지 못하고 손을 뻗는 오펜의 등을 보며——

'이래선, 우리 정말로 완전히 짐덩어리잖아!'

짜올리려고 했던 마술의 구성이 허무하게 머릿속을 스쳐 지나간다.

흘러내린 마술은 그 무엇도 되지 못한다. 몸을 지켜주지도 않는다.

'스승님——.'

의미 없는 비명. 매지크는 꾹 눈을 감았다.

그리고 암살자의 '스탭'은 완료되었다.

"빛의 하얀 칼날."

번쩍——!

눈을 감고 있었기에 빛은 보이지 않았다. 하지만 피부에 불꽃의 열기를 느낀 매지크는 어쨌든 암살자가 마술을 발했다는 사실을 알았다. 자신을 노린——자신을 스탭하기 위한 마술을.

…….

'……?'

다시 천천히 눈을 떠 보았다…….

전혀 자각은 없었지만, 매지크는 어느새 지면에 무릎을 꿇고 있었다. 다리가 심하게 떨리고 감각이 없다. 공포로 무릎에 힘이 풀린 것일지도 모른다고 예상하면서 매지크는 고개를 들었다.

레키가 만들어낸 하얀 불기둥은 이미 사라져 있었다. 아마 방어에 전념하기 위해 레키가 지운 것이리라. 바로 앞에 오펜이 아까와 같은 자세——다시 말해 지금의 매지크와 비슷한 모습으로 땅바닥에 엎드리고 있다. 클리오는 어떤 표정을 짓고 있는지는 모르지만, 일단 등 뒤에서 경련하는 듯한 가벼운 오열이 들렸다.

그런 그들의 바로 옆은 열선으로 달구어진 듯이 지면이 일직선으로 까맣게 타 있었다. 겨우 1미터밖에 떨어지지 않는 곳을 암살자가 지른 광열파가 스쳐 지나간 것이다.

마술은 빗나갔다.

"그래. 다시 말해서——"

마치 이쪽의 의중을 읽어낸 듯이 암살자가 말했다.

"방어와 공격은 동시에 할 수 없다는 뜻이지."

"……!?"

아까 전 레키의 마술 탓인지, 암살자의 복면은 불에 타 떨어져 있었다. 덕분에 검은 머리카락을 가진 조금 토라진 듯한 소년의 맨얼굴이 드러났다. 눈빛은 어딘지 냉담했지만, 그것보다도 단순할 정도로 순수한 느낌 쪽이 더 눈에 띄었다. 의복도 모두 불에 타서 완전한 알몸이 된 채로 서 있다. 그것을 보고 클리오가 으켁하고 신음을 지르는 것이 들렸다. 그의 몸 자체는——머리카락도, 그 외의 체모조차도——손상 하나 입지 않았다. 다시 말해 레키의 마술을 막아냈다, 는 뜻이겠지만…….

'그건 그렇고, 마술의 조준을 비껴낸 건…….'

매지크는 믿을 수 없다는 심정으로 암살자를 보았다. 어수룩한 실력의 마술사라면 모를까, 그의 스승까지 제압할 만한 마술사가 집중해 발한 마술이 빗나간 사실을 믿기 어려웠다.

거기서 잘 보자, 암살자의 오른쪽 어깨에 나이프가 꽂혀 있는 것이 눈에 들어왔다. 그 탓에 암살자의 조준이 빗나간 것이겠지만——

'하지만…… 누가?'

매지크는 어리둥절해하며 주변을 둘러보았다. 하지만 발견한 것은 암살자 쪽이 먼저였다.

소년은 고요한 눈빛으로 매지크 일행보다 더욱 뒤를 보았다.

"이런 곳까지 쫓아올 건 없지 않아?"

책망하는 듯한 말투.

대답은 암살자의 말이 향한 곳——매지크 일행의 뒤에서 돌아왔다.

"……널 쫓아온 게 아니야. 그를 맞이하러 온 거야."

그 대답에 깜짝 놀라며 뒤를 돌아보았다. ――클리오도 놀란 듯이 그쪽을 보고 있었다. 시선 너머에 보인 것은, 키가 크고 조용한 분위기의 여자였다.

긴 흑발――매지크는 클리오가 때때로 그런 머리카락을 부러워하는 것을 알고 있다――윤기가 흐르는 스트레이트 다크 헤어가 바람을 타고 흩날린다. 나이는 24, 5 정도이리라. 여름도 가까운 시기이건만 긴 소매에 무늬 없는 검은 셔츠에, 얇고 거의 흰색에 가까운 베이지색의 슬랙스 차림으로, 살짝 보이는 양말의 색은 빨강. 어딘지 졸려 보이는――하지만 예리하게도 느껴지는――눈으로 암살자 쪽을 보고 있었다.

"역시 차일드맨 교실의 학생을 둘이나 상대하는 건 불리하려나……."

암살자는 그렇게 중얼거렸다.

'차일드맨 교실?'

매지크가 모르는 단어였다. 하지만 여자에게는 익숙한 말이었는지, 딱히 반응다운 반응도 보이지 않고 뚜벅뚜벅 걸어왔다. 올려다보면 코끝이 무릎에 닿을 듯한 거리까지 다가온 여자는――척, 하고 손을 매지크의 머리 위에 얹었다. 그다지 의미가 있는 행동은 아니겠지만.

그녀는 그대로 고했다.

"사라져. 키리란셀로의 신병은 내가 맡겠어."

그 말과 함께 타이밍이라도 재듯이 머리를 톡톡 두드렸다. 힐끗 위를 올려다본 매지크는, 그녀의 오른쪽 손목에 가느다란 금속제 손목시계가 둘러져 있는 것을 깨달았다. 아무래도 좋은 일이지만.

그리고――

'아!'

매지크는 마음속으로 외쳤다. 그녀가 조용히 셔츠 옷깃 언저리 안으로 손을 넣더니, 그대로 물 흐르는 듯한 동작으로 은색의 사슬을 꺼내는 것이 보인 것이다. 은제 사슬은 펜던트였고, 그 끝에 달린 것은――

'드래곤 문장――. 이 사람은 《송곳니 탑》의 마술사야!'

그녀의 펜던트 끝에는 검에 얽힌 외다리 드래곤의 문장이 달려 있었다. 오펜이 언제나 지니고 다니는 펜던트와 완전히 똑같은 물건이다. 그녀는 또 그 펜던트를 옷깃 안에 집어넣으며 말을 이었다.

"《송곳니 탑》 차일드맨 교실의 레티샤 맥크레디야. 이렇게 서로 제대로 얼굴을 마주하는 건 이번이 처음이 되겠네."

"칼날을 휘두르는 만남은 '제대로'라고 하지 않거든."

암살자는 그렇게 말하며 피가 뚝뚝 흐르는 상처에서 나이프를 뽑더니, 재빠른 말투로 무언가를 읊었다. ――상처는 순식간에 흔적도 없이 사라졌다.

"그리고 나에 대해선 잘 알고 있을 텐데? 훨씬 옛날부터."

그가 그렇게 말하며 가만히 자신의 가슴을 쓰다듬었다. 그리고 대답도 기다리지 않고 휙 몸을 돌렸다.

"쫓아오지 마."

조용한 중얼거림. 그는 등을 향한 채로 걸으며 말을 이었다.

"오면…… 알겠지? 죽일 거야."

레키에게 명령을 내려 공격을 하려던 클리오를, 여자——레티샤라는 이름이었던가? 가 뒤에서 살며시 제지하며 부드러운 목소리로 속삭였다.

"키리란셀로를 살펴 줘. 그쪽이 먼저야."

"……키리란셀로?"

클리오가 의아하다는 듯이 되물었다. 레티샤는 잠시 눈을 동그랗게 뜨더니, 아아, 하고 무언가를 떠올린 듯한 반응을 보였다.

"오펜——오펜 말이야."

"!"

그 말에 클리오도 오펜의 상황을 떠올린 모양이었다. 아까부터 너무나 조용했기에 매지크조차 그가 이곳에서 없어져 버린 듯한 착각에 사로잡혀 있었다.

"스승님!"

그는 스승의 이름을 부르며 클리오와 함께 오펜의 곁으로 달려갔다. ——그는 가만히 땅바닥에 주저앉아 미동도 하지 않았다. 기절한 걸까? 하고 생각하며 매지크는 스승의 앞으로 돌아갔다.

"괜찮으세요?"

솔직히 말해 도저히 괜찮은 것으로는 보이지 않았다.

오펜은 멍하니 입을 벌리고 경악한 표정으로 허공을 응시하고 있었다. 지면에 두 손을 짚고, 방심한 듯이 가만히 한 곳을 보고는 있지만, 아무것도 보지 않는 것은 명백했다. 그 눈동자가——그리고 몸 전체가 가늘게 떨리는 것을 깨달았다.

"……오펜, 추워?"

옆에서 그의 상태를 살펴보던 클리오가 그런 얼빠진 질문을 던졌다. 레키가 쿡쿡 오펜의 관자놀이 부근을 코로 찔렀다.

그러자――모든 자극에 반응이 없던 오펜의 목 안쪽에서, 작은 신음이 흘러나왔다.

"……말도…… 안 돼……."

"예?"

오펜은 결코 그런 매지크의 물음에 대답하는 말이 아니라, 그저 혼잣말을 되풀이하는 듯한 말투로 중얼거렸다…….

"이럴 수가……. 말도 안 돼, 저 녀석의 얼굴――저건――."

"……그래. 저건 네 얼굴이야, 키리란셀로."

그 혼잣말에 대답한 것은 어느새 오펜의 뒤까지 와 있던 레티샤였다. 그녀의 말에 오펜의 몸이 움찔 떨렸다. ――그는 곧바로 그녀의 얼굴을 올려다보았다.

'처음이야……. 스승님이 이렇게 무서워하는 일은…….'

매지크는 반쯤 놀라며 그렇게 생각했다. 레티샤는 조용하고 감정 없는 목소리로 잇는 말이 들렸다…….

"어서 와, 키리란셀로. 최악의 타이밍이지만, 환영해."

그리고 다시 이곳을 뜨는 암살자 쪽으로 시선을 돌렸다. 하지만 그의 모습은 이미 어디에도 보이지 않았다.

제3장 우울한 귀향자

"……우와아……."

조금 걱정스러운 목소리로, 아직도 잠옷 차림인 클리오가 감탄성을 내뱉었다. 금발 머리 위에 레키를 올려서 마치 검은 모자라도 쓴 것처럼 보이는 그녀는 얼굴을 마치 창문에 밀어붙이듯이 바짝 대고 있었다.

"꽤 큰 마을이네, 오펜?"

"그래."

오펜은 고개만을 들고 훗, 하고 웃었다.

"왕도(王都) 메베렌스트, 상도(商都) 토토칸타, 고도(古都) 아렌하탐, 자치도시 아반라마――이 대륙 4대 도시가 만약 5대 도시까지 늘어난다면, 다섯 번째는 이 타프렘 시가 들어가겠지. 《송곳니 탑》의 도시, 타프렘이라고 말이야."

그는 그렇게 말하며 흔들리는 마차 안에서 가만히 엉덩이를 들어 클리오와 나란히 창문을 들여다보았다. ――모래먼지로 조금 더러워져 변색된 유리 너머에 높은 벽이 보였다. 새하얀 벽은 반쯤 숲에 파묻히듯이 좌우로 이어져 있었다.

그들이 있는 곳은 대륙 마술사 동맹 소유의 마차 안이었다. ――6마리의 말과 천장이 달린 상당히 큰 마차로, 내부 장식은 승합마차와 그다지 다르지 않다. 그리고 마차 둘레를 쭉 따라가듯이 안쪽을 향해 소파가 놓여 있다. 진동을 고려했는지 반발력이 약한, 상당히 푹신

한 쿠션이다. 천장에는 유리등을 다는 고리가 있지만 지금은 아무것도 걸려 있지 않다. 출입구가 되는 문은 진행방향으로 볼 때 오른쪽에 붙어 있고, 그곳 이외에는 전부 소파가 되어 있다. 의자에 감싸이는 형태로 마차 중심에는 간단한 테이블 등이 설치되어 있었는데, 이렇게 흔들리는 곳에서 커피잔을 놓을 수 있을 리도 없으니 그저 거치적거리기만 할 뿐인 쓸모 없는 물건이었다.

힐끗 시선을 향하자 매지크는 뒤쪽에 가만히 앉아 있었다. 그들 이외의 또 한 명의 승객을 신경 쓰고 있는 모양이었다. 매지크와도, 오펜과 클리오와도 떨어져 우아하게 앉아 있는――레티샤를.

'아니, 티시다.'

오펜은 마음속으로 그녀의 이름을 고쳐 불렀다. 그녀는 딱히 누구를 보지도 않고 시선을 살짝 바닥으로 내리고 조용히 앉아 있었다. 검은 셔츠에 밝은 베이지색의 슬랙스는 침착한 분위기의 그녀에게는 상당히 어울리는 차림이었지만, 그녀가 《탑》의 로브를 걸치고 있지 않는 것이 조금 마음에 걸렸다.

순간 그녀가 갑자기 고개를 들었다.

"시내에는 실제로 정말로 그렇게 생각하는 사람도 있어."

"……?"

한순간 어리둥절해하던 오펜은, 그녀가 자신의 말에 맞장구를 친 것을 깨달았다. 그는 어깨를 으쓱이며 대답했다.

"플립 말이야?"

클리오가 눈을 동그랗게 뜨고 자신과 그녀를 번갈아가며 시선을 향하는 것을 내려다보며, 오펜은 그렇게 물었다. 레티샤는 시선을 마주치려 하지 않았지만――

그녀가 억지로 웃는 것은 기척으로 느껴졌다.

"이곳에 돌아왔으니 그에게도 들릴 셈이지, 키리란셀로? 그의 클럽 샌드위치는 아직도 그대로 메뉴에 있어——."

"티시."

오펜은 조용히 경고의 목소리를 발했다. ——그녀는 어깨에 걸린 검은 머리를 손가락에 얽듯이 만지작거리고…… 조금 지나서야 간신히 깨달은 듯했다.

"아아, 미안해. 오펜이었지."

"……."

누군가의 제지라도 받은 듯이 갑자기 대화가 끊어졌다. 어색한 침묵이 마차 안에 흐르기 시작했고——

"아아, 정말!"

처음으로 그런 분위기에 버티지 못한 사람은 클리오였다. ——그녀는 머리 위의 레키를 품에 안고, 덤으로 탁, 하고 머리를 두드리며 외쳤다.

"좀 작작 해! 그러지 않아도 그 징그러운 암살자 같은 녀석이 대기소랑 함께 우리 마차까지 날려 버리고, 짐이고 뭐고 죄다 없어져서 옷도 못 갈아입고, 암살자는 알몸으로 이상한 거나 보이고, 오펜은 다치고, 그리고 무엇보다 내 검! 혼란스러운 와중에 잃어버리고——."

클리오는 단숨에 거기까지 말을 쏟아낸 다음, 간신히 주변의 시선을 깨달은 듯했다. 그녀는 무겁게 시선을 내리고는, 얼버무리듯이 탄식했다.

"……다시 말해, 무진장 불안하다는 거야."

“…….”

결국, 분위기는 전혀 밝은 방향으로 향하지 않았지만――

잠시 후 쿵, 하는 소리가 마차 안에 울렸다. 깜짝 놀라 시선을 향하자 레티샤가 벽을 두드린 소리라는 걸 알 수 있었다.

그녀는 그대로 항복이라도 하듯이 두 손을 힘없이 들며 말했다.

“아~아. 관두자, 관둬. 응, 그만하자. 분명히 이런 분위기는 정신 건강에 안 좋아.”

하고 기분을 추스르듯이 눈을 감고 목청을 높였다.

“확실히 말할게, 키리란셀로――너, 왜 하필 이런 최악의 타이밍에 돌아온 거야?”

“최악?”

되물은 사람은 오펜이 아니라 클리오였지만, 레티샤는 오펜을 향해 말을 이었다.

“적어도 일주일만 늦게 왔더라면――그때까지라면 타프렘 시의 문제도 해결되었을 텐데.”

“……문제……인가요?”

이번엔 매지크의 질문. 하지만 레티샤는 그쪽을 힐끗 보기만 할 뿐 대답은 하지 않고 가시가 돋힌 목소리로 물었다.

“……키리란셀로. 그러고 보니 나, 저 애들에게 소개하지 않았잖아? 물론 나도 저 애들을 소개받지 않았고 말이야.”

“알았어.”

오펜은 한숨을 쉬며 클리오의 머리에 툭, 하고 손을 올렸다.

“이 녀석은 클리오. 토토칸타에서 내가 신세를 졌던 분의 딸이야. 저쪽은 매지크. 내 학생이다. 《송곳니 탑》에 등록할까 생각 중이고.”

"……매지크의 소개는 두 마디인데, 난 한마디뿐이야!?"

손 아래에서 클리오가 험악한 목소리로 외쳤다. 오펜은 다시 한숨을 쉬었다.

"말괄량이, 어리광쟁이, 세상 물정 모르는 녀석, 날붙이 없이는 침대에 들어가지 못하는 엽기적인 여자――이 정도면 됐냐?"

"……날 대체……."

뭔가 석연치 않다는 말투로 웅얼대는 클리오. 오펜은 자신도 모르게 입가를 누그러뜨렸다.

"……그리고 마지막으로, 클리오가 안고 있는 게 애완가축인 피의 야수."

"레키야. 우리 동료라고."

"뭐, 비스무리한 물건이야."

"물건이 아니지!"

"……그리고."

귀를 잡아당기는 클리오를 무시하며, 오펜은 레티샤 쪽을 돌아보았다.

"이쪽이 티시――레티샤다. 《송곳니 탑》 시절 나의 선배였지. 같은 세대 학생 중에서는 월등한 힘을 가진 마술사야. 이쯤이면 됐어?"

"응. 충분해――."

"아직 남았어."

레티샤의 말을 가로막으며 갑자기 입을 연 사람은 클리오였다. 그녀는 아직도 오펜의 귀를 잡아당긴 채로 가만히 그녀를 바라보았다.

"……남은 게 뭔데?"

레티샤의 물음에 클리오는 도발하듯이 대답했다.

"당신도 나한테 소개하지 않았어. ──키리란셀로라는 사람에 대해서."

무거운 침묵이 다시 마차 안에 내려앉았다. 매지크가 불편한 듯이 소파 위에서 몸을 뒤척이는 모습이 보였다. 클리오는 그대로 미동도 하지 않았다. ──상당한 시간이 지난 뒤에야 레티샤는 입을 열었다. 살짝 고개를 기울이고 클리오를 쳐다보며──오펜은 그것이 그녀가 남에게 감탄했을 때에 보이는 동작임을 떠올렸다.

"알았어."

"티시!"

그녀의 대답에 오펜이 소리쳤다. 하지만 레티샤는 아랑곳하지 않고 말을 이었다.

"키리란셀로라는 건 우리보다 한 세대 아래를 대표하는 흑마술사이고──"

"티시! 멈춰!"

그 성량에 놀란 사람은 레티샤보다 오히려 클리오였지만──어쨌든 레티샤는 거기서 입을 다물었다. 그런 그녀를 향해 오펜이 중얼거리듯이 말했다.

"내가 말할게. ──나중에."

"이른 편이 좋을 텐데……"

"좋든 나쁘든 내가 결정할 일이야."

오펜은 그 말만을 내뱉고 입을 다물자, 레티샤는 딱히 상관없다는 듯이 어깨를 움츠려 보였다. 옆에서 매지크가 머뭇거리며 물었다.

"저기…… 그래서, 문제라는 게 뭔가요?"

"아아, 그 이야기 중이었지."

레티샤는 결코 잊고 있었던 것은 아니겠지만, 잊고 있었다는 시늉을 보였다. ――적어도 오펜에게는 그렇게 보였다. 그녀는 가만히 오펜을 보며 말했다.

"타프렘 시에서, 현재 마술사 암살 사건이 빈발하고 있어."

'암살?'

오펜은 마음속으로 되물었다. 그 다음 말은 직접 입 밖으로 꺼냈다.

"마술사를 말이야? 그런――"

"그런 말도 안 되는 일이, 하고 나도 생각했어. 아니, 《탑》에 있는 모두가 그렇게 생각했겠지."

레티샤는 얼굴 앞에서 깍지를 끼고 진지한 눈빛으로 이쪽을 바라보았다.

"누가 살해당했지?"

오펜의 물음에 레티샤가 즉답했다.

"누가, 라기보다는 피해자가 한둘이 아니야. ――빈발이라고 말했잖아?"

"그럼…… 어떤 녀석들이 살해당한 건데?"

"《탑》의 장로들. 예외없이."

"……뭐?"

또 즉답한 그녀에게 오펜은 얼빠진 신음을 흘렸다. 옆에서 클리오가 어리둥절한 얼굴로 물었다.

"장로?"

오펜은 그런 그녀를 쳐다보았다.

"어차피 너니까 또 양로원 같은 곳을 상상하겠지만…… 그거 아니다. 미리 못 박아 두겠는데. 장로, 다시 말해 엘더라는 건 《탑》 집행부 내에서 일하는 인간을 말해. 뭐, 그야 물론 할배나 할멈들이 많은 건 당연하지만 말이다."

"그런데——"

이번에 옆에서 끼어든 것은 매지크였다.

"《탑》의 사람이 타프렘 시에서 살해당한 건가요? 왜 굳이 마을로 나와서 살해를 당한 건가요? 호위 같은 건 안 데리고요?"

"난 《탑》에 살았다만."

오펜은 힐끗 레티샤 쪽을 보며 대답했다.

"《탑》에서 관리직을 맡은 인간은 대부분 타프렘 시에 거주권을 가지고 있어. 뭐, 딱히 반드시 행사해야만 하는 권리인 건 아니다만, 마을에 사는 편이 더 편리한 건 확실하거든. 장로는 거의 모두가 마을에 집을 가지고 거기서 살아."

레티샤가 그 뒤를 이어 보충했다.

"그리고 말이지, 마을에 집을 가지고 있다는 건 하나의 훈장이기도 해. 우리의 선생님도 한 채 가지고 계시고. 그다지 돌아가지 않는 모양이지만……."

"오펜 넌 왜 없어?"

실로 이상하다는 듯이 묻는 클리오에게 오펜은 깊이 탄식했다.

"너 말이다. 난 《탑》을 나왔을 때 겨우 15살이었다. 집 같은 걸 가질 신분이겠냐."

"《탑》의 흑마술사들은 대개 모두가 자신의 집을 가지는 것을 동경해. ——교사가 된다든가, 장로의 일원으로 들어간다든가, 그런 것보다, 무엇보다 훨씬 더 말이야. 하지만 그 권리를 손에 넣은 장로들이 지금은 살해당하고 있어."

레티샤는 거침없이 말하고 나서 입을 닫았다. 그리고 잠시 후——오펜을 비롯한 세 명의 표정을 순서대로 보며 말을 이었다.

"저번 주에 3명. 이번 주에 들어와서는 벌써 2명. 더할 나위 없을 정도로 스마트하게 살해당했어. 이 페이스로 가면 한 달 후에는 엘더 멤버가 절반으로 줄겠지. 두 달을 내버려두면 전멸이야. 결국 진심으로 나서기 시작한 킴라크 교회의 죽음의 교사들이 벌인 짓이라든가, 《십삼사도》의 짓이라는 의견도 나오고 있어. 하지만 포르테 퍼킹검은 정답을 찾아내 내게 알려주었어. 그의 '네트워크'가 암살자의 얼굴을 목격하는 데 성공했거든."

"차일드맨 네트워크인가……."

오펜은 경외가 섞인 목소리로 그렇게 중얼거렸다. 포르테가 물려받은, 차일드맨 교사가 독자적으로 지닌 극비 조사망——실체는 당사자인 차일드맨과 포르테 이외에는 아는 자가 없다고 하는데——

레티샤는 무표정하게 고개를 끄덕였다.

"맞아. 느닷없이 타프렘 시에 나타나 장로들을 의미도 없이 참살하는 한 암살자의 이름을 알아낸 거지. 그리고 그 자를 처치할 수 있는 사람은 나밖에 없다고 그가 말했어."

"……어째서지? 넌 분명히 전투훈련도 받았지만 마술사를 죽이는 암살자와 싸울 정도의 전문 훈련은——."

"전문 훈련은 필요 없어. 어차피 누구든 그 암살자를 쓰러뜨릴 순 없을 테니까."

레티샤는 그렇게 말하고 표정 없는 얼굴에 아주 살짝 시니컬한 미소를 띠었다.

“외견과 언동, 그리고 행동 패턴. 그리고 실력을 보면 추측이 빗나갈 일은 없을 거라고——정말 몇 년 만인지, 포르테가 무언가를 단언하는 일은. 그는 암살자를 키리란셀로라고 특정했어. 그리고 마침 그때에 레인저 대기소에서 오펜이라고 이름을 대는 《탑》의 흑마술사를 구속했다는 연락이 오고——네 이름은 하티아의 보고서로 알고 있었으니까…….”

그녀는 고개를 저었다.

“난 널 데리고 어딘가로 도망치거나, 아니면 내 손으로 죽일 작정으로 널 맞이하러 간 거야.”

덜컹——

바퀴가 돌에라도 걸린 것인지 마차가 흔들렸다.

대륙 마술사 동맹의 대형 마차는, 지옥 같은 침묵을 담고 타프렘 시로 다가갔다.

대륙 어느 마을이나 마찬가지지만, 어느 정도 지위가 있는 자는 제하더라도 마차는 시내에 들어갈 수 없다.

그래서 결국 시내에서는 도보로 이동하게 되는데, 여행객에 따라서는 오히려 도보를 좋아하는 자도 있다. 평소라면 클리오도 그런 부류였지만…….

그녀는 오펜의 망토를 몸에 감고 매우 부루퉁한 얼굴이었다.

“잠옷 위에 망토나 걸치고…… 가출했다 끌려가는 도중도 아니고…….”

투덜거리며 땅바닥을 발로 차는 클리오. 머리 위에 올라가 있던 레키가 동정하듯이 그런 그녀를 내려다보았다.

그 옆에서 아무래도 그녀가 마음에 든 모양인 레티샤가 말을 걸었다.

"자, 자. 집에 도착하면 내 옷 빌려줄 테니까 마음 풀렴."

클리오는 곁눈으로 키가 큰──힐도 신지 않았는데 오펜과 비슷한 높이였다──레티샤를 올려다보고,

"사이즈가 안 맞는데……."

하고 원망스러운 듯이 중얼거렸다. 그런 클리오의 투덜거림에 진 듯이 레티샤가 한숨을 내쉬는 소리가 들렸다.

"알았어……. 사 줄게."

"♪"

그대로 소녀의 술수에 걸려들었다는 경고는 굳이 하지 않은 채, 오펜은 모두 무시하고 걸음을 내디뎠다. 타프렘 시가지로──.

그는 말없이 주변을 둘러보았다.

어느 마을이나 관문 근처는 가장 번듯하게 짓는 법인데, 역사적으로 몇 번이고 재건축된 타프렘 시는 더욱 그런 경향이 심했다. 도시 경비대의 검문을 받아 문을 지나자 그곳으로부터 길이 부채꼴 모양으로 뻗어 있었다. ──일그러진 렌즈로 들여다보는 듯한 건물들은 주로 벽돌로 지어져 있고 고층 건물은 그다지 보이지 않았다. 민간 주택은 대부분이 아파트 단지로, 하수도가 완비되어 있다는 증거로 맨홀이 길 이곳저곳에 보였다. 시의 입구에는 예를 들어 아렌하탐과 같은 분수나 광장은 없지만, 길은 상당히 넓어서 다소 사람들이 몰려 있어도 괜찮도록 지어져 있었다. 아니, 오히려 광장이 그대로 길이 되었다고 표현하는 편이 더 가까우리라.

그리고 마을 중앙에는 하늘을 향해 우뚝 솟은 백아의 탑이 있다.

약간 오른쪽으로 기울어진, 구부러진 탑——마을의 상징인 세계도 탑이다.

길 여기저기에는 당연하지만 수많은 사람들이 있었다. 꼬치에 꿴 야채를 구워 파는 노점부터 마차를 개조한 작은 무대에서 홀로 오페라를 여는 젊은이까지. 물론 흑마술사 후보생인 듯한 모습의 사람도 보였다. 그 외에도 길을 청소하는 자원봉사자, 순찰을 도는 경관, 장바구니를 둘이 함께 든 사이 좋아 보이는 남녀, 노점상에 꽃팔이, 벤치 옆에 유모차를 두고 아기에게 책을 읽어주는 젊은 여자——결혼 제도가 없는 타프렘 시에는 기본적으로 부부라는 것이 존재하지 않으니 베이비시터 아르바이트이리라.

"……그리워?"

자신도 모르게 할 말을 잃은 오펜의 뒤에서 레티샤가 말을 걸었다. 오펜은 그녀에게 시선도 주지 않고 대답했다.

"그야 그렇지."

"얘, 오펜!"

레티샤의 말에 끼어들듯이 클리오가 오펜의 앞으로 돌아왔다. 그녀는 망토 옷깃을 누르며 목청을 높였다.

"여기, 오펜 네가 옛날에 살던 곳이지? 어느 근처에서 살았어?"

"아까 말했잖냐. 내가 살던 곳은 여기가 아니라고. 《송곳니 탑》에 있었어."

그렇게 말하자 클리오가 불만스러운 표정을 지었다.

"뭐~? 그럼 이 마을 안내, 못 해?"

"관광이라면 내가 안내해 줄게."

소녀의 뒤에서 레티샤가 제안했다. 클리오는 그렇다면 딱히 상관

없었는지——새로운 곳에 왔을 때 그녀가 늘상 그러듯이 열심히 주변을 둘러보았다.

"저기, 여기 뭔가 되게 번성해 있다. ——이렇게 촌구석에 있는데. 아, 내 말 기분 나빴어, 티시?"

어느새 호칭이 애칭이 되어 있었다. 레티샤가 아니 별로, 라는 듯이 어깨를 으쓱여 보이자 소녀는 신이 나 머리 위에 있는 레키의 등을 쓰다듬었다.

"번성도 번성인데, 사람이 많아. 분명——저 양동이 뒤집어쓰고 걷는 사람은 뭘까? 아, 피시 앤 칩스 판다. 나 저거 좋아해. 나중에 사 줘. 극장 예고 간판이 있어. 정탐하고 올게——."

말이 끝나기 무섭게 길 너머로 달려가는 클리오. 오펜은 그녀의 뒷모습을 바라보며 얼이 빠진 듯이 탄식했다.

"저 녀석은 분명 체온이 높을 거야."

"그럴지도 모르겠네."

레티샤가 그 말에 동의했다. 그러자 등 뒤에서 기묘한 목소리가 들렸다.

"으~……."

신음소리와 다리를 끄는 소리——일부러 돌아보지도 않자 그 소리는 또 신음으로 변했다.

"스~승~니~임~……."

"늦었다."

오펜이 나지막하게 말했다. 시선은 여전히 앞. 레티샤가 대신 뭔가에 놀란 듯이 목소리가 들린 쪽을 보았다.

그녀는 턱 밑에 가볍게 쥔 주먹을 대며 말했다.

"저기, 키리란셀로. 역시 네 명분의 짐은 무리가 아닐까……?"

"무슨 소리야. 클리오의 짐은 거의 다 날아가 버렸고, 티시 넌 원래 짐 같은 거 거의 없었으니까 겨우 이인분――"

"이상하게 무겁다 싶었더니 스승님의 가방 안에 커다란 돌 같은 게 들어 있었다고요! 이 마을 들어올 때 경비한테 검문을 받다가 '이건 뭡니까?' 하고 질문을 받았을 땐 죽는 줄만 알았어요!"

짐을 안고 땀투성이가 되어 시끄럽게 소란을 피우는 매지크에게 오펜은 그제야 고개를 돌리고 눈살을 찌푸렸다.

"뭐가. 그 정도야 괜찮잖냐."

그는 그렇게 말하며 매지크가 짐 안에서 꺼내 안고 있는, 인간의 머리통만한 커다란 돌을 가리켰다.

"그리고 계속 돌, 돌 하면서 무시하지 마라. 중요한 돌이니까."

"중요한……?"

수상하다는 듯한 매지크. 뭐, 그가 보기에는 평범한 돌로밖에 보이지 않으리라.

오펜은 돌의 끄트머리를 가리켰다.

"봐라, 여기 문양. 각도에 따라서는 옛날에 기르다 변사한 고양이의 사체처럼 보이잖냐."

"그런 기분 나쁜 문양이 새겨진 돌을 들고 돌아다니지 마세요!"

매지크가 쿵, 하고 돌을 아스팔트 위에 내던지고 아우성을 쳤다. 그리고 그대로 가만히 오펜을 바라보며 다가왔다.

"골리시는 거죠? 골리시는 거죠? 절 골리시는 거 맞죠!?"

"트집 잡지 마라. 어리석은 녀석 같으니."

"스승님이 그런 말을 할 자격이 있어요!?"

"야, 티시. 이 녀석, 클리오가 멱을 감는 장면을 훔쳐봤다가 반죽음당한 거 아냐?"

"어머, 그래?"

"퍼뜨리지 마세요오!"

오펜은 결국 반쯤 울상이 되어 외치는 매지크를 손으로 제지했다.

"자, 자. 일단 진정해라. 그런 것보다 자, 저길 봐라."

그는 클리오 쪽을 가리켰다. ——그녀는 길 너머에서 뭔가 질이 나빠 보이는 녀석들과 격렬하게 말싸움을 벌이고 있었다. 매지크는 히이이, 하고 비명을 질렀지만 오펜은 딱히 당황하지 않았다.

"딱히 저런 녀석들이랑 맞붙는다 해도 저 녀석이 어떻게 될 거라곤 생각하지 않지만, 아무도 도우러 가지 않으면 분명 나중에 심기가 틀어질 거다——."

"히에에에에에에에!"

매지크가 공포로 질린 비명을 지르며 클리오가 있는 쪽으로 달려갔다. ——물론 그녀의 몸을 걱정해서라기보다도 그녀가 토라져 그에게 화풀이를 하는 미래를 두려워한 것이겠지만.

머리를 부둥켜안고 달려가는 제자를 보며 오펜은 빙글빙글 웃으며 손을 흔들어 주었다.

"참고로 이 마을에선 싸움은 금지다~. 얻어맞았다고 반격하면 너도 체포될 거야!"

"스승님은 바보오오오오오오!"

바락바락 악을 쓰며 멀어져 가는 매지크의 모습을 흐뭇하게 바라보고 있자, 옆에서 레티샤가 쓴웃음을 짓고 관자놀이에 엄지를 대며 조용히 말했다.

"못된 선생님이네."

"차일드맨처럼은 안 되는 건 알고 있어."

"그런 문제가 아닌 것 같은데……."

"내게는 그런 문제야. 너무나도 잘난 교사 밑에 있으면 학생은 콤플렉스를 가지지. 그래도 그걸 좋은 의미로 가지게 해 준다면 좋지만…… 대개의 경우는 역경에 약해지게 되지."

"……."

레티샤는 잠시 입을 다물었다.

"그럼 네 행동은 모두 일부러 그러는 거야?"

"아니. 대부분은 나 즐거우라고."

"……아 그래."

그녀의 중얼거림에 오펜은 그쪽으로 고개를 향했다. 시선이 마주치고, 한참을——이라고 할 정도의 시간은 아니었지만——바라보았다.

시선을 돌린 것은 오펜 쪽이 더 빨랐지만, 입을 연 것은 레티샤가 먼저였다. 그녀는 안도의 한숨을 내쉬며 말했다.

"하지만 안심했어. 아까부터 너다운 모습이 보이질 않았었거든."

"나다운 모습?"

"정확히는 나도 몰라. 하지만 아깐 침울해져 있었던 것처럼 보였거든."

그 말을 듣고 오펜은 콧방귀를 뀌었다. 그리고 길 너머에서 삐죽삐죽한 돌기를 박은 가죽옷의 남자에게 매지크가 멱살을 붙잡히는 모습을 보며 말했다.

"그럼 어쩌라고——? 태평하게 웃어넘기라는 거야? 죽을 뻔했는데?"

"그 암살자——'키리란셀로'에 대해서는 나중에 더욱 자세히 말할 게. 그러니까 지금은 아무 생각도 하지 말아 줘. 내 설명을 들을 때까지 선입관을 가지게 하고 싶지 않아."

"왜?"

"아마…… 그에 대해서 올바로 판단을 내릴 수 있는 사람은 너밖에 없을 테니까."

"……."

진지한 얼굴의 레티샤를 보며——오펜은 작게 신음했다.

"내 고양이, 잘 있어?"

"……어?"

그녀가 허를 찔린 듯한 반응을 보였다. 오펜은 계속해 물었다.

"맡겼잖아? 내가 《탑》을 나올 때에. 그땐 아직 새끼였는데, 이젠 다 컸지?"

"그야 잘 있긴 한데…… 돌려주진 않을 거야. 날 따르는걸."

"그것과 마찬가지야."

"……?"

"나도 너한텐 돌려줄 수 없는 게 있어. 그러니까 날 키리란셀로라고 부르지 말아 줘."

오펜이 조용히 바라보자, 그녀는 문득 곤혹스러운 듯한 눈빛을 보였다. ——그 눈빛은 옛날에도 자주 보여주던 표정으로, 그가 뭔가 떼를 쓰고 그녀가 이런 눈빛으로 바라보면, 자신의 떼를 받아들여 준 것임을 오펜은 기억하고 있었다.

그녀는 그다지 크게 부풀리지도 않은 폐에서 억지로 쥐어짠 한숨을 흘리고, 한쪽 눈을 감으며 대답했다.

"……알았어."

저 너머에는 이제 슬슬 긴장감이 한계에 달한 듯한 매지크가 불량배를 상대로 이길 리 없는 난투에 들어가고 있었다. 클리오가 환성을 지르며 그런 그를 부추겼다.

도시 경비가 오면 말리면 되겠지, 하고 오펜은 그리운 거리에서 올려다보아도 어느 땅에서나 변함이 없는 하늘을 올려다보며 멍하니 생각했다.

'맥크레디 교실'

그런 간판이 걸려 있는 것은 아니다. ――그 탓인지 그 저택은 단순한 민가로 보였다. 겉보기로는 이미 지어진 저택을 개축한 듯 보이는 건물로, 정원도 상당히 넓었다. 길에서는 높은 벽에 둘러싸여 있어 안이 보이지 않는다. ――그들이 지금 서 있는 문 앞에서도 부지 안을 잘 들여다볼 수 없도록 만든 구조였다. 문을 통해 들어가면 바로 울창한 나무로 둘러싸여 있기 때문이다.

부지가 위치한 곳은 타프렘 시의 떠들썩한 번화가로부터 상당히 떨어진 곳이었다. 바로 근처에는 언덕이 있고, 방풍림으로 보이는 나무가 서 있다. 그 언덕 너머에는 작은 계단식 밭이 있으며, 취미로 만든 가정농원이라고 하였다. 주인은 《탑》의 마술사인 듯하지만 레티샤는 이름까지는 알지 못하는 듯했다.

"그러고 보니."

거기서 오펜이 뭔가를 떠올린 듯이 물었다.

"티시 너도 옛날부터 자기 집을 가지는 게 꿈이라고 하지 않았어?"

레티샤는 걸음에 지친 클리오의 손을 잡아 이끌어 주는 도중이었다. 하지만 오펜의 말은 제대로 들었는지 후, 하고 미소를 지으며 대답했다.

"맞아. 정확하게는 집을 가지는 게 아니라 가족을 가지는 것이었지만."

"……저기, 이런 걸 묻는 건 실례일지도 모르는데요."

클리오의 뒤를 걷던 매지크가 질문을 던졌다.

"뭐니?"

"레티샤 씨는 가족이 안 계신가요?"

소년의 물음에 레티샤는 별달리 망설이지 않고 어깨를 으쓱이며 대답했다.

"피가 이어진 육친은, 응, 없어. 하지만 그건 《탑》의 마술사가 가진 숙명 같은 거야."

"숙명이요?"

"《송곳니 탑》의 마술사 대부분은 고아야. 그러는 나도 가족이 없잖냐."

아까의 난투 탓에 여기저기 너덜너덜해진 매지크는 오펜을 향해 똑바로 수상쩍은 시선을 보내 왔다.

"스승님은 여러가지 의미로 규격 외시니까……."

"그게 뭔 의미냐."

"아뇨, 딱히……."

"자, 자."

사제 사이에 레티샤가 끼어들었다.

"어쨌든 《탑》의 훈련은 특수하다 보니까 학생의 사망률이 높아. 제대로 된 부모라면 자기 자식을 그런 곳에 입문하게 하진 않겠지. 그런 거야."

그 말을 듣고 매지크의 얼굴에 문득 불안한 빛이 떠오르는 것이 보였다.

"……스승님, 절 《탑》에 등록하시겠다고 하지 않으셨던가요?"

"등록하는 것만이라면 아마 괜찮을 거야. 딱히 저주에 걸리는 것도 아니고."

"지금의 상태로 이미 진즉에 뭔가 저주에 가까운 것에 걸린 느낌이 들지 않는 것도 아닌데요……."

하고 웅얼거리며 매지크가 머리를 부여잡은 그 순간──

따악!

오펜은 갑자기 시야가 진동하는 것을 느꼈다. 시야의 초점이 흔들리더니 순식간에 아무것도 보이지 않게 되었다. ──한 박자 늦게 그는 진동한 것이 시야가 아니라 자신의 머리라는 것을 깨달았다. 뒤통수에 돌멩이를 맞은 것이다.

"뭣……!?"

비명이라기보다 경악에 가까운 소리가 입 밖으로 흘러나온 오펜은 어깨너머로 뒤를 보았다. 레티샤나 매지크도 깜짝 놀란 듯이 그쪽을 보았다. 아픔과 충격 탓에 몽롱해지려던 머리를 누른 오펜은 얼굴을 찌푸렸다──.

어지간한 크기의 돌을 한 손에 들고 뒤에서 이쪽을 가만히 노려보고 있는 사람은 어린아이였다. 나이는 10살 정도일까. 성별은 여자로, 가늘고 건조한 느낌의 머리카락을 댕기로 땋았다. 그 아이는 결코 얄미운 장난기가 아니라 어딘지 사명감에 불타는 눈으로 오펜을 보며 느닷없이 외쳤다.

"목표물을 향해 제2격, 이야앗!"

동시에 손에 들고 있던 돌을 던졌다. 그 공격은 당연하다는 듯이 피했지만, 어린아이를 상대로 진심으로 화를 내며 반격할 수도 없었던 오펜은 멍하니 서서 그 소녀를 바라보았다.

소녀가 당황한 듯이 의미가 있는지 없는지 알 수 없는 말을 외쳤다.

"목표물은 공격을 회피! 어떡하지?"

옆에서 레티샤가 목청을 높였다.

"패트!"

"……아는 애야?"

곁눈으로 그녀를 보며 오펜이 물었다. 그녀는 고개를 끄덕였다.

"우리 교실 학생 중 하나. 아직 견습이지만."

"학새앵? 이렇게 어린 애가?"

이건 클리오의 말이었다. 그 소녀의 나이는 딱히 마술사 견습으로서 학습을 시작하는 연령으로는 특이할 정도로 이른 것은 아니었지만, 클리오에게는 놀라운 일이었으리라.

소녀——패트라는 이름인 모양인데, 어쨌든 그녀는 슬금슬금 후퇴를 시작했다.

"목표물의 데이터로 보건대 반격은 명백! 패트는 퇴각합니다. 그럼 안녕히 계세요——."

"기다려!"

완전히 등을 돌려 도망치려던 패트를 레티샤가 제지했다.

옷핀으로 고정된 표본처럼 팔다리를 어색하게 멈춘 소녀.

오펜이 아연해 있는 동안, 레티샤는 팔짱을 끼고 억지로 화를 억누르는 듯한——하지만 결코 완전히 숨기지는 않은——목소리를 냈다.

"패트——. 선생님의 손님에게 돌을 던지는 것이 과연 올바른 예의라고 할 수 있겠니?"

"아뇨……. 저기…… 선생님. 그러니까 패트는……."

소녀는 조심조심 뒤를 돌아보더니, 명백히 공포로 질린 얼굴을 보였다.

"패트는 이용당했어요."

"이용?"

레티샤가 움찔 눈썹을 움직였다. 아직 지끈거리는 뒤통수를 쓰다듬는 오펜의 옆에서 훌쩍 매지크가 다가왔다. 그는 발밑에서 뭔가를 주워 오펜에게 보였다.

"이걸 맞으셨어요."

매지크가 주운 것은 손바닥 크기의 둥근 돌이었다. 시내에 냇가 따위는 없을 테니 화단의 테두리로 사용하던 돌이라도 가져온 것일까. 오펜은 쓰게 웃으며 그 돌을 받았다.

"날 죽이기엔 좀 부족했던 모양인데."

그런 말을 하는 동안에 저쪽에서는 대화가 진행되고 있었다.

"이용이라니?"

레티샤는 뚜벅뚜벅 패트에게 다가가, 이상하다는 듯이 물었다. 패트는 그녀가 다가올 때마다 작아지는 목소리로 대답했다.

"저기…… 그러니까, 노라가 인질로 잡혀서, 저기……."

"노라? 고양이가 어떻게 됐는데?"

"그러니까, 선생님이 안 계실 때 오빠가 이상한 걸 데리고 와서!"

추궁을 당해 자신도 모르게 목소리가 커진 소녀가 그렇게 대답한 순간, 익숙한 목소리가 주변에 울렸다——.

"누가 '이상한 것'이냐! 인질을 잡고 있다는 사실을 잊고 그런 말을 했다간 더러워진 담요로 감싸 죽일 거다!"

"……."

오펜은 이제 목소리가 들리는 쪽을 보려고도 하지 않고 머리를 부둥켜안았다.

"스승님……."

"참고로 저쪽이야."

매지크가 클리오가 가리키는 쪽을 질색하며 보았다. ——지붕 위. 2층 구조 저택의 지붕 안 다락방에 난 창문 바깥. 거뭇한 빨강의 지붕 위에 짤뚝한 인영 둘이 우뚝 서 있었다.

아니, 정확하게는 하나는 우뚝 서 있고, 다른 하나는 지붕 안 다락방의 창틀에 달라붙어 생각지도 못한 높이에 몸을 떨고 있었다. 우뚝 선 쪽은 모포 망토에 검을 찬 지인 소년——또 한 쪽도 역시 지인으로, 검은 차고 있지 않다. 그 대신 두꺼운 안경을 끼고 있다. 둘 다 비슷하게 검은 머리를 부석하게 기른 모습으로, 어찌 되었든 오펜에는 모를 리 없는 얼굴이었다.

'저자식들은~…….'

한심한 표정으로 신음을 내뱉고 있자 별안간 문이 열렸다.

그 안에서 허둥지둥 마른 인상의 소년이 뛰쳐나왔다.

"아~! 아무데도 없다 싶었더니 저런 곳에!"

소년은 나오자마자 지붕을 보고 그렇게 외쳤다. 흑발을 길게 기른 14, 5살 정도의 소년이었다. 그와 거의 동시에 패트가 목청을 높여 외쳤다.

"오빠!"

"티피스!"

이름으로 부른 사람은 레티샤 쪽이었다. 티피스라는 이름인 듯한 소년은 두 사람 쪽을 보자 꾸벅 인사했다.

"아, 선생님. 어서 오세요——."

"대체 무슨 일이니!?"

이제 슬슬 인내심의 한계에 달하려 하는지, 레티샤가 고함을 치듯이 물었다. 티피스는 곤혹스러운 듯이 몸을 움츠리며 대답했다.

"아니, 그게, 플립 씨의 가게에서 저 지인들이 소동을 피웠거든요."

"그게 왜 우리 집에서도 소동을 피우는 건데!"

"그, 그걸 제게 물으셔도."

"제대로 설명하도록 해——."

하고 입을 다무는 티피스를 더욱 따지려고 하던 레티샤의 어깨를 오펜이 잡아 말렸다.

그리고 뒤를 보는 그녀에게 신음 섞인 목소리로 고했다.

"아니. 됐어, 티시."

"……뭐가?"

"너희 집이라든가 플립의 가게라서 소동을 피운 게 아니라, 저 녀석들이 있는 곳에 소동이 일어나지 않는 건 있을 수 없는 일이거든……."

뒤에서 매지크와 클리오가 덧붙였다.

"공평하게 지적하자면 스승님이 계시면 소동에 박차가 걸리죠."

"따지면 오펜이 불씨고 재네들이 기름인 셈이지."

"너희들, 남을 저것들과 동류처럼……."

험악하게 내뱉은 오펜을 향해 티피스가 물었다.

"자――잠깐만요. 당신, 저것들과 아는 사이인가요?"

"인정하고 싶진 않지만 뭐, 알게 되어 버린 것 자체는 딱히 내 잘못은 아니고……."

오펜이 질색이라는 듯이 손을 휘두르며 말하자, 지붕 위에서 검을 찬 쪽――볼칸이 외쳤다.

"그렇게 싫다면 모르는 사이라고 하든가!"

"아, 그거, 나도 찬성."

이것은 열린 창틀에 매달려 있는 도틴이 한 말이었다. 오펜은 스읍, 하고 숨을 들이쉬고는, 곧바로 고함을 쳤다.

"그렇게 될 것 같냐, 이 떠돌이 너구리 형제 같으니! 무슨 일만 있으면 높은 곳에 기어 올라가기나 하고, 네놈들은 순수한 바보냐!"

"훗! 왕은 항상 낮은 곳을 내려다보는 존재이지."

"어디 붙어먹은 너구리 소굴의 풍습이냐, 그건!"

"대의를 가진 자, 그 뜻을 이루기 전에는 항상 높은 곳에 올라 하계를 바라보는 것이라고 옛날부터 정해져 있잖냐!"

"뭐가 뜻을 이루다냐, 이 복너구리! 너 같은 놈은 그대로 그곳에서 미끄러져 지면에 커다란 피웅덩이라도 만들던가!"

"자――잠깐만, 오펜."

레티샤가 당황한 듯이 목청을 높였다. 오펜은 어깨너머로 그런 그녀를 힐끗 보았다.

"뭐야. 이제 조금만 있으면 말싸움에 이기는데. 나중에 해."

"말싸움에 이기면 뭐가 어떻게 된다는 건데……. 그것보다, 뭐야 저 지인들은?"

"뭐냐고 물어도 나도 뭐라고 대답해야 할지 모르겠는데. ——내가 토토칸타에서 야매로 사채꾼을 할 때 왔던 손님인데, 아직도 빚을 갚지 않는 놈들이야."

그 말에 레티샤가 기막힌 듯이 말했다.

"사채라니……. 너, 그런 일도 했었어?"

"시작할 땐 벌이가 좋은 장사라고 생각했었거든."

"하아~핫핫하!"

볼칸이 크게 웃음을 터뜨렸다. 뭔가 비책이라도 있는지 허리춤에 손을 얹고 큰소리로 외쳤다.

"건방진 태도를 취할 수 있는 것도 거기까지다, 사채꾼 마술사! 나는 인질과 네놈에 관한 중대한 비밀을 쥐었지!"

그 옆에서 도틴이 나지막하게 내뱉었다.

"뭔가 매번 똑같은 패턴인 것 같은데."

"그런 패기 없는 소리나 해서 어쩔 거냐, 도틴! 자, 인질을 데려와라!"

"자."

그렇게 그다지 의욕 없는 태도의 도틴이 볼칸에게 건넨 것은 한 마리의 검은 고양이었다. 뒷목을 붙잡혀 몸이 쭈욱 늘어난 채로 매달린 모습이었다.

볼칸은 그 고양이를 이쪽에 과시하며 다시 크게 웃었다.

"하앗핫하! 악마, 악귀라고 비난해도 소용없다! 지금 내게 거스른다면 이 고양이가 어떻게 될지 모를 테니!"

고양이가 지루한 듯이 하품을 내뱉었다.

"……잘 지내는 것처럼 보이지, 노라?"

레티샤가 나지막하게 말했다. 오펜도 말없이 고개를 끄덕였다.

고양이를 보고 소란을 피운 사람은 패트뿐이었다.

"아아, 포로를 이용해 패트를 농락한 것으로도 모자라 노라를 전선의 희생양으로 삼으려 하는 잔인한 짓을! 어쩜 저렇게 악독할 수가!"

"뭐어…… 악독하다면 악독하긴 하지……."

티피스가 그녀의 머리를 쓰다듬으며 그렇게 중얼거렸다.

"그런 것보다 선생님, 저 녀석들 선생님의 서재까지 엉망으로 만들었어요. 잠긴 문을 억지로 따서요. 뭘 찾았는지는 모르지만요."

"내 서재를 엉망으로? ——아이 참~."

그녀는 머리카락을 쓸어 올리며 분하다는 듯이 말했다. 오펜은 옛날 그녀의 방을 떠올리고, 이전처럼 원래부터 엉망인 상태였다면 이제 와서 저 지인들이 어질러 봐야 별 차이는 없을 것이라고 생각했다. 입밖으로 내지는 않았지만.

"얘, 오펜……."

머리에 레키를 올린 채 클리오가 종종걸음으로 다가왔다.

"뭐야?"

"인질이라고 해도 쟤네들 고양이를 어떻게 할 셈일까? 죽일 수 있을 리도 없을 텐데."

오펜은 별것 아니라는 듯이 답했다.

“글쎄다……. 아마 거기까지 생각하지도 않았을걸.”

“뭔가 정말, 매번 똑같네요.”

매지크가 중얼거렸다.

아마 그 대화가 들렸으리라——. 볼칸이 우뚝 웃음을 멈췄다. 그리고 얼어붙은 듯한 동작으로 손에 들고 있는 고양이를 보고 여러 가지로 망설였던 모양이지만,

“거, 거슬렀다간, 고양이가 어떻게 되냐 하면 말이다, 애완 고양이에게 바깥에서 노는 버릇을 심었다간, 두 번 다시 집으로 돌아오지 않는다고 해야 하나……. 아니면, 지금 여기서 내가 이 고양이를 귀여워하면, 어떠냐 너희들, 부럽지? 하고…… 그러니까——.”

거기까지 말하고는 고양이를 도틴에게 떠넘겼다. 볼칸은 휙 몸을 돌려 이쪽을 보고는, 아까까지의 당황 따윈 없었다는 듯이 크게 외쳤다.

“그리고 작전 두 번째다!”

“……여기까지는 뭐, 매번 똑같은 패턴이지…….”

오펜은 아까의 돌을 손 안에서 만지작거리며 중얼거렸다. 반대쪽에서는,

“아아! 일단 포로의 인권은 확보되었어! 하느님, 감사합니다~!”

패트가 하늘을 향해 외치고 있었다.

“……다시 말해 형이 속일 수 있는 건 어린애까지라는 뜻이지.”

도틴이 고양이의 등을 쓰다듬으며 내뱉는 소리가 들렸다.

그런 동생을 검으로 때려 제지한 볼칸이 목청을 높였다.

“작전 둘! 도틴, 그런 곳에 쓰러져 있지 말고 그걸 넘겨라!”

“때린 건 형이잖아…….”

도틴이 중얼거리며 또 뭔가 다른 것을 꺼냈다. 그가 볼칸에게 건넨 것은 한 권의 책이었다.

'앨범?'

눈에 힘을 줘 그 책을 관찰한 오펜은 그것이 앨범임을 깨달았다. 레티샤의 서고를 엉망으로 만들었다고 했었으니 그녀의 앨범을 찾아낸 것일 텐데――.

볼칸은 그것을 머리 위로 들어 올리며 씨익 웃었다.

"사채꾼 마술사! 네놈의 미래를 끊어 버릴 중요한 비밀을 이곳에서 발견했다!"

"비밀…… 이란 말이지……?"

오펜은 가늘게 눈을 뜨고 그렇게 중얼거리며 손안의 돌을 힘주어 쥐었다.

볼칸은 팟, 하고 앨범을 펼쳐, 그 안에서 한 장의 사진을 가리키고 득의양양한 목소리로 외쳤다.

"네놈, 어린 시절에는 앞니가 없었으렷다!"

오펜은 말없이 돌을 던졌다. 그 돌은 일직선으로 자신의 우위에 도취되어 있던 볼칸의 안면 바로 정중앙에 명중했다.

――도틴이 고양이를 안은 채 후우, 하고 한숨을 쉬며 어깨를 움츠리는 모습이 똑똑히 보였다.

"으꺄아아아아아아아아아아아!"

아무런 저항도 하지 못하고 지붕에서 낙하하는 볼칸――.

그 광경을 바라보며 레티샤가 나지막하게 중얼거렸다. 왼손으로 머리카락을 누르고, 이쪽을 가엾다는 듯이 바라보며.

"저게…… '갚지 않는 녀석'?"

"아마도."

오펜은 탄식 섞인 목소리로 대답하며 고개를 끄덕였다.

제4장 끈질긴 방문자

"아, 정말로 앞니가 없어."

일단 반소매 블라우스와 플레어스커트를 빌린 클리오가 그 앨범을 들여다보며 꺼낸 말이었다.

그곳은 저택의 예비 거실로, 쓰이지 않는 난로(일단 굴뚝이 없다)를 필두로 하여 인간의 모습을 본뜬 기묘한 옷걸이, 손 모양 장식물 등, 산 건 좋지만 나중에 쓸 마음이 없어져 버린 듯 보이는 가구가 복작복작하게 놓여 있었다. 모조 호랑이 모피가 깔린 바닥 위의 테이블에 앨범을 올려두고 소파에 가볍게 앉은 클리오는 아까부터 꺄아꺄아 난리법석을 피우는 중이다. 오펜은 그 옆에서 때때로 클리오의 질문에 대답을 해 주었다. 매지크도 테이블 너머에서 왠지 모르게 흥미가 생긴 듯이 같은 앨범을 보았다. 레키는 클리오의 발밑에서 해방된 검은 고양이에게 장난을 치며 달라붙었다. 몸의 크기는 레키보다 한층 작아도 이미 어엿한 성묘인 노라는 성가신 듯이 그런 레키를 피해 방 안을 마구 도망다녔다.

오펜은 곁눈으로 클리오를 보며, 양갚음으로 너 그 옷 전혀 안 어울린다, 하고 말하고 싶은 충동을 필사적으로 억눌렀다.

"7살 때네. 날짜로 보면."

"헤에……. 젖니가 빠지고 새로 나는 게 이즈음이었던가?"

사진 속의 자신은 검은 옷을 입은 중년과 손을 잡고, 당당하게 있는 것도 웃고 있는 것도 아닌 모호한 표정으로 앞을 보고 있었다. 사진은 자신을 중심으로 찍은 것으로, 검은 복장의 남자 쪽은 입가부터 위가 사진 바깥으로 엇나가 얼굴이 찍혀 있지 않았다. 그것을 멀리서 보며 오펜은 그때의 일을 떠올리며 대답했다.

"글쎄다. 단지 그 이는 전투 훈련을 받다가 부러졌을 걸, 아마도."

"전투……!?"

클리오는 놀란 모양이었다. 그 표정 그대로 오펜을 보며 말했다.

"이렇게 어릴 때부터 그런 추잡한 짓을 한 거야?"

"추잡한지 아닌지는 모르겠다만…… 뭐, 전투 훈련이라고 해도 기초 중의 기초 단계일 뿐이야. 두 손을 뒤로 묶고 천을 두른 막대기로 끊임없이 두들겨 맞는 거지. 얼굴을 향해 뭔가가 날아와도 눈을 감지 않도록 말이야."

"기, 기초란 게 그런 거야?"

그녀는 믿을 수 없다는 듯이 목청을 높였다. 그러자.

"……그런데, 아까 그 패트라는 애도 그랬지만, 흑마술사는 그렇게 어릴 때부터 훈련을 받는 건가요?"

매지크가 왠지 모르게 진지한 표정을 지으며 물었다. 자신이 겨우 두 달 전에 학생이 되었을 뿐이니 궁금하기도 하리라. 오펜은 어깨를 으쓱이며 대답했다.

"《송곳니 탑》은 좀 특수한 곳이라서 말이다. 그곳의 교사들은 분명 어린 시절부터 훈련을 시키는 걸 좋아해. 《탑》의 시설 안에서 태어난 어린애도 적지 않고……."

"? 그게 무슨 소리야?"

클리오가 궁금한지 물었다.

"다시 말해서, 업무차 **낳게** **한** **아기**라는 거야. ——고용되는 건

대개 여자야. 그럭저럭 높은 보수를 치르고 《탑》 소속 마술사의 애를 낳게 하는 거지. 부모가 하나라도 마술사라면 유전적으로 마술사의 소양을 가진 애가 태어날 확률은 그리 낮지 않거든."

"뭐——뭐야, 그게?"

클리오가 오싹하다는 목소리로 신음했다. 오펜은 하하, 하고 소리를 내어 웃었다.

"뭐, 최근 십수 년 동안엔 그런 일 없었을 거다. 조직의 내외에서 윤리적인 부분을 지적받기 시작했고, 거기에 더해 아무리 그래도 그런 방법은 효율적이지 않거든."

"뭐야."

클리오가 안도한 듯이 한숨을 내쉬었다.

하지만 오펜은 거기서 씨익 웃었다.

"——그래서 더욱 효율적인 방법을 생각해냈다 이 말이지."

"으……."

질색이라는 표정으로 무언가를 따지려 들던 클리오를 오펜이 가볍게 손으로 제지했다.

"네가 걱정할 정도로 심한 짓은 하지 않아. 윤리적으로 문제가 있는지 없는지를 따진다면 좀 대답하기 어렵다만 말이다. 고아를 수용한 시설——공영, 혹은 민간 고아원 같은 곳에 줄을 대서 가능한 한 신원이 확실한 아이를 선별해. 중요한 건 양친 중 누군가, 혹은 두 명 다 마술의 소양을 가지고 있는가 아닌가——마술의 소양은 순수하게 유전에 달려 있으니까. 그리고 이거다 싶은 어린애를 빼내는 거지. 이게 대륙 마술사 동맹을 통해 대륙 규모로 이루어지고 있으니까, 매년 《탑》으로 데리고 오는 어린애는 상당한 수가 되지. 그리고 나도 그런 부류야."

"그러고 보니 스승님도 가족이 없다고 하셨죠……."

"그래. 아직 내가 철이 들기 전에 날 베이비시터에게 맡기고 여행을 떠났다가, 두 분 다 사고로 돌아가셨다고 하더군. 부모님 모두 마술사였다고 기록에는 있고."

"하아……."

거기서 대화가 잠시 끊어졌고――

그 어색한 틈을 얼버무리듯이, 클리오가 앨범을 넘기며 명랑한 목소리로 말했다.

"근데 말이야, 오펜――궁금한 게 있는데, 왜 네 사진이 티시의 앨범에 들어 있어?"

오펜은 소파에 깊이 몸을 기대고 머리를 긁었다.

"응? 아~……. 뭐, 티시는 가족 같은 사람이거든."

"……같은 교실 사람이었으니까?"

"아니. 내가 차일드맨 교실에 입실한 건 10살 때였어. 이 아저씨――내 최초의 선생――이 나를 《탑》으로 데리고 온 것은――."

하고 사진의, 얼굴이 찍히지 않은 남자를 가리키며 말을 이었다.

"6살 때. 하지만 우리 세 사람은 고아원에 있던 시절부터 같은 그룹이었거든."

"……세 사람?"

그렇게 되묻는 클리오를 보며 오펜은 말없이 앨범 페이지를 팔락팔락 넘겼다. 앨범 안의 시간이 흘러 사진 속의 인물이 성장해 갔고――이윽고 오펜 자신이 14, 5살 즈음의 사진을 발견한 시점에서 손을 멈췄다.

"이거야."

그는 그렇게 말하며 한 장의 사진을 가리켰다. 클리오와 오펜이 머리를 맞대고 그 사진을 들여다보았다.

사진에는 어딘가에 심어진 나무를 배경으로 세 인물이 찍혀 있었다. ──일단 중심에 있는 사람은 오펜이었다. 아마 처음으로 검은 로브를 입게 되었을 때의 기념 사진이 아닐까. 약간 긴장한 표정으로 앞을 가만히 바라보고 있다. ──정면으로 받으면 자신도 모르게 입을 다물어 버릴 것 같은 순수한 눈빛으로. 다른 한 명은 그의 두 어깨에 가볍게 손을 얹고 조금 왼쪽으로 몸을 비껴 선 레티샤. 역시 검은 로브지만 사진 속의 오펜보다는 많이 익숙한 기색이었다. 머리는 이 시절부터 길었다. 젊은 모습──막 스무 살이 되었을, 그 정도의 때이리라. 발밑에는 새끼고양이가 바닥에 누워 있었다.

"이게 너구나."

웃음을 터뜨릴 듯한 목소리로 말한 클리오가, 마침 레키에게 쫓겨 소파로 뛰어오른 검은 고양이를 붙잡았다.

마지막 한 명은 두 사람에게서 조금 떨어져서──라고 해도 카메라의 프레임 안에 들어와 있으니 가까웠지만──홀로 서 있었다. 역시 검은 로브, 검은 머리카락의 여자. 갈색 눈동자를 어딘지 짓궂고 도발적으로 빛내며 배 부근에 가볍게 팔짱을 낀 모습이다. 키는 상당히 커서 레티샤와 비슷한 정도. 지금의 오펜과 똑같을 정도이니 사진 속의 소년은 고개를 조금 올려봐야 할 정도다.

오펜은 사진 속의 그녀를 가만히 바라보며 나지막한 목소리로 설명했다.

"티시와, 아자리──신기하게도 인연이 끊어지질 않아서 말이지.

고아원에서 아직 어리던 날 돌봐준 게 이 두 사람이었어. 두 사람은 먼 친척인데, 둘 다 마술의 소양을 물려받았지. 나랑은 피가 섞이지 않았지만. 그런 세 사람이 한꺼번에 《탑》으로 오게 되고, 게다가 같은 교실에 들어가게 됐으니——."

거기서 그는 문득 현실로 돌아왔다. 클리오와 매지크는 어느새 오펜의 말에 귀를 기울이지 않고 사진과는 다른 곳을 함께 보고 있었다. 사진 밑——새끼 고양이보다 아래——레이블에 기입된 일자와, 그곳보다 더 아래에 적힌 설명.

'적광제(赤光帝) 42년 봄의 제37일. 셋이 함께. 나, 아자리, 그리고 키리란셀로.'

앨범을 빼앗아 페이지를 닫는 편이 좋을까——하고 한순간 생각했지만 그만두었다. 동요는 일절 바깥으로 꺼내지 않고——아니, 어째서인지 동요다운 동요도 마음속에는 나타나지 않아, 오펜은 아무런 감정도 담지 않고, 조용하고 천천히 했던 말을 되풀이했다.

"그래……. 이상하게도 인연이 끊어지질 않았어."

커다란 저택이지만 구조는 그다지 복잡하지 않았다. ——오펜은 그렇게 이상한 부분에서 감탄하며 어슬렁어슬렁 복도를 걸었다. 클리오와 매지크는 아까 전의 거실에 남겨두고, 용변을 보겠다며 둘러대고 방을 나온 참이다. 딱히 거짓말을 할 필요는 없었다고 이제 와서 느끼기 시작했지만, 어쨌든 그렇게 된 사정이었다.

사실은 레티샤와 이야기를 나누고 싶었다. 둘이서만.

'이야기할 것은 얼마든지 있어……. 나에 대해서, 티시에 대해서…….'

5년 동안 한 번도 얼굴도 보이지 않았으니, 그동안 있었던 일을 보고하는 것이 왠지 의무처럼 느껴졌다.

‘아자리에 대해서도, 차일드맨에 대해서도, 하티아에 대해서도. 티시에게는 전부 밝혀야만 해. 《탑》에 대해서도, 몇 가지 물어봐야만 하는 것이 있어. 티시의 학생에 대해서도 듣고 싶고——티시가 선생님이라고? 고양이에게 화장실을 가르치는 마음고생만으로도 2킬로는 빠진 주제에.’

오펜은 그런 과거를 떠올리며 훗, 하고 웃었다. 그리고 왠지 모르게 천장을 올려다보았다. ——벽지와 벽에 걸린 가스등. 평범한 광경. 복도 구석에 장식용 화분에 심어진 파란 이파리가 보인다. 하얀 도기에 금색으로 테두리가 그려진 화분. 가까이서 보자 매일 잎까지 걸레로 훔치는지 먼지 하나 없었다.

‘……옛날부터 그랬지. 티시는 결벽증이었어. 스스로는 청소도 안 하는 주제에, 행동 하나하나까지 뭔가 확실하게 통제가 되지 않으면 심기가 불편해지고. 내가 하는 일에 관해서도 그랬지. ——내가 통금시간을 지키지 않으면 다음 날 제대로 시간을 지켜 돌아올 때까지 말 한마디 상대해 주지도 않고…….’

거기서 오펜은 얼굴에 쓴웃음을 그렸다.

‘뭐야……. 하고 싶은 건 죄다 옛날이야기뿐이잖아…….’

자신도 모르게 감은 눈꺼풀 안쪽에 아까 전의 사진이 떠올랐다. 겨우 5년 전이다. 5년 전까지 자신은 키리란셀로였다——.

‘고아(오펜)’가 아니었다. 가족이 있었다. 피는 이어지지 않았지만, 사랑하는 누나가 두 명이나 있었다.

그리고 지금은——

'그중 한 명은, 이제 없어…….'

그는 그 사실을 떠올린 것을 자책했다. 떠올려야 할 기억이 아니다――이제 두 번 다시. 그건 이미 끝난 일이니까. 두 달이나 전에.

하지만, 아직도 두 달밖에 지나지 않은 것이다…….

"……티시는."

그는 키가 큰 화분 꽉대기에 손을 얹은 채 나지막하게 혼잣말을 내뱉었다.

"울까? 아니, 엄청 화를 낼지도. 그런 것보다――."

오펜은 자신이 가진 정신의 가장 강인한 부분에게 고개를 숙여 힘을 빌리는 기분으로 억지로 표정을 냉정하게 만들었다. ――스승인 차일드맨에게서 격투술과 함께 철저하게 훈련을 받은 마인드 컨트롤이다.

그가 말하길, 동요를 없애기 위한 좋은 방법은 일부러 가장 가까이 직면한 가혹한 상황으로 주의를 되돌리는 것이라고 한다.

'……그것으로 네게 여유가 생긴다면, 자연스럽게 마음이 진중하게 가라앉는다. 그러한 방법이 필요할 상황에서 여유가 없다면, 딱히 상관하지 않아도 된다. 적어도 뒷일은 걱정하지 않아도 돼.'

엉망진창인 논리――라기보다도, 논리라고 부를 수도 없는 논리였지만, 그것도,

'정신이라는 것은 물리적으로 존재하지 않는 사상의 총칭이다. 그것을 백마술사도 아닌 네가 제어하려고 하니, 필요한 것은 논리가 아니지 않나.'

――라는 답변이 돌아왔다.

'이 경우는, 아직 내게 여유가 있다는 말이겠지……. 내 승리다,

차일드맨.'

그렇게 생각하면서도 완전하게는 동요가 사라지지 않았다. 그는 마음속으로 확인하듯이 무심코 입 밖으로 목소리를 내고 말았다.

"그것보다도 티시와 이야기를 하자……. 티시는 그 스태버에 대해 어느 정도 정보를 가지고 있는 것 같았어."

오펜은 다시 정처 없이 복도를 나아가기 시작했다.

복도는 그대로 안뜰로로 이어져 있었다. 별관으로 똑바로 뻗은 통로에 나와 안뜰을 둘러보았다. 인공 연못과 하얀 벤치——꽤 멋진 광경이라고 감탄한 오펜은 마음속으로 휘파람을 불었다. 뭐, 《송곳니 탑》의 최정상 엘리트라면 당연한 환경이지만…….

레티샤가——그의 누나가 바라고 손에 넣은, 그녀의 집——.

오펜은 마음속으로 중얼댔다.

'나 역시…… 바란다면, 손에 넣을 수 있어. ——이 정도는.'

"……하지만, 그걸 위해서는 조건이 붙겠지."

"————!?"

혼잣말에 돌아온 대답에 오펜은 깜짝 놀라며 뒤를 보았다. 목소리는 딱히 조롱하는 기색도 보이지 않고 지극히 진지한 조언을 건네는 듯한 말투로 이어졌다.

"우선은 네가 《송곳니 탑》에 복귀하는 것. ——옛날과 변함없는 힘을 가지고 말이지. 장로들은 바보가 아니니까 네게 옛날만큼의 능력이 없다는 걸 알면 곧바로 쓸모없는 존재임을 깨달을 거야. 설령 네가 옛날 수준의 실력을 되찾는다 해도——."

그 부근에서 오펜은 간신히 목소리의 주인을 찾아냈다. ——그가 지금 서 있는 외부 회랑 너머에서 조용히…… 기척은 지운 채로 인영이 나타났다. 매우 흔해 빠진 차림으로, 거리에서 스쳐 지나갔더라면 학생이라고 생각하고 염두에도 두지 않았으리라. 얼굴을 가리듯이 1년에 한 번 열리는 올스타즈 게임의 로고 마크가 들어간 붉은 모자를 깊이 눌러 쓰고 있다. 하지만 설령 그가 그것으로 얼굴을 숨길 작정이었다고 해도——오펜에게는 그렇게 여겨지지 않았지만——의미는 없었다.

오펜은 그 소년의 얼굴을 잘 알고 있었다.

그런 오펜의 내심은 아랑곳하지 않고, 소년이 말을 이었다.

"되찾는다 해도, 네가 5년 전에 《탑》을 뛰쳐나갔다는 과거가 사라지는 건 아니야. 오점으로 남지. 뭐…… 장로들의 비위를 맞춰서 이곳의 시민 자격을 손에 넣기까지는 몇 년 정도 걸리지 않을까?"

"왜 네가 여기에 있지?"

오펜은 조용히 물었다. 눈을 가늘게 뜬 채로 자세를 낮추며——왼쪽 어깨를 살짝 앞으로, 우반신은 힘을 담는 마음가짐으로 뒤로 물린다. 다리도 마찬가지다. 누구라도 보면 알 수 있는 전투자세였다.

하지만 소년은 무방비한 동작으로 모자를 벗고는, 상대의 태도는 신경도 쓰이지 않는다는 듯이 탁 터놓은 시원한 동작으로 두 팔을 펼쳤다.

"왜냐고? 그야, 이곳에 있으니까——이 마을에 말이야. 난 이 마을의 암살자야. 이 마을 외에는 존재하지 않아."

오펜은 결국 짜증 섞인 분노를 내뿜으며 소년을 향해 고함을 쳤다. ——자신이 아까 전 앨범에서 본 것과 똑같은 눈빛으로 자신을 보는 소년에게——.

5년 전의 자신——키리란셀로라 불리며, 스스로도 그렇게 이름을 댔던 자신과 한 치도 차이 없는 모습을 한 암살자에게.

"네가 《송곳니 탑》의 키리란셀로니까 그렇다고 말하고 싶은 거냐!"

"그래."

소년——키리란셀로는 주저하지 않고 그 말에 동의했다. 오펜은 자신의 가슴을 손가락으로 가리키며 말했다.

"난 여기 있어! 네 정체는 뭐냐!?"

"난 키리란셀로야. 그 외에 뭐라고 생각해?"

"그럴 리 있냐! 말장난에 상대할 마음은 없어——."

"나도야. 하지만 날 봐."

키리란셀로는 우아하게 자신을 가리켰다. 5년 전의 자신에게 시원스러운 눈빛을 받으며 오펜은 자신도 모르게 긴장의 침을 삼켰다.

어디에서 어떻게 보아도 소년의 모습은 키리란셀로였다. ——그것은 틀림이 없다. 지금의 자신과 그다지 닮지 않은 것은 어째서일까, 하고 오펜은 왠지 모르게 이상하게 느꼈다. 눈매 탓일까, 아니면 체격이 조금 변했기 때문일까——.

키리란셀로라는 소년은 평범한 소년이었다. 외견이나 그 외의 요소도 딱히 거론할 만한 특징은 없다. 그저 《송곳니 탑》에서 천재적인 마술의 감 같은 것을 가지고는 있었다. 대륙 최고의 흑마술사, 그리고 암살자이기도 했던 차일드맨에게서 모든 전투술과 암살술을 배운 유일한 학생. 차일드맨 비장의 제자, 키리란셀로. 그 평가는 대륙 저 너머 왕도 메베렌스트까지 퍼졌다. 최연소로 《십삼사도》에 스카웃도 받았다. 주위는 마치 물이 끓듯 난리법석을 피웠다. ——그 소란의 중심에 있던 것은 겨우 15살밖에 되지 않은 소년——.

오펜은 살짝 입술을 깨물며 인정하지 않을 수 없었다.

'누가 키리란셀로인가를 따지면, 그건 분명 저 녀석 쪽이야…….'

나는 변하고 말았다……. 옛날만한 힘도 없어——.

"그래."

소년은 빙긋 웃었다.

"나는 키리란셀로. 넌…… 오펜이라고 이름을 댔었지. 아마 이 마을을 나갔기 때문에, 넌 이미 내가 아니게 되어버린 거야."

"넌…… 내 과거의 망령이라고 주장할 셈이냐."

오펜은 어느새 전투 자세도 잊고 힘없이 몸을 기울였다. 외부 복도 난간에 턱, 하고 등을 부딪히고는, 거기에 매달리듯이.

헤에, 하고 감탄하며 소년이 고개를 드는 것이 보였다.

"맞아. 그거랑 가까워. 하지만 그다지 현실적이진 않으려나……."

"현실적이라고?"

오펜은 그 단어를 입에 담고는 웃음을 터뜨리고 말았다.

"현실적이라고!? 어딜 건드려야 그딴 말이 나오는 거냐? 갑자기 5년 전의 자신이 눈앞에 나타나고, 그 녀석이 날 죽이려 들지. ——그것만이 아니야, 넌 이미 관계도 없는 인간까지 죽였잖아. 그 레인저를 죽일 필요가 대체 어디에 있었냐……."

"그가 내 침입을 알아차렸거든. 원래는 그저 경고만 하고 올 셈이었지만, 얼굴을 보이는 바람에 말이야."

키리란셀로는 별일 아니라는 듯이 말했다.

"넌 완전히 곯아떨어져 있었어. ——내가 네 머리맡에 서서 목에서 펜던트를 꺼내도. 물론 나도 기척을 지우긴 했지만 말이야. 하지

만 그 할아버지는 알아차렸어. 의자에 앉아 졸고 있었는데, 퍼뜩 눈을 뜨고 날 봤지. ──그럼 죽일 수밖에 없잖아. 뭐…… 그렇다고 해서 피로 경고를 날린 건 스스로도 악취미라고는 느끼고 있어."

그는 거기까지 말한 후 시선에 연민을 담았다──.

"이제 알겠어? 넌 알아차리지 못했어. 넌 이미 이런 일에 관해선 그 늙은 레인저보다 아래가 되고 말았다고."

"……!"

오펜은 목이 메인 듯이 몸이 굳어졌다. 그래도 힘을 쥐어짜 간신히 입을 열었다.

"……넌 키리란셀로가 아니야. 5년 전의 난 사람을 죽이지 못했어."

"지금은 할 수 있다는 듯이 말하지 말지 그래? 오해받겠어."

"……누가 듣는다고."

오펜은 이를 악물며 신음했다. 키리란셀로는 탄식 섞인 말투로 말했다.

"모르는 거야? 뭐, 됐어. 이야기를 되돌리면 말이지, 네가 하는 말은, 즉 내가 5년 전의 네가 아니라는 것밖에 되지 않아. 난 그렇지 않아. ──키리란셀로야."

"난 5년 전까지 키리란셀로라고 이름을 댔었어──."

"네 그 이름은 누구에게도 필요없는 키리란셀로, 였잖아?"

그 말은 심장에 직격한 듯이 오펜의 몸을 뒤흔들었다. 그저 울며불며 악다구니를 쓴다는 반응까지 포함하면 수백 개나 되는 반론이 머리에 떠올랐다. ──하지만 경직된 몸으로는 그저 소년의 얼굴을 쳐다보기만 할 뿐 아무것도 할 수 없었다.

소년은 회심의 말꼬리 잡기에 성공한 듯이 만족스럽게 웃었다.

"난 그녀가 필요로 하는 존재야. 그녀를 위해 존재하지……."

"그녀……?"

이해할 수 없는 말에 오펜이 되묻자, 키리란셸로는 씨익 웃던 얼굴을 굳힌 채로 대답하지 않았다.

"그녀는 그녀야. 한 명밖에 없어. 알고 있잖아?"

"……."

"그럼 난 이만……. 더 이상 머무르다간 티시에게 들킬 것 같으니까——."

"——! 기다려!"

오펜이 순간적으로 몸을 내밀듯이 돌격했다. ——하지만 내민 오른손이 스친 순간, 키리란셸로의 몸이 훅, 하고 사라졌다——.

"공간전이!?"

혀를 참과 동시에 그런 말이 튀어나왔다. 하지만——키리란셸로는 사라지기 직전, 주문이 될 목소리를 내지 않았다.

"음성마술……이 아니야……?"

눈살을 찌푸린 오펜은 소년의 몸이 사라진 공간을 바라보았다. 공간에는 마치 빛의 나비라도 날아다니듯이 하얀 빛의 궤적 같은 것이 남아 있었다. 작은 흔적——손가락 끝마디 정도의 크기일까. 궤적은 무언가를 그리듯이 번뜩이더니, 지직…… 하고 램프의 심지가 흔들리는 듯한 소리를 내며 사라졌다.

빛이 그리던 궤적은 자신도 본 적이 있었다.

'윌드 그라프…….'

대륙 드래곤 종족 중 하나 '윌드 드래곤 노르니르'가 이용하는 마술 문자. 노르니르, 즉 천인(天人)의 멸망과 함께 이 마술도 소멸했을 터이지만, 드래곤 종족의 유적은 비교적 대륙 어디에서나 목격할 수 있다. 그리고 때때로 그 유적을 손에 넣을 경우도.

노르니르의 유산은 보통 그곳에 새겨져 있는 마술문자를 해독만 한다면 인간도 다룰 수 있다. 다만 그 경우에도 노르니르가 직접 사용한 경우보다 몇 단계나 효과가 떨어지지만.

'그걸 사용한 건가……. 어쩌면 오늘 아침 레키의 마술을 받아도 상처 하나 입지 않았던 것도, 무언가 다른 마술문자의 힘을 사용한 건가? 딥 드래곤의 암흑마술은 인간의 힘으로는 막아낼 수 없으니까…….'

오펜은 어깨를 늘어뜨리며 한숨을 쉬고.

"어찌 되었든——."

고개를 들어, 혼잣말을 내뱉었다.

"지금까지의 상대와는 조금 대처 방법이 달라야 할 모양이로군……."

오펜은 알아차리지 못한 듯했다. ——외부 회랑에는 지붕이 있고, 이쪽은 사각이 되어 있으니 뭐 어쩔 수 없다면 어쩔 수 없는 일이지만.

'하지만…….'

그렇게 마음속으로 중얼거리다 도중에 그만두었다. 줄곧 두 사람의 대화를 귀로 들으면서도 딱히 무언가를 기억하는 일 없이 흘려 넘졌던 것이다.

흥미가 없었던 것은 아니다. 오히려 자신도 위에서 이야기에 끼어들까 생각했을 정도다. 그러지 않았던 이유는 왜 네가 그런 곳에 있냐는 질문을 받았을 때 '너랑 이야기를 하고 싶어서 찾고 있었어' 라고 말하고 싶지 않았기 때문이었다.

혹은 창문으로 몸을 내밀어 자신의 금발을 가볍게 쓰다듬는 바람이 기분 좋아서 멍하니 있었다——는 기분이었을지도 모른다. 스스로도 잘 알 수 없었다.

머리 위에 올라간 레키의 등을 톡톡 두드려 보았다. 갸르릉 목을 울리는 이 딥 드래곤의 새끼는 자신의 동작에 대답했다. 오펜은 딥 드래곤은 절대로 소리를 내지 않고, 하물며 크게 짖지도 않는다고 단언했지만, 레키는 그녀와 단둘이 있을 때에는 이렇게 목을 울리는 정도의 반응을 보일 때가 있었다.

"……."

무언가를 생각하듯이 가볍게 입술에 손가락을 대더니——

"……좋아."

결심을 내린 듯이 그녀는 조용히 창문을 닫았다.

"네놈이야말로 이런 곳에 우릴 가두다니, 태평한 엄마 개그로 죽인다!"

욕설은 별관에서 들려왔다.

거기서 후, 하고 표정을 누그러뜨리고 시선을 향한 다음, 어쩔 수 없구만, 하고 머리를 긁적인 오펜은 잠시 멍하니 서 있던 외부 복도를 타고 별관 쪽으로 걷기 시작했다.

별관은 작은 1층 건물로, 저택을 산 후에 레티가 새롭게 지은 것인지 흰 벽은 아직 그다지 더러워지지 않았다. 외부 복도에서 별관 현관으로 발을 들인 오펜은, 근처에 있던 창문을 살짝 들여다보았다.

그러자 열린 채로 방치된 창문 너머로 또 욕설이 튀어나왔다.

"이러한 속박으로 나의 몸을 묶을지언정, 이 몸의 투지를 억누를 수는 없을 것이야! 마스마튜리아의 투견이라 불린 그날부터 한 번도 패배의 맛을 느낀 적 없는 이 볼칸 님께서——."

"시끄러워어어어!"

——그렇게 외친 것은 오펜이 아니었다.

별관은 방이 3개로 이어진 정도의 작은 건물로, 오펜이 훔쳐보고 있는 위치에서 보이는 것은 현관과 복도, 그리고 가장 가까운 방뿐이었다. 방문이 훤히 열려 있었기에 안이 보이긴 했지만, 방의 절반 정도는 사각이 되어 보이지 않았다. 보이는 부분만 관찰한 바로는 이 방은 어린아이용 방이거나 공부용 방인 듯했다. 책장에 늘어선 책의 제목으로 추측컨대 아마도 티피스라고 하던 소년의 방일 것이다. 방에는 그 본인과 패트라고 불리던 소녀——그리고 목부터 아래까지 커다란 항아리에 푹 들어간 볼칸과 도틴이 있었다.

어쨌든 볼칸을 향해 외친 사람은 티피스였다. 소년은 긴 머리카락을 움직이지 않도록 고정하며 초조하고 짜증이 담긴 말투로 말했다.

"저기 말이야. 대체 무슨 속셈인진 모르지만 너희가 멋대로 날뛴 덕분에 내가 어떤 처지가 됐는지 모른다고 하진 않겠지!?"

"오빠의 말대로야."

티피스의 뒤에서 막대사탕을 핥으며 패트가 말을 받았다. 항아리 안에서 꼼짝도 하지 못하는 볼칸은 전혀 미안한 기색도 없이 말했다.

"실수를 남의 탓으로 돌려서야 이 몸과 같이 역사에 길이 남을 위인은 될 수 없을 거다."

"대체 어디 역사를 말하는 거야, 형……."

이것은 도틴의 말. 볼칸은 고개만을 동생에게 향하며 말했다.

"네놈! 나의 동생인 주제에 마을의 역사에 그 그림자가 드리웠다고 두려움을 받던 형의 위명을 잊었다고 할 셈이냐!?"

"혹시 렌고킨 씨 집 뒷산 암벽에 전고 5미터나 되는 자기 얼굴을 새겼던 일을 말하는 거야……?"

"그것도 또한! 위대한 업적이었지."

"겨우 하룻밤 만에 어떻게 해야 암벽에 자기의 조각을 새길 수 있는지 마을사람들이 고민했지만, 결국 해답은 알아내지 못했지……."

"으아아아아아아!"

티피스가 다시 비명을 질렀다. 머리를 부둥켜안은 채.

"전혀 반성하지 않잖아! 너희가 갈 곳이 없다고 해서, 그럼 묵을 곳 정도는 빌려줄까 싶어서 데리고 왔는데! 딱히 너희에게 은혜를 팔려고 한 건 아니지만——"

"은혜를 팔 셈은 없었지만, 적어도 이걸 기회로 친구가 되어 달라고 말하고 싶었던 거로군."

"전혀 아니거든! 아아, 정말. 선생님 화내면 진짜 무섭단 말이야. 이걸로 내게도 어떤 벌이 기다릴지……."

그렇게 중얼대던 티피스가 뭔가를 깨닫고 고개를 돌렸다.

"어라? 당신은——"

"그래."

이쪽을 깨달은 소년에게 오펜이 손을 들어 답했다.

"들어가도 괜찮을까?"

"아…… 예, 들어오세요."

다다다 발소리를 내며 티피스가 현관까지 내려왔다.

딱히 문이 잠겨 있던 것은 아니다. ——하지만 티피스가 열어 준 문을 지나 오펜은 별관 안으로 들어왔다.

패트가 사탕을 문 채로 별난 구경거리처럼 이쪽을 올려다보고, 그 너머에서 항아리에 처박힌 부석부석한 머리통 두 개가 신음을 내뱉었다.

"나왔군, 사채꾼 마술사……. 이 몸과의 결판을 내기 위해서."

"……아니 말이죠, 분명히 정말 이제 슬슬 진심으로 결판을 내는 편이 형을 위하는 편이라는 기분이 들지 않는 것도 아니거든요……."

볼칸과 도틴을 각각 게슴츠레한 눈으로 노려본 뒤, 오펜은 탄식했다.

"너희에게 부탁할 게 있다."

"그러냐. 네놈이 그럴 작정이라면 나도——어?"

눈을 휘둥그레 뜬 볼칸이 오펜을 다시 쳐다보았다. 오펜은 잠시 생각에 잠겨 말을 정리한 다음 입을 열었다.

"내가 티시를 잘 구슬려 주마. 자유롭게 풀어 줄 테니 그 대가로 일하라는 말이다."

"……."

전혀 예상치도 못한 말이다, 라는 듯이 도틴이 말했다.

"저희에게요? 부탁이라는 게."

"그래."

오펜은 곁눈으로 티피스를 보았다.

"상관없겠지?"

"아, 예에……."

어딘지 긴장한 표정으로 동의하는 그에게서 곧바로 시선을 돌린 오펜은 지인들과 마주보고 허리에 손을 얹은 채 조용히 말을 이었다.

"너희들, 평소엔 밤에 어떡하고 지내냐?"

"앙?"

"평소라면…… 노상에서 잘 때엔, 밤에는 떨어진 돈도 찾기 힘드니까 곧바로 자는데요."

그렇게 대답한 도틴에게 오펜이 다시 물었다.

"그럼 밤중에 사람 찾기를 부탁할 수 있겠냐?"

"사람 찾기……인가요? 밤중엔 좀 어렵지 않을까요? 그렇지 않아도 도시 내 탐색에는 전문 지식이 필요할 테고요."

"아니. 눈에 띄는 녀석이거든. 다시 말해서——"

오펜은 길고 가는 한숨을 내뱉었다.

"암살자를 찾아, 내게 그 녀석이 있는 곳을 보고해 줬으면 좋겠다."

제5장 밤의 산책꾼

"지인들을 탐색에 내보내겠다고?"

"저 녀석들은 묘한 부분에서 눈치가 빠르거든. 그리고 돈도 들지 않고."

오펜은 그렇게 중얼거리듯이 말하고는 밑에 굴러다니는 빈 양동이를 발끝으로 가볍게 찔렀다. 아무래도 청소를 하려고 꺼낸 채로 방치된 모양인데, 그게 대체 언제쯤일지 짐작도 되지 않는다. 기분 탓인지 양동이 위에는 먼지가 쌓여 있는 것으로 보였다.

오펜은 고개를 들었다.

레티샤의 서재는 상당히 넓었다. ──넓긴 했지만, 난잡하게 책이 쌓인 책장이나 서류 같은 것들이 수북하게 쌓인 책상, 처분할 증권 등을 담은 상자, 아무렇게나 방구석에 몰아둔 종이 다발──그렇게 어느 것을 보아도 심상치 않은 양의 종이 더미에 점령을 당해, 마치 변두리의 주점처럼 답답하게 비좁고 주변의 빛을 가려 어두웠다. 어두운 방에 들어오는 빛 속에 공중을 떠도는 먼지가 소용돌이를 그린다. 방에 단 하나 있는 창문도 상당한 크기였지만 창 바로 바깥에는 방풍림으로 보이는 나무가 서 있어 햇빛은 그다지 들어오지 않는다. 그녀는 그 창문 앞에 서 있었다.

오펜은 눈앞의 먼지를 팔을 휘둘러 떨쳐내며 별생각 없이 물어보았다.

"왜 집 안 다른 부분은 황당할 정도로 깨끗하게 청소하면서 자기

서재는 이런 꼬락서니로 만들어 놓은 거야?"

"청소부를 이 서재에 들일 수는 없잖아. 타인에겐 보일 수 없는 게 너무 많은걸."

그녀는 창문 밖――달이 뜬 밤하늘로 시선을 향하며 대답했다.

"네가 지금 밟고 있는 서류는 말이지, 장로의 연락꾼이 가져온 비밀 문서야."

"뭣!?"

오펜은 황급히 발을 치웠다.

"왜 그런 중요한 물건을 바닥 위에 두는 건데?"

"훨씬 전에 실효된 거니까."

그녀는 주저하지 않고 그렇게 대답하며 오펜을 돌아보았다. 긴 검은 머리로 윤곽선이 도드라져 보이는 조용한 얼굴이 이쪽을 보고 있다. 어딘지 졸려 보이는, 나른한 눈빛――.

"그럼 키리란셀로. 이야기를 되돌리자. 저 지인들을 마을 탐색에 내보냈다고 했지? ――뭘 노리는 거야?"

"말하지 않아도 알잖아."

"난 말했을 텐데. ――그 스태버에 대해서는 생각하지 말라고."

"생각하지 말라!? 날 죽이려 한 암살자를 말이지? 심지어 그 녀석은 자길 키리란셀로라고 이름을 댔다고!"

"그러니까야!"

레티샤는 팡, 하고 자기 바로 밑에 있는 서재 책상을 손으로 두드렸다. 그 바람에 쌓여 있던 서류 일각이 무너져 바닥에 떨어졌다.

오펜은 찌푸린 얼굴로 그녀를 보았다. ――아무리 비좁아졌다고는 하여도 원래는 넓은 방이다. 단둘이 방에 있어도 그다지 가까운 위치에 있는 것은 아니다. 그래도 오펜의 코는 곰팡내 섞인 먼지의 냄새 속에서 그녀의 냄새를 희미하게 포착해 냈다.

그것을 깨달은 것일까, 아니면 이쪽의 표정으로 알아차린 것일까——레티샤는 후, 하고 굳어졌던 얼굴의 근육에서 힘을 뺐다.

"맞아. 좀 술을 마셨어. 하지만 그냥 자기 전에 살짝 걸쳤을 뿐이야——."

"잘 시간도 없는 거 아니야? 그 암살자의 포박 명령을 받았잖아."

"그렇지……."

레티샤가 한순간 힘없이 고개를 늘어뜨려 눈앞에 앞머리를 떨어뜨렸다——.

"상황을 설명할게. 녀석이——편의상 '키리란셀로'라고 부를게——녀석이 이 마을에 나타난 것은 적어도 2주 전부터야. 오늘 아침 레인저 대기소에 있던 네게 모습을 드러낸 것으로 추측하면, 때때로 마을을 드나드는 모양이고. 녀석은 이미 5명의 흑마술사를 암살했어. 범행은 모두 야간. 그것도 장로라고 불리는 《탑》의 최고집행부 구성원만을 노리고. 당연히 장로들도 경계해서 신변을 경호원으로 메우고 있지만——그럼에도 벌써 5명이나 살해당했어. 질문 있어?"

"……질문은 오히려 네가 있는 거 아니야?"

오펜이 그렇게 중얼거리자 그녀는 움찔 표정이 굳어졌다. 그래도 억지로 힘을 주어 고개를 끄덕여 보였다.

"그럼 그 말대로 물을게. ——질문은 네 개. 이건 사건 발생으로부터 지금까지 내가 품은 의문점이야. 네가 대답할 수 있으리라고 기대하는 건 아니지만——일단은 첫째, 녀석, '키리란셀로'의 동기는?"

오펜은 팔짱을 끼며 망설이는 기색도 없이 대답했다.

"목표가 장로만이라고 한다면 여러가지로 생각해볼 수 있어. 집행부를 없애는 것, 혹은 단지 혼란을 일으키기만 해도 《탑》의 기능 대부분을 마비시킬 수 있지. 실제로 현재 《탑》 내의 조직 중에서 '키리란셀로' 포박을 위해 움직이는 건 차일드맨 교실뿐이지 않아?"

대부분은 막연한 추측이었지만, 그렇다고 아무렇게나 꺼낸 말은 아니다. ――오펜이 가만히 바라보는 앞에서 레티샤는 쓰게 웃었다.

"맞아. 그것도 포르테와 나뿐이지, 이라고 하는 편이 정확하겠네. ――코미크론은 두 달 전에 사고사, 하티아는 토토칸타에 있고, 코르곤은 원래부터 무슨 생각을 하는지 알 수 없는데다…… 아자리는 ――."

그녀는 말없이 고개를 젓고, 자포자기한 듯한 분위기로 팔을 펼쳤다.

"그리고 무엇보다도 알 수 없는 건 선생님이야! 차일드맨 파우더필드 교사! 그가 실종된 뒤로부터 두 달 이상이나 지났어. ――포르테조차 그가 어디에 있는지 파악하지 못하는 상태야. 뭐, 우리가……."

그리고 힘없이 중얼거렸다.

"선생님을 당해내지 못하는 건 잘 알고 있지만. 그가 전력으로 족적을 감추려고 마음만 먹으면 두 달은커녕 20년이 지나도 우리가 발견할 순 없겠지……."

"……."

오펜은 말없이 그녀의 약한 속내를 들었다. 아마 동의라 받아들인 것이리라. ――아니면, 아무래도 좋았을지도 모르지만――레티샤는 서재 책상 위로 내렸던 고개를 들었다.

"'키리란셀로'가 《탑》의 기능을 정지시키려고 움직이는 것일지도 모른다는 추측은 나도 했었어. 수장을 노린 순간 위축되어서 아무것도 할 수 없게 된다. ――아무리 굳건하게 보인다고 해 봐야 조직이란 결국 그런 법이지. 그리고 지나가는 말로라도 《송곳니 탑》은 굳건한 조직이라고 부를 수 없고 말이야."

"……뭐라고?"

그녀가 꺼낸 말의 의미를 이해하지 못한 오펜이 되물었다. 레티샤는 서재 책상의 서랍을 열어 손바닥 크기의 작은 병을 꺼냈다. ―― 레이블에 증류주로 보이는 이름이 적혀 있었다. 레티샤는 그 병의 뚜껑을 열지도 않고 손 안에서 만지작거리며 대답했다.

"《탑》의 지배자가 장로들이 아니라는 사실 정도는 철이 들지 않은 견습생조차 아는 사실이야. 차일드맨 교실을 이끄는 최강의 흑마술사 차일드맨의 실종 후 《탑》의 질서는 급격하게 무너지고 있지. 포르테가 이미 교실장의 로브에서 교사의 로브로 갈아입은 거, 넌 모르지? 다른 교실――특히 젊은 세대의 마술사들로 구성된 교실이 불온한 움직임을 보이게 되었고. 포르테의 찻잔에 유리 파편이 섞여 있었거든. ――물론 치사독을 바른 유리가 말이야. 포르테는 범인을 아는 모양이었지만 그 사건을 상층부에 보고도 하지 않았어. 직접 처리해서 주도권을 쥐겠다고. ――마치 선생님처럼 말이야!"

그렇게 토해내듯이 말하는 그녀의 말투에서 오펜은 5년 전 그녀와 포르테의 관계를 의심한 적이 있음을 떠올렸다. 레티샤는 얼굴을 상기시키며 말을 이었다.

"말도 안 돼! 기껏해야 조급하게 움직인 젊은 마술사를 자신의 손으로 처벌한다고 해서 무슨 주도권이 된다는 건데! 난 무서워서――요즘은 정기 직무 이외엔 《탑》에 다가가지도 않아. 로브도 가능한 한 입지 않도록 하고 있고. ――조금이라도 힘을 과시하는 것이 위험해지고 있어. 《탑》 안에서 모두가 주도권 전쟁을 벌이는 통에 말이야."

"……그렇게 되면 녀석의 동기에 또 다른 추측이 떠오르게 될 것 같군."

"그래. 차일드맨의 실종으로 벌어진 《탑》의 현재 상황을 더욱 혼란스럽게 만들기 위해 누군가가 획책한 연극일 가능성도 생각할 수 있지."

"그리고 제2의 차일드맨이 대두되는 것을 우려한 장로들을 단지 방해꾼 취급하며 하나하나 암살하고 있을지도 몰라. 뭐, 그렇다고 한다면 지나치게 방만한 계획이지만……. 딱히 연극 주연 선발도 아니고 말이야. 《탑》에서 힘을 얻는다는 것은 설령 과거에 어떤 경위나 수단이 있었든 그것을 없는 일로 만들 수 있다는 거야. 암살자였던 차일드맨이라는 전례도 있고."

"나는…… 힘 따위 필요 없어. 내가 바라는 건 그저 평범하게 살 수 있는 장소뿐이야. 그래서 교실장의 자리를 포르테에게 양보한 대가로 거주권과 이 집을 손에 넣었는데……."

레티샤는 그렇게 중얼대며 갑자기 목소리를 낮췄다. 그리고 술병을 책상 위에 두고 침착한 목소리로 말했다.

"그리고 두 번째 질문이야. 동기는 어찌 되었든 수단은? 스스로도 경계하고 호위까지 대동했을 터인 장로들을 이렇게나 단기간에 어떻게 살해할 수 있는 거야? 아침이 되어 인기척 없는 곳에 시체가 발견돼. ――차일드맨 네트워크조차 암살자의 모습을 한순간 스쳐봤을 뿐이고 범행 현장은 전혀 포착하지 못하고 있어."

"실제로 벌였으니까 가능한 거겠지. ——단지 차일드맨 네트워크의 '눈'까지 피해 인간을 암살할 수 있는 인간은 대륙에서도 몇 명 되지 않아. 서부에서는 단둘뿐이겠군."

"누구랑 누구?"

"키리란셀로와 차일드맨."

레티샤가 빈정대듯이 얼굴을 일그러뜨렸다.

"내 동생과 내 선생님——그중 어느 쪽이 범인이라고 생각해, 오펜 씨?"

오펜도 빈정대듯이 대답했다.

"댁의 동생은 사람을 죽이지 못해 《탑》에서 낙오됐어. 그런 녀석이 인제 와서 타프렘 시에 돌아와 암살을 벌일 거라고 봐?"

"……그럼, 선생님이라는 말이야?"

"차일드맨은 애초부터 도외시야. 그 사람은 두 번 다시 이 마을에도, 《탑》에도 돌아오지 않아."

"……상당히 자신만만한 말이네. 너, 뭔가 알고 있어? 선생님이 어째서 실종되었는지——."

"몰라."

오펜은 거짓말을 했다. 그렇게 말하며 그녀의 눈을 가만히 쳐다보았다. ——그녀도 명백히 이쪽의 거짓말을 깨닫고 있었다. 하지만 아무런 추궁도 나오지 않았다.

'혹시 티시는 선생님이 어떻게 됐는지 은연중에 깨닫고 있는 게 아닐까?'

그런 의문이 마음속에 떠올랐다. 티시가 다시 질문했다.

"그럼 서부의 두 명은 모두 탈락이고……. 동부의 흑마술사가 이 마을에 침입했다는 거야? 그 두 사람에게도 필적하는 마술사라면 《십삼사도》 급이야.

"그렇다면 진즉에 포르테가 큰 난리를 피웠을 테지. 24시간 왕도를 감시하고 있다고 하니까. 《십삼사도》의 견습생이 왕도를 한 걸음이라도 나와 꽃을 따기만 해도 포르테의 네트워크가 그걸 발견할걸."

"얘, 키리란셀로……."

레티샤는 지친 듯이 살짝 쓴웃음을 지었다.

"우리, 그 암살자의 모습을 똑똑히 봤잖아. ――딥 드래곤이 공격한 덕분에 몸을 숨길 것이 모두 사라진 녀석을 말이야. 변장을 했다고 해도 그것도 불에 타서 사라졌을 거야. 녀석은 틀림없이 '키리란셀로'였어. 그렇지?"

"그래."

오펜은 인정했다.

그러자 레티샤가 괴로운 듯이 한숨을 내뱉는 소리가 들렸다.

"결코 말이야……. 진심으로 하는 말은 아니야. 그거 알아? 나 말이지, 오늘 아침에 녀석에게 공격을 받는 널 보고, 한순간 이렇게 생각했어. 아아, 키리란셀로가 내가 모르는 누군가를 죽이려고 하고 있다고. 죽임을 당하려 하는 저 흑발의 남자는 누구일까, 하고……."

"그건, 아마도…… 녀석이, 모두가 바라는 '키리란셀로'이기 때문이겠지."

"……?"

의아하다는 듯이 눈살을 찌푸리는 그녀에게, 오펜은 감정을 비운 채로 말을 이었다.

"나와는 다른──차일드맨이 육성하려 했던, 이상적인 형태의 '키리란셀로'……. 키리란셀로라는 이름을 듣고 모두가 머릿속에 떠올리는, 모습만 봐도 수긍할 수 있는 '석세서 오브 레이저 엣지'……."

"키리란셀로! 나, 그럴 셈으로 한 말이──"

서재 책상을 박차듯이 돌아 이쪽으로 다가오려던 그녀를, 오펜은 손으로 제지했다. 마술로 정지당한 듯이 레티샤가 우뚝 움직임을 멈췄다.

오펜이 조용한 목소리로 물었다.

"세 번째 질문이나 해."

"……녀석의 정체를 굳이 '키리란셀로'라고 특정을 짓지 않고, 단순한 암살자라는 가정 하에 이야기를 진행할게. 그렇다면 그의 스폰서가 된 인간이 있을 거야."

"그 질문의 대답에는 동기가 얽히겠군. '키리란셀로'라고 이름을 대는 암살자를 사용해 장로를 살해하려고 획책한 인간……이 되면."

오펜은 탄식했다.

"포르테가 최유력 용의자가 되어 버리는군. 그 가능성은 그다지 생각하고 싶지 않아."

"그래……. 가까운 사람은 의심하고 싶지 않지. 네 번째 질문."

"응."

그렇게 웅얼대듯 대답한 오펜에게, 레티샤는 스윽──애절한 눈빛을 보였다.

"내가 싫어졌어?"

"……? 질문의 의미를 모르겠는데."

눈을 동그랗게 뜨며 오펜이 되묻자, 그녀는 그것으로 자신을 묶던 사슬이 풀린 듯이 재빨리 이쪽으로 다가왔다.

"내가…… 겨우 나 혼자 살려고 이렇게 커다란 집을 샀다고 생각해? 난, 5년 동안 줄곧 널 기다리고 있었어."

그녀는 자신의 가슴――서재――서재의 창 밖을 손가락으로 가리키며 말을 이었다.

"언젠가 돌아올 거라고 생각해서, 다 함께 살 수 있는 곳을 준비해두자고…… 아자리의 방도 준비해 두었어. 그 애는 그런 거 싫어할지도 모르지만…… 네가, 누군가 스스로 고른 여자와 살고 싶다고 생각한다면, 별관 한 개 정도야 더 지어도 상관없고. 실은 말이지, 이런 말을 하면 정신이라도 나갔다고 생각할지 모르지만, 나――내가 네 상대가 되어도 괜찮다고, 생각했어."

"그런 식으로 아양을 떠는 건 티시답지 않――"

"'나답다'는 게 뭔데!"

쿵! 하고 아무도 건드리지 않았는데 벽이 큰소리를 냈다. ――레티샤는 옛날부터 흥분하면 무의식적으로 마술을 발동하는 경우가 있다. 물론 매우 약한 위력이지만. 지금도 그녀가 무의식적으로 발한 충격파가 서재의 벽을 때린 것이다. 부외자에게는 비밀로 하고 있지만, 사실 그녀가 가진 이명――죽음(키)의 절규(닝)도 이러한 부분이 유래가 되었다.

그녀는 격앙한 듯이 눈동자에 불꽃을 담고 오펜의 멱살을 잡아 올렸다.

"아까도――모두가 이상으로 생각하는 '키리란셀로'!? 남이 배려심에서 가만히 듣고 있자니, 기분 더러운 소리나 하고 있고! 너, 5년 전에도 말했었지? ——이름에는 의미가 있다고 믿는다고! 나도 그렇게 생각하지만, 너랑은 달라. 이름을 대는 쪽에 의미가 있는 게 아니라, 부르는 쪽에 의미가 있다고. 네가 어떤 이름을 대든, 내 동생은 너고, 넌 키리란셀로란 말이야!"

믿을 수 없는 악력으로 셔츠를 조르던 그녀는, 아주 조금 목소리를 낮췄다.

"그리고——클리오? 그 애에게는 넌 보이는 그대로의 너고, 넌 오펜이야."

"……."

오펜은 넋이 나간 얼굴로 15센티 정도밖에 떨어지지 않은 그녀의 눈을 들여다보았다. 그리고 무심코 떨리는 목소리로 중얼거렸다.

"마치 설교라도 하는 것 같다, 티시……."

"물론 설교 맞거든?"

그녀는 더욱 손에 힘을 담았다.

"나라고 하고 싶은 말이 없을 것 같아? ——애초에 말이야, 요 며칠 동안 내가 어떤 심정으로 있었다고 생각해? 너한테선 5년 동안 아무런 연락도 없고, 두 달 전에는 하티아가 가지고 돌아온 보고서에 아자리의 사망이라고 명기되어 있고, 넌 너대로 동맹 반역죄 적용 직전이 되어 있었어. 넌 몰랐을지도 모르지만! 그 안건을 실효시키기 위해 얼마나 수고가 들었는지 알기나 해!? 그 이후에 차일드맨은 소식불명——《탑》은 분위기가 수상해져서 다가가는 것도 위험하고, 2주 전에는 키리란셀로라고 이름을 대는 암살자가 장로를 막 죽여 대고! 아까 전 동기에 대해서 말했을 때, 말은 안 했는데 말이지, 난 그즈음에 아자리의 원수를 갚으려고 네가 이 마을에 돌아왔다고 믿어

의심치 않았어!"

그렇게 레티샤는 아무런 의도 없이 한 말이었지만——

오펜은 그 말을 듣고, 문득 뇌리에 번뜩이는 것을 느꼈다.

하지만 그런 오펜의 기색은 깨닫지 못한 그녀가 말을 계속했다.

"포르테가 내게 '키리란셀로'의 포박, 혹은 말살의 명령을 가지고 왔어. ——그리고 받아들였어. 너라고 생각했거든. 나라면 그런 흉행을 막을 수 있다고 생각해서. 할 수만 있다면, 널 죽고 나도 죽자고 생각해서. 그리고 매일 밤마다 그런 결의로 순찰을 계속하다, 슬슬 피로의 한계에 달할 때에 어제 갑자기 교외의 레인저 대기소에서 연락이 와서——널 구속했다고 하지 뭐야!? 영문을 알 수 없었지만 황급히 마중을 갔더니, 거기서 5년 전과 전혀 변하지 않은 모습의 너랑, 제대로 평범하게 성장한 네가 싸우질 않나. ——널 구하고 집으로 돌아왔더니, 영문을 알 수 없는 지인이 고양이를 인질로 잡질 않나, 만들지 얼마 되지 않은 화단의 테두리를 패트가 부수질 않나, 넌 서재에 불평을 내뱉질 않나, 그걸로도 모자라 술냄새가 난다고!? 이게 술이라도 한잔 하지 않고 넘길 일이겠어, 아무리 나라 해도! ——혹시 빽빽거려서 시끄럽다고 생각하는 거야!? 웃기지 마시지, 아직 할 말 많이 남았거든!"

그녀는 그렇게 외치며 점점 이쪽으로 얼굴을 가져왔다. ——손에 담긴 힘도 강해져 갔다. 오펜은 기침을 내뱉을 것 같은 느낌을 참으며, 그저 경직된 몸으로, 눈빛만으로 열심히 그녀의 말에 동의했다.

그녀는 삐죽 입술을 내밀며 말을 이었다. 그녀의 등 뒤에서 펑——하고 아무런 전조도 없이 서류의 산이 폭발하는 모습이 보였다.

"그리고——'답지 않다'고 한다면, 너도 남에게 뭐라고 할 자격 없거든? 그런 '키리란셀로'에게 꿍얼꿍얼 몇 마디 들은 정도로 뭔가 고민이나 하고! 5년 전에 그 차일드맨에게조차 거스르고 《탑》을 뛰쳐나간 네가!"

그 말을 들은 오펜은, 순식간에 결박에서 풀려났다.

"보……본 거야? 녀석이 이 저택에 와서 날 만난 걸——."

"여긴 내 집이야! 침입자가 있으면 당연히 알아차리지!"

그렇게 외치는 그녀에게 오펜은 훗, 하고 웃었다.

"난 녀석이 모습을 드러낼 때까지 깨닫지 못했는데……."

"그래서 그게 뭐! 숨바꼭질의 달인이라도 되고 싶었다는 거야!?"

그렇게 고함을 들은 오펜은, 그녀에게서 도망치려 하다 무심코 먼지가 쌓인 바닥에 엉덩방아를 찧었다. 눈보라처럼 먼지가 일어나는 가운데, 이쪽의 멱살을 잡고 있는 레티샤도 그에게 끌려가 바닥에 무릎을 꿇었다.

오펜은 힘없이 내뱉었다.

"하지만 5년 전의 나였으면 깨달았을 거야——."

"아~, 그러셔! 옛날 이름으로 불리고 싶진 않지만, 옛날처럼 웅기둥기 남이 가마를 태워 줄 만한 힘은 필요하다는 거로군. 아니야!?"

아까부터 계속 고함을 지르는 그녀의 말투에 오펜은 줄곧 무언가 마음에 걸리는 것을 느꼈다. ——이 말투는 어딘가에서 들은 적이 있는 것 같았다.

어찌되었던 그녀는 설교를 계속했다.

"뭔가 착각하는 거 아니야!? 그 '키리란셀로'에게 자신이 뒤진다고 생각하는 거지!? 어디가 어떤 식으로 뒤지는데? 살인이 서투른 것? 그 얄미운 말투를 흉내 낼 수 없다는 것?"

"난——"

"그래, 네 말대로일지도 몰라. ——그건 확실히 차일드맨이 키워내려 했던 '키리란셀로'일지도 몰라. 그라면 괴물로 변모한 아자리를 신속하게 스탭할 수 있겠겠지. ——하지만 그가 차일드맨이 키우려 했던 이상적인 '키리란셀로'라고 한다면, 넌 선생님에게 거스른 이상적인 너야."

그렇게——레티샤의 말투가, 조금씩 속도를 떨어뜨렸다. 오펜은 엉덩방아를 찧은 자신의 위에 올라타듯이 몸을 내민 그녀를 올려다보았다. 먼지 속에서 그녀의 흑발이 하얀 안갯속의 검은 폭포처럼 반짝반짝 흘러내리는 것이 보였다.

그녀의 눈빛이 평소와는 다른 듯이 보였다. ——그러고 보니 술을 마셨다고 했었지…….

"넌 5년 동안 변했어. 수많은 것을 얻었겠지. 시간의 흐름 탓에 반대로 힘은 잃었을지 모르지만, 다른 것은 전부 남아 있어. 이 마을은 사라져 없어지지 않아. 나도, 여기에 있어. 그렇게 생각할 수는 없는 거야?"

"나……는……."

오펜은 마치 꿈을 꾸는 듯한 심정으로 나지막하게 읊조렸다. 말에 힘이 들어가지 않는다. ——레티샤의 눈빛에 완전히 제압당하여 꼼짝도 할 수 없다.

어느새 셔츠 옷깃에서 떨어진 레티샤의 차가운 손이, 자신의 뺨을 쓰다듬는 것을 느꼈다.

"물론 전부 내가 주관적으로 보는 걸지도 모르지만……."

퍼뜩 깨닫자 그녀의 얼굴이 필요 이상으로 가까이 있었다——.

'자, 잠깐——.'

그렇게 소리를 지르려던 순간.

"스승니이이이이임!"

콰당!

그런 외침이 들린 후 문이 열리기까지 약 4초 반 정도일까.

하지만 오펜은 그동안 재빨리 엉덩방아를 찧고 있던 곳으로부터 2미터는 피해 있었다. 정리되지 않은 서류 상자에 머리부터 처박은 그는, 일단 어떻게든 몸을 일으키기 위해 발버둥을 쳤다.

"너, 너너, 너 이 자식——매지크!"

상반신만 일으킨 오펜은, 서재로 뛰어든 자신의 학생에게 고함을 쳤다.

"뭔 생각이냐——! 갑자기!"

"아, 아니, 저기……."

열린 문에 손을 댄 채로 있던 소년은, 곤혹스러운 듯이 입을 다물었다.

"그야 노크를 깜빡한 건 죄송스럽지만요, 스승님, 그렇게 얼굴을 새빨갛게 붉히면서까지 화를 낼 건 없잖아요……."

"시, 시끄러워! 누가 빨개졌다는 거냐!"

"누구냐니……."

"무슨 일이니, 매지크 군?"

——거기서 시원스러운 목소리가 끼어들었다.

고개를 돌리자 서재 책상에 우아하게 앉은 레티샤가 방긋 웃으며 이쪽을 보고 있었다.

'이런 사태에는 여자 쪽이 더 침착할 수 있는 것 같군……'

내심 식은땀을 흘리며 오펜은 남몰래 생각했다.

'뭐, 평소부터 외면을 가장하는 데 익숙한 탓이겠지만.'

그렇게 불온한 평가까지 덧붙였다. 거기서 매지크가 당황한 듯이 팔을 휘두르며 말을 쏟아내는 것이 들렸다.

"그러니까 긴급사태예요! 분명 이 마을, 지금은 그 암살자인지 뭔지가 나타나서 위험한 상황이잖아요? 특히 밤에는요."

"……그렇지."

오펜은 쿵쾅대는 심장을 억지로 가라앉히며 고개를 끄덕였다. 매지크가 아아아, 하고 신음을 지르며 말을 이었다.

"클리오의 모습이 보이질 않아요. ──아무래도 바깥에 나간 것 같다고요."

"──그렇게 됐으니 나도 찾을게."

"뭐가 그렇게 된 건지는 모르지만……."

"뭐, 아무래도 상관없지만요."

도틴은 검은 새끼 드래곤을 머리 위에 올린 클리오를 올려다보며 그렇게 중얼거렸다. 그녀는 이쪽을 내려다보고 손가락을 세운 채로 뭔가 석연치 않은 표정을 보였다.

"이게 전부 다 오펜이 뭔가 얼이 빠져 가지고 그런 거야. 믿음직한 파트너로서는 팔을 걷어붙이고 나서 줄 수밖에 없잖아."

그것이 그녀의 말이었다. 빌린 것인지 크기가 맞지 않는 티셔츠를 청바지 위에 내놓은 차림. 그 위에 짙은 보라색의 방검 재킷을 걸치고 있었다. 평소의 검은 들고 있지 않지만——뭐, 남의 눈길을 두려워하지 않고 마을 안에서 착검을 하고 다니는 상식을 벗어난 인간은 도틴으로서는 이 대륙에 오로지 자신의 형만 있기를 바라는 심정이었다.

"무기도 들지 않고 탐색에 참여하려 하다니, 비상식적이군."

볼칸이 단호하게 내뱉은 말이 들렸다.

클리오는 힐끗 그런 그를 보며 반론했다.

"그치만 그 검 잃어버렸는걸. 아버지의 수집품 중에선 굉장히 마음에 들어하던 건데."

"잃어버렸다고. 전사의 영혼을……. 어차피 이 마스마튜리아의 투견과 나설 곳을 가리지 못하는 계집과의 차이가 그 부분의 자각에서 드러나는 법이지."

"칼날로 베이는 것보다 더 아픈 게 있다는 거 알아?"

"아ㅇㅇㅇㅇㅇㅇㅇㅇㅇ!"

주먹으로 꾹꾹 볼칸의 관자놀이를 후비는 클리오에게 도틴이 나지막한 목소리로 물었다.

"하지만 실제로요, 몸을 지킬 수단이 없는 건 위험하거든요."

"너희들도 없잖아."

"그렇게 말하면 그렇지만…… 근데 딱히 우릴 진심으로 죽이려 드는 사람은 별로 없거든요."

"뭐…… 그건 어느 쪽인지를 따지면 나쁜 건 아니지만……."

가늘게 눈을 뜬 클리오가 휙, 하고 볼칸을 내던졌다. 그녀는 머리 위에서 눈을 감고 앞발을 늘어뜨린 새끼 드래곤을 가리켰다.

"레키가 있거든. 어지간해선 괜찮아. 오펜도 이 애가 오고 난 뒤부터는 날 깨우지 않고 어딘가에 나가는 일이 없어졌는걸."

"호가호위라는 말을——"

조용히 중얼거리던 볼칸을 클리오가 짓밟아 입을 다물게 했다.

도틴은 한숨을 쉬고 주변을 둘러보았다. 한밤의 거리——.

밤하늘이라고 하여도 하늘은 빛을 지표에 뿌렸다. ——파랗게 물든 듯한 어둠에 하얀 빛을. 별, 달, 그들의 빛을 빨아들이는 구름이 바람을 타고 흐른다. 타프렘의 정연한 거리에는 아직도 드문드문하지만 인적이 끊기지 않았다.

아마도 다른 거리에서 들리는 것이겠지만, 둥, 둥—— 하고 단조로운 북소리와 그 소리에 맞춰 합창하듯이 독경을 읊는 소리가 희미하게 들렸다…….

그것을 깨닫고 클리오가 고개를 들었다.

"뭐야, 이 소린?"

도틴은 안경 아래의 뺨을 긁적이며 대답했다.

"라우다토레스 템포리스 아크티일 거예요."

"라우다토——응? 뭐라고?"

클리오가 눈을 동그랗게 뜨며 물었다. 그렇게 물으면서도 짓밟고 있는 볼칸의 등에서 발을 치우진 않았다. 도틴은 두 팔을 펼치며 설명했다.

"드래곤 신앙을 말해요. 우리의 말이라 엄밀하게는 다르지만……."

그 말을 듣고 클리오는 깜짝 놀란 듯했다. 그녀는 경계하듯이 소리가 들리는 쪽을 돌아보며 속삭였다.

"아니, 드래곤 신앙이 왜 이 마을에 있는 거야!? 하필이면."

뭐, 드래곤 신앙자라고 불리는 자들이 마술사와 대립하고 있는 것은 이 소녀도 알고 있는 바고, 소녀가 놀라는 것도 지당하다고 할 수 있으리라. 하지만 이 마을은 조금 특별했다.

"이 마을에는 천인——윌드 드래곤 노르니르의 건축물이 있잖아요."

도틴은 간단히 설명했다.

"세계도탑——그것을 우상으로 삼아서 모시고 있는 거예요. 어찌 되었든 대륙에 남아 있는 것 중에선 유일하게 노르니르들이 인간을 위해 지은 것이니까……. 그리고 흑마술사들은 도량이 넓거든요. 시의 법으로는 종교의 자유가 인정되고 있어요. 숭배하는 대상이 드래곤이든 마왕 스베덴보리든, 나아가 운명의 세 여신(월드 시스터즈)이라고 해도 딱히 건드리지 않아요. 그러니까 이 마을에도 킴라크 교회가 있는 거고요."

"헤에……."

그녀는 맥이 빠진 얼굴로 감탄성을 내뱉었다. 그러자 발밑의 볼칸이 의기양양하게 목청을 높였다.

"흥…… 무지한 계집이 입을 떡 벌리는 꼬락서니라니, 웃지 않고 볼 수 없는 광경이로군."

"어차피 너도 몰랐잖아!"

"으아아아아! 그 꾹꾹이는 그만 하라고 했잖아아아아!"

언제나 벌어지는 일이기에 도틴이 신경 쓰지 않고 멍하니 눈앞의 광경을 보고 있자, 울상이 된 형의 위에서 클리오가 느닷없이 눈을 빛내고 도틴에게 시선을 향했다.

그리고 갑자기 말을 꺼냈다.

"얘, 보러 가지 않을래?"

"예?"

도틴은 어리둥절하다는 목소리로 되물었다.

도틴은 이쪽의 동의를 얻기 전에 이미 형 쪽은 내버려 두고 걷기 시작했다.

"그러니까 그 라우다가 어쩌고 하는 거. 재미있을 것 같잖아."

"저, 저기……."

도틴은 허둥지둥 그녀를 쫓아, 그녀의 방검 재킷 소매를 붙잡으며 말했다.

"그, 그야, 보러 간다고 해서 딱히 위험한 건 아니지만요, 그래도 의식 중인 신앙자들은 대게 신경질적이라……."

"뭐야~. 궁금한 건 봐두지 않으면 나중에 후회한다고."

"당신의 경우――라고는 말하지 않겠지만――쓸데없는 짓을 해서 후회하는 쪽이 더 많은 게……."

"내버려 둬라, 도틴."

벌떡――하고 쓸데없이 큰소리를 내며, 길바닥에 굴러다니고 있던 볼칸이 몸을 일으켰다. 볼칸은 모피 망토를 나부끼며, 마치 연극이라도 하는 듯한 오버 액션으로 말을 이었다.

"주의력에 더해 집중력도 산만한 추하게 생긴 변덕쟁이 계집에게 매달려 있을 때가 아니야! 우리에게는 본의는 아니지만 최대의 천적인 날 신용하고 넙죽 엎드려서까지 우리에게 부탁을 한 어수룩한 사채꾼 마술사에게, 가짜 정보를 흘려 함정을 준비한 곳으로 유인한 다음 단숨에 결판을 내고 비웃어 준다는 중대한 목적이 있으니 말이다!"

"그리고 그걸 나한테 말해서 뭘 어쩔 건데……."

클리오가 나지막하게 말했다.

침묵. 볼칸은 잠시 생각에 잠긴 듯이 손가락을 입에 물고는,

"아!"

간신히 떠올린 듯이 목청을 높였다.

"그러고 보니 항상 우리랑 같이 녀석의 발목을 붙잡다 보니 이 계집이 녀석의 편이라는 것을 완전히 잊고 있었군."

"그, 그다지 반론은 못 하지만……."

클리오는 낭패한 듯이 말했다.

"하――하지만, 너 말이지, 또 그런 헛된 계획을 세웠던 거야? 가끔은 에두르지 말고 도움이나 좀 되어 보지 그래!"

"훗. 어린 계집이 이제 와서 자신에게 뭔가를 타이르고 있구나, 도틴――."

"너한테 한 말이거든!"

클리오가 머리카락을 곤두세우며 외쳤다. 형은 질린 기색도 없이 허허허 웃었다.

"어리석은 새암원숭이가! 이 마스마튜리아의 투견 볼카노 볼칸 님이, 사채꾼 마술사 따위의 비위를 맞출 것이라고 생각하는 거냐!"

"……새암원숭이?"

"다시 말해 새끼 암컷 원숭이라고 말하고 싶었다만……."

결국 맞붙어 싸우기 시작한 두 사람을 멀리서 바라보며 도틴은 이마를 누르고 다시 탄식했다.

'이래선 탐색이고 뭐고 글렀네……. 뭐, 처음부터 마을 안에서 단 한 명의 인간을 찾아내는 것 자체가 무모한 일이지만……'

그때.

둥, 둥, 둥――문득 북소리가 가까워지는 것을 깨달았다. 소리가 들리는 쪽을 보자 큰길 너머에서 장례식 같은 집단이 이쪽으로 오는 것이 보였다.

가도를 집단으로 나아가는 인영이란 기분 나쁘게 보이는 법이다. ――그것도 특히 밤이라면. 통행인도 조금 멀찍이 떨어져 그들을 피했다. 그 인간들은 모두 흰 두건 같은 것을 깊이 뒤집어쓰고 있었다. 이것은 이 타프렘 시 드래곤 신앙자의 특징으로, 즉 얼굴을 숨겨야 참가할 수 있다는 것을 의미한다.

대열의 선두에 있는 한 사람이 큰 북을 두드리고 있다. 나무망치 정도 크기의, 장난감 가게에서라도 팔 것 같은 간단한 북이었다. 그 소리에 맞춰 외는 것은 별것 아닌 기도거나, 또 전혀 의미를 알 수 없는 으르렁이라거나, 어쨌든 제각각 자신만의 소리를 내고 있었다. 그래서 말의 의미를 알아들을 수 없어 이것을 음성마술에 대한 저주의 의미가 있다고 해석하는 자도 있지만, 그것은 아닐 것이라고 도턴은 생각했다――즉, 의미 따윈 없는 것이다. 다양한 인간이 다양하게 모였으니 내용도 다양할 뿐이다.

탄압 하의 신앙이라는 것은 그런 법이다. ――설령 법으로 존속할 권리를 얻었어도, 그렇다고 해서 무언의 탄압(경우에 따라서는 유언의 탄압도 포함해)이 없는 것은 아니다. 다만 아직 드래곤 신앙 등은 킴라크 교회에도 필적할 정도로 오래된 것이기에 그나마 낫지만, 만약 신흥 종교라면 그것에 가해지는 탄압은 신랄하기 짝이 없다. '감시'라는 이름 하에 사생활을 침해하더라도 아무도 불평을 하지 않을 정도다.

뭐――그 탄압이라는 것도 반드시 근거 없는 비방 중상인 것은 아니기도 하기에 세상일이라는 것은 그게 무엇이 되었든 한마디로 정리할 수 있는 것이 아니다.

'어라……?'

도틴이 묘한 것을 깨달은 것은 대열이 상당히 가까워졌을 때였다.

'여긴 세계도탑에선 완전히 떨어진 곳인데 왜 이런 곳을 걷고 있는 걸까, 이 사람들은…….'

――뒤에선 슬슬 싸움의 승패가 갈라진 참이었다.

"조금은 깨달았어!?"

클리오가 그렇게 말하며 몸을 벌떡 일으켰다. 그녀는 길 위에 흠씬 두들겨 맞아 쓰러진 볼칸에게 삿대질을 하였다.

"너구리에게 원숭이가 어쩌고 하는 소릴 들으면 못 참는다고!"

"그런 문제인가요……?"

뒤에서 도틴이 그렇게 중얼거리자, 클리오가 거칠게 뒤를 돌아보았다.

"중요해. 근거 없는 중상에 대해서는 굳건히 싸워야 하는 법이라고. 나, 오펜에게 난폭한 버릇을 고치라는 말을 들었을 땐 조금 진지하게 화를 냈는걸."

"담배를 끊지 못하는 사람들이 모임을 만들어, 서로에게 담배의 피해를 호소해서 금연하게 만드는 요법이 있다고 하던데요……."

"무슨 소릴 하고 싶은 거야?"

"아뇨, 딱히……."

도틴은 눈길을 피했고, 자연스레 근처를 지나가려던 행렬로 향하게 되었다. 흰 두건의 행렬은 여전히 웅얼거림의 합창을 이으며 진행했다. 대륙의 정통 지배자, 드래곤 종족에게 기도를 올리며——.

'……?'

거기서 도틴은 눈을 깜빡였다. 행렬 선두, 북을 두드리던 인물이 갑자기 손을 멈춘 것이다.

대열의 합창은 딱히 멈추지 않았다. 그저 북소리만이 멎고, 선두에 있던 인간은 자신의 뒤에 있는 인간에게 북을 건넸다.

그리고 그대로 두건을 벗었다.

"아——!"

클리오가 짧게 비명 같은 외침을 지르는 것이 들렸다. 두건 아래에서 나타난 것은 검은 머리, 검은 눈, 딱히 이렇다 할 특징이 없는 소년의 얼굴——.

소년이 무언가를 중얼거렸다. 그것만큼은 입술의 움직임으로 보였다. 하지만 목소리 그 자체는 대열이 합창에 뒤섞여 아무것도 들리지 않았다.

그리고 소년의 모습이 사라졌다.

'어……?'

반사적으로, 이유 없이 뒤를 돌아보았다. ——클리오가 비명을 지른 것은 그와 거의 동시였다. 소녀가 금발의 머리를 붙잡고 지면에 웅크리는 것이 보였다. 그리고 가녀리고, 목이 메이는 듯한 목소리로 클리오가 외쳤다.

"————레키가!"

그녀의 비명이 뜻하는 의미는 도틴은 알 수 없었다. 레키——그 새끼 드래곤이라면 분명 클리오의 머리 위에 있다. 하지만 그 클리오의 바로 앞에 모습을 지운 소년이 조용히 서 있을 뿐…….

그는 움직이지 못하고 있는 클리오의 머리 위에서 훌쩍 레키의 몸을 들었다. 힘없이 축 매달린 레키의 등에는 침이 꽂혀 있었다. 침이라고는 해도 자전거 바퀴의 살 정도는 되는 길이로, 아무래도 그 침은 새끼 드래곤의 등에서 배까지 관통한 듯했다.

소년은 움직이지 못하는 드래곤을 품에 안고 다시 하얀 두건을 뒤집어썼다.

"우선은 가장 위험한 장기말부터 제거한다. ——나쁘게 생각하지 말아 줘."

그는 그렇게 중얼거리며 다시 행렬로 돌아갔다.

"아……."

클리오가 떨리는 어깨를 자신의 손으로 끌어안으며 힘없이 몸을 일으켰다. 그리고 창백해진 얼굴로 입술을 깨물며,

"기——기다려! 레키를 어쩔 셈이야!?"

라고 외치고는 타탁——하고 벌써 몇 미터나 떨어진 행렬의 소년에게 달려갔다. 소년은 돌아보지도 않고 조용히 대열에서 떨어지더니, 새끼 드래곤을 안은 채로 재빠르게 근처의 골목으로 들어갔다. 클리오도 그 소년을 쫓아 골목 안으로 사라졌다.

"무——무슨 일이 일어난 거야?"

도틴은 멍한 표정으로 신음했다. 행렬은 아무 일도 없었다는 듯이 나아갔다. 밤하늘은 아무 일도 없었다는 듯이 맑았고, 타프렘 시의 거리에도 아무 일도 일어나지 않았다.

하지만——무언가가 시작되었다.

클리오는 그것을 뒤쫓은 것이다. 일단 자신이 할 일은——

도틴은 약간 뒤늦게 판단을 내리고는 재빨리 몸을 돌려 달리기 시

작했다. ――그리고 땅바닥에 아직도 누워 있는 형의 몸에 다리가 걸려 멈추고 말았다.

"뭐――뭘 하는 거야, 형!"

"아니, 단지 저 계집애가 건 애버랜츠 홀드의 대미지로 움직이지 못하고 있을 뿐이다만……."

"아아, 정말!"

도틴은 될 대로 되라는 듯이 그렇게 외치고는 형의 몸을 어깨에 짊어졌다. 그리고 그대로 전속력으로 달리기 시작했다.

"……아니, 도틴. 그렇게 서둘러 의사에게 가지 않아도 이 형은 그리 상태가 나쁘지 않아."

"아무도 의사한테 간다고 말 안 했거든!?"

도틴은 딱 잘라 내뱉었다. 그러자 볼칸이 다소 불만스러운 듯이 중얼거렸다.

"……그럼 어딜 그렇게 서두르는 거야?"

"우리가 뭘 위해 이런 밤에 돌아다녔다고 생각하는 거야! 뻔하잖아! ――아까 그 녀석이 암살자였어. 마술사에게 보고해야 해!"

도틴의 뒤에서 아까 북을 건네받은 인간이 두드리는 단조로운 북소리가 다시 밤의 거리에 울리기 시작했다.

제6장 대면하는 구도자들

가만히 그를 바라보았다. 가만히, 뒤에서.

오펜은 말이 없었다. ——이쪽을 깨닫지 못하지는 않았을 테지만, 그렇다면 고집스럽게 이쪽을 무시하고 있다는 셈이 된다. 일단 레티샤에게 빌린 방 안에서, 침대 모서리에 앉아 부츠의 상태를 보고 있다. 자신이 신고 있는 부츠의 끝을 바라보며——아니, 정확하게는 그 몇 센티 앞의 공간을 응시하듯이 그는 시선을 고정하고 있었다.

"혼자서 가실 건가요?"

방 입구에서 그런 오펜을 향해 매지크가 물었다. 오펜은 별반응은 보이지 않았지만, 힐끗 곁눈으로 매지크를 보고는,

"그래."

하고 고개를 끄덕였다.

"티시는 이 저택을 지키라고 해 뒀어. 적어도 너희는 안전하게 있어야지."

매지크는 어떻게든 표정을 바꾸지 않도록 노력했다.

"상대는 그 암살자잖아요?"

"스태버."

오펜은 고개를 들어 정정했다. 그리고 천천히 말을 고쳤다.

"스태버다. 《탑》에서 훈련을 받은 흑마술사 중의 암살기술자는 특히 '스태버'라고 불리지. 암살자라고는 해도 마약을 상용하는 어쌔신과는 달라. ——순수하게 암살을 위해 훈련을 받은 인재, 그게 스태

버다.”

“……그런 녀석과 스승님 혼자서 싸우실 건가요?”

“복너구리 놈들의 이야기를 들었잖냐. ——클리오 그 바보 자식, 사리분별도 없이 얼씨구나 적의 술수에 넘어가다니. 그걸 못 본 체하라는 거냐?”

매지크는 한순간 불안으로 표정을 굳혔다——.

“전에 스승님이 그렇게 말씀하셨던 때를 기억해요……. 그 킨크홀의 망령 저택에서 클리오가 살해당한 줄 알았을 때!”

순간 숨이 탁 막혔다. ——오펜은 무표정하게 그런 매지크를 보고 있었다.

매지크는 말을 이었다.

“스승님은…… 클리오가, 이번에야말로 죽을 거라고 생각하세요?”

“아니.”

오펜은 별달리 망설이지도 않고 고개를 저었다.

“그런 생각은 안 든다. 녀석의 노림수는 《탑》의 장로들뿐이었어. ——그런 느낌이 들어.”

“하, 하지만——그 녀석은 오늘 아침 우리를 스타——어어——'스탭'하려고…… 그렇게 말씀하셨잖아요.”

“그래. 말했지.”

“그럼——.”

“매지크.”

오펜이 단호한 목소리로 말했다——.

“클리오는 죽지 않아. 응석받이에 어마어마한 바보지만, 그렇게 간단히 죽을 정도의 바보는 아니야. 그리고——."

그는 그렇게 말하며 침대에서 일어섰다.

"그 '키리란셀로'가 그 외에 무슨 말을 했는지 기억하냐? 나는, 나로 있어야 한다고——그러기 위해 클리오나 널 스탭한다고 해서, 내가 녀석의 생각대로 되리라곤 녀석도 생각하지 않을 거다. 날 꾀어내기 위한 수단이야. 스태버는 수단으로는 인간을 죽이지 않아."

"스승님……."

매지크는 이를 악물듯이 천천히 입을 열었다.

"키리란셀로라는 건 대체 누구인가요——아니, 뭔가요? 그러니까, 옛날의 스승님이 키리란셀로라고 불렸다는 건가요? 그게 왜 이제 와서——."

오펜은 대답하지 않았다, 아니, 적어도 즉답은 하지 않고 이쪽을 보고 있었다. 대답할 수 없는 내용은 아닐 것이다. ——스승의 표정을 보면 왠지 모르게 알 수 있었다.

하지만, 대답해 주지는 않을 것이다.

뭔가 자신이 잘못된 일을 하는 듯한 기분으로 그렇게 생각하고 있자, 오펜은 스윽 이쪽으로 걸어왔다.

그리고 자신에게 다가오는 것이 아니라 그 옆을 지나 방을 나갔다.

발소리가 조용히, 그리고 정확한 간격으로 복도의 바닥을 울리고 멀어져 갔다.

매지크는 뒤로 돌아 그 등을 쫓아 외치듯이 물었다.

"아무것도 하지 못하는데, 게다가 아무것도 모르고 있으면, 전 정말로 짐덩어리밖에 되질 않잖아요!"

우뚝――오펜이 발을 멈췄다.

하지만 매지크는 그런 그를 보고 있지 않았다. 스승의 뒷모습에서 눈을 돌리고 계속해 입을 움직였다.

"왜 아무 이야기도 해 주지 않으세요? 절 믿지 못하시나요!?"

그는 그렇게 말하고 침묵했다. 하고 싶은 말을 전부 꺼낸 것은 아니지만, 그 뒤로는 말이 나오지 않았다.

고개를 들자 오펜은 어깨너머로 자신을 보고 있었다.

"네가 아까 말한대로 '이제 와서'다. 하나부터 열까지 전부, 새삼스럽지……."

그는 무표정했다. 그런 얼굴로 이쪽을 쳐다보고 있다. 언제나, 어딘지 비아냥대듯이 치켜 올라간 눈꼬리에, 지금은 그 대신 무언가 엄숙한 것이 서려 있었다.

"녀석은 이제 와서야 나타났다. 티시는 이제 와서야 불평을 내뱉었지. 나는 이제 와서야 이 마을에 돌아왔어. 그리고 이제 와서도 망설이고 있고……."

"……망설인다고요?"

매지크는 의아한 듯이 되물었고, 오펜이 고개를 끄덕였다.

"갑자기 나타난 녀석이 진짜인지, 아니면 나 자신이 진짜인지……. 하지만 아마도 녀석일 거다. 진짜 '키리란셀로'는."

"스승님……?"

"나는 가짜니까 오펜이야. 토토칸타에서 야매로 사채놀이를 하다, 빚도 갚지 않는 망할 너구리들을 뒤쫓는, 인생에서 낙오한 흑마술사다."

"……."

"괜찮아."

오펜은 그렇게 말하고는 자신의 학생을 향해 씨익 웃어 보였다. ——매지크가 잘 아는 스승의 얼굴이었다.

그 표정으로 오펜은 말을 이었다.

"클리오는 데리고 돌아올 거다. 그리고 너희가 모르는 나에 대해서도 전부 끝을 맺을 거다."

그렇게 오펜이 복도에서 사라져 저택을 나간 뒤에도, 매지크는 그곳에서 줄곧 멍하니 서 있었다. 이윽고 시간이 지나자 복도의 다른 방향에서 교대를 하듯이 인기척이 느껴졌다.

동시에 발소리. 뒤를 돌아보자 나타난 것은 여윈 체격의 흑발 소년이었다. 아마 자신과 비슷한 또래일 것이다. ——분명히, 레티샤의 제자인…….

'티피스, 라고 했었지…….'

매지크는 간신히 그 이름을 떠올렸다. 자신도 전에 여자라고 오해를 산 적이 있지만, 티피스라는 소년은 자신 이상으로 극단적으로 여자 같은 얼굴이었다. 대체 무슨 속셈인지는 모르겠지만, 갑자기 나타난 그는 마치 상대의 가치를 계산하는 듯한 눈빛으로 보며 말했다.

"……매지크 군, 이라고 했었지?"

이쪽이 생각했던 것과 비슷한 느낌으로 상대도 이름을 떠올린 모양이었다. 매지크는 응, 하고 고개를 끄덕였다.

"그런데……."

"넌 함께 가지 않는 거야? 저——키리란셀로 씨랑."

매지크는 움찔 눈썹을 움직이더니, 경악한 목소리로 외쳤다.

“넌…… 스승님에 대해 알고 있는 거야!?”

하지만 티피스는 매지크가 충격을 받는 것을 예측하고 있었는지, 가볍게 한숨을 쉴 뿐이었다.

“역시…… 뭔가 분위기가 이상하다 싶었지만, 몰랐구나.”

“어째서——”

“그렇다면 기묘한걸. 대륙에서는 누구나 알고 있는 ‘석세서 오브 레이저 엣지’ 키리란셀로의 학생이, 자신의 선생에 대해 모른다고 말하니 말이야.”

“무슨 말을 하고 싶은 건데!”

매지크는 자신도 모르게 거친 목소리를 내뱉었다——티피스는 딱히 동요한 기색도 보이지 않고 그대로 말을 이었다.

“그의 전설을 들려줄게. 그걸 듣고 그 후엔 너 자신이 판단하도록 해. ——그게 널 위한 일이고, 공평한 일이기도 할 테니까.”

매지크는 마치 빨려 들어갈 듯한 기분으로 그와 마주 보았다…….

‘이런 경계에 의미가 있을까……?’

레티샤는 진절머리를 내며 그렇게 생각했다. 그리고 그렇게 생각한 자신에게 더욱 진절머리를 냈다——.

‘경계는 필요해. 설령 마음만 먹으면 얼마든지 자신의 뒤를 잡을 수 있을 만한 녀석이 적이라고 해도 말이야…….’

그렇게 생각을 고쳤다. 그리고 그녀는 자신의 저택 복도를 휙 둘러보았다. ——청소부에게 부탁해 청소를 마친 복도에는 먼지 한 톨 떨어져 있지 않았다. 가구에는 그다지 돈을 들이지 않았지만, 정성은 들였다. 복도에 불필요한 가구를 두면 쓸데없이 눈에 띄기에 기본적으로는 아무것도 놓지 않고 있다. 화분을 놓을 때도 해가 닿지 않는 곳에는 두지 않도록 주의했다. 후자는 취향의 문제인데, 응달에서 자라는 식물은 이상할 정도로 비루하게 보인다고 느끼기 때문이다.

'마치 나처럼 말이야.'

레티샤는 꾸물꾸물, 마치 구더기라도 솟아나오는 듯한 감촉이 느껴지는 혼잣말을 고개를 저어 털어냈다. 응달에서 자라는 식물이 비루하다면, 밤은 모든 것을 비루하게 만드는 것일까? ──밤하늘을 향해 두 팔을 펼친 나무는 분명 어딘지 오싹하지만──

'아직 술기운이 남아 있는 모양이네……. 취하기 쉬운 체질인데 마시지 말 걸 그랬어.'

그녀는 탄식하며 다시 복도를 걷기 시작했다.

그리고──

반쯤 열려 있던 문을 깨닫고 발을 멈췄다.

안에서 들려오는 이야기 소리는 티피스와 키리란셀로──아니, 오펜인가──딱히 어느 쪽이든 상관없다, 어쨌든 그의 학생인 매지크라는 소년의 것이었다.

'어느새 사이가 좋아진 걸까…….'

레티샤는 딱히 마음에 두지 않고 그렇게 생각하며 그대로 지나치려 했다. 하지만──

문득 발이 멎었다.

멈춰 선 그녀의 귀에 들어온 것은, 티피스의 천진난만한 설명이었다.

"5년 전, 키리란셀로는 한 명을 죽였어."

"아니, 정확하게는 죽일 뻔했지. 《탑》의 마술사를 말이야."

문 틈새에서 흘러나오는 학생의 말에 레티샤는 얼어붙은 듯이 움직이지 못하고 귀를 기울였다. 그것은 분명 2, 3년 전에 앨범 사진에 대해 질문을 받은 그녀가 학생에게 했던 이야기였다. ――하지만 지금은 오히려 그녀야말로 처음으로 들은 것처럼 충격을 받고 있었다.

"스승님이……?"

매지크의 대답은 그다지 내키지 않는 듯한 분위기였지만.

"스승님이 누군가를 반죽음으로 만들다니, 딱히 별로 드문 일도 아니잖아."

"……."

대화가 다소 중단되었다.

잠시 후 티피스가 헛기침을 하며 표현을 바로잡는 것이 들렸다.

"처, 처음부터 이야기하는 편이 좋을 것 같네. ――키리란셀로라는 건, 우리 바로 앞의 세대를 대표하는 흑마술사야. 《송곳니 탑》에서 수석을 거머쥔 것은 물론이고, 《십삼사도》로까지 발탁될 뻔했어."

"그런 말을 듣긴 했지만…… 거짓말 같아서 염두에 두지 않았어."

"거짓말? 현실이야. 만약 정말로 《십삼사도》에 들어갔다면 사상 최연소 궁정 마술사로 이름이 남았겠지."

'그래, 맞아――.'

레티샤는 마음속으로 고개를 끄덕였다.

'하지만 그런 일은 있을 수 없었지…….'

"하지만 그런 일은 있을 수 없었어."

그녀가 전에 이야기를 한 그대로 티피스가 전하고 있는 듯했다. 그녀의 마음속 중얼거림을 따르듯이 티피스의 말소리가 이어졌다.

"《송곳니 탑》의 실정을 생각하면, 키리란셀로가 《십삼사도》에 들어가는 일은 말도 안 되는 일이야."

"어째서? 난 잘 모르지만 《송곳니 탑》은 궁정 마술사를 몇 명이나 배출했잖아?"

"몇 명이나, 가 아냐. ――몇백 명이나, 지."

티피스는 킥 웃었다.

"이제부터는 바보 같은 이야기인데, 다시 말해서 《탑》은 궁정에 너무 많은 마술사를 방출해 버린 거야. 우수한 마술사가 매년 몇 명이나 궁정으로 빨려들어가는 바람에 《십삼사도》는 힘을 계속해서 불렸고――반대로 《탑》은 쇠퇴일로를 걸었어. 결정적이었던 건 상당히 오래 전의 일이지만…… 《십삼사도》에 플루토라는 괴물이 나타났거든. 그에 대해서는 알고 있지? 궁정마술사들의 수장, 왕도의 마인 플루토 말이야."

"모르는데……."

"……뭐, 좋아. 어쨌든 그의 출현은 《탑》의 장로들에게 굉장히 충격이었어."

"그 플루토라는 사람도 《탑》 출신자야?"

매지크의 질문은 예전 티피스가 레티샤에게 던졌던 질문과 완전히 똑같았는데――그때의 상황을 기억하는지 티피스가 조금 우월감에 젖은 목소리로 웃었다.

"아니. 그리고 최대의 문제가 바로 그 부분이었지. 플루토는 궁정에서 자랐거든. 《십삼사도》가 된 예전 《탑》의 출신자가 자신들끼리 한 명의 흑마술사를 교육한 거야. 그것이 가지고 태어난 재능과 맞물려서 어마어마하게 강력한 흑마술사를 만들게 되었지. 그 사태에 당황한 게 《탑》의 장로들――이해하겠지? 자칫하다간 《탑》의 존재 의의가 사라져 버릴 참이니까."

예전에 자신이 이야기했을 때는 장로를 바보 취급하는 말투로 말했었지. ――레티샤는 똑똑히 기억하고 있었다. 하지만 지금은 그녀 자신도 《탑》의 권위가 실추되는 것에 대한 장로들의 공포가 얼마나 클지 이해할 수 있었다. 자신들의 존재 의의가 사라진다는 것――.

그 공포라면 알 수 있었다. 아자리와 키리란셀로라는 가족을 잃은 그녀는 그저 홀로 저택에 틀어박혀 있을 뿐, 그 누구에게도 거의 의의가 없는 존재가 되어 있었다. 깨달은 것은 바로 최근이었지만.

그런 이쪽의 심정 따위는 아랑곳하지 않고 티피스는 가볍게 말을 이었다.

"그래서 장로들은 무엇을 했을까. ――힘을 불리는 《십삼사도》에 대항하기 위해 한 명의 흑마술사를 치켜세웠어. 어디에서 나타났는지는 모르지만…… 어째서인지 플루토와 호각, 아니면 그 이상의 능력을 가지고 있던, 차일드맨이라고 이름을 댄 암살자. 그 인물을 《탑》에서 스카웃했어. 그리고 《탑》에서 재능이 있는 아이를 제자로 붙이고, 가능하다면 스승과 동등한 마술사를 양산하려 했지――."

"그중 한 사람이, 스승님……?"

"그래. 그 교실은 차일드맨 교실이라고 불렸어. 단지 장로들의 오산은 차일드맨이라는 인간의 힘을 잘못 파악했다는 점이었지."

티피스는 흥이 나는 듯했다. 거침없이 말을 쏟아냈다. 레티샤는 그저 가만히 그의 말을 들으며 홀로 주먹을 움켜쥐었다.

“무슨 의미야?”

“차일드맨 교사가 너무 우수했거든. 학생들은 그 누구도 스승을 따라잡지 못했어. 그래서 그렇다면 적어도, 라는 의미에서 학생들은 하나씩 다른 기술을 습득하기로 했어. 모든 기술을 혼자서 물려받는 건 불가능했으니까——차일드맨 교실의 학생은 전부 7명이 있었으니까 7종류라는 셈이 되지. 예를 들어 최연장자인 포르테 퍼킹검 교실장은 차일드맨 네트워크라고 불리는 특수한 정보망의 관리를 물려받았어. 그 보좌 역할을 맡은 것이 하티아라는 사람이고——이미 죽었지만 코미크론이라는 사람은 의료기술을 전문으로 했다고 해. 그런 식으로 그 외에도 ‘나이트노커’ 코르곤과 천마의 마녀라고 불리며 교실 내에서는 최강의 마력을 가졌다고 전해지는 아자리, 그리고 우리 선생님인 레티샤 맥크레디, 마지막으로 ‘석세서 오브 레이저 엣지’ 키리란셀로가 있었어.”

“후계자(석세서)?”

“응……. ‘강철의 후계자’ 키리란셀로——. 그 이명이 나타내는 대로 그는 차일드맨의 모든 전투술과 암살술을 물려받았어. 장로들이 무슨 일이 있더라도 《십삼사도》에게 건넬 수 없다고 생각하는 것도 당연하지?”

“……뭐, 그렇겠지…….”

이제 슬슬 이 대화를 중단시켜야 한다. ——키리란셀로를 위해서라면. 하지만 레티샤는 그러한 이성의 호소에도 어째서인지 몸을 움직이지 못하고 있었다.

"여기부터는 내 추측도 섞이는데——사실에 관해서는 장로들이 숨기고 있으니까 말이야. 키리란셀로는 《십삼사도》에 가고 싶었을 거야. 하지만 장로들은 반대했지. 《십삼사도》의 면접을 받기 위해 왕도에 나갔던 키리란셀로에게 사자를 보냈지만, 그 사람은 사자를 반죽음으로 만드록 말았어. 그게 공공연히 밝혀지는 바람에 면접은 취소되고——키리란셀로는 《탑》으로 돌아온 거야."

티피스가 어깨를 으쓱이는 것이 기척으로 느껴졌다.

"키리란셀로는 그 후 어떠한 이유로 5년 전에 《탑》을 뛰쳐나갔는데…… 난 그 일이 원인으로 장로들과 소원해진 게 아닐까 생각해. 선생님은 그 일에 대해 말을 흐리지만 말이야. 5년이 지나 이 마을에 돌아온 모양인데, 그래도 솔직히 복귀는 어렵지 않을까. 《탑》의 장로는 권위 같은 것에 까다로운 만큼 경력에도 깐깐하게 굴거든. ——하나라도 오점이 있으면 그걸 절대로 지우지 못하는 게 《탑》이라는 곳이야."

"……."

"5년 동안의 공백은 아마 지울 수 없을 거야. 내가 하고 싶은 말은 말이지, 네가 이대로 그 사람의 학생으로 있어도 장래는 그다지 밝지 않을지도 모른다는 거야. ——그리고 결국 차일드맨 교사의 전투술을 전문적으로 수업했다고 말하면 듣기야 좋을지도 모르지만, 뒤집어 보면 그것 이외의 유익한 기술은 무엇 하나 배우지 않았다는 게 되니까——."

갑자기 덜컹, 하고 의자를 박차고 몸을 일으키는 소리가 들렸다. ——매지크이리라, 아마도.

"스승님은——그런…… 사람이, 아니야!"

"아니, 난 그 사람이 인간적으로 어떻다는 이야기를 하는 게 아니야."

티피스가 황급히 말을 고쳤다.

"그저 마술을 이용한 암살 따위 이제 곧 필요가 없어진다는 말이야. 현재 《탑》에서 개발되고 있는 훨씬 강력한——"

——이제 한계다——

"티피스!"

레티샤는 스스로도 놀랄 정도로 커다란 목소리로 자기 학생의 이름을 불렀다. ——그와 동시에 방 안에서 콰당, 하고 뭔가가 쓰러지는 소리가 들렸다. 당황한 티피스가 넘어진 것일까…….

그것보다도 조금 뒤늦게 문이 벌컥 안쪽에서 열렸다. 안에서 절박한 표정의 금발 소년. ——매지크가 뛰쳐나왔다.

"……!"

순간——문자 그대로, 정말 한순간——그 소년과 시선이 마주쳤다. 녹색의 눈빛에 압도당한 레티샤는 할 말을 잃었다.

매지크 쪽도 놀란 모양인지——입안에서 재빠르게 무언가를 웅얼거리는 것이 들렸다. 그다지 명료하지는 않았기에 그것이 주문인 것은 아니로군, 하고 생각한 정도였지만, 그 내용은 자신이 예상하던 것과는 달랐다.

질문이었다.

"그 지인들은 지금 어디에 있나요?"

그 질문이 의미하는 것은 단 하나였다. 하지만 레티샤는 질문에 질문으로 답했다.

"……그걸 알아서 어떡할 거니?"

"스승님이 어디로 가셨는지 물을 거예요! 당연하잖아요!"

레티샤는 조용히 눈을 가늘게 떴다.

"네가 가도 발목을 잡을 뿐이야."

"그래서 그게 뭐라구요! 제가 가지 않으면 스승님이 무사한 것도 아니잖아요!? 근본적으로 스승님은 그 암살자를 이길 수 있긴 한 건가요!?"

매지크의 눈동자에 사로잡힌 레티샤는, 죄책감과 비슷한 기분에 신음했다.

"이길 수 있을 리 없어……. 키리란셀로에게 이길 수 있는 건 이 대륙에서 오로지 하나, 차일드맨 교사 정도야……."

"스승님은 지금까지도 몇 번이나 이길 수 있을 리 없는 상대랑 싸우셨어요. ――딥 드래곤이라든가, 천인이 남긴 살인 인형이라든가! 하지만."

소년은 입술 끝을 악물었다.

"혼자서는 싸우지 않았어요."

대답할 말을 잃어 가만히 바라만 보고 있자, 매지크는 느릿한 말투로 결연하게 말을 이었다.

"전 갈 거예요. 가르쳐주지 않을 거라면 일단 수색부터 시작할 겁니다――."

그는 그렇게 등을 돌리고, 그곳을 벗어나며 말했다.

"그리고 스승님을 괴물처럼 말하지 말아 주세요. 당신은 스승님의 가족 같은 사람이고, 같은 편이잖아요."

"그는――"

거기서 다시 입을 다물었다.

'난 무슨 말을 하려고 한 걸까…….'

그녀는 무심코 자문했다. 그는 분명 괴물이었어, 라고? 하지만 아마도 지금은 아니라고? 그리고…… 설령 그가 원하더라도 그가 원래대로 돌아올 일은 없을 거라고? 과거는 복귀하지 않는 법이니까…….

'이런 전설이 있지……. 세 여신의 신화. 과거(우르드)와 현재(베르단디), 그리고 미래(스쿨드)로 이루어진 운명의 세 여신(윌드 시스터즈). 세 사람은 같은 여신인데도 결코 서로와 만날 수 없어……. 과거는 현재와 미래의 존재를 알지 못하고, 미래는 단절되어 있으니까. 현재만이 과거를 알고, 미래를 믿고 있지만, 아무것도 하지 못하고 우리 안에 갇혀 있다. ――킴라크 교회의 교의에 따르면. 의미는 전혀 이해할 수 없지만…….'

하지만 어찌되었든 전부 아무래도 좋은 일이다.

그래서 레티샤는 머리카락을 쓸어올리며, 제지의 말 대신 작게 중얼거렸다.

"그는 차일드맨의 저택에 갔을 거야."

그 말을 들은 매지크는, 몸을 돌려 그녀를 쳐다보았다. ――그리고 꾸벅 허리를 숙인 뒤 바깥을 향해 달려갔다.

이윽고 소년의 뒷모습이 보이지 않게 되자, 방 안에서 우물쭈물 티피스가 얼굴을 내밀었다.

"저, 저기, 선생님……."

그는 죄송스러운지 앞머리로 얼굴을 가리고 있었다. 레티샤는 매지크를 배웅한 때부터 표정을 전혀 바꾸지 않고 자비없이 중얼댔다.

"벌로 《탑》의 정기보고를 네가 한 달 동안 대신하도록."

"으……."

지루한데다가 귀찮기까지 한 일을 떠맡은 티피스는 매우 후회하는 모양이었지만——이제 와서 그런 것은 아무래도 좋았다.

"그래……."

레티샤는 자신도 모르게 살짝 쓴웃음을 흘리며 혼잣말을 내뱉었다.

"취기도 마침 거의 가신 모양이니—— 중요한 일은 어린애들에게 전부 맡기고 자기는 집에서 한숨만 쉬고 있는 것도 좀 폼이 안 사는 걸. 차일드맨 교실의 '죽음의 절규'로서는 말이야."

"……예……?"

문에 몸을 기대고 이상하다는 듯이 티피스가 이쪽을 올려다보고 있다——.

하지만 레티샤는 아랑곳하지 않고 만족스럽게 결심을 내렸다.

생각해 보면 타프렘 시를 혼자서 걷는 일은 처음이었다.

아니, 곰곰이 생각해 볼 정도도 아니다——《탑》에서 그가 혼자였던 적은 거의 없었다. 석세서 오브 레이저 엣지——키리란셀로가.

오펜은 밤의 거리를 홀로 걸으며 천천히 예전을 떠올렸다.

'겨우 15살이면서 '최강'의 두 글자를 짊어진 스태버——유일한 결점은 별것 아니게도 사람을 죽이지 못했다는 점이지.'

하지만 생각해 보면 교실 내의 모두가 결점을 가지고 있었을지 모른다.

아니, 이것도 굳이 생각해 볼 것까지도 아닐 것이다. ——그 누구라 할지라도 결점 정도는 있다.

포르테는 자제심이 부족했다. 차일드맨 네트워크로 들어오는 방대한 정보량을 처리하기 위해서는 절대적으로 필요한 냉정함이 없다. 겉으로는 침착을 가장하고 있어도 눈앞에 케이크를 내놓았을 때 참지 못하는 어린애와 다름이 없다.

레티샤는 차일드맨에게 전투술을 배웠다. ――키리란셀로가 습득한 것과는 다른, 암살술이 아니라 병사로서 살아남기 위한 전투술을. 하지만 설마 그녀에게 전장에 나갈 만한 배짱이 있으리라고는 차일드맨조차도 생각하지 않았으리라. ――적어도 오펜은 훨씬 전부터 깨닫고 있었고, 실제로도 그랬다.

그와 거의 같은 나이였던 점도 있어 교실 내에서는 친구로 지냈던 하티아. ――그 역시 현시욕이 강한 부분이 있다. 결코 '보좌'로는 만족하지 않을――.

다른 네 명도 마찬가지다. 그 누구든 각자의 세대 안에서는 탁월한 능력의 소유자이면서 스승을 따라잡을 수 없었던 것은 그러한 결점이 있었기 때문이리라.

오펜은 차일드맨이 최강이었던 비밀을, 지금은 왠지 모르게 이해하였다.

그에게는 결점이 없었다. 기술을 억제할 만한 약함을 무엇 하나 가지고 있지 않았다. 그는 재능을 남김없이 발휘하고 있었다――.

하지만.

'차일드맨은 마치…… 우리의 결점을 처음부터 각각 꿰뚫어보고, 일부러 그 결점과 상반되는 기술을 가르쳤던 것 같아…….'

냉정하지 않은 사령관, 겁이 많은 병사, 야심을 가진 보좌, 죽이지 못하는 암살자——.

날지 못하는 작은 새들. 오펜은 마음속으로 중얼댔다. ——《탑》의 정상에 매달린, 차일드맨 교실이라는 이름의 거대한 새장에 갇혀 있는, 날지 못하는 작은 새들의 무리——.

'사람과 싸울 때에는 적을 뛰어넘으려고 하지 않아야 한다. ——그래서는 자신보다도 강한 적과 만났을 때 조금도 버틸 수 없어. 그것보다도 적의 약점을 찾아내야 한다.'

차일드맨이 수없이 꺼냈던 말 안에서 그런 이야기가 문득 떠올랐다.

'약점을 찾아냈다면 나머지는 실행을 두려워하지 않는 것이 중요하다. 그것이 무엇이든, 약점이 단 하나라도 있다면 방법은 무수하게 존재하지——.'

'우리는——.'

오펜은 발을 멈추고 씁쓰레하게 밤하늘을 올려다보았다.

'당신에게는 영원히 당해내지 못할지도 모르겠어……. 아마, 내가 당신이 바란 대로 자랐다면 그 '키리란셀로'가 되었겠지. 결점이 없는 나와 싸워야만 하는 이 상황——내가 두려워하는 건 바로 그 사실이다……. 마치 자신이 결함품이라고 객관적으로 증명당한 것 같아서 말이지…….'

타프렘 시는 고요했다.

밤하늘은 일단 반짝이는 별들로 아름다웠다. 구름 한 점 없이 만천에 별빛이 흐르는 모양이 마치 폭포가 떨어지는 것처럼 이어져 있다. 달의 모양은 하현(下弦)——바람은 시원하게 불어 왔다. 그 밑에 거리가, 세 번이나 파멸했던 도시가 조용히 서 있었다.

그곳은 상급 마술사들의 대다수가 저택을 둔 《탑》의 별관, 이라고 불리는 구역이었다. ——차일드맨의 저택이 있는 곳도 이 부근이었다. 도틴에게서 들은 클리오의 모습이 사라진 골목, '키리란셀로'가 사라진 골목도 그곳에 있다.

'티시는 그 '키리란셀로'를 신출귀몰하다고 말했어. ——잠복할 곳도 특정할 수 없다고. 하지만 생각해보면 이 마을에서 '키리란셀로'가 몸을 숨길 만한 곳이라고 한다면 티시의 저택이나 차일드맨의 저택뿐이야. 나 외의 그 누구도 모르는 일이지만, 차일드맨이 죽었다는 것을 녀석도 알고 있다면——.'

그곳을 근거지로 삼으리라. 설며 이 마을에 굳이 차일드맨의 저택을 수색하려 드는 자는 없을 테니까. ——티시조차 다가오려고도 하지 않았던 모양이다.

저 멀리서 드래곤 신앙자들의 북소리가 들렸다.

오펜은 홀로 주먹을 쥐고 중얼댔다. 자신을 타이르듯이.

"나는 결함품일지 모르지만, 미완성품이기도 해. 이건 당신에 대한 도전이라고——. 차일드맨."

그리고 그는 다시 걷기 시작했다.

차일드맨은 언제쯤부터 차일드맨 저택으로 돌아오지 않은 것일까——.

오펜에게는 정확하게는 알 수 없었지만, 적어도 몇 개월은 그대로 내버려두었을 터이다. 차일드맨이 죽은 것이 두 달 정도 전, 그렇지 않더라도 그는 5년 전부터 대륙 전토를 돌아다녔을 테니——.

하지만 그다지 을씨년스럽지 않은 것은 정원에 화단 하나 없는 탓일까.

오펜은 저택 정문 앞에 서서 철창 너머로 보이는 밤의 정원을 둘러보았다. 벽으로 감쌌을 뿐인 아무것도 없는 정원이다. 정원수는 물론 문부터 현관까지 이어지는 길조차 없다. 그저 평평하게 모래가 깔린 지면이 펼쳐져 있을 뿐이다. 원래부터 넓은 정원이지만 아무것도 없는 그 공허하고 막막한 분위기가 더욱 허무하게 펼쳐져 있었다.

달빛이 몇 줄기 빛의 선이 되어 정원에 윤곽선을 그리고 있었다. 오펜은 철창으로 이루어진 문을 건드리고 중얼거렸다.

"나 발을 들이노라——"

그렇게 잠긴 문을 여는 주문을 외우다 중단했다. 그리고 씨익 입가를 일그러뜨리더니, 문에 올렸던 오른손을 슥 거두었다. 다음으로 그대로 오른팔을 크게 휘둘러——

"나 발하노라, 빛의 하얀 칼날!"

그렇게 외친 동시에 들어올린 팔을 내려쳤다!

순간 문을 훑어 베듯이 광열파가 작렬하고, 열충격파가 강철의 문을 밀어 쓰러뜨렸다. 공간에 삐걱이는 파열음과 땅울림소리가 이 부근을 뒤흔들었다.

"모처럼 마련된 대결이다——."

갑작스러운 충격음에 근처에 사는 사람들이 웅성거리기 시작하는 기척이 느껴졌다. 하지만 그런 것은 아랑곳하지 않고 오펜은 파괴된 문을 넘어 저택 안으로 들어갔다.

"어디 화려하게 벌여 보자 이거야."

정원을 똑바로 나아가도 현관까지는 50미터 정도나 거리가 있었다. 오펜은 서두르지 않고 한산한 정원의 흙을 단단히 밟으며 나아갔다.

그리고 걸음을 옮기며 계산했다.

'타프렘의 시경이 폭발이 벌어진 곳이 이 저택임을 특정하는 데 5분…… 《탑》 집행부에 연락을 취해서 상급 마술사의 재산에 대한 긴급조사 허가를 받는 데 15분 정도일까.'

오펜은 조용히 방심하지 않고 저택 현관을 바라보며 머리를 굴렸다.

'경관대가 이곳으로 달려오는 게 그 뒤로 5분……. 돌입 준비를 마치고 지휘관이 이 저택에 진입할 것을 결심할 때까지 또 5분——. 대략 30분 정도겠군. 30분만 살아남는다면 죽지 않고 끝낼 수 있는 셈이다. 믿음직하지 못한 보험이지만 난 죽고 싶어서 안달이 난 놈이 아니거든.'

"어차피 주인도 없는 저택이다. ——죄다 날려 버려 주지!"

오펜은 현관 앞에 멈춰 서더니, 다시 오른팔을 들었다.

"나 발하노라, 빛의 하얀 칼날!"

번쩍——!

다시 광열파가 밤의 어둠을 가르고 저택의 지붕에 꽂히더니, 그곳을 쉽사리 날려 버렸다.

다음으로,

"나 달리노라, 하늘의 설산!"

오펜이 외치자 자신을 지면에 구속하고 있던 중력이 단 한순간 해방되었다. ——그동안 오펜은 대지를 박차고 두둥실 지붕까지 올라갔다. 이것을 장시간 제어하여 어느 정도 공중에 뜨도록 할 수도 있지만, 어지간히 주의하지 않으면 평형을 잃고 추락하는 경우가 있기에 그다지 시도하지 않는다.

어찌되었던 오펜은 단숨에 아까 전 자신이 광열파로 뚫은 지붕의 구멍까지 도착했다.

원래부터 현관문으로 침입할 셈은 없었다. ――함정이 있을 위험성이 있기 때문이다. 없을지도 모르지만, 안전할 가능성보다는 위험할 가능성 쪽을 대비하고 싶었다.

"자――그럼 가 보실까."

오펜은 어둠으로 잘 보이지 않는 구멍 안으로 뛰어들었다.

'꼭 녀석과 정면에서 맞붙을 필요는 없다는 거지. 어쨌든 교란해서 클리오를 찾아내자. 시간을 벌고――'

척, 하고 바닥에 내려선 순간――.

그를 기다리고 있던 것은 한마디의 말이었다.

"……미안하지만 그리 오랫동안 어울릴 셈은 없어."

"……!?"

퍼뜩 놀라며 긴장으로 몸을 굳혔다.

고개를 들자, 그곳은 지붕 밑 창고인 듯했다. 별반 짐도 없이 한산한 방 안에, 어둠에 녹아드는 듯한 검은 로브를 입은 소년이 서 있었다.

가슴에는 은제 펜던트. 그 누구에게도 지지 않을 '힘'을 상징하는 드래곤 문장――.

키리란셀로. 흑발의 소년은 옅은 미소를 띠고 가만히 이쪽을 바라보고 있었다.

'우연……? 아니, 그게 아냐…….'

오펜은 혼란스러운 기분으로 몸을 일으켰다.

'내가 여기에——지붕을 부수고 이곳에 침입할 걸 읽고 있었……던 건가?'

"맞아. 뭐, 무슨 생각을 할 줄만 알면 이곳으로 전이하는 건 한순간으로 충분하니까……."

"이 자식, 내 마음을 읽은 거냐……!?"

"응. ……슬슬 내 정체도 파악이 되기 시작하지 않았어, 오펜? ——오리지널 키리란셀로!"

키리란셀로는 짧게 외치고 재빠르게 달려들었다.

'싸우지 마라!'

오펜은 자기 자신에게 명령하여 오른팔을 들어올렸다.

'아직 녀석의 약점을 찾아내지 못했어——.'

그대로 오른손을 자신의 발밑으로 내려치듯이 향하며 외쳤다.

"나 발하노라, 빛의 하얀 칼날!"

부풀어 오른 광열파가 발밑의 바닥을 뚫고——굉음과 함께 오펜은 아래층으로 낙하했다.

무너진 바닥의 잔해가 쏟아지는 가운데, 오펜은 아래로 내려옴과 동시에 뒤로 뛰었다.

그 뒤를 쫓듯이 키리란셀로의 목소리가 들렸다.

"나 이끄노니, 죽음을 부르는 찌르레기——."

화악——하고, 방금 전까지 오펜이 서 있던 지점에 파괴적인 위력을 가진 진동파가 몰려들었다. 백 년은 됨직한 골동품 양탄자에 순식간에 커다란 구멍이 뚫리더니, 불에 탄 재처럼 먼지로 변하여 날아올랐다.

내려온 방은 아무래도 침실인 듯했다. ——하나 하나 최고급일 가

구들이 별반 의도도 없이 놓여 있을 뿐인 침실. 침대는 하나, 벽에 박혀 설치된 옷장과 물병, 그리고 책이 놓인 테이블 이외에는 아무것도 없었다.

오펜은 자신이 떨어져 내려온 천장의 구멍을 올려다보며 두 손을 내밀었다.

"나 부수노라, 원초의 정적!"

최대 위력으로 마술을 짜올려 방출.

천장 쥐를 중심으로 공간이 일그러지며 움직였다. ——그에 따라 망가진 공간에서 역장이 파열했다.

커다란 폭발로 귀 안쪽이 지끈거렸다.

'지금의 위력이라면 지붕이 절반은 날아갔을 텐데——.'

오펜은 방심하지 않고 자세를 잡으며 가만히 이 부근의 기척을 살폈다.

호흡을 가다듬고 기다리길 수 초——.

"……뭔가 고민을 떨쳐 버린 모양이네. 그녀도 기뻐할 거야. 하지만 아직 마무리가 허술해."

목소리와 동시에 아무 일도 없었다는 듯이 스윽, 하고 천장의 구멍에서 소년이 뛰어내렸다. 그리고 가볍게 착지하며 팔짱을 끼고 미소를 자신에게 향했다.

'전혀 안 통했잖아……!?'

오펜은 오싹한 기분을 느끼며 반걸음 뒤로 물러났다.

키리란셀로는 조용히 웃음을 지우지 않은 채로——.

"지붕 뒤가 아니라 직접 내 몸을 노리고 폭발시켰으면 이겼을지도 몰랐는데 말이야. ——하지만 아마도 넌 그럴 수 없겠지."

"……."

"죽이지 않으면 날 쓰러뜨릴 수 없어. 알고 있잖아?"

"난――."

오펜은 거기까지 내뱉고는 곧바로 말을 삼켰다. 키리란셀로는 태연하게 말을 이었다.

"……단 하나만 알려줄게. 내가 너와 싸워야만 하는 이유――."

"……."

오펜은 침묵하며 키리란셀로를 바라보았다. 상대는 편안한 자세로 긴장도 하지 않고 대치하고 있다.

그 키리란셀로가 스윽 웃음을 지웠다.

"그녀가 바라니까. 그녀가 말하기론 네가 필요하다는 모양이더군. 다만, 오펜이 아니라 키리란셀로라고 불린 암살자 말이지만. 그녀는 내가 너와 싸우는 것으로 네가 옛날의 너로 돌아갈 것이라고 생각해."

"그녀……라."

오펜은 괴로운 듯이 신음했다. 키리란셀로가 고개를 끄덕였다.

"하지만, 나는 나대로 너와 싸울 이유가 있어."

소년은 벌레라도 내쫓듯이 휙, 하고 오른팔을 휘둘렀다. ――동시에 그 말을 주문으로 삼았는지 아무것도 없던 손안에 두꺼운 단검이 출현했다.

그는 그 단검을 아무렇게나 늘어뜨리며 고했다.

"넌 옛날의 너로 돌아가서는 안 돼. 분명 그녀를 상처 입게 만들 테니까. 그녀도 그걸 알면서 도박을 하려 하고 있어. ――그렇게 되도록 두지 않을 거야. 그녀에게는 내가 있으니까 그걸로 충분해. 그러니까 널 스탭하겠어——!"

끝까지 억누른 목소리로 외치며 키리란셀로가, 그리고 그의 손에 들린 단검이 날아왔다——.

"나 낳노라——"

오펜은 재킷 안에 손을 쑤셔 넣으며 외웠다.

"작은 정령!"

주문과 함께 새하얀 도깨비불이 폭발하듯이 떠올랐다. 밤의 어둠에 가라앉아 있던 침실이 도깨비불의 불빛으로 환해졌다.

그 빛 속에서 키리란셀로의 단검이 번뜩였다. 그리고——

오펜의 나이프에 튕겨났다.

오펜은 재킷 안쪽에 꿰메어 붙여 놓았던 칼집에서 뽑은 나이프를 척, 하고 키리란셀로가 있는 쪽으로 향했다.

그리고 조용히 물었다.

"내가 묻고 싶은 건 하나뿐이야. 클리오는 무사하겠지?"

"무사해. 하지만 넌 구할 수 없어. 그 딥 드래곤도 말이야."

"자신감이 대단하잖냐. ——내가 그렇게 한심하게 보이냐?"

"널 두려워하니까 스탭하는 거야!"

다시 키리란셀로의 단검이 튀어나왔다.

일단 뒤로 뛰어 그 공격을 피한 오펜은, 가로로 나이프를 휘둘렀다. 계속해 공격에 나서려 하던 키리란셀로를 그 동작으로 견제한 다음 주문을 외쳤다.

"나 발하노라, 빛의 하얀 칼날!"

"나 끌어안노라, 사나운 말의 춤!"

후욱——하고 부풀어 오른 마술의 구성이 흩어졌다. 오펜은 상관

하지 않고 이번에는 전방으로 몸을 내던지듯이 키리란셀로에게 태클을 걸었다. 어깨로 밀려난 소년의 가벼운 몸이 튕겨 날아간 것처럼 보였지만——.

실제로는 겨우 몇 센티 뒤로 뛰어 물러났을 뿐, 키리란셀로는 자세조차 무너뜨리지 않았다. 스스로 뒤로 뛴 것이다.

'———!'

오펜은 반사적으로 읊었다.

"나 춤추노라, 하늘의 누각!"

전이의 마술이 발동하여, 시야가 일그러짐과 동시에 암전——.

한순간 후, 오펜은 아까보다 1미터 정도 후방에 실체화하였다. 하지만.

"——뭣!?"

키리란셀로는 완전히 움직임을 읽고 있었다. 빈틈없이 그를 따라와 실체화한 순간을 노리듯이 단검을 번뜩였다.

키잉——.

간신히 받아낸 칼날에서 불꽃이 튀었다.

'제대로 상대하지 마!'

다시 자신을 타일렀다.

'기껏해야 스태버 따위에게 목숨을 걸 필요가 어디에 있냐——.'

"자신만만한걸!"

키리란셀로가 외쳤다. 빛의 꼬리를 이끌며 궤적을 그리는 칼날을 선회하여 이쪽의 관자놀이를 노린다. ——사각에서 오는 공격이었지만 오펜은 아슬아슬하게 회피했다. 하지만 자세가 무너지는 바람에 다음에 공격을 당한다면 이제 피할 수 없다——.

머리를 당겨서 상체를 숙이고 있는 동안 키리란셀로는 이번에는 세로로 단검을 휘둘렀다. ——옆으로 뛰지 않으면 피할 수 없지만 그럴 틈은 없었다.

콰직——.

이라는 소리가 들린 것은 아니지만, 충격과 함께 키리란셀로의 단검이 어깨에 파고들었다. 오펜은 격통과 싸우며 필사적으로 암살자의 오른팔을 붙잡았다.

고개를 드는 키리란셀로의 얼굴에 공포는 아니지만 그와 비슷한 어떠한 감정이 스쳐지나가는 모습이 보였다.

오펜은 주저하지 않고 나이프의 칼날로 키리란셀로의 오른쪽 손목을 그었다. 키리란셀로의 손에서 단검이 떨어지고, 팔의 절반까지 찢어진 상처에서 넘쳐나듯이 피가 솟구쳤다——.

"너어!?"

키리란셀로는 놀랐는지 이쪽의 몸을 떠밀었다. 덤으로 명치에 강렬한 발차기를 먹고 오펜은 토하듯이 숨을 내뱉었지만,

"크——."

그는 웃음을 띠고 아픈 어깨를 손으로 누르며 상대를 보았다. 그리고 떠밀려서 엉덩방아를 찧은 몸을 바닥에서 재빠르게 일으켰다. 오펜은 피가 흐르는 손목을 내려다보는 키리란셀로에게 말했다.

"꼴 좋구만. 방심하니까 그런 거다. ——상처는 마술로 덮을 수 있겠지만 잃어버린 피까지는 보충할 수 없다고. 잠시 동안은 오른손의 악력이 돌아오지 않을 거다——."

"그래……."

키리란셀로는 괴로운 듯이 신음하고 무언가를 읊었다. ——손목

의 상처가 순식간에 아물었다.

오펜은 다시 자세를 잡고 아직 조금 저린 왼쪽 어깨를, 먼지라도 털듯이 오른손으로 쳤다.

칼날로 일격을 받았는데도 출혈은 없었다. 키리란셀로가 쓴웃음을 지었다.

"셔츠 밑에 뭔가를 입었군?"

"티시네에 무기가 이것저것 있어서 좀 빌렸지. 방검섬유로 만든 내의라니, 정말 시의적절했지."

같은 방검 소재라 하여도 차이가 있다. 하나는 사슬 등을 넣어 방어력 자체를 높이는 것이지만, 방검섬유라고 불리는 특수한 천을 이용해 칼날을 무효화——즉, 마찰이 높은 섬유가 칼날의 진입을 막는 것이다. 접촉했는데도 미끄러지지 않는 날은 날카로움을 제대로 살리지 못한다. 방검섬유는 사슬제에 비해 얇고 가볍기 때문에 편리하기는 하지만, 칼날로 두들겨 맞은 충격 자체는 흡수해 주지 않기 때문에 방어력에서 뒤지는 결점이 있다.

키리란셀로는 감탄한 듯이 신음했다.

"제대로 상대하지 않는다……. 그런 의미였나."

"네가 찔끔찔끔 시시껄렁한 소리로 이쪽을 괴롭히는 동안, 줄곧 생각했다고. ——널 앞지르는 방법을 말이다. 그래서 세 개 정도 떠올렸지. 지금 이게 그중 하나——."

"두 번은 통하지 않아."

"알아. 그러니까 여러 가지를 생각했다고 말했잖냐. 그리고 두 번째는——."

오펜은 그렇게 말하며 자연스러운 동작으로 나이프를 키리란셀로에게 향했다. 그리고 손잡이의 스위치를 누르자——

파칭! 하고 용수철이 튕기는 소리가 울리며 나이프의 칼날이 키리란셀로를 향해 날았다. 키리란셀로는 순간적으로 몸을 비틀어 그것을 피했고——

오펜은 재빠르게 달려가 날이 없어진 칼을 버리고 그 대신 바닥에 떨어져 있는 키리란셀로의 단검을 주웠다. 그리고 그대로 자세가 무너진 키리란셀로의 관자놀이를 칼 손잡이로 후려쳤다.

"뇌진탕까지는 막을 수 없지!"

오펜은 그렇게 외치며 타격으로 기울어진 키리란셀로의 머리를 다시 칼 손잡이로 후려쳤다. 소년의 몸이 힘없이 바닥에 무너졌다——.

"끝이다, 키리란셀로——."

하지만——

"날 얕보지 마라……."

순간, 눈앞에 새하얀 빛이 폭발했고——

몸이 튕겨나는 감각을 느끼며 오펜의 의식이 번쩍이듯 사라졌다.

"……첫 신고로부터 30분이 지났는가——."

차일드맨 저택 앞에 집결한 경관대 안에서 경관 중 하나가 그렇게 내뱉는 것을 매지크는 들었다. 주변을 멀리 둘러싸고 있는 다른 민간인들과 마찬가지로 단순한 구경꾼이라면 경관대가 대기하는 곳까지 접근할 수 있을 리 없지만, 나중에 쫓아와 준 레티샤가 도움을 준 덕분에 일단 그는 조수라는 입장으로 이곳에 있을 수 있었다.

……생각해 보면 그녀가 쫓아와 주지 않았더라면 이 저택의 위치조차 알 수 없었을 테니, 왠지 모르게 어색한 기분을 감출 수 없었다.

그런 그녀는 조금 떨어진 곳에서 경관대의 대장과 이야기를 나누는 중이었다.

"하지만 아무리 당신이라 해도——"

곤혹스러워하는 대장의 말에 레티샤는 끈기있게 말했다.

"《탑》의 지령을 받은 권한으로…… 라고는 말하지 않겠어요, 대장님. ——당신에게도 입장이 있을 테니까요."

그녀는 검은 로브를 입고 있었다. ——그다지 움직이기 편해 보이지는 않았지만, 그래도 다리를 자유롭게 움직일 수 있도록 슬릿이 들어가 있다는 것을 매지크는 깨닫고 있었다. 가슴에는 드래곤 문장, 왼손에는 검이 든 칼집을 잡고 잇다. 긴 검은 머리는 한데 묶지 않았지만 완전히 무장한 모습.

그녀는 말을 이었다.

"하지만 이 건물 안에서 싸우는 자들은 마술사예요. ——간결하게 말하자면, 당신이 감당할 수 있는 상대가 아닐 거예요. 필요없는 인명피해는 내고 싶지 않을 텐데요? 그러니 제게 일임해 주실 수 없을까요?"

"……."

대장은 그 말을 듣고 침묵했다——.

'설득이 성공하는 것도 시간 문제인가.'

매지크는 그렇게 생각하며 부르르 몸을 긴장시켰다. 지붕이 날아가 반쯤 무너진 것처럼 보이는 커다란 저택은 어느새 완전히 침묵하고 있었다.

'싸움이 끝났을지도 몰라…….'

그렇다면 이긴 자는 어느 쪽일까——.

'만약 스승님이 져서 살해당했다면, 클리오도 죽게 될까……? ……레키도.'

만약, 그렇게 된다면——

'복수……하게 될까? 내가?'

매지크는 며칠 전 자신이 사람을 죽일 수 있을지 고민한 것을 떠올렸다. 그때는 격앙한 남자가 권총을 자신에게 조준했었다. 그때에도 자신이 상대를 죽일 수 있으리라는 확신은 없었다.

'나는 겁쟁이인 걸까…….'

매지크는 답답한 기분에 밤하늘을 올려다보았다.

'아무것도 모르고, 마술 실력도 어수룩하고……. 모두를 구해야만 하는데도 속으로는 그 암살자를 두려워하고 있어.'

스승님은 궁지를 헤쳐나가기 위한 기술도 가지고 있고, 명백히 자신보다 강한 상대에게도 움츠러들지 않는다——.

클리오는 아무런 기술도 가지지 않은 주제에, 일단 자신이 할 수 있는 일만큼은 하고 있다. ——어떤 의미에서는 오펜보다도 더 규격외일지도 모른다.

'나만 정말로 짐덩어리야……. 아마도.'

그때——

갑자기 자신의 어깨를 두드리는 손에 깜짝 놀란 매지크가 뒤를 보았다. 그곳에는 매지크를 안심시키기 위해서인지 레티샤가 투명한 미소를 지으며 서 있었다.

"허가는 받았어. ……들어가자."

그녀의 말에 매지크는 고개를 끄덕였다. 일단은 이것이 자신이 낼 수 있는 최대의 용기라고 생각하면서.

제7장 강철의 후계자

'넌 훌륭한 남자로 자랐어. 언젠가 나의 후계자가 나타난다면, 그 사람은 너일 테지.'

그건 차일드맨이 한 말이 아니야. 그녀가 한 말이라고――.

그것은 잠꼬대였지만, 아무래도 정말로 입을 열어 소리로 낸 모양이었다. ――어쨌든 오펜은 그렇게 중얼거리며 눈을 떴다.

그는 어둠 속에서 홀로――쓰러져 있었다.

어딘가에서 들리는 목소리……. 자신이 잘 아는 상대의…….

"날 만나러 와, 키리란셀로."

육성이 아니라 뇌에 직접 울리는 듯한, 그런 목소리다.

"날 만나러 와――."

천천히…… 무언가가 떠올랐다. 비틀거리면서도 몸을 일으켰다. ――몸에 힘이 들어가질 않는다. 떨렸기 때문이다. 춥진 않다. ――여름밤이니까. 하지만 온몸이 저릴 듯한 한기가 감돌았다.

"생각해보면 간단한 거였어."

오펜은 누군가에게 건네는 것이 아니라 혼자서 중얼거렸다.

"굳이 '키리란셀로'라는 이름을 사용해 장로를 죽일 동기를 가진 인간이라면――네가 가장 유력하잖아. 사적인 원한이었지? 예전에 널 말살하라는 지령을 내린 건 《탑》의 장로들이었으니까……."

대답은 없다. 어둠은 정적에 가라앉아 그를 품고 있었다.

오펜은 팟, 하고 오른팔을 휘두르며 절규했다.

"두 번 다시 모습을 드러내지 말라고 했을 텐데, 아자리!"

대답은 없다. ──대답은 없었다…….

하지만 오펜은 계속했다. 어둠을 향해, 빠른 말투로.

"줄곧 날 감시하고 있었겠다. ──클리오 그 바보 자식이 《숲》을 불태울 때, 댁의 목소리가 들렸어. 처음에는 티시인 줄 알았지만…… 바로 너였다고. 백마술사이기도 한 너라면 정신체만 날려서 마음대로 날 감시할 수 있었겠지."

거기까지 외치고 나서, 다시 다른 어둠을 돌아보며 말했다.

"'키리란셀로'가 일일이 내가 한 일을 알고 있었던 건 그 탓이겠지. ──다시말해 당신은 토토칸타에서 이곳까지 줄곧 날 감시하고 있었어!"

"그녀에게 넌 위험인자야. 너무나 강력한. 넌 깨닫지 못할지라도…… 틀림없이 넌 '강철의 후계자'이니까……."

후욱──하고 갑자기 빛이 번뜩였다.

마치 폭발한 듯 백광 팽창했지만, 폭압이나 열풍은 없었다. ──단순한 빛이었다. 갑자기 광량이 상승한 탓에 오펜은 한순간 시력을 잃을 뻔했다.

이윽고 눈이 적응하자 주변의 광경이 떠올랐다.

"너도 잘 아는 방이지……?"

"……그래."

오펜은 낮은 목소리로 긍정했다.

차일드맨 저택 지하실──상당히 넓은 면적의 돌벽으로 감싸인 방. 직육면체로 구성된 공간에는 구석에 있는 사다리 이외에는 아무것도 없다. 조명은 천장에 매달린 몇 개의 가스등──일 터이지만,

지금은 어느 가스등도 켜져 있지 않았다. 그 대신 중앙에 크게 하나 새하얀 광구가 떠 있었다. 한 아름은 됨직한 크기로 그 빛 중심에는 반짝반짝 벌레 같은 무언가가 빛나고 있었다. 하지만 그것은 벌레가 아니다――.

'월드…… 그라프, 인가?'

광구의 중심에 한 글자, 옛날 월드 드래곤 종족이 이용했다고 하던 마술 문자가 보였다.

그 광구 너머에 키리란셀로가 서 있었다.

"물론…… 그녀가 차일드맨 교사에게서 물려받은 것이 무엇인지는, 잊지 않았겠지?"

그는 가벼운 말투로 말했다. 오펜은 신음하듯이 입을 열었다.

"고대의 마도사들――월드 드래곤의 침묵(월드)마술에 대한 지식…… 및 차일드맨이 유적에서 발굴해 어딘가에 숨겨둔 노르니르 유산의 소재와 그 사용법……."

"그 유적 안에 노르니르들이 남긴 인간용 병기의 최고 걸작――살인 인형(킬링 돌)이 한 대 있었다고 한다면, 놀라겠어?"

"……!"

오펜은 마치 갑자기 가려졌던 시야가 트이듯이――눈앞의 '키리란셀로'가 무엇인지 깨달았다――.

그는 말을 이었다.

"그녀는 널 감시했어. 물론 아렌하탐 시에서도 말이야. 그리고 그녀는 자신이 본 적 있는 살인 인형이 가동하는 모습을 보았지. ――그리고 차일드맨의 지식으로도 움직이지 못했던 것을 어떻게 해야 기동할 수 있는지 이해했어. 그녀는 그것을 기동해――"

키리란셀로는 한 걸음 앞으로 걸음을 내디뎠다.

"그것을 지배했어. 그저 파괴하기만 했을 뿐인 너와는 다르다고, 그녀는. 그리고 그 인형의 입에서 드래곤이 종적을 필사적으로 숨기려 했던 비밀을 듣게 되었지……. 그들의 성역이 있는 곳도, 이 키에살히마 대륙이 현재 어떠한 상황에 놓여 있는지도…… 전부 알았어. 그리고 말이지――."

다시 한 걸음――그 걸음에 맞추어 오펜은 뒤로 물러났다. 인형이 조금 속도를 높였다.

"인형의 안내로 아직 발견되지 않았던 유적을 전부 발견했어. 그리고 그 안에서 이런 것을 찾아냈거든."

키리란셀로는 발을 멈추더니 팔을 한 번 휘둘렀다. 파앗, 하고 불똥이 튀기듯이 가느다란 빛의 문자가 터지며 공간에서 갑자기 한 자루의 검이 나타났다. 오펜은 그 검을 알고 있었다.

"발트안델스의…… 검! 또 있었던 건가――."

분명히 그 검은 아렌하탐에서 잃은 발트안델스의 검과 똑같은 물건이었다. 아자리와, 그리고 오펜이 《탑》을 나온 원인이기도 한 천인의 검…….

그리고 그 사건으로 아자리는 차일드맨을 살해하였다.

키리란셀로는 고개를 끄덕였다.

"그래. 그녀는 이 검으로 그 살인 인형――다시 말해 나를 자신이 이상적으로 생각하는 암살자로 변화시켰어……. 덕분에 나는 네가 가진 모든 기술을 쓸 수 있지. 예전에 네가 자랑했던 수준으로 말이야. 다시 말해 그녀가 알고 있던 시대의, 네 기술을."

그는 거기서 검을――발트안델스의 검을 겨누며 말을 이었다.

"너무 뒤로 물러나지 않는 게 좋을 텐데……. 뒤를 보지 그래. 10초 시간을 줄 테니까."

"……!?"

오펜은 반사적으로 뒤를 보았다.

바닥에 클리오가 위를 보고 누워 있었다. 배 위에는 레키도 놓여 있었다. 둘 다 눈을 감고 전혀 움직이지 않았다——.

하지만 죽지는 않았다. 느리지만 호흡하는 것이 보였다.

잘 보자 가슴 부근에 하나의 바늘 같은 것이 꽂혀 있었다. 치명상일 터다. 하지만 더욱 자세히 보자 그것은 바늘이 아니라——작은 빛의 문자가 세로로 늘어선 것이었다. 마술 문자——마비의 효과인 듯했다.

"10초 지났어."

키리란셀로의 말에 오펜은 상대를 돌아보았다.

암살자는 칼날을 오펜에게서 클리오 쪽으로 스윽 움직였다.

"넌 아마도 이 애를 버리고 도망치지 않겠지. ……어디까지나 아마도, 지만. 나는 딱히 그 애를 죽일 마음은 없지만, 이 검으로 베면 어떻게 될지…… 기억하고 있지? 몸이 어떤 모습으로 변화해도 정신은 그 여자애인 채로 남아 있다는 것도 알고 있겠지. 눈을 뜨자 자신이 뱀이나 개구리가 되었다는 걸 안다면, 울까? 눈물이 나올까?"

오펜은 대답하지 않았다.

대답할 마음도 들지 않아——살짝 자세를 낮췄다.

마음이 싸늘하고 날카로워지는 것을 느꼈다.

그는 천천히 입을 열었다.

"널 능가하는 방법은 나머지 하나 더 있었는데 말이다……."

"……?"

키리란셀로가 의아한 듯이 눈살을 찌푸린, 바로 그 순간——

오펜이 달리기 시작했다.

주먹을 쥐고——중단에서 상대를 향해 지른다. 그 손목을 향해 키리란셀로가 검을 쳐내리는 모습을 보고 오펜은 망설이지 않고 주먹을 거두었다. 발트안델스의 검이 허공을 가르고 몸에서 멀리 떨어진다——.

그 틈에 오펜은 거의 얼굴이 닿을 정도로 키리란셀로에게 접근했다. 상대의 눈동자 안에 아주 짧은 순간 주저의 빛이 떠올랐다. ——이렇게 접근한 상태에서는 무기는 쓸 수 없다. ——하지만 그 무기를 손에서 놓아도 되는 것일까. 무기를 가지고 있기에 생기는 주저. 아무리 싸움에 익숙한 인간이라도 반드시 망설이는 순간.

오펜은 턱, 하고 상대의 옆구리에 왼주먹을 가져다 대었다. 강하게가 아니라——그저 건드릴 뿐인 행동이었다.

순간적으로 키리란셀로 뒤로 도망치려 했다. 그리고——

상대가 뒤로 몸을 기울이려던 순간, 오펜의 발밑에서 화약이 파열하는 듯한 소리가 터졌다. 오펜은 혼신의 발디딤과 전신의 탄력을 쥐어짜 상대의 몸에 댄 주먹을 전력으로 뻗었다. ——뒤로 뛰려던 키리란셀로의 몸이 앞에서 온 힘으로 저항도 하지 못하고 바닥에 넘어졌다.

상대가 도망치는 기세와 자기의 힘을 사용해 상대를 밀어 넘어뜨린 것이다. 만약 주먹을 댄 순간 상대가 반대로 밀어내려 했다면, 그 힘에 대해 정확하게 정면에서 주먹을 지르는 셈이 되고, 그것이 카운터로 기능해 늑골을 부러뜨릴 수 있다.

차일드맨이 예전에 근접전투에서 비장의 수로 삼았던 '존경'의 기술. 이것을 실천할 수 있는 인간은 대륙 안에서도 보기 드물다.

어찌 되었든 바닥에 넘어진 키리란셀로에게 오펜은 틈을 주지 않고 공격을 걸었다. 재빠르게 달려가 등을 대고 쓰러진 적의 턱을 있는 힘껏 짓밟는다. ──빠각, 하고 턱뼈가 부서지는 소리, 그리고 꺾인 턱뼈가 발꿈치에 짓눌린 채로 그대로 목으로 꽂히는 감촉──.

키리란셀로의 얼굴이 흰자위를 드러내고, 기분 나쁠 정도로 크게 벌어진 입에서 탁한 혈액이 흘러넘쳤다.

"널 능가할 세 번째 수는──."

시체의 얼굴을 내려다보며 오펜은 거칠게 숨을 내뱉고 말했다.

"저 왈가닥을 구하기 위해서라면 여차할 때 사람 하나 정도는 죽일 각오를 하고 오는 거였는데 말이다……. 상대가 인형이면 그딴 걸로 고민할 필요도 없었군그래."

대답을 할 셈인지 쿨럭, 쿨럭── 하고 키리란셀로가 피가 흐르는 목을 울렸다.

오펜은 피투성이가 된 부츠를 한 걸음 물리면서 말했다.

"오호라──. 손목을 베이고 대량으로 피를 잃어도 팔팔하니까 이상하다 싶었는데, 인형이었다니. 그러고 보니 아렌하탐에 있던 그 인형 자식과 말투가 똑같군. 나로 둔갑했기 때문이라고는 해도 피까지 흐른다면 급소도 인간과 마찬가지겠지."

"설마…… 최후의 수단이 정공법일, 줄이……야……."

"────!?"

망가뜨렸을 터인 목에서 흘러나온 목소리에 오펜은 곧바로 긴장에 들어갔다.

키리란셀로는…… 천천히 상반신을 일으키고 망가진 턱을 태연하게 움직이며 괴로운 듯이 말을 걸어 왔다.

"하지만 그건…… 이걸로 간신히…… 나와 호각으로 싸울 수 있다는 의미에 지나지 않아……."

"정말로 그렇게 생각하냐?"

오펜이 아주 살짝 뒤로 물러나며 바라보자, 키리란셀로는 절반쯤 부서진 안면으로 억지로 미소를 만들었다.

"물론이지…… 그래서, 내가 이길 거야. 그녀를 위해서──."

오펜은 침을 뱉었다.

"그녀를 위해, 그녀를 위해, 그녀를 위해서냐!"

비웃듯이 반복하는 말. 키리란셀로가 몸을 일으켰다──.

"그래! 나는 그녀를 위해 존재하는, 그녀의 이상적인 암살자다!"

"그런 말을 듣고 있으면 엄청 빡친다고! 자식아, 덤벼!"

"나 발하노라, 빛의 하얀 칼날──!"

키리란셀로가 소리 높이 주문을 외웠다. 공간을 타고 곧게 해방된 광열파를 옆으로 뛰어 피하며 오펜이 외쳤다.

"나 짓노라, 태양의 첨탑!"

구웅! 하고 키리란셀로의 몸이 불꽃에 휩싸였다. 키리란셀로는 전혀 피하려 하지 않고 불꽃 속에서 크게 웃었다.

"바보 같긴! 내가 가진 이 인형의 몸은 딥 드래곤의 마술조차 막아낸다고!"

"! 이런──"

혀를 차고 대응하려 했지만 늦었다. ──광열파를 피할 때 도약한 탓에 오펜은 바닥에 쓰러진 상태였다. 키리란셀로가 한순간이라도 마술에 몸을 움츠렸다면 그 틈에 몸을 일으켰겠지만——

그것보다 먼저 불꽃 안에서 주문이 들렸다.

"나 이끄노라, 죽음을 부르는 찌르레기."

방출된 파괴진동파를 피할 수는 없었다. 그리고 막기 위해서는 단 하나의 수밖에 없었다——.

오펜은 거의 될 대로 되라는 심정으로 외쳤다.

"나 부수노라, 원초의 정적!"

그의 주변 모든 공간이 일그러져 폭발했다——.

파동은 예외 없이 자신보다 더 강한 파동으로 없앨 수 있다. 공간 폭발로 무차별적으로 퍼지는 충격파로 적이 이쪽을 향해 방출한 진동파를 튕겨낼 수 있을 터였다. 문제는 폭발하는 공간의 중심에 있는 자신이 무사할 수 있는지의 여부지만——

'그건 도박이다——!'

충격에 대한 고통이라기보다는 격렬한 구토감과 같은 느낌을 받으며 마구 날뛰는 폭발 속에서 오펜은 마구 몸을 굴렀다. 그는 고무공처럼 튕기고——돌처럼 가라앉으며——위아래도 좌우도 없는 엉망진창의 평형감각 속에서 절규했다.

"네게만큼은 질까 보냐, 멍청아!"

그렇게 구르는 와중에 바닥(이라고 생각했지만 확실하진 않다)에 손을 짚고, 억지로 매달렸다.

"인형이 둔갑한 5년 전의 나라니——네놈에겐 해주고 싶은 말이 산더미처럼 많아! 제 잘난 줄 알고 우쭐한 애늙은이 자식이! 그녀를 위해 존재한다고!? 네놈은 그딴 자기만족을 위해서 모든 걸 버린 거냐!"

외치는 도중에도 공간을 일그러뜨려 생긴 폭발은 연속해서 울렸고, 몸 여기저기를 강하게 때렸다——하지만, 절규는 멈추지 않았다.

"널 필요로 하던 인간은 그 외에도 있었어! 티시를 봐! 5년 동안 뭔가 텅 빈 허물처럼 되어 버렸어! 선생님도, 아자리를 원래대로 되돌리기 위해서 네놈의 도움이 죽을 정도로 필요했을 게 틀림없다고! 그 밉살맞은 장로들도 네놈이 도망치는 바람에 인생이 잘못 돌아간 사람은 한둘이 아니었을 거다!"

머리 바로 옆에서 폭발한 충격파로 반다나가 찢어져 날았다——동시에 피부가 찢어지고 입안에 피가 맺혔다.

"기껏해야 등 뒤에서 비장을 찌르는 것 정도밖에 가진 재주가 없는 애새끼인 주제에! 뭘 건방지게 지껄이는 거냐! 저 《십삼사도》에게 스카웃을 받았던 것도 네놈의 가치보다는 선생님의 제자였기 때문이었잖냐!"

일그러진 공간에서는 시각은 물론 청각과 촉각마저도 제대로 작동하지 않는다. 마치 흠뻑 취한 듯한 상태로 오펜은 그때까지 바닥이라고 생각했던 곳에서 몸을 일으켰다.

"그녀를 위해 존재해!? 구라 치지 마라. ——넌 아무것도 이해하지 못하는 애송이었으니 매달릴 대상이 그녀 정도밖에 없었을 뿐이라고!"

이윽고——마술의 효과가 끝나고, 마치 맥박이 뛰듯 요동치던 공간이 이제까지 아무 일도 없었다는 듯이 평정을 되찾았다.

정적에 가라앉은 지하실에 서 있는 것은 오펜뿐이었다. 그런 그조차 한쪽 무릎을 꿇고 온몸이 너덜너덜해진 모습이었지만——

키리란셀로――아니, 인형은, 산산조각이 나 쓰러져 있었다. 어느 하나만 보았다면 도저히 인체의 일부라고는 특정할 수 없을 정도로 산산조각이 나서, 새빨간 피바다에 가라앉아 있었다.

인형 자체의 말이었다. ――공격과 방어는 동시에 할 수 없다. 마술을 지른 순간에 공간 폭쇄의 충격파를 정면에서 받은 것이다.

파괴당한 인형을 내려다보기보다는 멀리서 바라보는 듯한 눈빛으로, 오펜은 작게 중얼거렸다.

"측은하구나…… 나."

어느새 흘러내렸던 듯한, 아주 조금 맺힌 눈물을 손등으로 훔친 오펜은 인형의 잔해에서 등을 돌렸다. 방구석에 누워 있는 클리오와 레키의 몸에서 빛의 문자로 만든 바늘이 허공으로 흩어지듯이 사라지는 모습이 보였다.

자르륵…….

모래를 밟는 듯한 소리가 갑자기 들렸다――.

자르륵…….

발소리는 마치 애를 태우듯이 지하실에 울렸다. 오펜은 내장이 경련하는 듯한 착각에 사로잡히면서도 그것을 무시하고 클리오를 안아 들었다. 그녀의 배 위에 있던 레키가 데구르르 바닥 위에 떨어지더니 번뜩 눈을 떴다.

"으응……."

클리오도 신음을 내뱉으며 푸른색 눈동자가 엿보이는 눈을 떴다. 잠에서 덜 깬 표정으로 이쪽의 얼굴을 보고――

그리고, 어깨너머로 인형의 잔해를 보더니 그대로 힘없이 졸도했다.

그런 그녀가 걱정되었는지 아등바등 날뛰기 시작한 딥 드래곤의 옆에 클리오의 머리를 내린 오펜은, 소녀의 옆에 한쪽 무릎을 꿇은 채로 뒤도 돌아보지 않고 말했다.

"오지 마라…… 아자리."

"키리란셀로——."

목소리가, 육성이 오펜의 고막을 진동시켰다——.

'아자리…….'

오펜은 두 손을 벌벌 떨었고, 그리고 다음 순간 퍼뜩 깨달았다. 시야가 어두워지고 그녀의 목소리만이 들리게 되는 감각…….

'자신을 제어해!'

오펜은 마음속으로 외쳤다. 몇 년도 전에 차일드맨이 걸었고…… 그리고 스스로도 자신에게 걸었던 마인드컨트롤의 효과에 매달리는 심정으로 외쳤다.

"멈춰!"

그는 뒤를 돌아보며 더욱 목청을 높였다.

"날 지배하려 하지 마!"

"역시 듣질 않네. 뭐, 백마술의 정신지배라고하기엔 너무 조잡한 구성을 사용했지만……."

대답으로 돌아온 말투는 가벼웠다.

그렇게 시선을 향한 너머에는 그녀가 서 있었다.

"아자리——."

떨리는 목소리로 신음하듯 그 이름을 입에 담았다. 오펜은 표정이 굳어지는 것을 느꼈다.

눈앞에 서 있는 것은 두 달 전에 그가 마지막으로 본 아자리의 모습이었다.

조금 뻣뻣한 흑발 안에서 갈색 눈동자로 이쪽을 바라본다. 마치 놀리듯이 삐딱하게, 이야기를 들으려는 듯이 고개를 갸우뚱하며.

《송곳니 탑》에서 자신을 놀리듯이 올려다보던 그녀——

전투훈련에서 가만히 자신을 노려보던 그녀——

옛날부터 알고 있는 그녀——

이미 《탑》의 로브는 입고 있지 않다. 그 대신 상당히 가벼운 차림의 전투복을 입고 있다. 문장의 펜던트조차 차고 있지 않다. 다만 그것은 5년 전에 《탑》에서 분실했을 터이니…….

오펜은 머릿속이 흔들리는 것을 느끼고 왼손으로 살짝 눌렀다.

"어째서……."

그렇게 내뱉는 그에게 아자리가 킥, 하고 웃었다.

"갑자기 나타난 걸로 보였어? 네가 뒤를 보고 있을 동안 사다리를 타고 내려왔을 뿐인데……"

"그딴 건 아무래도 좋아! 왜 이런 짓을 한 거냐!"

충격파 탓에 아직 몽롱한 의식을 진정시키며 오펜이 외쳤다. 아자리는 전혀 감정의 변화를 일으키지 않고 대답했다.

"네가 말한대로, 사적인 원한이야."

"사적인 원한……?"

시야가 화악 새빨갛게 물들었다.

"장로를 몇 명이나 죽인 걸 정당화할 셈이야!? 5년 전의 일은 전부 네가 원인이었잖아!"

"발단은 나지. ……말살을 명령한 건 그들이고."

그녀는 슥, 하고 머리카락을 쓸어올리며 말을 이었다.

"그런 것보다 해야만 하는 일이 있거든——."

"그런 것……!?"

그렇게 되묻는 오펜을 무시하고, 그녀는 인형의 잔해에 다가갔다. 그리고 피웅덩이 안에서 발트안델스의 검을 줍더니, 칼끝을 푹, 하고 잔해 한가운데로 찔러넣었다.

그녀는 무언가 주문 같은 것을 외웠을 것이다. ……하지만 들리지는 않았다.

스으……. 하고 인형의 잔해 전부가 그 대량의 피와 함께 가느다란 모래에 녹아 변했다.

"널 살인범으로 만들고 싶진 않거든."

그녀는 발트안델스의 검을 들고 그렇게 말했다. 미소를 지으며.

"위하는 척하지 마. 인형을 써서 날 죽이려 한 주제에……."

오펜은 아직도 기절해 있는 클리오를 감싸듯이 팔을 펼치며 신음했다. 늑골이 부러졌는지 몸을 굽힐 수 없다. 몰래 마술 구성을 짜 올리고——마술로는 그녀에게 당해낼 수 없는 건 알고 있지만——.

아자리가 입을 여는 것이 보였다. 그 안에서 목소리가 흘러나왔다.

아무리 표정은 미소로 꾸미고 있어도, 그녀의 목소리는 어딘지 슬프게 들렸다.

"……네가 무섭거든."

"무섭……다고?"

무심결에 얼빠진 목소리로 되묻고 말았다. 발밑에서 새끼 드래곤이 아자리를 향해 털을 곤두세우는 것이 시야에 들어왔다.

그녀는 신경도 쓰지 않는 것처럼 보였지만.

"내게는 말이지, 널 무서워할 만한 이유가 있어……."

"네가…… 날 무서워한다고?"

차일드맨 교실 안에서도 최대의 마력을 가지고 있던 천마의 마녀——그런 그녀가 자신을 두려워한다?

오펜은 마음속으로 반추하고——그리고 자신도 모르게 웃음이 흘러나왔다.

"크——."

굳이 따지자면 자조에 가까운 웃음이었지만.

"그럼 죽여. ——넌 지금까지 방해꾼은 말살해 왔잖냐……."

"키리란셀로……."

아자리는 진지한 얼굴로 대답했다.

"널 죽일 수는 없어. 너만이 그 사람의 후계자니까……."

그리고 슬픈 듯이 웃었다——.

'그런 눈으로 보지 마…….'

오펜은 마음속으로 외쳤다. ——아니, 애원했다.

그녀는 지하실을 비추는 광구를 밑에서 지지하듯이 왼팔을 들며 물었다.

"키리란셀로, 상당히 오래 전의 이야기지만, 왕도에 갔을 때의 일을 기억해?"

"《십삼사도》…… 말이야?"

그는 경계하면서 그렇게 대답했다. 그녀는 가만히 고개를 끄덕였다.

"그래. 넌 장로의 사자를 죽일 뻔했지. 그래서 난 어쩌면, 하고 생각하기 시작했어……."

"그건——"

오펜은 눈길을 피했다.

"그 녀석들이 날 붙잡아두려고 쓸데없는 소릴 했기 때문이야."

"그들은…… 네가 어째서 《탑》에 필요했는지 이야기하지 않았어……?"

"……."

지끈——하고 심장을 잡아당기는 듯한 감각을 맛보았다. 부러진 늑골의 아픔보다, 그 무엇보다 다른 아픔이 전신을 지배했다.

"……설마 그딴 소릴 진심으로 받아들였을 리 없잖아? 아자리…… 아무리 차일드맨이라고 해서 그런 생각을 할 수 있을 리 없다고……."

"선생님은 네게 철저하게 정신제어의 훈련을 받게 했어. ——그래. 이 지하실에서, 네게만, 특별하게."

"……"

그녀는 어딘가 담담한 목소리로 말을 이었다.

"분명히 《탑》의 마술사 훈련 과정 중에는 정신제어가 정식 과목으로 들어가 있어. 하지만 너만큼 그걸 철저하게 받게 한 인간은 달리 없지. 어째서일까? 네게만 주어진 특별한 역할이 있었기 때문이야. 정신제어. 즉, 백마술에 대항하기 위한 훈련——."

"그만둬, 아자리——!"

"차일드맨은 널 백마술사에 대한 비장의 카드로 키우려고 했어. ——교실 안에서 유일하게 스승인 자신을 능가할 가능성을 가지고 있던 날 견제하기 위해서! 키리란셀로——"

아자리는 고개를 저으며 말했다.

"너는 말이지, 날 죽이기 위해 훈련을 받은, 이 세상에 단 하나뿐인, 날 죽일 수 있는 암살자야."

"그만두라고 했지!"

오펜은 거의 절규하듯이 목청을 높였다.

"선생님이 그런 생각을 했을 리가 없잖아! 설령 그렇다고 해도, 그게 뭐 어쨌다고? ——난 암살자 같은 게 아니야. 널 좋아해. 줄곧 존경했어. 줄곧 네 손에 이끌려 살아 왔다고! 그런 난——나는……."

갑자기 힘이 수그러들었다. 오펜은 온몸을 늘어뜨리며 탄식했다. 그대로 바닥을 쳐다보며 말을 이었다.

"난 말이야, 아자리. 적어도 넌 어딘가에서 평온하게 살길 바랐어……."

"……무리야——."

"누나!"

반사적으로 입밖으로 튀어나온 말에 가장 놀란 것은 아자리 쪽이었다. 그녀는 눈을 동그랗게 뜨며 웃었다.

"십 몇 년만 아니니? 네가 날 누나라고 부르는 거……."

"티시도, 네가 돌아오길 줄곧 기다리면서 방까지 준비해 뒀어. 넌 혼자가 아냐. 제발, 부탁이니까……."

"무리야. 내게는 계획이 있거든."

"계획?"

"차일드맨 교사가——그 사람이 생전에 무슨 생각을 했는지, 알고 싶어……."

그렇게 말한 그녀는, 가만히 자신의 가슴을 손으로 쓰다듬는 시늉을 보였다.

"나와…… 함께 가자, 키리란셀로. 네가 날 죽일 수 있는 유일한 암살자라고 한다면——난 널 이해하고 완벽히 도울 수 있는 유일한 파트너이기도 해. 그건 알고 있지?"

"난……."

무언가를 말하려던 오펜은 거기서 말문이 막혔다. 물론, 예스라고 말할 수 있을 리 없었고——.

물론, 노라고도 말할 수 있을 리 없었다——.

침묵이 그 대답을 실어 나른 것일지도 모른다. 잠시 후 아자리는 후, 하고 속이 비쳐 보일 듯한 표정을 보였다. 미소는 아니었지만, 분명히 웃음을 띠고 있었다.

"다음에 만날 때까지는 대답을 준비해 줄 거지……?"

"두 번 다시 모습을 보이지 말아 달라고, 말했을 텐데……."

오펜은 떨리는 목소리로 그렇게 신음했다. 감정이, 자신조차 알 수 없게 되어, 왠지 모르게 울음을 터뜨릴 것만 같았다.

그녀는 미소를 무너뜨리지 않은 채로 눈빛만을 요사스럽게 바꾸었다.

"여자와 약속을 하고 싶다면……."

그 목소리는, 다정했다.

"우선은 여자가 말을 듣게 만들 정도의 힘을 가져야 하지 않겠니, 키리란셀로……?"

"……."

꿀꺽——침을 삼키며 입을 다물었다. 이쪽이 아무 말도 못하고 있는 와중에 그녀는 별것 아니라는 듯이 어깨를 으쓱였다.

"자——난 이만 갈게. 슬슬 티시와 네 학생이 이 저택으로 진입할 즈음이니까. 티시와는 만나고 싶지만…… 역시 난 죽은 걸로 해둬야 해. ——하티아의 보고서대로 말이야.”

“무슨 꿍꿍이야, 아자리……?”

어차피 별반 의미 있는 대답은 돌아오지 않으리라. ——그렇게 생각했지만——

그녀는 긴 속눈썹의 눈을 깜빡인 뒤 대답했다.

“장로를 노린 건 말이지, 정말로 사적인 원한만으로 일으킨 행동은 아니야. ——그들이 숨기고 있는 정보가 필요했거든. 그거 아니? 차일드맨이 프리랜서 암살자였던 시절, 킴라크 교회의 교사장을 스탭하려고 했던 적이 있다는 걸.”

“……!?”

“신기하지……? 하나부터 열까지 전부 킴라크라는 곳으로 집중되고 있는 것 같아. 난 그곳으로 갈 거야——.”

“잠——”

순간, 이쪽이 무언가를 물으려던 것보다 먼저 아자리가 품에서 무언가 작고 검은 상자와 같은 것을 꺼냈다. ——그녀가 무언가를 한마디 읊자 그 상자 표면에 월드 그라프가 번뜩이고——

낮에 키리란셸로가 전이해 사라졌던 것과 마찬가지로, 아자리는 작은 빛의 문자를 남기고 흔적도 없이 사라졌다. 동시에——시술자, 즉 인형이 망가진 탓에 완전히 힘을 소모했는지, 그제서야 지하실을 비추던 광구도 사라졌다.

어둠으로 감싸인 공간에서 멍하니 서 있던 오펜도 마찬가지로 모든 힘을 소모해 의식을 잃고 그대로 졸도해 쓰러졌다.

그저 홀로 아직도 아등바등 날뛰는 레키의 발소리를 들으며, 오펜은 꿈속에서 웃고 있었다. 긴장이 모두 풀려 슬퍼질 정도로 웃고 있었다.

매지크는 차일드맨 파우더필드라는 이름을 모른다.

대륙 최강의 흑마술사이자 사상 최고의 지식과 실행력을 가진 위대한 《탑》의 교사 이름을, 매지크는 알지 못했다.

단지 그것이 자신의 스승을 키운 인간이라는 것을, 그는 최근에서야 알게 되었다.

레티샤가 만들어낸 도깨비불의 빛에 비쳐진 저택 안을 레티샤의 뒤를 따라 걸으며, 매지크는 문득 무언가를 떠올렸다——.

'대체 어떻게 해야 스승님같은 사람이 될 수 있을까……?'

소행도 좋지 않고 성격도 나쁘다. 생활력이 없어 야쿠자 일에까지 손을 댔지만 결국은 무일푼이나 마찬가지. 하지만 강력한 흑마술사.

강력하고 자신의 몸을 지키는 일에는 뛰어나다. 자신의 몸은 자신이 돌본다. 그것이 매지크에게는 너무나 부럽게 보였다.

'난 언제나 스승님에게 도움을 받고 있어. 지금까지 신경도 쓰지 않았지만…….'

차일드맨 저택은 넓지만 구조는 단순했다. 복도도 하나밖에 없다. 긴 복도를 걸으며 순서대로 문을 열면 탐색은 끝날 터였다.

발견되는 것은 오펜일까, 아니면 '키리란셀로'일까——.

매지크는 이제 그런 것은 생각하고 싶지 않았다. 저택 안에서 전투로 인한 소리가 들리지 않게 된 뒤로 상당한 시간이 지났다.

싸움은 이미 끝난 것이다. 이제 자신이 할 수 있는 일은 그 결과를 확인하는 것 정도다.

'스승님에게 있고, 내게 부족한 것…… 마술 실력? 아니, 그게 아니야……. 아닌 것 같아.'

복도를 나아가며 문을 열고 안을 들여다보는 레티샤의 뒷모습을 보고, 매지크는 한숨을 쉬었다.

'설령 내가 스승님만큼 마술을 쓸 수 있다고 해도…… 그럼, 예를 들면 이 사람이 날 의지할까? 달라……. 무언가가――.'

매지크는 힘없이 발을 멈추었다. 레티샤는 그런 그를 깨닫지 못했는지 뚜벅뚜벅 길을 서둘렀다. 오펜이 걱정되어서 서두르고 있는 것이겠지만, 매지크는 자신이라는 인간이 필요가 없기 때문에 관심도 받지 못하는 느낌이 들어 더욱 위축되었다.

왠지 모르게 가장 근처에 열린 문으로 들어가 보았다――.

들어가자 그곳은 빈방인 듯했다. 아무것도 놓여 있지 않았고, 또한 아무것도 없었다. 그래서 레티샤도 자세히 들여다보지 않고 지나친 것이겠지만…….

매지크는 문득 방구석에 아무렇게 한 권의 책이 떨어져 있는 것을 깨달았다. 검은 가죽 표지에 제목이고 뭣도 없는 책. 주워서 팔락팔락 넘겨 보았다. 내용은 매우 난해한 풍토기(風土記) 같았다. 모르는 단어는 물론이고 본 적도 없는 문자나 기호도 섞여 있어 매지크는 부분부분밖에 해독할 수 없었다.

"위대한 심장…… 드래곤――가짜의. 유일한 진정한 것은…… 어라?"

펼친 페이지에서 팔락, 한 장의 종이가 떨어졌다. 아무래도 책갈

피로 쓰고 있었던 모양이었지만 어느 페이지에 끼워져 있었는지 알 수 없게 되고 말았다.

하지만 그건 그렇다 넘어가고 종이를 주워 보았다. 단순한 종이조각으로, 무언가의 메모지로 쓰던 것을 우연히 책갈피 대신으로 쓰고 있었던 모양이었다.

종이에는 단 한 줄, 이렇게 적혀 있었다.

'후계자는 누구인가?'

"……."

매지크는 그 메모를 보며 혼잣말을 내뱉었다.

"스승님도, 저 레티샤 씨도 《탑》에서 성장해 제몫을 하게 되었어."

무심결에 가슴을 만져 보았다. ――하지만 물론 그곳에 드래곤 펜던트가 있을 리는 없었고…….

"매지크! 어디니!?"

느닷없이 목소리가 울렸다. ――레티샤의 부름이었다.

고개를 들자 그녀는 저택 안쪽에서 무언가를 발견한 듯했다.

"지하실로 들어가는 입구가 있어! 내려갈 테니까 백업을 맡아 줘――."

"아――예!"

매지크는 큰소리로 대답하고 방을 뛰쳐나갔다. 책은 품에 안은 채로, 의미를 알 수 없는 메모는 그 자리에 버려두고.

'후계자는 누구인가?'

대답이 없는 물음은 언제까지고 공허한 방에서 되풀이되었다.

에필로그

타프렘 시의 거리를 바람이 쓸고 지나갔다.

스쳐지나가는 바람 속, 지붕 위에, 짤뚝한 인영 둘이 거리를 내려다보고 있었다.

"음……"

인영 중 하나가 검을 들고 모피 망토를 나부끼며 무언가에 감동한 듯이 읊조렸다.

"평화롭군."

"그러게……."

그 말에 대답한 것은 다른 한쪽의 인영——바로 뒤에서 고양이처럼 둥글게 몸을 웅크리고 있었다. 반쯤 졸고 있는지 대답은 건성이었다.

검을 든 쪽은 깨닫지 못한 채로 말을 이었다.

"좋은 마을이야. 오자마자 조금 소동이 있었지만, 모르는 사이에 해결된 모양이고."

"그러게……."

"그 사채꾼도 전치 2주라고 하니 정말 쌤통이야."

"그러게……."

"그 애버랜츠 꼬마 계집도 녀석의 간병으로 정신이 없다고 하니, 더더욱 평화로워."

"그러게……."

"바람도 기분 좋아……. 이렇게 있으니 그 망할 사채꾼을 저녁에 가장 먼저 뜨는 별로 찾아 죽이려고 했던 일이 머나먼 과거의 일처럼 느껴져…….”

“그러게…….”

그러자——

“아무래도 좋은데——.”

빗자루를 한 손에 든 레티샤가 옥상을 올려다보며 음험한 목소리로 말했다——.

“너희는 왜 내 집에 눌러앉은 거야!”

“한 번 먹이를 줘 버린 게 문제였던 거겠죠, 분명…….”

티피스는 정원에서 열심히 개와 고양이가 들어오지 못하도록 물이 든 병을 놓으며 중얼댔다.

“패트의 추측으로는, 그럭저럭 결정적인 수단을 채용하지 않는 한 연을 끊기는 어려울 모양——낙인이라든가.”

이것은 티피스의 뒤에 딱 달라붙어 곰 인형을 끌어안고 있는 패트의 말.

하지만 그런 논의는 아랑곳하지 않고 지붕 위에서 커다란 웃음소리가 터져나왔다.

“하앗~핫핫하아! 태평성세로다!”

“그러게…….”

타프렘 시의 여름은, 이제 곧 절정을 지나려 하고 있었다.

“……내 생각으론 말이지, 상처 회복이라는 건 본인에게 달려

있어."

'나도 그렇게는 생각해.'

"그러니까 영양을 섭취할 필요가 있다고 봐♥"

'뭐…… 그것도 인정할 수 있지.'

"그래서 내가 반강제적 건강 회복 메뉴♪를 생각해 왔거든——."

'그걸 인정할 수 없다고!'

외쳤지만, 목소리로는 나오지 않았다——.

오펜은 병원 침대 위에서 상반신만 일으키고 두 손을 부들부들 떨었다. 뻣뻣한 잠옷 아래에는 여기저기 붕대나 반창고로 범벅이 되어 있어서 상당히 움직이기 어려웠다. 특히 목의 깁스와 뺨에 붙은 습포가 최악이었다.

'그 이상으로 안 좋은 게…… 망할, 일시적인 충격으로 성대를 쓸 수 없다고?'

부글부글 끓는다. 뭐, 인형과 함께 공간폭쇄 한가운데에 있었으니 이 정도는 당연할지도 모른다. ——오히려 인형과 같은 운명을 겪지 않은 만큼 행운이었다고 할 정도이리라.

목소리를 쓸 수 없는 덕분에 마술로 상처를 치유할 수도 없다. 단순한 외상이라면 모를까 이렇게까지 중상이면 타인이 마술로 치유하는 것도 어렵기에, 오펜은 어쩔 수 없이 지루한 요양 생활을 하지 않을 수 없었다.

뭐, 그것도 환경에 따라서는 그다지 나쁜 것은 아니지만…….

병실은 그다지 나쁘지 않았다. 아마 레티샤가 힘을 써 준 결과일텐데, 개인실에 들어올 수 있었다. 침대 옆에는 클리오가 진을 치고 무슨 생각으로 가지고 왔는지 좀처럼 알 수 없는 병문안 물건을 오늘도 여기저기에 쌓고 있었다. 방 반대편에는 매지크가 혼자 의자에 앉아 남은 아랑곳하지 않고 책을 읽고 있다. 새카만 표지의, 제목조차 없는 낡은 책이다.

그것만이라면, 역시 그다지 나쁜 환경도 아니다——.

꾸물꾸물, 뭔가 기분 좋은 듯이 몸을 꼬며 침대의 사이드테이블에 차례차례 수상한 음식을 늘어놓는 클리오를 곁눈으로 보며, 억지를 써서라도 간병은 레티샤에게 부탁하는 게 좋았다며 오펜은 후회를 했다.

"이게 이번 자신작이야♥ 일격필살 스튜라고 이름을 붙였어."

'회복이라는 두 글자조차 들어가지 않은 거냐…….'

그 중얼거림을 시선으로 느꼈는지, 클리오는 황급히 손을 저었다. 머리 위의 레키도 어째서인지 똑같은 표정으로 앞발을 휘둘렀다.

"아, 아이 참, 나쁜 병을 일격으로 없앤다는 의미야."

'난 병이 아니라 다쳐서 입원했다만…….'

"어쨌든 노라가 기운이 없어 보여서 시험삼아 먹여 봤더니, 순식간에 기운을 차리고 2백 미터 정도 마구 뛰어다니더라고. 효과는 완벽해."

'그건 아마도 도망치느라 그랬을 거다…….'

"그리고 나중에 노라가 붙잡은 생쥐를 가져와서 나한테 주더라. 분명 답례의 의미일 거야."

'난 항복의 의미라고 본다…….'

"……전부 먹을 때까지 안 돌아갈 거야."

'으으…….'

오펜은 흑흑 눈물을 흘리며 어째서인지 조개껍데기가 들어 있는 새빨간 스튜를 스푼으로 휘저었다. 이런 때에 한해서 평소는 환자에게 쓸데없는 식사를 주지 말라고 잔소리를 하는 간호인이 나타나지 않는다.

"울 정도로 기뻐해주다니 나도 기뻐♥ 조개껍데기도 먹어야 해."

'이 자식, 설마 일부러 이러는 건 아니겠지…….'

악의라곤 없이 방긋방긋 웃는 클리오의 얼굴을 곁눈으로 보며, 오펜은 살인 인형들이 다같이 자신에게 마술을 걸었을 때와 별로 다를 바 없는 심정으로, 어째서인지 자극적인 냄새를 풍기는 스튜를 입안에 넣었다.

"……굉장했네요~. 스승님. 방 안을 20바퀴는 마구 뛰어다녔어."

"뭐가…… 굉장……하냐……."

오펜이 침대 위에 웅크리고 누워 신음했다. 아무래도 스튜의 압도적인 위력――이라고밖에 표현할 길이 없는――이 좋았는지 나빴는지는 알 수 없지만, 어쨌든 목소리만은 나오게 되었다. 완전히 쉰 목소리였지만.

"크, 클리오……는, 어디로 도망쳤냐? 그 자식……."

"어어."

아까까지 클리오가 앉아 있던 침대 옆에 앉은 매지크가 곤혹스러운 듯이 머리를 긁적였다.

"스승님이 그, 침대 밑에서 경련하기 시작한 시점에서 뭔가 조금 긴 용무가 생각났다면서 새파란 안색으로 방을 나갔는데요."

"젠장……. 왜 평범하게 만드는 식사는 그럭저럭 괜찮으면서, 저 녀석 나한테 만드는 건 죄다 이따위야……?"

"전에는 비누를 먹인 적도 있었죠~."

"그건 너도 먹었잖냐……."

오펜은 기침을 내뱉으며 투덜거렸다. 매지크는 태연하게 덧붙였다.

"내일은 백전백승 미트로프라고 하던데요."

"됐거든!"

오펜은 고함을 치고 침대 안에서 자세를 바로했다. 그리고 구깃구깃 구겨진 시트를 펴며 힐끗 자기 학생의 얼굴을 보았다.

매지크는 말없이 자신을 바라보고 있었다. ──평소라면 그저 순진할 뿐인 두 눈은, 지금은 감정을 숨기고 한없이 투명하게 보였다. 무언가를…… 기다리는 얼굴이다.

하아── 하고 오펜은 한숨을 쉬었다. 그리고 말을 하는 것에 방해가 되는 얼굴의 습포를 찍찍 떼어내며 말했다.

"뭔가 묻고 싶은 게 있다는 얼굴이로군."

"아뇨. ……제가, 말하고 싶어요. 저기, 부탁을 드리고 싶다든가, 그런 게 아니라, 제가 결심한 걸 들어 주셨으면 해요."

"……말해 봐."

매지크가 무슨 말을 할지 왠지 모르게 예상이 되었다. 매지크는 끄덕 고개를 끄덕이고, 아직도 조금은 주저하면서…… 입을 열었다.

"저…… 《송곳니 탑》에 입문하려고 해요. 등록이라든가, 그런 것만이 아니라……."

"이상하네~. 대체 뭐가 문제였을까."

병원 옥상의 난간에 몸을 기댄 클리오가 그렇게 중얼거렸다. 그녀는 머리 위에 있는 레키의 등을 톡톡 쓰다듬으며 다시 말했다.

"고양이로 실험한 게 문제였을지도 몰라. 티시도 고양이가 아니라 악어 같은 걸 길렀으면 좋았을걸. 악어가 마구 뛰어다닌다면 아무리 나라고 해도 그걸 오펜에게 먹이려고는 생각하지 않을 거란 말이야."

그건 좀…… 이라는 표정으로 레키가 눈길을 피했다. 하지만 머리 위의 일이기에 클리오에게는 보이지 않았다.

그때──

"뭐가 문제였던 걸까……."

"……?"

그녀에게서 조금 떨어진 곳에서, 역시 난간에 몸을 기댄 한 여자가 그렇게 중얼거리는 소리가 들렸다. 아무래도 이쪽의 혼잣말에 이끌려 입밖으로 나온 인상이었는데──

'아까까지 이런 사람이 옥상에 있었나……?'

이상하게 생각하며 클리오는 그 여자를 관찰했다.

'아. 뭔가 예쁜 사람이다…….'

키는 장신이라고 해도 무방하리라. ──검은 머리카락을 목 뒤 부근에서 묶어 내린, 스무 살 정도의 여자였다. 어딘지 고양이 같은 도발적인 눈매로 난간을 넘어 마을을 멀리 바라보고 있었다. 누군가와 비슷한 분위기──.

왠지 모르게 기가 죽으면서도 클리오는 조심스럽게 그쪽으로 다가갔다.

그리고 쑥스러운 표정을 지으며 물어보았다.

"당신도 뭔가 실수했나요?"

"어?"

그 여자는 깜짝 놀란 듯이 클리오에게 시선을 향하더니——방긋 미소를 지었다.

"맞아. 뭐, 실패라고 해도 죄다 시시한 것들뿐이지만 말이야."

"저도 환자식을 만들어 봤는데요, 왜 있잖아요——영양 같은 걸 생각하면 자꾸 맛 쪽에는 주의를 덜 기울이게 되어서."

"그러니? ……난 요리에 대해선 아무것도 모르지만, 그래——주의를 기울이지 못하는 경우는, 자주 있는 일이지."

그녀는 그렇게 말하며 휘릭 몸을 회전하더니, 허리 뒤를 난간에 기대며 클리오의 머리에 손을 뻗었다.

그녀의 손끝에 레키가 앞발을 뻗어 반응했다.

발가락이 아슬아슬하게 닿지 않을 정도의 거리에서 레키에게 장난을 걸며 여자가 웃었다.

"네 강아지니? 모르는 사람도 경계하지 않네."

"이 아이, 강아지가 아니에요."

"그래……."

"아, 저 슬슬 가 봐야겠어요——"

클리오는 팟, 하고 난간에서 튕겨나듯이 몸을 떼고는 여자를 향해 꾸벅 허리를 숙였다.

"고마워요. 뭔가 계속 실패만 하는 건 이 세상에서 나뿐인 게 아닐까 하고 고민하던 참이었거든요. 모두 실패는 많이 하는군요."

"그럼."

여자는 킥킥 웃었다.

"사실을 말하자면 죄다 실패투성이야. 이건 우리 선생님이 했던 말인데, 하나의 성공도 하나의 실패도 둘 다 똑같은 거라고 해. 중요한 건 그 뒤에 어떻게 움직일지에 따라 성공도 무의미해지고, 실패도 성공으로 이어져. 난 말이지, 실패를 성공으로 바꾸기 위해 노력하고 있지……."

"……저희 아버지도 살아 계실 적에 그런 말씀을 하셨어요. 그럼——저기, 힘 내세요."

"응……."

여자의 대답에 등을 떠밀리는 듯한 기분에 클리오는 서둘러 복도로 내려가는 계단으로 달려갔다. 만약, 어떠한 변덕으로 계단 아래서 줄곧 기다렸다면, 그 여자가 언제까지고 복도에 나타나지 않는 것을 수상하게 여겼겠지만——.

테프렘 시에 일어난 일들 전부는, 아직 시작에 지나지 않았다.

후기

"야호~! 이 '후기'까지 읽고 날 기억해 준 독자가 몇 명 있을지 도전이야! 권말 진행, 애칭 패트인 패트리시아가 보내드리고 있습니다~!"

"(작가) ……그러고 보니 모험이었으려나…… 널 내보내는 건. 하지만 이번에 단발 히로인은 너정도밖에 없었으니 어쩔 수 없었지만……."

"'어쩔 수 없다'라니 언어도단! 이렇게 보여도 나, 등장인물의 평균 연령을 내려주는 모임의 회장인걸!"

"또 또 입으로 나오는 대로 이상한 소릴……. 뭐, 이 녀석은 내버려두고, 안녕하십니까, 작가입니다——."

"아아. 이 책의 발매를 한 달이나 연기시킨 원흉이야."

"……."

"덤으로 드래곤매거진 본지의 연재에서도 매월 매월 빵꾸내기 직전까지 원고를 완성하지 못하고, 덤으로 낙뢰로 전화랑 FAX까지 고장내(당연히 서비스도 받지 못했습니다) 편집부랑 연락이 되지 않는 바람에 편집 담당자에게 어마어마한 폐를 마구 끼친 남자야."

"…………."

"애초에 이 책도 발매 연기가 정말로 한달로 끝날지 아닐지 굉장히 불안했다고. 지금까지 우연이든 노력이든 네 달에 한 권 페이스였는데 그걸 무너뜨리고. 다섯 달이라고 하면 한 달만 더하면 반년이잖아. 알고 있어? 어차피 그렇게 시간을 들여야 만들 수 있을 만한 이야기를 쓰는 것도 아니면서.”

“…………….”

“덤으로 이 책도 뭔가 두꺼워지질 않나——.”

“죄송합니다……. (꾸벅).”

“……이번엔 뭔가 순순하네…….”

“아니, 평소라면 레프트 훅으로부터 컴비네이션을 넣고 발기술로 자세를 무너뜨려 땅에 메친 다음, 마무리로 삼각 조르기로 고통을 주는 것으로도 끝내지 않고 멋대로 비디오 녹화 예약을 지우고, 읽던 책의 책갈피는 당연히 빼 버리고, 나아가 이웃에 있는 소문 없는 소문 죄다 퍼뜨리는 가벼운 보복에 나섰겠지만——.”

“그렇게까지 해? …….”

“이번에 거론된 문제는 거의 사실이기 때문에 반론할 수 없습니다.”

“거의?”

“낙뢰는 내 탓이 아니잖아.”

“그런 것밖에 반론하지 못하는 거야……?”

“다른 건 틀림없는 사실입니다. 엣헴.”

“자랑하지 마, 바보. 뿡.”

“뭐, 반성은 이쯤해서 마치고, 내일을 즐겁게 살아갑시다.”

"패트는 한 번은 진심으로 반성하는 편이 널 위해서라고 생각해."

"본편 쪽이 굴러떨어지듯이 시리어스로 넘어가는 지금, 후기까지 심각해지는 날에는 너무 애절하잖냐."

"아니, 그런 문제가 아니거든……."

"(무시) 다음 권도 큰일이네~. 어떻게 될는지. 이 작가는 어쨌든 누구도 죽지 않도록 노력하는 게 한계라고."

"이 남자는……."

"애초에 이 시리즈, 이름 없는 캐릭터(그 외 대다수라고도 부른다)가 너무 죽어. 이번 권은 그렇지도 않았지만…… 이라고 말하면서도 역시 사망자는 나왔단 말이지. 벌레도 죽이지 못하는 작가이면서 어째서 이렇게 되는지."

"뭐가 문제냐니, 스스로 알지 못하고 있는 점이 가장 문제가 아닐까 싶은데."

"뭐, 본편이 시리어스로 변해 쌓인 울분은 그만큼 드래곤매거진 쪽에서 발산하니까 됐나. 참고로 연재판 오펜을 정리한 책은 내년 처음으로 발간될 예정입니다. 여러분도 잘 아시는 판타지아 문고로 ♪"

"(수근) 광고 작가……."

"…… (움직임이 멈춘다)"

"……? 괴상한 동작……."

"레프트 훅으로부터 컴비네이션 및 발기술로 메치기 & 삼각 조르기 이이이!"

"히이익! 하고 도망치면서, 그럼 여러분, 안녕히이이이이! 철수우우우우우!"

"기다려어어어어! 비디오를 가지고 도망치지 마라아아아아아!"

1995년 9월———

아키타 요시노부

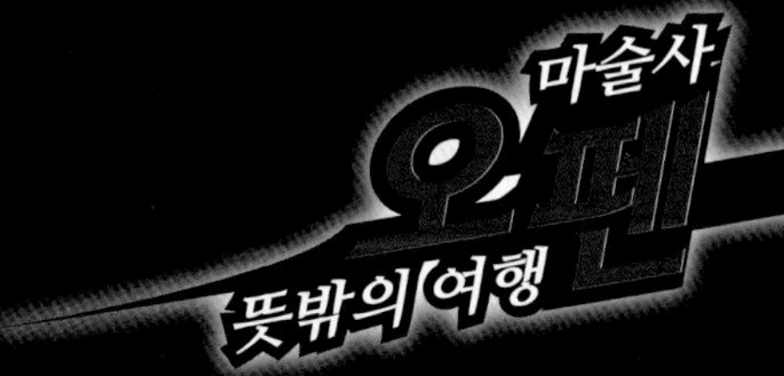

나의 탑에 오라, 후계자

「하나만 묻지。
브라우닝 가의—」
암살자가 그렇게 내뱉은 순간、
오펜의 등 뒤에 새로운 적이!!

「미란 트람 자식……무슨 생각이지?」
클리오를 보는 청년의 시선이
무언가 우습다는 듯한 색으로 물들었다。
「이봐、 아가씨?」

—뭐지……?
싸우는 동안 이상할 정도로 날카로워진 감각에
오펜은 위화감을 느꼈다……

SORCEROUS STABBER

ORPHEN

CONTENTS

나의 탑에 오라, 후계자

애장판 3

나의 탑에 오라, 후계자

秋田禎信
Yoshinobu Akita

일러스트 쿠사카 유야 **번역** 곽형준 **디자인** 백진화
편집 정성학 김일철 **마케팅** 김정훈 **책임편집** 박관형

나의 탑에 오라、후계자

프롤로그

"딱히 죽이진 않을 거야."

여자는 가볍게 그렇게 말하며 꾸욱 손목을 비틀어 올렸다. ──그 남자의 멱살을 붙잡은 손을. 남자의 몸은 반쯤 공중으로 들어올려진 채로 벽에 매달려 있었다. 굳어진 표정과 공포가 떠오른 눈빛으로 여자를 내려다보며.

그곳은 허름한 집 안이었다. 너덜너덜하게 망가진 벽에 썩은내를 풍기는 기둥이 있는. ──다 떨어져 나간 포스터는 조금 예전의 극장 광고다. 창문은 없다. 얼룩이 눈에 띄는 천장에서는 구식 가스등이 매달려 있다. 방 안은 어질러져 있고, 그 남자의 동료들은 마구 뒤엉켜 여기저기에 쓰러져 있었다.

모두 비슷한 차림이었다. ──정확히 말하자면 평범한 차림새였다. 마을 어디에서나 볼 수 있을 듯한, 평범한 남자들.

그에 비해 여자는 조금 다르다. 170 정도는 되어 보이는 몸을 검은 전투복으로 감싸고 있다. 부드러워 보이는 소재로 만들어진 경장(輕裝) 전투복이지만, 힘없는 가스등의 불빛을 반사하는 광택은 어딘지 금속을 떠올리게 했다. 검은 머리에 갈색 눈동자──이런 상황인데도 그녀는 애교를 품은 눈빛으로 어딘지 장난스럽게 웃었다.

"죽일 생각은 없어. 딱히 살인귀인 건 아니니까."

여자는 그렇게 되풀이하고 킥, 하고 웃었다.

"그저…… 알고 싶을 뿐이야. 네가 알고 있는 걸 말이야."

"의식을 방해해 놓고…… 무슨 속셈이냐, 마녀야!"

남자가 굴욕적이라는 듯이 내뱉었다. 여자는 그 소리를 딱히 마음에 두지도 않은 채 근처를 둘러보았다.

"글쎄. 당신들의 집회에 끼어든 건 미안하게 됐지만, 당신들도 평소엔 자신들의 신앙을 눈곱만큼도 드러내질 않잖아."

그녀가 둘러본 실내는 난투 결과 박살난 가구나 남자들 외에도 망가진 제단이나 과거 산 제물을 바치던 의식의 자취인 촛대 등이 있었다. 촛대 그 자체는 시판하는 물건이었지만, 초 대신 닭고기 덩어리가 꽂혀 있었다.

여자는 작게 탄식하며 말했다.

"뭐, 동정은 해. 이 마을에서 드래곤 신앙자가 살아간다는 것이 어떤 일인가를 상상하지 못할 정도로 머리가 나쁘진 않으니까."

"망할 마녀 같으니……!"

남자가 다시 저주를 퍼부으며 신음을 내뱉었다. 하지만 자신의 멱살을 붙잡고 있는 여자의 손을 떨치려 해도 전혀 상대가 되지 않았다.

그녀는 태연한 얼굴로 중얼거렸다.

"실은 말이지, 나도 남의 눈을 피해 생활하고 있거든. 그러니까 동정할 수 있어. 실은 이런 거 손해이긴 해. ――저기에 쓰러져 있는 사람들을 두셋쯤 잿더미로 만들어 당신을 협박하는 게 더 빠를지도 모르지만……."

그리고 거기서 뭔가를 떠올린 듯이 덧붙였다.

"그래. 그쪽이 더 빠를지도 모르겠네……."

"자――잠깐만!"

남자가 황급히 외쳤다. 어차피 단순한 협박에 지나지 않음을 모르는 것은 아니었지만——그렇다고 그런 불확실한 거래를 들이밀 상황도 아니었다.

여자는 방긋 웃었다.

"고마워. 아——확인하기 전에 먼저 고맙다고 해 버렸는데, 방금 그건 내 질문에 대답해 주겠다는 의미인 거지?"

"큭……."

남자는 신음했지만, 부정은 하지 않았다.

"그럼 다시 고맙다고 말할게. 과연 이름 높은 '성역의 모임'회인걸. 말귀가 좋아. ——어머, 미안해. 종교결사에게 말귀가 좋다는 말은 칭찬이 아니겠네."

"이익……!"

그녀의 말에 남자는 격앙하며 버럭 소리를 질렀다.

"그만 조롱하고 묻고 싶은 것이나 물어라!"

"당신이 적극적이 되어 주길 기다렸어."

여자는 그렇게 말하더니 스윽 눈을 가늘게 떴다. 웃는 것이 아니라 차갑게, 조용히.

방금 전까지 매혹적으로까지 느껴졌던 눈빛이 얼음 칼날처럼 날카롭게 변했다.

그녀는 순간적으로 보인 진지한 표정으로 질문을 입에 담았다.

"묻고 싶은 건 단 하나야——."

하고 심호흡을 하고, 말을 이었다.

"브라우닝 가의 '세계'는 어디에 있지?"

제1장 밤부터 시작되다

――툭――.

꿈속에서 어깨를 치는 느낌에 눈이 뜨였다. 어둠 속에서 어렴풋하게 흰 무언가가 보였다.

평소라면 망령이라고 착각했을지 모른다. ――시야 안의 안개가 천천히 사라지자, 오펜은 몸을 일으켰다.

시트를 옆으로 내던지고 방 안을 둘러보았다. 방은 상당히 넓은데 더해 장식에도 비용을 들인 느낌이었다. 취향이 좋은지 아닌지는 알 수 없다. ――그에게는 그다지 흥미가 있는 분야가 아니었다. 그저 이 저택의 주인은 이 방을 그를 위해 준비했다고 말했다.

공단 쿠션을 올린 소파에 놓여 있는 허름하고 작은 더플백만이 현재 그의 소유물이었다. ――몇 벌의 갈아입을 옷, 언제나 가벼운 지갑, 그리고 자잘한 소지품들이 들어 있다. 그 외는 이 저택의 주인인 그의 누나가 준비한 것이다. 언제 돌아올지 모르는 자신을 위해 이 방을 준비했다는 그녀는 사실 친누나는 아니다. ――호적상의 누나조차 아니다. 그저 어린 시절부터 누나라고 여기던 사람일 뿐이다.

책상 위에 놓인 시계는 그녀가 예전 생일에 그에게 사준 것이다. 그녀가 《탑》에서 가지고 와 준 것이리라. 그 시계의 바늘이 오전 2시를 조금 지난 지점을 가리키는 것을 확인한 오펜은, 동부에서 짠 융단 위에 대충 내던져 놓았던 평소 자주 입는 셔츠를 주웠다. 곳곳이 쓸려 터진 흔적이 있는 그 검은 셔츠를 서둘러 걸쳤다.

고개를 들자 건너편 벽에 걸려 있는 거울에 자신의 모습이 비치는 것이 눈에 들어왔다. 삐쭉 올라가 험악해 보이는 눈매는 딱히 의식해 만든 것이 아니다. 어딘지 시니컬한 분위기도 마찬가지다. 검은 머리, 검은 눈, 그것은 대륙에서는 극히 일반적인 평민의 특징으로, 실제로 그 자신은 태생에 무언가 특별한 요소가 있는 것은 아니다. 단지 태어난 뒤로 20년 동안──그 세월 동안 별난 일이 많았다고 할 수 있을지 모른다.

그런 기분이 들었다.

침대 머리맡 나무판에는 가죽 상의가 걸려 있다. 그 옆의 반다나와 상의 주머니에 걸려 있는 은제 펜던트를 들고 그는 탄식했다. 펜던트 사슬에 매달려 있는 것은 검에 얽힌 외다리 드래곤의 문장──대륙 흑마술의 최고봉 《송곳니 탑》의 문장이다.

오펜은 재빨리 상의와 펜던트를 걸쳤다. 그리고 관자놀이 부근을 손으로 꾹꾹 문지르며 침대 옆에 둔 부츠에 발을 넣었다.

"나 원 참……."

자신도 모르게 그런 중얼거림이 입에서 흘러나왔다.

초조와 짜증이 섞인 움직임으로 고개를 젓고는 침대에서 일어났다.

그리고 느릿한 발걸음으로 문으로 향했다.

"클리오──또 너냐? 진짜 작작 좀 해라, 매일 밤……."

그렇게 말했지만 대답은 없었다. 오펜은 문을 열었다.

새카만 복도를 둘러보았지만 인기척은 없었다. 그저 고요하게 어둠이 자리하고 있을 뿐이었다.

"응? 기분 탓이었나……."

그렇게 중얼거린 순간――

슈욱!――

날카로운 소리가 어둠을 가름과 동시에 오펜은 뒤로 뛰어 물러났다. 바로 몇 센티 앞을 스쳐 코끝을 벤 것은 한 줄기의 검은 그림자였다. 수도(手刀)다, 하고 그는 곧바로 알아차렸다.

천장에라도 달라붙어 있었는지, 열린 문 위에서 작은 인영(人影)이 방으로 비집고 들어왔다가 뛰어 내리며 수도를 휘두른 것이다.

오펜은 재빨리 후퇴하며 태세를 갖추고 상대를 냉정하게 관찰했다. 인영은 마치 어린아이처럼 작은 체구에 복면을 쓰고 있었다. 전신은 새카만 복장으로 가리고 있고 무기는 없다. 인영의 복면에도, 그리고 차림새도 기억에 있었다. ――모두 《송곳니 탑》에서 지급되는 물건이다.

'《탑》의 마술사? ――아니――.'

그는 침입자의 몸놀림을 보고는 곧바로 단언했다.

'암살자(스태버)다!'

마음속으로 상대의 정체를 외치면서 다시 닥치는 적의 주먹을 손바닥으로 빗겨냈다――.

그리고 다음은 이쪽에서 접근하고――

어깨를 적의 몸 안쪽에 밀착시킨 뒤, 다시 한 걸음 앞으로 내딛는다!

몸통 박치기를 당한 탓에 적이 몇 걸음 뒷걸음질을 쳤다.

'여기서 쫓아가면…… 쓰러뜨릴 수 있어.'

하지만 그렇게 생각하면서도 오펜은 굳이 쫓지 않았다. 평범한 상대라면 여기서 때려눕히러 갔어도 상관은 없겠지만…….

상대가 암살자라면 허투루 승리를 서두르다가는 아픈 꼴을 당하는 것은 이쪽이 될 가능성이 없지 않다. 오펜은 자세를 다시 바로잡는 상대를 쳐다보며 조용히 물었다.

"무슨 속셈이지? ……여긴 《탑》의 상급 마술사 레티샤 맥크레디가 소유한 부지 안이야."

"그리고 너는 키리란셀로, 이지 않나?"

상대도 또한 조용히 대답했다. 오펜은 큭, 하고 숨을 삼키고 눈을 가늘게 떴다. 그리고 예리해진 눈빛으로 가만히 대지 자세를 취했다.

하지만 적은 곧바로 말을 이었다. 체격으로 보아 소년인가 했지만, 목소리는 상당히 낮았고――만약 음색을 의도적으로 바꾸었다고 하여도 성인이라고 할 수 있는 나이임에는 틀림이 없어 보였다.

"들켜 버렸으니 어쩔 수 없지. 하나만 묻겠다. 브라우닝 가의――."

하고 남자가 중얼거린 바로 그 순간――

콰차아아아아아아앙!

커다란 소리를 내며 등 뒤의 창문이 번뜩였다.

그리고 열린 창문으로부터 또 검은 인영이 들어왔다.

'증원!?'

오펜은 마음속으로 비명을 지르며 재빨리 뒤를 돌아보았다. 그리고 뒤로 손을 뻗어――즉 먼저 쳐들어온 상대를 향해 외쳤다.

"나 부르노라, 파열의 자매!"

순간 공기의 벽을 찢어발기듯이 충격파가 작렬했다.

그 마술이 제대로 제1침입자를 무력화했는지는 확인할 틈이 없었다. 그대로 주의를 창문 쪽으로 향할 수밖에 없는 상황이었다.

창문으로 뛰어들어온 인영은 그대로 똑바로 이쪽으로 달려오더니 휴대용 경봉 같은 것을 휘둘렀다. 전신을 새카맣게 차려입은 것은 아까 전의 적과 마찬가지로, 역시 비슷한 복면을 쓰고 있었다. 또한 이 상대도 상당히 작은 체구로 거의 어린아이가 아닐까 의심이 될 정도였다.

어찌되었든, 그는 옆으로 뛰어 침입자의 공격을 피했다.

인영은 뜻밖에도 재빠르게 반응하더니 이쪽의 가랑이를 노리고 발차기를 질렀다. 나쁘지 않은——오히려 예리한 동작이었지만 그는 아주 자그마한, 옆에서도 보면 머리가 흔들린 정도밖에 보이지 않았을 작은 동작으로 자신의 몸을 후방으로 밀었다. 그렇게 운동화를 신은 상대의 발바닥이 살짝 닿을 정도로 피했다.

그는 가볍게 상대가 뻗은 다리를 붙잡았다. 그리고 지면의 야채라도 뽑듯이 허공으로 내던졌다——.

"꺄아!"

침입자는 높은 비명을 지르며 땅바닥을 굴렀다.

"……."

그는 그 광경을 바라보며 한숨을 쉬고, 힘없이 입을 열었다.

"너 말이다……."

"아직 안 끝났어!"

침입자는 바닥에 쓰러진 채로 외치더니, 가지고 있던 경봉을 이쪽으로 내던졌다. ——하지만 목을 살짝 젖혀 피한 오펜은 손바닥을 위로 향하며 중얼거렸다.

"나 낳노라, 작은 정령——."

화악—— 하고 손바닥에서 흰 빛을 발하는 도깨비불 같은 것이 떠올랐다. 빛은 무기질적인 백광으로 방을 비추었고, 또한 침입자의 모습도 드러내게 만들었다.

그는 머리에 손을 대고 신음했다.

"작작 좀 해라, 클리오……."

"윽……!"

두 번째의 침입자는 말문이 막힌 듯한 기척을 내며 고개를 저었다.

"아, 아니야, 오펜! ——나는 '사랑스러운 우리 클리오를 《탑》으로 데려가 줘요 가면'이야!"

"허어……."

오펜은 실눈을 뜬 채 한숨을 내뱉었다.

그러다가…… 퍼뜩 깨달았다.

"앗차!"

그는 그렇게 외치고 뒤를 돌아보았다. 역시 아까 전의 마술을 피한 듯한 첫 번째 침입자 쪽이, 이쪽의 빈틈을 발견하자 재빠르게 창문으로 달려가는 모습이 보였다. ——훤히 열린 창문으로.

"나 발하노라——"

오른손을 내밀어 외치려 하다, 멈추었다. ——그가 주문을 모두 외는 것보다 먼저 침입자가 창문을 통해 바깥으로 뛰쳐나간 참이었다. 황급히 창가로 달려가 기습에 주의하며 밖을 둘러보았다——.

하지만 인영은 이미 어디에도 보이지 않았다. 기척도 느껴지지 않았다.

"놓쳤나……."

오펜은 혀를 차며 신음했다. 거기서 문득 고개를 돌리자, 어느새 두 번째 침입자가 옆에 서서 팔짱을 끼고 있는 걸 발견했다.

가만히 보고 있자 침입자는 무겁게 고개를 끄덕이며 말했다.

"내가 모르는 사이에 사랑스러운 클리오 이하 생략 가면 2호가 존재하고 있었다니……."

"그딴 게 모르는 사이에 존재하겠냐!"

오펜은 고함을 지르고 부들거리는 두 손으로 침입자의 복면을 잡아 뺐었다. 조금 커다란 복면 아래에서 금발 소녀의 얼굴이 나타났다——.

그는 창문을 단단히 닫고 소녀를 향해 단호히 고했다.

"어찌됐든, 몇 번을 했던 소릴 또 하지만—— 넌 《탑》에 데려가지 않을 거다!"

"후우."

복면에서 해방된 머리를 두 손으로 쓰다듬으며 그 소녀——클리오가 숨을 내뱉었다.

"그 전투복은 티시 거냐?"

오펜이 묻자 그녀는 고개를 끄덕여 긍정했다.

"잠시 빌렸어. 티시가 옛날에 쓰던 거래. 그래도 사이즈는 좀 크지만."

클리오는 속 편하게 말하고 휘릭 몸을 돌려 보였다. ——아까 전의 침입자와 비슷한 차림인 것은 당연한데, 이쪽도 《탑》의 표준 전투복이기 때문이다. 부드럽지만 강도가 강한 흑수피(黒獣皮)와 방검섬유를 조합하여 만들었다. 바깥에서는 보이지 않지만 관절 부분은 세 겹으로 가죽을 덧대어 상당히 자유롭게 움직일 수 있다. 작업복처럼 보이는 것치고 움직이기 쉬운 이유는 그 덕분이다.

본래라면 몸 여기저기에 무기나 탈착식 방어구를 부착할 수 있도록 잠금쇠가 붙어 있지만, 클리오가 입은 옷에는 잠금쇠의 수가 적었다. 티시——레티샤가 개조한 것이리라.

오펜은 힐끗 그 복장을 보고는 역시 아직 열린 채로 방치되어 있던 문으로 걸어갔다.

"머리카락은 옷 속에 넣은 거냐?"

"맞아. 넣으니까 목이 안 돌아가네."

클리오는 그렇게 말하며 옷의 등 쪽에서 스륵스륵 긴 금발을 잡아 뺐다. ——흑발이 평민의 특징이라면, 금발은 대륙 귀족의 매우 일반적인 특징이다. 하지만 이 소녀는 그저 몇 세대 전에 귀족의 피가 섞였을 뿐 귀족도 뭣도 아니다.

오펜은 그런 그녀를 어깨너머로 보며 문을 닫았다. ——그러다 뭔가를 떠올리고 다시 문을 열어 복도를 살펴보았지만, 발자국으로 보이는 것은 아무것도 남아 있지 않았다.

그는 한숨을 쉬며 다시 문을 닫았다.

"넌 대체 왜 그렇게 포기란 걸 모르는 거냐?"

"역시 하고 싶은 말은 행동과 함께 주장해야 하는 법이니까."

클리오는 기쁜 듯이 팔짱을 끼며 방긋 웃었다.

"애초에 말이야, 이렇게 믿음직한 날 놔두고 갔다간 《탑》에서 괴롭힘을 당했을 때 무진장 고생할걸? 당연히 데리고 가야지."

오펜은 기막힌 얼굴로 대답했다.

"바로 그런 네 탓에 아까 전엔 침입자를 대놓고 놓쳤잖냐……. 레키 그 녀석은 어떠했어? 어딘가에 숨어 있기라도 한 건 아니겠지?"

"레키? 아아, 자고 있어. 깨우는 건 불쌍하니까 나만 결행한 거야. 먹이 같은 건 하나도 안 먹는 주제에 잠은 꼭 잔단 말이지. 이상해."

거기서——

뚝, 하고 대화가 멎었다. 오펜은 마음에 걸리는 기색으로 그녀를 보았다. 클리오는 밝은 청색 눈동자를 오펜에게 향하며 가만히 쳐다보았다. 물론 그녀는 레티샤와는 전혀 닮지 않았지만, 누나의 옛날 옷——이라고 해도 전투복이지만——을 입고 있는 모습은 무언가 옛날을 떠올리게 하는 분위기를 풍겼다.

'이 녀석——'

오펜은 거기서 마음속으로 혼잣말을 내뱉었다.

'언제까지 내게 붙어서 따라올 셈일까…….'

그 물음에 대답한 것은 아니겠지만——

그녀는 드물게도 조심스러운 태도로 입가에 손을 대고는, 시선을 살짝 아래로 내리며 조용히 말했다.

"저기 말이야……. 오펜 네가 날 걱정해 주는 건 잘 알아."

오펜은 즉시 반론했다.

"……딱히 《탑》에 가는 일로 널 걱정한 적 없는데."

하지만 클리오는 전혀 그의 말을 들은 기색도 없이 말을 이었다.

"요즘 말이야, 깨달은 게 있거든. 네가 날 놔두고 가는 건, 항상 위험한 곳에 갈 때라는 거."

"《송곳니 탑》에서 성가신 일이라도 일어났다간 나 같은 놈이 어떻게 손을 댈 수가 없으니 말이지."

"하지만 나도 성장했어. ——세 달 전, 막 만났을 때랑은 달라."

"애초에 일반인의 입장은 인정되지 않는 곳이고——"

"파트너잖아. 우선 날 신뢰해 줬으면 해."

"자칫하다간 티시나 포르테에게까지 폐를 끼치게 될 수도 있고 말이야."

"저기——"

"뭐, 타당한 대우지."

"오펜……."

그녀는 갑자기 분노를 드러내며 오펜을 노려보았다.

"혹시 나 싫어하는 거 아니야!?"

"아니, 그런 건 아닌데——"

그렇게 오펜은 변명을 하듯이 대답하며, 눈을 감고 척 손가락을 세웠다.

클리오는 마치 물어뜯을 듯이 얼굴을 가져가며 되물었다.

"아닌데, 뭐!?"

오펜은 머릿속에서 할 말을 찾아서, 곤혹스러운 듯이 덧붙였다.

"싫어하는 건 아닌데——넌 항상 귀찮은 일만 일으키니까 위험천만해서 데리고 다닐 수가 없고 말이다——"

"없고!?"

"빈틈을 보이면 내 지갑을 가져가서 뭔 죄 이상한 것들을 사오질 않나——"

"않나!?"

"응석받이고 난폭하고 영문을 알 수 없는 일로 나한테 따지고 의견을 꺼내려고 하면 검은 악마(레키)의 압도적인 화력으로 무력 진압을 시도하고 가사는 만능인 주제에 식사 당번일 때는 내게 이상한 것만 먹이려고 들고——"

"들고!?"

"……어어……."

"그걸로 끝?"

그 물음에 오펜은 고개를 끄덕였다.

"그래. 뭐…… 그 정도다."

거기서 눈을 뜨자, 그녀는 허리춤에 손을 대고 당당하게 단언했다.

"겨우 그것뿐이잖아!"

"뭐가아아아아아아아아아!"

오펜은 자신도 모르는 사이에 절규하며 그녀에게 달려들었다. 그러자——

쾅!

문이 호쾌하게 튕겨져 나갈 듯한 기세로 열렸다.

"……."

클리오와 함께 문을 보자, 그곳에는 상당히 험악한 형상을 띤 여자가 한 명 서 있었다——.

긴 흑발, 어딘지 멍해보이는 눈동자, 일자로 꾹 닫힌 입술……. 한 번 보고 그냥 지나칠 수 없을 정도로 그림으로 그린 듯한 미녀. 네글리제 위에 가운을 걸치고 가녀린 어깨를 분노로 한껏 떨고 있었다.

그녀는 천천히 크게 한숨을 내쉬고는, 느릿하게 신음했다.

"좀 작작들 해 줘……. 38시간 만에 간신히 잠자리에 들었단 말이야……."

"예이……."

오펜과 클리오는 동시에 그녀에게 고개를 숙였다…….

자신이 잘못한 것은 알고 있다. ──어쨌든, 모든 원인은 자신에게 있으니까.

하지만 결국 뒤처리는 그녀에게 맡길 수밖에 없었다. 자신이 2주 동안 병원에 누워 있는 사이에 그녀가 얼마나 잠을 잘 수 있었는지는 알 수 없다. 그 정도로 그녀의 얼굴에는 또렷하게 피로의 흔적이 엿보였던 것이다.

레티샤 맥크레디는 그 지친 표정을 이쪽으로 향했다.

"일단 포르테 쪽은 승낙을 받았어. 물론 그가 널 박대할 리는 없겠지만."

"고마워."

오펜은 고개를 숙이고 여전히 어질러져 있는 그녀의 서재를 둘러보았다. 서류나 서적의 원시림 같은 방 안에는 그녀와 그 외에는 아무도 없었다.

레티샤는 그 후로 몇 시간을 잔 뒤에 다시 외출해서 돌아온 참이었다.

'너무 과로하는 거 아닌가?'

마음속으로 그렇게 중얼거리는 동안에도 그녀는 멈추지 않고 설명했다.

"최근 2주 동안 《탑》에 들락거렸는데, 내가 보는 한 장로 쪽에 움직임은 없는 것 같아. 포르테가 연락하지 않은 거겠지. 그는 뭐, 필요 없는 말은 하지 않는 사람이니까. ──솔직히 그다지 좋아하는 성격은 아니지만, 이런 때는 신뢰할 수 있어."

"난 딱히 싫어하진 않아."

오펜은 그렇게 말하며 그녀를 보았다. 《탑》으로 향했을 때에는 정

장——즉 상급 마술사 제복인 검은 로브를 입고 있었지만, 돌아오고 나서는 곧바로 갈아입어 지금은 평상복으로 돌아온 상태다. 전에도 본 검은 셔츠와 베이지색 슬랙스이지만 조금 다른 옷으로도 보인다. 어쩌면 비슷한 옷을 몇 벌 더 가지고 있을지도 모른다.

오펜 자신으로 말할 것 같으면, 역시 평소와 똑같이 전부 검은 차림이었다.

'로브에서 벗어나도 검은 색을 고르는 건 흑마술사의 본능일지도 모르겠군.'

오펜이 왠지 모르게 그런 생각을 하고 있자, 레티샤는 살짝 눈살을 찌푸렸다.

"포르테에게는 마음을 허락하지 않는 게 좋아. 그는 네게 실망한 듯이 말했거든."

"그렇겠지."

오펜은 그렇게 대답하며 어깨를 으쓱였다.

하지만 레티샤가 조바심을 내듯 탄식하는 모습을 보자 자신도 모르게 자세를 바로잡았다. ——그녀는 천천히 입을 열었다.

"그게 아니야. ——아마 그는 이번 일에서 널 의심하고 있는 게 아닐까 싶어. 또 거기에 관해서 나도 한패라고 여기고 있겠지."

"의심할 근거는 얼마든지 있으니 말이지."

오펜은 쓴웃음을 짓고 손가락을 꼽으며 말했다.

"2주 전에 빈발한 장로 암살 사건에 관해서 포르테는 범인을 키리란셀로——즉 나라고 확정했던 모양이고. 차일드맨 저택 파괴 건에서는, 그 지하실에서 기절해 있던 날 티시 네가 실어나르는 모습을 그곳에 있던 경찰이나 구경꾼들이 확실하게 목격했지. 장로 암살의 범인인 날 네가 구속하고, 거기서 저택에 숨기고 있다——. 그렇게 추측하는 게 오히려 자연스럽잖아."

그녀는 그렇게 말하는 오펜을 확 째려보았다.

"……너, 나한테도 진상을 밝히지 않은 걸 잊은 건 아니겠지?"

"말했잖아. 그 키리란셀로는 어떤 마법장치였다고. 《탑》에 보관되어 있던 것이 저절로 작동한 건지, 누군가가 작동시킨 건지는 모르지만, 내 모습을 모방해서 장로를 암살했던 거야. 내 형상을 아는 인간이라면 《탑》에 얼마든지 있고——."

"네 거짓말은 알기 쉬우니까 싫거든?"

레티샤는 그의 말을 전혀 받아주지 않고 그렇게 중얼거리고는 이제 그걸로 됐다는 듯이 손을 저어 말을 가로막았다. 그리고 긴 머리카락을 빗듯이 손으로 내리며 다시 탄식했다.

"이제 됐어. 듣고 싶지 않아. ——어쨌든 이거나 읽어."

그녀는 쌀쌀맞게 말하고 한 장의 종이를 꺼냈다. 오펜은 그 종이를 받아 매우 천천히 읽었다. ——오펜이 읽는 것과 거의 비슷한 속도로 레티샤가 그 종이의 내용을 읽었다.

"키리란셀로——20세. 차일드맨 교실 넘버7. 차일드맨 교사에게 사사. 15세 2개월에 상급 마술사 자격을 획득. 5년 전 극비리 《탑》의 외부 임무. 신원보증인은 동 교실의 레티샤 맥크레디."

거기까지 단숨에 쏟아낸 후 숨을 쉰 레티샤가, 다시 말을 이었다.

"그것이 《탑》의 최신 형식으로 작성한 네 기록이야. 열흘 전에 내가 갱신했어. 넌 《탑》의 상급 마술사 자격은 잃지 않았지만, 잃었어도 불평할 수 있는 처지가 아니야. 동맹 반역죄는 효력을 잃었지만 그 바로 코앞이라는 사실은 변함이 없으니까. 알았어? 물론 알았겠지? 이 마을에서 더 이상 《탑》에 요주의 인물로 찍혔다간 정말로 《탑》의 스태버와 싸워야만 하게 될 거야.”

“……이미 그런 사태가 된 모양이던데.”

아무렇지도 않다는 듯이 밝힌 오펜의 말에 레티샤는 극단적일 정도로 얼굴을 일그러뜨렸다.

“뭐라고? ——너, 벌써 뭔가 저지른 거야!?”

“난 아무짓도 안 했어.”

오펜은 두 손을 들고 어깨를 으쓱였다.

“어젯밤에 난리를 피웠잖아? 평소처럼 클리오가 ‘습격’하기 전에, 다른 쪽 방문자가 있었거든.”

“……어떻게 된 일이야?”

“나도 몰라. 하지만 《송곳니 탑》의 장비였고, 몸놀림을 봐도 《탑》의 스태버인 건 틀림없었을 거야.”

“또……‘키리란셀로’?”

의심스럽다는 얼굴로 되묻는 레티샤에게 오펜은 고개를 저었다.

“아니. 그것보단 몇 단계 실력이 뒤지는 녀석…… 이렇게 말하면 자화자찬이 되나?”

“몰라, 그런 거.”

레티샤는 험악하게 내뱉고는 진절머리가 난다는 듯이 탄식했다.

“하지만 도리어 더 악질인걸……. 그 가짜 ‘키리란셀로’였으면 힘으로 제압해 버리면 끝날 일이지만, 《탑》의 스태버들이 움직이기 시작했다고 한다면 최악의 경우 네 동맹 반역죄를 실효시키지 못했던 걸지도…….”

“아니, 그게 좀 묘하더라고.”

"어?"

고개를 드는 레티샤에게 오펜은 자신의 얼굴을 가까이 가져가며, 그때의 일을 떠올리며 말을 이었다.

"뭔가 나 같은 놈은 아무래도 좋아 보이던데? ——뭔가 찾는 것이라도 있어서 숨어든 것 같았어. 브라우닝이 어쩌고저쩌고 하던데…… 여기에 숨어들어와서 찾았다는 건 티시 네게 뭔가 짐작 가는 바가 있지 않을까 생각했는데."

"여기엔 별 대단한 건 놓아두지 않았어. ——적어도 《탑》의 높으신 분들이 흥미를 가질 만한 건. 설령 있다고 해도 날 상대로 스태버를 쓸 필요는 없잖아. 장로가 내놓으라고 한다면 잽싸게 내놨을 거라고."

레티샤는 아무래도 오펜이 한 말의 내용 그 자체를 반신반의하는 모양이었다. 가까이 가져간 오펜의 얼굴에 그녀도 더욱 가까이 다가가 말했다.

"어찌되었든 괜히 파고들지 마. 《탑》의 장로들과 어울리는 가장 좋은 방법은 거스르지 않고 다가가지 않고 쳐다보지도 않는다——. 이게 최고니까."

"알고는 있는데 말이지."

오펜은 몸을 뒤로 빼며 그렇게 중얼거렸다. 그러자 힘이 빠진 듯이 고개를 조금 늘어뜨리며 레티샤가 신음을 흘렸다.

"어떨까나."

의심으로 가득한 말투였다.

"그럼 어째서 《탑》에 가겠다는 말을 꺼낸 거야?"

"말했잖아. 매지크 녀석을 등록해 두고 싶다고. 원조금이——"

"학생의 등록 같은 건 나한테 부탁해도 상관없고, 돈이 필요하다면 내가 준비해 줄 수 있어. ――진짜 좀 그만 해."

그녀는 짝, 하고 자신의 무릎을 쳤다.

"거짓말이라면 내 학생이 더 그럴듯한 거짓말을 할 거야."

그녀의 날카로운 시선에 오펜은 불편하다는 듯이 고개를 돌렸다. 그녀는 상당히 진심으로 화가 난 모양이었지만――

그는 고개를 저었다.

"거짓말은, 안 했어."

'들킬 건 알고 있지만…….'

그렇게 자조하듯이 속으로 덧붙였다.

……어차피, 어떤 거짓말이든 그녀에게 들키지 않았던 적이 없었다.

그 말을 들은 순간――레티샤의 눈이 싸악, 하고 차갑게 식는 것이 보였다.

"알았어. 나한테도 말할 수 없는 사정이라는 거로군. 요즘 널 위해서 제대로 잠도 못 자고 움직인 내게도."

그렇게 말하며 그녀는 오만상을 찡그렸다. 오펜은 그런 그녀를 달래듯이 손을 저으며 말했다.

"너무 원망하지는 말아 줘."

하지만 레티샤는 전혀 들을 마음이 없다는 듯이 말을 이었다.

"네가 돌아오길 5년이나 기다리고, 그걸 위해서 문제를 해결해도 아무 이야기도 안 해 주고, 뒷처리만큼은 편리하게 이용당하며 뛰어다니고, 거기에 더해 거짓말을 들어도 원망하는 것까지 허락 안 되는 거구나, 나란 애는?"

"거짓말은 안 했다니까."

오펜이 말하자 레티샤는 더욱 시선의 온도를 낮추었다. ──결국 휙, 하고 고개를 돌리더니 한마디 나지막하게 내뱉었다.

"이 행패에 대한 보복을 기다리도록 해."

"윽……."

그녀의 말에 오펜은 한없는 불길한 예감을 느꼈다.

'거인 대륙(요툰헤임)의 붕괴'──

표지도 뭣도 없는 검은 가죽으로 제본된 책. 그 첫 페이지의 제목은 확실하게 그렇게 읽을 수 있었다.

벌써 몇 번째인지도 모를 정도로 눈으로 훑은 문장을 다시 묵독하며 매지크는 기묘한 목소리로 혼잣말을 내뱉었다.

"거인 대륙이라면…… 신들의 나라를 말하는 거지?"

정확하게는 다를지도 모른다. ──그의 스승인 오펜이나, 혹은 레티샤에게 물으면 더욱 자세하게 가르쳐 줄지도 몰랐다. 하지만 사실 매지크는 이 책에 대해 아무에게도 말하지 않았다.

최근 2주 동안 딱히 할 일도 없어 읽었던 이 책은 실은 다른 사람의 집에서 함부로 가지고 나온 물건이었다.

매지크는 탄식했다. ──아직 열다섯밖에 되지 않은 금발의 소년. 금발이라고 해서 귀족과 인연이 있는 것은 아니지만 예외라는 것은 어디에나 존재하는 법이다. 잠옷으로 보이는 평상복을 입고 테라스에 놓인 덱체어에 앉아 있다. 전에 입고 있던 흑마술사풍의 의복은 최근 그다지 입지 않았다. ——이곳이 흑마술의 도시라는 점에 위축된다는 것이 표면적인 이유(라고 해서 누군가가 물은 것은 아니지만). 진짜 이유는 달리 있다. 실은 자신에게 스승의 흉내를 낼 자격이 있는지 알 수 없었기 때문이다.

뭐, 당사자인 스승이 들으면 징그러워할지도 모르지만——하고 속으로 덧붙였다.

어찌되었든, 그는따끈따끈한 정오 전의 햇살을 탐닉하듯이 머리를 움직이며 주의를 책으로 다시 되돌렸다.

'그건 그렇고…… 뭘까, 이 책은. 문자도 문장도 뭔가 이상하고…….'

조금 문장이 흐트러졌다든가, 수사법으로 쓰여 있다든가 하는 쉽게 예상할 수 있는 이상함이 아니라, 본 적도 없는 문자가 몇 페이지에 걸쳐 쓰여 있나 싶으면 전혀 의미를 파악할 수 없는 문법이 수시로 튀어나온다. 암호가 아닐까 예상도 해 보았지만 이 책을 입수한 뒤로 2주 동안 읽은 결과 그런 종류가 아닌 것 같았다. ——매우 비슷하지만 다른 언어. 느낌으로는 그쪽이 더 가깝다.

수 페이지 중 읽을 수 있는 것은 몇 줄, 정도의 페이스로 해독한 바, 내용은 어느 토지의 풍토기, 혹은 전기(戰記)인 듯했다.

'아니, 전기——그래. 전기 쪽이야. 아마도.'

그 토지의 해설인 듯한 부분 외 문장에는 '이행'이나 '변이' 같은 단어가 눈에 띄었다. 그리고 가장 많이 쓰이는 것처럼 여겨지는 단어가——'변화'.

물론 읽을 수 없는 부분이 많아서 알 수 없는 단어 쪽이 더 많이 나올지도 모르지만, 일단 그가 읽을 수 있는 범위에서는 그렇다는 의미다.

'저자는 그 토지——아마 '요툰헤임'이겠지만——에 일어난 어떠한 큰 이변인지 재해인지에 대해서 끊임없이 설명하고 있어…….'

매지크는 팔락팔락 페이지를 넘기며 마음속으로 중얼거렸다.

'전쟁 같은 것에 대해서도 쓰여 있어. 드래곤 종족…… 그리고 인간. 신에 대해서도——?'

'사라진 드래곤 종족들.

내가 보는 것은 저 하늘을 빼곡하게 메우는 한없는 죄악의 무리다——.

누구의 잘못인지 그것을 논할 탁자에 앉는 것은 이제 신들이 아니다.

이미 세 자매조차 아닌 그것과 나는 짧게 대화를 나누었다.

애초에 그녀들의 존재 자체가 시스템의 극적인 변화를 웅변하고 있다.

내가 예전에 보았던 시스템은 이 변화로 붕괴하였다.

간단한 뺄셈이 모든 것을 결정적으로 엇나가게 되어 버렸다.

이 세계는 변이하겠지만, 어디로 다다를지는 알 수 없다.

변화는 격화하리라. 그것은 피할 수 없다. 최악인 것은 그것이 영원하게 격화해 갈 것이라는 점이다…….'

"……."

일단 가장 길게 읽을 수 있는 부분이 그 문장이었다. 대륙 어디에나 존재하는 종말의 예언——하늘에서 마왕이 내려온다든가, 그런 부류의——의 말투와 비슷하기는 하지만, 결정적으로 다른 것은 그것이 예언이 아니라는 것이었다.

저자는 파멸되는 와중에 책을 쓴 듯했다.

이렇게 될 테니 참회하라는 경종도 아니거니와 파멸을 저지하기 위한 계시인 것도 아니다. 파멸은 이미 일어난 일로, 역사로 변하였다.

아니면——

'그것이 영원히 격화해 갈 것——'

매지크는 다시 읽고 탁, 하고 책을 닫았다.

'이 책의 저자는 아직도 그 파멸 안에 있을지도 모르겠어…….'

책의 모든 기록 마지막에 저자의 서명이 있었다. 읽기 번거로운 서체로 이렇게 적혀 있었다. 스베덴보리 저(著), 라고.

"매지크~, 뭐 해~?"

그때——

테라스 밑에서 들려온 목소리에 매지크는 퍼뜩 고개를 들었다. 의자에서 몸을 일으켜 밑을 보자 중정에 친숙한 금발 소녀의 모습이 보였다.

이곳을 빌린 지 벌써 2주가 지났지만, 그래도 좀처럼 익숙해지지 않을 정도로 이 저택은 커다랐다. ——오펜의 말로는 《송곳니 탑》의 제일가는 엘리트라면 이 정도의 재산은 있는 것이 당연하다고 하는데, 이 규모의 저택을 토토칸타 시에서 구입하기 위해서는 중앙은행의 대금고를 송두리째 강탈하는 방법 외에는 없다. 방의 개수는 43개, 별채가 두 채——그 중 하나는 학생 두 명을 위한 건물로, 다른 한쪽은 창고로 쓰이고 있다. 정원은 그다지 넓지 않지만 그만큼 안뜰이 넓었다. ——학교 운동장 정도의 크기로, 그 절반 정도 크기의 뒤

뜰까지 있다.

안뜰에는 인공 연못이 있고, 소녀는 그 연못의 가장자리에 서 있었다.

그녀는 운동복 차림으로 머리 위에는 검은 강아지처럼 보이는 동물을 올리고 이쪽을 올려다보고 있었다. 강아지는 어째서인지 그녀를 따르는 딥 드래곤의 새끼로, 그녀는 그것에게 레키라고 이름을 붙였다. 뭐, 아마도 드래곤의 부모가 붙인 진짜 이름이 있겠지만, 그것이 무엇인지는 알 수 없다.

그 옆에는 흑발을 길게 기른 소년——외견은 소녀지만——이 서 있었다. 그도 역시 운동복 같은 차림을 하고 있었다. 덕분에 더더욱 마른 것처럼 보였다.

'……왜 저 녀석이랑 같이 있는 건데?'

그렇게 생각하며——

"클리오. 무슨 일인데?"

매지크가 되묻자, 그녀가 목청을 높이며 대답했다.

"너도 내려와~. 티피스가 조깅하면서 마을 안내해 준대~!"

티피스——즉 그녀의 옆에 있는 소년이 그 말에 맞춰 손을 흔들었다. 매지크는 알아차리지 못한 척을 하며 그런 그를 무시했다.

매지크는 책을 의자 위에 두고는 그다지 내키지 않는 목소리로 말했다.

"난 됐어. 이따가 스승님한테 볼 일이 있거든——"

"아…… 그래?"

클리오는 당황한 듯이 되물었다. ——아마도 거절당하리라고는 생각하지 않았던 것이리라. 왠지 모르게 죄책감을 느끼며 매지크가 내려다보고 있자, 그녀는 이어 말했다.

"그럼 나 잠깐 나갔다 올게. 점심까지는 돌아올 거야."

"응……."

매지크는 작게 대답하며 난간에서 몸을 떼었다. 나란히 문으로 나가는 두 사람을 보며, 갑작스레 불어닥친 바람에 눈을 감았다——.

바람을 견디며 잠시 움직이지 못하게 되었고——

다시 눈을 뜨자, 그들의 모습은 이미 보이지 않았다.

"스승님~."

뒤에서 들린 부름에 오펜은 고개를 향했다. 그러자 복도 너머에서 매지크가 파닥파닥 뛰어오는 모습이 보였다. 옆에 새카만 책——최근 때때로 보게 된 물건이지만 무슨 책인지는 듣지 않았다——을 안고, 몇 걸음을 남긴 지점까지 다가온 소년이 멈춰섰다.

그리고 어라? 하고 의아한 듯이 물었다.

"어디 가시는 건가요? 그 차림……."

그가 그렇게 말하며 가리킨 것은 오펜의 차림새가 아니었다. ——오펜은 딱히 평소와 다르지 않는 옷을 입고 있었다. 매지크가 궁금해하는 것은 함께 걷고 있는 레티샤 쪽이었다.

"이거?"

레티샤는 킥, 하고 웃으며 자신의 옷을 쓰다듬듯이 손을 움직였다.

"《탑》의 정장이야. 이제부터 《탑》에 갈 거거든. 마침 널 부르러 가던 참이었단다. 같이 갈 거지?"

그녀가 입고 있는 것은 《송곳니 탑》의 상급 마술사라는 증표——검은 로브였다. 전투용으로 디자인된 것이 아니라 완전히 평범한 예복으로, 상당히 비싼 소재로 만들었다. 감촉은 펠트 같지만 광택이 감돌고 레티샤의 머리카락과 같은 색. 옷깃에는 오펜이 펜던트로 메고 다니는 것과 똑같은 모양의 드래곤 문장이 핀배지 식으로 달려 있었다. 물론 펜던트인 드래곤 문장도 목에 걸었다.

"허어……"

키가 큰 그녀를 올려다보며 매지크는 잠시 멍한 표정을 보이고는, 퍼뜩 생각난 듯이 제정신을 차렸다. 그리고 조금 빠른 말투로 말했다.

"그, 그렇지——. 스승님, 클리오가 바깥에 나갔어요."

"헤에. 혼자서?"

그렇게 묻자 매지크는 힐끗 레티샤 쪽을 보고 대답했다.

"아뇨……. 티피스랑요."

그렇게 말하는 매지크의 눈에는 무언가 기대의 빛이 담긴 것처럼 보였지만, 오펜은 딱히 염두에 두지 않았다. 사실을 말하면 그 애가 혼자서 주변을 돌아다니는 것보다는 감시의 눈이 있는 편이 훨씬 나았으니까. 대신——

"아~! 티피스, 얘가!"

느닷없이 레티샤가 목청을 높였다. ——그녀는 따악, 하고 손가락을 튕기더니 아쉽다는 듯이 신음했다.

"오늘은 《탑》에 보고서를 가져가야 하는데! 내가 떠넘길 줄 알고 도망쳤구나!"

"실제로 떠넘기려고 했잖아……."

오펜이 게슴츠레 눈을 뜨며 말하자 그녀는 두 손을 부들부들 떨었다.

"그치만 그 보고서, 3년 전부터 분실된 《탑》의 잡동사니가 증발했다는 걸 정식으로 결의하는 서류란 말이야!"

"……증발을 정식으로 결의?"

오펜은 그 말의 의미를 이해하지 못하고 되물었다.

"그러니까아, 옛날 어딘가의 바보 같은 연구원이 사고로 망가뜨렸는데, 장로들이 그걸 인정하는 걸 꺼렸다고. 원래는 귀족 연맹의 관리물이었거든. 그래서 3년이 지난 이제야 정식으로 《탑》의 소유물이 되어서 그걸 인정하게 된 거지."

"뭐……. 아무래도 좋네."

"그딴 아무래도 좋을 안건인데 더해 최고집행부의 사인을 12명이나 받아야 하는 성가신 물건이란 말이야. 게다가 제출처도 확실하지 않고――분명 여러 부서를 12번이나 왕복하게 만들 걸? 그런 일을 나보고 하란 거야!?"

"에에이! 그렇다고 내 목을 조르지 마!"

오펜은 레티샤의 손을 쳐내며 외쳤다.

"일단 《탑》까지는 같이 가 줄게. ――그리고 그렇게 귀찮다면 그딴 한직 얼른 때려치지 그래!"

무심코 그렇게 외치고 나자――

뚝―― 하고 인내심 주머니의 끈이 끊어지는 소리가 들린 듯한 착각과 함께 레티샤의 움직임이 한순간 정지했다.

그리고 한 박자 뒤에 그녀가 오펜을 바라보았다.

"남의 일이라고 속 편하게……."

그녀는 그렇게 말하며——창백한 얼굴을 스스슥 가져왔다.

"네가 묵고 있는 이 저택도, 사양이라고는 추호도 없이 마구 먹어치우는 식사도, 그 '한직'인지 뭔지로 번 돈으로 산 거거든요?"

"호호오. 잠시 그 존안을 뵙지 못한 동안에 누님께서는 돈의 망자가 되신 모양이올시다."

자신을 압박하는 그녀를 밑에서 노려보며 오펜이 받아쳤다. 그러자 우후후…… 하고 기분 나쁜 웃음소리를 흘렸다. 오펜은 그녀의 관자놀이에 또렷하게 분노의 마크가 떠오른 것을 보았다.

"아주 귀여운 소리도 할 줄 알게 되었구나 그래? 옛날엔 못된 애에게 잘린 도마뱀 꼬리를 콧구멍에 박혀서 울면서 돌아온 주제에."

"참고로 그 못된 애라는 녀석은 생일 파티에서 누님께 개구리의 알을 뒤집어쓴 원한으로 날 노렸습니다만요."

"그 변태 자식의 엉뚱한 화풀이를 내 책임으로 돌리지 말아 주겠니~? 그런 일로 책망하다니, 네 삐뚤어진 근성도 내 교육의 산물일까? 나 졸도할 것만 같은걸."

"졸도하려면 뒤통수로 쓰러지라고. ——안면으로 떨어졌다간 그 튼튼한 낯짝 때문에 바닥에 금이 갈 테니까.

"우후후후후후……."

"헤헤헤헤헤……."

"저기이~……."

옆에서 매지크가 입을 열었다. 새파래진 안색으로 이마에 식은땀을 줄줄 흘리면서.

"싸우셔도 의미가 없어 보이는데요……."

"……."

"……."

그 말에 오펜은 조금 얼굴을 떼고 다시 레티샤와 마주보았다. 두 사람 모두 잠시 아까와 똑같은 얼굴로 상대방을 노려보고는――

후…… 하고 동시에 표정을 누그러뜨렸다.

"그래……. 네게 화풀이를 해 봐야 별 수 없지."

"응. 나도 티시 네게 신세를 지고 있는 것엔 감사하고 있어."

휴우――. 하고 옆에서 안도의 한숨을 내쉬는 매지크를 두 사람은 동시에 방긋 웃는 얼굴로 돌아보았다. 그리고 명랑한 목소리로 고했다.

"그럼, 중재한 인간의 의무로 서류는 네가 제출해라, 매지크."

"고마워, 매지크 군."

"……역시 당신들은 남매가 맞아요……."

매지크는 어째서인지 자포자기한 말투로 그렇게 신음하며 말했다.

"훗훗훗……."

저택에서 나가는 세 사람을 몰래 지켜보던 인영이 웃음을 터뜨렸다――. 그리고는 뻔뻔스럽게 어깨를 흔들며 말했다.

"어리석도다. 이 몸의 존재를 잊고 거성을 비우다니."

기둥 뒤에서 제대로 가려지지 않은 모피 망토――덥수룩한 검은 머리――너덜너덜한 칼집――등을 드러낸 인영은, 턱에 손을 댄 채로 고개를 저었다.

"돌아왔을 때 경악하도록 해라. 그리고 최대의 고난을 놓친 자신의 안이함을 분해하도록 해라. 윤회는 회전하는 물레처럼……."

"형……. 실은 요즘 별로 상대해 주지 않으니까 외로운 거지?"

"……."

그는 뒤에서 들려온 말에 대답할 생각이 없었다. 그저 계속해서 웃을 뿐이었다.

그다지 내키지 않는다는 목소리로 등 뒤의 목소리가 말을 이었다.

"흑마술사의 방에 거미를 집어넣었지만, 알아차리지도 못했고 말이야."

"……."

"슬럼프 아니야? 좀 쉬는 게 어떨까? 되도록이면 오랫동안."

"포로의 반환은 승패와 무관하게 종전 시 양자의 의무야! 노라를 돌려줘!"

여자아이의 항의에도 대답하지 않고, 볼칸은 고집스럽게 득의양양한 표정을 무너뜨리지 않았지만, ――그래도 남몰래 한숨을 쉬었다.

제2장 아침을 맞이하다

타프렘 시는 대륙 안에서도 손에 꼽을 도시이다. ——하지만 그 사실을 자각하는 자는 얼마 없다. 이곳이 마술사들의 마을이기 때문이다.

"——라는 건 극론이지만."

공원 벤치에 앉아 쉬는 동안, 티피스는 그렇게 덧붙였다.

"중앙이 이 마을을 정당하게 평가하려 하지 않는 건 분명해요. 귀족 연맹은 흑마술사가 힘을 가지고 있는 것을 공식적으로는 인정하지 않거든요. 대외적인 위신 때문이라고 해야 하나. 그런 게 있다고 뭐가 달라지는 건 아니지만요."

"헤에……."

클리오는 멍한 표정으로 고개를 끄덕이며 주변을 둘러보았다. 공원이 많은 것은 이 마을의 특징인데, 이것은 인구밀도가 그다지 높지 않기 때문이다. 토지가 남는 것이다. ——물론 이것은 과거 두 번이나 전쟁으로 도시가 파괴되었다는 이유도 있다. 수십 년 전 모래 전쟁 때 직접적인 전쟁의 피해를 입은 인간은 얼마 없었지만, 그 때 도시를 떠난 자는 많았다.

마을은 이미 완전히 복원되었고 이 공원도, 또 지금까지 달려오면서 본 마을 어디에도 파괴의 흔적은 보이지 않았다. 전혀 없었던 것이다. ——가로수조차 불에 탄 후에 다시 심은 기색이 없다. 공원에는 벚나무가 푸릇푸릇하게 잎을 틔우고 있고, 아무렇게나 놓인 듯한 벤치에는 띄엄띄엄 사람들이 앉아 있었다.

품에 안은 레키가 꼬물꼬물 움직이며 하늘을 올려다보았다. 클리오는 그 새카만 새끼 드래곤을 머리 위에 다시 올렸다.

트레이닝복의 옷깃을 바로잡으며 티피스가 말을 이었다.

"원래 대륙 동부 사람들은 서부를 깔보는 경향이 있으니까요. 심한 사람은 아직도 이 부근은 황야에 텐트를 치고 산다고 여길 정도거든요. 왕도 사람들에 이르러서는 왕도 바깥에는 세상 따위 존재하지 않는다고 여기는 게 아닐까 싶어요."

"그렇겠지."

클리오는 건성으로 대답하며 시선을 마을 안에서 가장 눈에 띄는 건축물로 옮겼다. 이곳에서는 멀지만――그래도 건물들 사이로 우뚝 솟은 백아의 탑.

"저게 세계도탑이야?"

탑은 상아색의 몸을 살짝 기울인 채로 조용히 서 있었다. 바람이 불고 구름이 흘러도 지금까지 줄곧 그렇게 존재했다는 듯이.

"맞아요."

티피스는 벤치에서 몸을 일으켰다.

"이 마을 최대의 건축물――뭐, 질량으로 따지면 탑 옆에 있는 대도서관 쪽이 크지만요. 관광 가이드의 말을 빌리자면 그래요. 아득히 먼 옛날, 월드 드래곤 종족이 자신들이 낳은 흑마술사들을 위해 건축했다고 전설로 내려오지만…… 현실은 어떤지 몰라요. 옛날 킴라크 교회가 《펜릴의 숲》의 보호령을 제창했을 때 이 세계도탑도 그 범위 안에 들어가 있었거든요. 결과적으로 탑은 일절 출입금지가 되었고――40년 전에 당시의 《송곳니 탑》 최고집행부가 금기를 깨고 세계도탑의 조사를 시작하려 해서 그 사막 전쟁이 발발했다고 하더라고요."

그는 뚜벅뚜벅 걸어 다가와서, 긴 머리카락을 바람에 나부끼며 탑 쪽을 가리켰다.

"외견으로부터 알 수 있는 것은 세계도탑이 하나의 바위를 깎아 만든 것이라는 점——돌을 쌓아 만든 게 아니에요. 입구는 단 하나, 창문은 없고요. 공기구멍조차요. 지금은 그 유일한 출입구도 봉쇄되어 있고 상시 《탑》의 흑마술사가 감시하고 있어요."

"세계도탑이라니, 이상한 이름이야. 무슨 유래라도 있어?"

클리오는 티피스를 향해 고개를 돌리며 물어보았다. 티피스는 기억을 뒤지듯이 허공을 올려다보았다.

"아~, 그게 아마도, 탑을 건축한 월드 드래곤 종족——즉 노르니르가 이렇게 말했다던 모양이에요. '세상에 의문을 가졌다면 들여다보아라'라고. 아마도 그런 말이었을 건데. 분명…… 이스타시바인가 그런 이름의 여성이 한 말이었다던가."

"넌 어떤데?"

"……예?"

그 말의 의도를 이해하지 못하고 되묻는 티피스에게, 클리오가 다시 말했다.

"그러니까, 탑을 만든 그 드래곤은 들여다보고 싶으면 들여다보라고 말했잖아? 마술사를 위해 탑을 만들고."

"예—— 예에……."

"하지만 교회 사람이 세계도탑을 조사하지 말라고 말했으니까 아무도 그 안을 보지 않은 거잖아? 그런 건 너무 제멋대로잖아. 넌 저

탑을 조사하고 싶다는 생각 안 들어?"

티피스는 곤혹스러운 듯이 얼굴을 찌푸렸다.

"하지만 그 노르니르조차도 탑을 건축한 바로 다음에 마술사를 없애기 위한 싸움을 시작했잖아요. 그 탓에 전전 타프렘이 무너졌고요."

"전전 타프렘?"

"아, 이 마을의 역사인데요, 가장 처음에 만들어진 타프렘 시를 전전 타프렘 시라고 해요. 그리고 후에 노르니르에게 완전히 파괴된 도시를 다시 세운 것이 구 타프렘. 모래 전쟁 이후 현재 이 도시가 현 타프렘 시죠."

"……뭐, 됐어. 그럼 그 노르니르란 사람들도 제멋대로라는 말이네."

클리오는 그렇게 중얼거리고 머리 위에서 레키를 내렸다. 품에 안자 레키는 언제나 그녀의 어깨에 매달리는 듯한 형태로 몸을 안정시킨다. 레키는 파닥파닥 꼬리를 흔들어 코끝을 쓰다듬었다. 거기서 그녀는 티피스 쪽을 보았다.

그리고 문득 무언가를 떠올린 듯이 물었다.

"……최고집행부가 뭐야?"

그 말에 티피스는 명백히 충격을 받은 듯했다. ——설마 모를 줄은 몰랐다며, 크게 뜬 눈이 웅변하고 있었다. 하지만 클리오가 시치미 뗀 얼굴로 그런 그를 바라보자, 그는 천천히 설명을 시작했다.

"《탑》의…… 중요한 결정을 내리는, 장로들의 조직인데요……. 조직 자체는 말단인 서무부나 사무부 등도 포함한 걸 의미해요. 단지 각 교실에까지 명령을 내릴 권리는 최고집행부밖에 없지만요. 또 반대로 어떠한 이유가 있어도 교실에 처벌을 내릴 수 있는 것도 최고 집행부예요. 교실 간의 사적, 공적 결투는 무조건 동맹 반역죄에 해당해요. 그렇지 않으면 교실끼리의 항쟁이 일상적으로 벌어질 테니까요."

"교실……."

클리오는 허공을 올려다보며 살짝 시선을 내렸다.

"오펜이 있던 교실, 뭐라고 했더라?"

"차일드맨 교실이에요. 저희 선생님도 마찬가지고요."

"최고집행부 밑에 있는 교실, 거기서 가장 말단……."

그녀는 나지막하게 내뱉었다.

"혹시 오펜은 별로 대단하지 않은 건가?"

"천만에요! 차일드맨 교실은 격이 달라요!"

갑자기 티피스가 거친 목소리로 소리치는 바람에 깜짝 놀란 클리오가 뒤로 물러났지만, 그는 그런 그녀를 뒤쫓듯이 스윽 다가갔다.

"차일드맨 파우더필드 교사는 일개 교사의 권한을 초월해 최고집행부에까지 영향력을 가지고 있다고들 해요. ——그가 최근 세 달 정도 모습을 감춘 탓에 《탑》의 질서가 급속하게 흐트러질 정도라고요. 반대로 생각하면 그가 어느 정도의 힘으로 《탑》의 야심가들을 억눌러 왔는지 아시겠죠?"

"……잘 모르겠어."

"잘 들으세요."

티피스는 끈기있게 설명하며 눈빛을 어둡게 만들었다. ——그리고 가만히 클리오를 바라보며 손가락을 하나 세웠다.

"《탑》의 조직을 설명할게요. 결국 쉽게 말해서 《탑》이라는 곳은 단순한 학부가 아니에요. ——강력한 결사라고 하는 편이 가깝죠. 독자적인 기관, 독자적인 첩보, 독자적인 재원, 독자적인 영리……. 여하튼 그런 모든 행위를 바탕으로 한, 흑마술사로 이루어진 하나의 사회. 그것이 《송곳니 탑》이에요."

"……."

클리오는 말없이 고개를 끄덕였다. 티피스도 살짝 턱을 내렸다.

"그런 조직의 모든 행동을 지도하거나——혹은 허가하는 권한을 가진 곳이 바로 최고집행부에요. 최고위의 흑마술사로 편성되어 있죠. 단지 그들은 조직의 두뇌로 일할 뿐 실질적인 행동력은 없어요. 행동하는 곳은 각 교실인 거죠."

이번에는 세웠던 손가락을 거두고, 클리오에게 가져갔던 얼굴도 뒤로 거두었다. 그는 눈을 감고 천천히 설명을 계속했다.

"교실은 교사와 학생으로 구성되어 있어요. ——당연하지만요. 보통은, 요컨대 평범한 교실로 기능해요. 교사가 가르치는 것을 학생이 배운다. 단지 세간의 교실과 다른 점은 집행부의 명령을 수행할 의무가 있다는 점이죠."

"의무?"

"예. 그리고 그 대가로 흑마술의 최고봉 《송곳니 탑》에서 배울 자격이 주어지죠. 저도 무언가 명령을 받는 일이 있으면 그걸 해결해야 하고요."

"……뭔가 명령을 받은 적 있어?"

"낙엽 청소랑 신발장 정리요……."

갑자기 말에서 힘을 잃은 티피스가 나지막하게 대답했다. 하지만 그는 곧바로 주먹을 꾹 쥐며 들어 보였다.

"하지만! 차일드맨 교사처럼 되는 것이 제 꿈이에요!"

"될 수 있어?"

"……아니…… 뭐, 그냥 꿈이고요……."

웅얼웅얼 덧붙이는 그를 보고 클리오는 킥, 하고 웃었다.

"그런데 그렇게 강한 마술사가 되어서 어쩔 거야?"

"허어……."

티피스는 쑥스러운지 살짝 빨개진 뺨으로 대답했다.

"그야 물론 《십삼사도》가 되는 거죠. 궁정 마술사죠. 이건 모두가 바라는 궁극적인 목표랍니다."

"그래? ……그게 그렇게 되고 싶은 자리인가?"

클리오는 손가락 끝을 가볍게 입술에 대며 적당히 의문부호를 붙였다. 그러자 이제 무슨 말을 들어도 놀라는 것은 그만두었다는 표정으로 티피스가 입을 열었다.

"뭘 하든 높은 곳으로 올라가고 싶어 하는 건 당연한 법이잖아요. 키리란——아, 저기——오펜 씨도 옛날엔 장로들의 의향을 무시하면서까지 되려고 했는걸요. 역시, 아까도 말씀드렸지만, 결국 대륙의 중심은 동부에 있어요. 바로 왕도죠."

"……궁정 마술사가 되면 왕도에 가는 거지? 그럼 패트도 같이 데리고 갈 거야?"

왠지 모르게, 반쯤 말꼬리를 잡는 기분으로 클리오가 물어보았다. 그 말에 티피스가 살짝 까치발을 들듯이 등을 펴고 얼굴을 찌푸렸다. 그리고 일부러 낮춘 것이 역력한 목소리로 나지막하게 대답했다.

"동생은 동생이죠. 마술사라는 건 자립해야만 하는 존재예요."

"자립이라는 건 딱히 서로 떨어져 있다는 걸 말하는 건 아닐 텐데.

뭐, 됐어."

그녀는 어깨를 으쓱이며 그렇게 말하고는, 휙 몸을 돌렸다. 다시 시선을 백아의 거탑으로 향하며——.

"그럼 다음은 저 세계도탑 쪽까지 가보자. 계속 가까이서 보고 싶었거든. 오펜도 티시도 계속 바빠서 상대해 주지도 않고."

"상관은 없는데요……."

티피스의 대답을 확인한 클리오는, 그 자리에서 한 번 가볍게 도약하고 조깅을 하며 공원을 나갔다.

마술사의 사고방식이 도저히 마음에 들지 않는다.

——더 정확하게 말하자면, 아무래도 석연치 않은 느낌이었다.

'뭔가 하는 말이 죄다 지나치게 훌륭해.'

클리오는 달리며 그렇게 생각했다. 운동복이 조금 땀으로 젖어 피부에 달라붙는다. 그녀는 규칙적으로 신발로 노면을 박차며 소리 없는 혼잣말에 몰두했다.

'티피스만이 아냐. ——오펜도, 매지크도 마찬가지야. 뭐든지 죄다 자기 혼자서 해내지 못하면 무능함을 드러낼 뿐이라고 말하고 싶은 걸까. 그게 아니지. 남에게 의지하는 것도 현명한 판단이잖아. 아마도.'

하지만 실질적으로 그런 것은 아무래도 좋은 것임을 클리오 자신도 자각하고 있었다. 왠지 모르게 투덜거리고 싶어지는 것은 그 탓이 아니다——.

명확하게 깨닫고 있는 사실. 그것은 오펜이나 매지크와 이야기를 나누는 시간이 며칠 동안 극단적으로 줄었다는 것이었다.

'이상해……. 왠지 요즘 날 피하는 것 같아.'

신이 나 꼬리를 파닥파닥 흔드는 레키에게 그렇지? 하고 눈짓을 보내며 정돈되어 있는 가로수길을 달린다. 레키는 그다지 의미도 없이 앞발을 뻗어 클리오의 코끝을 쓰다듬었다.

그녀는 계속해 생각했다.

'매지크도 뭔가 분위기가 이상하고……. 저번에 내가 티시랑 같이 만든 저녁밥을 묘하게 맛있다는 듯이 먹었었지. 이미 사용한 기름에 대충 던져넣어서 만들었을 뿐인데. 뭔가 이제 헤어질 때니까 괜한 문제는 남기고 싶지 않다는 태도 같았단 말이야.'

순간――

무언가를 떠올린 그녀가 발을 멈추었다. 그 순간 슥 그녀를 추월한 티피스가 어라? 하고 의아한 표정으로 뒤를 돌아보았다.

"……왜 그러세요? 세계도탑은 아직 멀었는데요."

발이라도 삐신 거예요? 하고 묻는 그를 무시하듯이, 클리오가 꾸욱 주먹을 움켜쥐었다――.

"혹시――."

그리고 허공을 향해 목청을 높였다.

"그 두 사람, 날 티시에게 맡기고 둘이서만 어딘가로 튀려고 계획하는 건 아니겠지!?"

그녀는 항상 직감은 예리하지만 분석은 엇나간다는 자신의 특성을 아직 깨닫지 못하고 있었다.

타프렘 시 서쪽에는 산악지로 이어지는 완만한 언덕이 있다. 시가에서 도보로 수 시간——마차라면 두 시간도 걸리지 않을 거리. 그곳에 숲과 언덕으로 둘러싸인, 황토색 벽돌로 쌓은 성채가 우뚝 솟아 있다.

산 하나를 넘기 때문에 시가에서 볼 수는 없다. 또 가까이 온다고 해도 부지를 둘러싼 높이 3미터의 벽을 보게 될 뿐이다. 입구는 단 하나——뜻밖에도 평범하게 정문이라고만 부르는 강철의 문. 그것을 열기 위해 필요한 것은 2등급 이상의 시민권——그 시민권을 받기 위해서는 과거 범죄 이력의 전무, 일정 액수 이상의 기부도 포함하고, 이것은 즉 흔히 말하는 지역 명사를 의미하였다.

다만 마술사라면 문지기 대기실에 다가가 말을 걸면 족하다. 상급 마술사가 된다면 타프렘 시에서 마차를 수배한 시점에서 발 빠른 전령이 미리 이곳에 알리는 것이라는 소문도 존재한다——.

"뭐…… 그게 사실인지 아닌지는 모르지만, 분명 문 앞에서 기다린 적은 없긴 해."

레티샤가 그렇게 말하며 킥 웃는 모습을 오펜이 바라보았다. 그와 레티샤, 그리고 매지크 세 명을 태운 마술사 동맹의 마차는 천천히 산길을 나아갔다.

6두 대형 마차는 승차감이 나쁘지는 않았지만 그래도 흔들림은 피할 수 없었다. 그들이 타프렘 시까지 타고 온 마차와는 달리 지붕이 없었기에 고삐를 쥔 백발의 마부도 보였다. 부드러운 바람이 쓰다듬는 나무들도, 투명한 물이 흐르듯이 비치는 하늘도 마찬가지다.

마차가 향하는 곳은 대륙 흑마술의 최고봉——《송곳니 탑》이었다.

"저기……."

그때까지 줄곧 시선을 향하던 새카만 책을 닫은 매지크가, 조심스럽게 입을 열었다.

"뭐냐?"

오펜이 되묻자, 매지크는 금발을 살짝 바람에 나부끼며 대답했다.

"상급 마술사라는 건 어떤 자격인가요?"

"간단히 말하면 《탑》에서 교사 이상의 자리에 있다는 의미야."

그리고 잠시 생각한 후 팔짱을 끼며 말을 이었다.

"그 외에도 연령 15살 이상에 연간 수석을 차지하면 상급 마술사로 인정돼. 그리고 이건 어지간해서는 없는 일이지만, 《탑》 외부의 마술사에게도 무언가 커다란 업적이 있다면 예외적으로 인정하는 경우가 있지."

"일종의 명예 칭호야."

레티샤가 뒤를 받아 덧붙였다. 그녀는 마차 가장 뒷자리에서 편안히 앉은 차림으로 말했다.

"나는 18살 때 수석을 차지해서 인정을 받았어. 키리란——"

하고 말하려다 도중에 멈춘 그녀는 어깨를 으쓱이며 말을 고쳤다.

"오펜은 더 빨랐지. 넌 15살 때였지?"

"그런가요?"

매지크가 물었다. 오펜은 씨익 웃으며 대답했다.

"너, 내가 전에 했던 이야기 하나도 안 믿었구나?"

"그치만…… 너무 거짓말 같잖아요. 《송곳니 탑》의 수석을 차지했다니."

"내가 소속했던 차일드맨 교실의 학생은 전부 7명——그 중 5명이 상급 마술사 자격을 가지고 있어. 결국 최근 연간 수석은 우리 교실의 학생이 줄곧 독점하는 형태였으니까 말이야. 나랑 같은 세대인 하티아랑 한 살 위인 코미크론은 줄곧 차석이었던 탓에 상급 마술사는 되지 못했지. 뭐, 1년에 한 번 있는 경기 같은 거라서 실력보다는 운의 문제지만."

"하티아에게는 네가, 코미크론에게는 코르곤이 거슬리는 상대였겠지."

놀리는 듯한 말에 오펜은 팟, 하고 표정을 바꾸었다. 그리고 따지는 말투로 레티샤를 삿대질하며 말했다.

"그런 식으로 말할 거면 티시 너도 포르테의 머리를 줄곧 눌러 왔잖아. 그거 까놓고 말해서 옆에서 보면 진짜 불쌍했다고."

"무슨 소리야. 나야말로 줄곧 차석을 감수했는걸. ――우리 세대에는 명실상부한 천재가 있었으니까."

"저기이……."

그렇게 말다툼을 벌이는 옆에서 매지크가 끼어들었다. 두 사람이 휙 고개를 돌려 쳐다보자 그는 혼란스러운 듯이 눈을 깜빡였다.

"……누가 누구라고요?"

아무래도 갑자기 모르는 사람의 이름이 계속해서 튀어나오는 바람에 따라오지 못한 모양이었다. ――오펜은 그렇게 추측하고 말을 고쳤다.

"아아, 그렇지. 그러니까, 다들 차일드맨 교실의 학생이야. 즉 지금 이름이 나온 전원이 내 사형에 해당하는 사람들이지."

"교실 안에선 이 애가 가장 어렸거든."

뒤에서 레티샤가 오펜의 머리를 톡톡 두드리며 말했다. 오펜은 눈을 감고 말을 이었다.

“나랑 같은 세대――그리고 같은 나이인 하티아는 지금은 토토칸타의 마술사 동맹에서 일하고 있어. 마술 실력 자체에 관해서는 나랑 호각이거나 그 이상이겠지만, 어째서인지 성적은 나보다 안 좋았지. 요령이 없었는지 시험에 약했는지는 몰라. 그리고 코미크론과 코르곤은 우리보다 한 살 위 세대인데, 항상 수석과 차석을 나눠 가졌어.”

“두 사람 다 이미 《탑》에는 없어. 상당히 강력한 마술사였지만…….”

레티샤가 얼버무리듯이 말꼬리를 흐렸다. 매지크는 좀 더 듣고 싶은 눈치였지만 오펜은 계속해 설명했다.

“그리고 연장조가 티시를 포함한 세 사람이야. 교실장인 포르테퍼킹검――포르테는 수석은 따지 못했지만 가장 먼저 선생님의 조수가 되었어. 그때 상급 마술사로 인정을 받았지. 그리고 티시. 히스테리를 부리는 단점만 없었더라면 교실장이 되었을 거라고 주변에서 소문이 돌았어.”

“너희들이었구나. 그런 소문을 흘리고 다닌 게…….”

등 뒤에서 험악한 목소리가 들렸지만 오펜은 굳건히 무시했다.

“그리고 그 세대에서 최고의 성적을 남겼던 사람이――”

“이미 죽은 사람이야. 아자리――내 동생이지.”

“…….”

아무렇지도 않게 레티샤의 입에서 흘러나온 말에 오펜은 자신도 모르게 경직되었다. ――차가운 손가락을 내장에 쑤셔 박은 듯한 감촉에 무심코 목을 움츠리고 말았다.

하지만 간신히 동요를 억누르고 말을 이었다.

"그래, 아자리다. 천마의 마녀라고 불리며 교실 안에서도 최고의 마술을 다루었지. 공식적인 교실장이 포르테라고 한다면——"

그는 소리 내지 않고 침을 삼켰다.

"아자리는 굳이 따지자면 선생님의 사적인 요원 같은 느낌이었어. 행동 기술, 지식, 그러한 것도 남보다 월등히 우수했지만, 무엇보다 탁월했던 것이 마술이었지. 게다가 백마술사이기도 했고."

"백마술이요?"

매지크가 깜짝 놀라며 되물었다. 오펜은 고개를 끄덕여 긍정했다.

"흑마술과 백마술을 동시에 다루는 술자는 역사상으로도 몇 명밖에 존재하지 않아. ——덤으로 귀족 동맹의 관리를 벗어난 백마술사라는 존재도 말이다. 현재 대륙의 백마술사는 전부 귀족 동맹이 관리하는 《안개의 폭포》에 유폐되어 있어. 아자리는 흑마술사라는 점이 위장되어서 귀족 동맹의 정보망에서 빠져나올 수 있었지."

"……하지만, 백마술은……."

우물우물 중얼거리는 매지크에게 오펜은 계속해서 설명했다.

"그래. 힘과 물질을 다루는 흑마술과는 달리 시간과 정신을 조작하는 백마술은 절대적인 위치를 가지고 있어. 흑마술사에 비해 수는 극단적으로 적지만 말이다. 귀족 동맹은 궁정 마술사 《십삼사도》와 이 백마술사들을 거느리며 현재 대륙에서 최대의 권세를 자랑하고 있어. 뭐, 올바르게 표현하자면 흑마술사인 그녀가 동시에 백마술을 다뤘던 게 아니라 백마술사인 그녀가 덤으로 흑마술도 다룰 수 있었던 거겠지만 말이다."

"선생님은 어떠셨나요?"

“나? 내가 백마술 같은 걸 다룰 수 있을 리가 없잖냐.”

“아니, 그게 아니라….”

매지크는 무릎 위에 둔 검은 책의 표지를 쓰다듬으며 말했다.

“스승님이 아니라, 스승님의 선생님이요. 뭐든지 할 수 있었다는 이야기를 들어서요…….”

“…….”

오펜은 생각지도 못한 부분에서 허를 찔린 듯이 말문이 막혔다.

——생각하지도 않았던 부분이었다.

그렇다고는 해도——

“아무리 선생님이 괴물이어도 백마술까지 다룰 수 있진 않았겠지. 그건…… 그래. 예를 들어 흑마술이 돌을 멀리 던지는 기술이라고 한다면, 백마술이라는 건 아무것도 없는 곳에서 보석을 만드는 기술이야. 완전히 차원이 다르지.”

“그럼 혹시…… 그 차일드맨이라는 사람은 실은 별로 대단한 사람이 아니었던 게 아닌가요?”

매지크가 인상을 찡그리며 말하자, 오펜은 관자놀이에 손을 대며 한숨을 쉬었다. 등 뒤에서 레티샤가 경악하는 것을 기척으로 느끼며.

“몇 번이나 말했듯이 마술의 소양이라는 건 순수하게 유전에 의존해. 할 수 있는지 없는지는 능력의 평가가 되지 않아. 백마술을 쓸 수 있으니까——혹은, 애초에 마술을 쓸 수 있다고 해서 대단한 게 아니야. 중요한 건 그 힘을 어떻게 살리는가지.”

“뭐…… 그야 그렇겠지만요.”

“하지만 그렇다면 확실히 그 애는 그런 의미에서 우리들 중에서 유일하게 선생님을 능가할 가능성을 가졌다고 할 수 있겠네.”

레티샤가 탄식이 섞인 목소리로 중얼거리는 말이 들렸다.

"하지만…… 그만한 재능을 하찮은 일로 잃고 말았어."

"그래……."

오펜은 동의하며 문득 마차의 저 먼 앞을 바라보았다. ――나무들에게서 뻗은 가지 너머에 엄숙하게 자리한 거대한 건축물이 보였다…….

'그래. ……그녀는 잃고 말았어.'

오펜은 음울한 기분으로 그렇게 혼잣말을 내뱉었다.

하지만 그것은 레티샤가 했던 말과는 의미가 달랐다. 그녀가 생각하고 있는 것보다 훨씬 하찮은 일로 잃은 것이다――.

그는 멍하니 그런 생각을 하며 대륙 흑마술의 최고봉을 올려다보았다. 《송곳니 탑》…….

그때――

"……?"

오펜은 문득 어떠한 기척을 느끼고 우뚝 움직임을 멈추었다.

마차는 그런 오펜은 아랑곳하지 않고 덜컹덜컹 소리를 내며 나아갔다.

"티시……."

그 부름에 그녀는 눈을 동그랗게 뜨고 고개를 향했다.

"왜?"

"혹시 남에게 원한을 산 적은 있어?"

그녀의 대답은 쌀쌀맞았다.

"너도 아니고, 난 품행 방정하게 살고 있는걸."

"그럼 매복 같은 걸 당했다고 한다면 그건 내 탓인가?"

"그렇겠지."

…….

잠시 대화가 멎었다.

그리고 잠시 뜸을 들인 뒤――레티샤와 매지크가 동시에 목청을 높였다.

"매복!?"

아마도 그것과 동시였으리라――.

주변에서 마차를 향해 무수한 돌이 날아온 것은.

소리는 나지 않았을 것이다. ――동시에 상공에 몇 개의 흑점이 생겨나더니, 그것이 포물선을 그리며 전부 마차 위에 있는 그들을 향해 쏟아지기 시작했다.

"나 잣노라, 광륜의 갑옷!"

오펜은 두 손을 하늘을 향해 들며 주문을 외웠다. 빛으로 짜인 사슬 같은 것이 그물처럼 복잡하게 생겨나 벽이 되었다. 평범한 투석 정도로는 이 방어를 돌파할 수 있을 리 없다――.

그는 그렇게 생각했다.

실제로 돌멩이 대부분은 빛의 그물에 부딪혀 허무하게 바스러지거나 튕겨 날아갔다. 하지만 그 투석 가운데 단 하나, 한층 커다란 실루엣이 있었다.

오펜은 시야 구석에서 그것의 존재를 포착하고 의아해했다.

'병……?'

그것은 장벽에 부딪힌 순간 무거운 소리를 내며 깨졌다. 동시에 깨진 병 안에서 액체가 튀었고――

아무런 색이 없는 그 액체는 직접 이쪽으로 쏟아지지는 않았지만 빛의 그물 위에 크게 퍼졌다. 돌멩이마저 튕겨내는 역장의 장벽이다. 열과 질량에 반응하여, 아마도 어떠한 약품이었을 그 액체가 격렬한 소리를 내기 시작했다.

그리고 그것은 구운 고기에서 지방이 튀는 듯한 소리를 내며 주변에 옅은 흑색의 연기 같은 것을 발생시켰다.

"우와아아아아아아아아아!"

매지크가 단지 놀라서 지르는 비명이 들렸다. 자극적인 냄새가 콧구멍을 지진다. 오펜은 왼손으로 코와 입을 막으며 마지막 숨으로 외쳤다.

"나 흘리노라, 천사의 숨결!"

주문을 외며 빈 오른팔을 휘둘렀다. 그 동작으로 유도된 강한 기류가 고여 있던 독무를 밀어냄과 동시에 빛의 그물이 사라졌다.

"뭐야, 이게 뭐야!?"

호들갑스럽게 비명을 지르며 백발의 마부가 황급히 마부석에서 뛰어내렸다. 앗차, 하고 혀를 차며 오펜이 외쳤다.

"기다려! 마차를 멈추지 마——!"

"키리란셀로, 잠깐만!"

레티샤도 다소 당황한 것인지 옛날 이름으로 그를 부르며 팔을 붙잡았다. 그녀는 도망치는 마부를 데리고 오기 위해 뛰어내리려던 그를 말리며 절박한 분위기로 말을 이었다.

"포위당했어——."

"뭐라고……?"

차일드맨 교실에서 전투술이라고 이름이 붙은 수업을 전문적으로 받은 학생은 단 두 명. ——이곳에 있는 두 사람이었다. 암살술이라는 형태로 '공격하는' 싸움법을 배운 것이 오펜. 그리고 방어적으로 '받아내는' 싸움법을 배운 것이 레티샤였다. 마술도 마찬가지로 그녀는 방어하는 수단에 능했다.

그 결과——인지 아닌지는 모르지만——그녀는, 예를 들어 이러한 상황 하에서 적이 몇 명인지, 어떤 위치 관계에서 이쪽을 포착하고 있는지, 다시 말하여 기척이나 살기 같은 것을 '알 수 있다'고 들은 적이 있었다. 아마도 경험이나 감으로 그러한 인원수나 상황을 추측하는 것이리라. 이쪽은 짐작도 가지 않는 요소라 실감으로 납득하기 어렵지만, 그녀가 포위되었다고 단언한다면 따를 수밖에 없다.

그리고…… 거의 그녀의 예상대로, 길을 가로질러 숲으로 도망치려 하던 마부의 몸이 윽, 하고 신음하며 지면으로 쓰러졌다.

부스럭…….

쓰러진 마부의 몸을 타넘고 흰 두건으로 얼굴을 가린 남자가 나무 사이에서 모습을 나타냈다.

"드래곤——신앙자…?"

오펜은 어리둥절해하며 멍한 목소리로 내뱉었다——.

흰 두건을 쓴 남자는 대답도 없이 손에 들고 있는 쇠막대——방금 마부를 때려 눕힌 무기다——를 들며 이쪽으로 다가왔다. 또 주변에서 점점 닥치는 발소리에 주위를 둘러보자 마차 주변에 있는 수풀들 사이에서 비슷하게 흰 두건을 쓴 남자들이 모습을 드러내었다.

흰 두건 외에는 딱히 이렇다 할 특징 없는 평상복으로, 손에 든 무기도 모두 제각각. 쇠막대나 식칼, 괭이나 낫도 있다. 흰 두건이라는 것은 타프렘 시에서 드래곤 신앙자의 특징으로, 마술사들과는 적대하는 인상을 가진 그들도 이 두건으로 얼굴을 가리면 간신히 마을에서 살아갈 수 있게 된다.

"스……스승님……?"

매지크가 겁을 먹은 표정으로 뭔가를 묻고 싶어하는 눈빛을 보냈다.

오펜은 마차 위에서 매지크를 감싸는 형태로 레티샤와 등을 맞댔다. 모습을 드러낸 드래곤 신앙자들의 수는 대략적으로 세어 스무 명 정도——이 정도라면 매지크를 지키면서도 대응할 수 있다.

단지, 마술을 사용해 몰살시키는 방법도 가리지 않는다면.

'젠장——.'

오펜은 질색하며 가장 처음으로 나타난 남자를 노려보았다.

'포위당한 데 더해——심지어 이쪽은 모두 마차 위에 있어. 상황은 최악이로군. 적은 모두 흉기를 소지. 독약까지 사용한 것을 보면 무조건 이쪽을 죽일 셈이겠지.'

자신이 맨손으로 싸운다고 하면 동시에 상대할 수 있는 수는 4, 5명 정도——그것을 셈에 넣으며 오펜은 등 뒤의 레티샤에게 속삭였다.

"동시에 몇 명 상대할 수 있어?"

레티샤는 솔직하게 대답했다.

"맨손으로는…… 둘을 상대하는 게 한계일 거야."

"무기는 없어?"

"마부석에 호신용 검 한 자루 정도는 있을 텐데…."

"알았어."

오펜은 그렇게 중얼대고 그때까지 쥐고 있던 주먹을 풀었다.

"내가 나갈게――티시 넌 원호를 부탁해."

"스승님…… 저는요?"

그렇게 묻는 매지크에게 오펜은 돌아보지도 않고 대답했다.

"아무것도 하지 마."

매지크가 발끈하며 입을 다무는 기척이 느껴졌다. 하지만 상대할 시간은 없었다. 포위망은 점점 좁아지고 있었다.

'더 이상 밀집되었다간 단숨에 짓눌릴 거야――.'

그 순간 오펜은 마차 위에서 마부석으로 뛰었다. 그러자 드래곤 신앙자들이 술렁이는 기척이 느껴졌다.

마부석으로 뛰어들어 일단 시야 구석에 비친 검자루를 거의 어림짐작으로 잡아 뺐다. 조금 무거운――실전용이 아닌 도신이 칼집만 마부석 바닥에 남기고 스르륵 뽑혔다. 검을 한 손에 든 오펜은 곧바로 마부석에서 뛰어내렸다. 지면에 내려서자마자 바로 눈앞에 젊어 보이는 남자가 톱을 들어올렸다.

"……!"

착지하자마자 공격을 당할 것은 알고 있었고, 예측도 했었다. 오펜은 작게 숨을 내뱉으며 검을 자신의 몸으로 끌어당기고, 위에서 내려쳐지는 톱을 도신으로 받아냈다. 카앙, 하고 짧은 소리와 함께 톱이 튕겨나감과 동시에 이쪽의 검도 손에서 미끄러져 지면에 떨어졌다. 한순간 시야가――라기보다, 안구의 안쪽이 흔들리는 듯이 진동했다…….

그다음 순간 벌어진 일은 스스로도 잘 알 수 없었다. 눈을 감고 있었을지도 모른다. ――있을 수 없는 일이지만. 폐 안에서 내뱉으려 했던 숨과 들이쉬려던 숨이 충돌하여 통증이 일었다. 마치 지금까지의 호흡과 다른 리듬의 호흡을 몸이 멋대로 시작한 듯이.

파팟!

소리에 놀란——하지만 그것은 그 자신의 발꿈치가 지면을 박차며 생긴 소리였다——오펜은 퍼뜩 제정신을 차렸다. 밑을 내려다보자 어느새 톱을 든 젊은 남자가 부러진 무릎을 안고 울먹이는 소리로 절규하고 있었다. 두건이 조금 벗겨져 비명과 침을 토해내는 입이 엿보였다——.

'……뭐지……?'

어리둥절한 심정으로 오펜은 눈만을 좌우로 움직였다. 포위의 한 점을 찔렀으니 다음 상대의 공격은 당연히 좌우에서 동시에 오게 될 것이다. 그것 역시——아까와 마찬가지로——알고 있었고, 예측도 하고 있다.

그리고 이번에는 또렷한 자각 아래 일어났다.

시간이 정지한 듯이, 사고가 정지한다.

오른쪽에서 손잡이가 긴 공업용 망치가, 왼쪽에서는 낫이 자신을 향해 내리쳐졌다. 오펜은 크게 뒤로 뛰려 했다. ——하지만 몸이 거부한 듯이 움직이지 않았다. 아주 조금——머리 하나 만큼만 물러난 지점에서 정지. 망치 머리가 코끝을 스치고 허공을 갈라 지면으로 낙하했다. 낫은 애초에 눈대중에 실패했는지 이쪽에 닿으려 하지도 않았다.

떨어진 망치가 다시 들어올려지기를 기다릴 셈은 없었다. 숨을 멈추고——망치의 주인 쪽으로 반 걸음 내딛으며——거기서 다시 숨을 내뱉는다!

——그러자, 동시에 주먹도 나가 있었다.

주먹이 꽂힌 가슴부터 꺾이는 자세로 남자가 괴로워하며 쓰러지는 모습이 보였다. 고개를 돌려 이번에는 낫을 든 남자 쪽에 기세를 실어 백스윙을 날렸다. 코끝에 주먹이 스쳐 당황하는 적에게 오펜은 크게 발을 딛어 다가갔다. 몸이 스칠 정도로 깊이, 강하게──그리고 동시에 상대의 몸에 팔꿈치를 박아넣었다.

털썩…… 하고 가벼운 소리를 내며 그 남자도 그 자리에 쓰러졌다.

주변이 순식간에 조용해졌다──.

'뭐지……?'

오펜은 믿을 수 없다는 기분으로 자신의 몸을 내려다보았다. 아니──변화는 몸이 아닌 듯했다…….

수 초 동안 심장 박동이 격렬해졌다. ──하지만 그것은 금방 잦아들었다. 그 뒤로는 조용히 체온까지 내려가는 듯한 느낌이 들었다.

'의식이──감각이…… 엄청나게 예리해져 있어……'

문득 고개를 들어 마차 쪽을 돌아보았다. 습격에 말이 흥분은 했지만 마부가 없는 탓인지 움직이려 들지는 않았다. ──습격자들도, 그리고 원호 자세를 취하고 있는 레티샤도 모두 자신들의 역할을 잊은 듯이 멍하니 이쪽을 바라보고 있었다.

매지크는 평소와 다른 점이 없이 보이지만, 그것은 단지 지금 무슨 일이 일어났는지 모를 뿐이리라.

평소라면 웃음을 터뜨렸을지도 모른다. ──하지만 오펜은 말없이 발밑의 검을 주웠다.

그리고 남은 십수 명의 적을 홀로 때려눕혔다.

"……황당무계하네~."

레티샤가 투덜대듯이 중얼거리는 소리를 들으며 오펜은 습격자 중 최초의 한 명——즉 가장 처음으로 모습을 드러낸 쇠파이프를 들었던 남자에게 다가갔다. 주변에는 23명(세어 봤다)의 하얀 두건을 쓴 남자들이 쓰러져 있었다. 고통의 신음이나 울음소리가 주변을 가득 채웠다. 마부석에서는 매지크가 기절한 마부를 간호 중이다.

로프 같은 것은 가지고 있지 않았기에 습격자 중 누구도 구속은 하지 않았다. ——하지만 어차피 잠시 동안은 움직이지 못하리라고 오펜은 홀로 확신하였다.

레티샤가 투덜투덜 말을 이었다.

"원호고 뭐고 하나도 필요 없잖아. 이만한 인원을 혼자서 상대할 수 있으면 심각한 얼굴 하지 말아 줬으면 해."

할 수 있을 것이라곤 생각하지 않았다고——.

그렇게 받아치려던 때, 그 쇠파이프 남자가 눈을 뜨는 바람에 결국 입밖으로는 내지 못했다. 오펜은 남자 쪽에 주의를 기울였다.

"아…… 으……."

맞은 가슴이 아픈지 괴로운 표정으로 숨을 거칠게 내뱉는 남자. 오펜은 그 남자의 어깨를 덥석 붙잡아 들었다.

"자…… 심문 시간이다."

"이 자식——아윽……."

남자는 반항을 하기 위해 팔을 들려다 감전이라도 당한 듯이 몸을 움츠렸다. 오펜은 탄식하며 그런 남자에게 말했다.

"아마 타격으로 내장이 다쳤을 거다. ——움직이려고 하지 않는 게 좋을 거야. 그리고 숨도 깊이 들이쉬지 마라."

"네놈——따위에게, 충고를 들을 이유는…… 없다! 마술사!"

아직도 두건을 쓰고 있어서 표정은 알 수 없지만——틈 사이로 엿보이는 눈빛은 또렷하게 격노의 기운을 뿜고 있었다. 오펜은 곤혹스러운 듯이 레티샤 쪽으로 시선을 던졌고, 그녀가 어깨를 움츠리는 것을 보고 다시 남자 쪽을 돌아보았다.

남자 쪽은 자신의 의지와는 반대로 이쪽의 충고를 듣지 않을 수 없었던 모양이었다. ——꼼짝도 하지 않고 억지로 숨을 들이쉬려 해도 아픔이 그것을 방해하였다. 결국, 그는 말없이 안구 표면에까지 땀을 맺을 듯한 기색으로 가만히 오펜을 응시하였다.

상대부터 말을 할 낌새가 없었기에 오펜은 먼저 입을 열었다.

"어째서 날 습격했지?"

그 물음에 남자의 눈빛이 변했다——.

아마도 그 질문이 오기를 기다린 것이리라. 남자는 환희까지 품은 목소리로 단언했다.

"동료의…… 복수다!"

"복수?"

오펜이 얼굴을 찌푸렸다.

"드래곤 신앙자에게 원한을 산 기억은——뭐, 없다고는 말 못 하는데……."

하지만 남자는 곧바로 대꾸했다.

"네놈들의 존재! ——절대로 용납하지 않을 것이다!"

"무차별 테러라면."

거기서 끼어든 것은 레티샤였다. 그녀는 뒤에서 다가오며 말을 이었다.

"이대로 내버려 둘 수도 없게 되겠는걸. 발언은 주의해서 하도록."

"빌어먹을 마녀!"

남자는 토하듯이 외치고는――믿을 수 없는 일이지만――상반신을 일으켰다. 그리고 떨리는 주먹을 허공에 뻗고 침을 튀기며 말했다.

"잘도 그딴 소리를――네놈들! 우리의 동지를 학살해 놓고――!"

그러자――

"푸아누크의 마검이여!"

"――――!?"

느닷없이 울린 목소리에 오펜은 기척을 찾아 고개를 돌렸다. ――목소리가 들려온 것은 마차 방향이었을까. ――하지만, 고개를 돌림과 동시에――

쿠웅!

……눈앞을 소리가 지나쳤다. 지나간 방향을 보자 그곳에는 아무것도 없었다. ――정말 무엇 하나 없이 허공에 바람이 불 뿐인 무(無). 본래라면 흰 두건이 있을 터인 공간이다. 덤으로 그 두건 안의 머리 등도.

소리――아마도 열선이리라――에 목부터 위가 사라져, 분노에 빠졌던 드래곤 신앙자는 더할 나위 없이 철저하게 머리가 식어 그대로 털썩 땅에 쓰러졌다.

"누구냐!?"

오펜은 뒤늦게 외쳤다. 레티샤가 재빠르게 소리가 들린 방향을 특정하여 몸을 돌렸다. 목소리가 들린 곳은 지상이 아니었다.

"스승님……."

매지크가 놀라며 외치는 소리가 들렸다. 금발 소년이 가리키는 곳은 바로 근처 나무 위였다. 오펜은 매지크의 부름에 대답하지 않고 고개를 든 채로 몸을 긴장시켰다——.

"네놈은……."

오펜의 중얼거림에 나무 위에서 대답이 내려왔다.

"키리란셀로인가. ——얼굴도 보고 싶지 않았던 건 피차 마찬가지겠지만, 이렇게 마중을 나와 주었잖나. 좀 그리워해 줄 수는 없을까?"

목소리를 낸 남자는 상대를 바보 취급하는 웃음을 띠며 이쪽을 내려다보았다.

"'하이드런트'다. 기억하고 있겠지?"

남자는 그렇게 이름을 대며 더욱 깊이 웃었다.

"기억해."

오펜은 그렇게 대답하며 머리가 없어진 시체로 시선을 되돌렸다. 그 시선을 따라간 것이리라. ——갑자기 매지크가 떠올린 듯이 비명을 지르는 소리가 들렸다…….

"스——스스스, 스승니이이임!"

이 녀석의 비명은 항상 나에 대한 호칭으로 시작되는군. ——그렇게 생각하며 자신의 학생을 돌아보았다. 매지크는 오펜의 발밑에 쓰러져 있는 것을 가리키며 외쳤다.

"아니, 그거——저기——목이 없는데요!? 죽은 거 아닌가요!?"

"……시체를 본 적은 없었냐?"

오펜이 음울한 목소리로 물었다. 매지크는 척 삿대질을 하는 자세

그대로 경직되었다.

"예? 그게——예. 없어요."

"사람이 죽는 걸 본 적은 있지?"

"예——예에……."

그 대답은 점점 성량이 수그러들었다. 오펜은 숨을 내뱉으며 말을 끝맺었다——.

"그럼, 죽으면 보통은 이런 게 남는 법이야. 살해당해도 마찬가지다——."

그는 그렇게 말하며 자연스레 주의를 매지크에게서 나무 위의 '하이드런트'로 옮겼다. 그리고 곧바로 팔을 휘두르며 외쳤다——.

"나 발하노라, 빛의 하얀 칼날!"

순간 그가 내리친 손끝에서 막대한 백광이 방출되었다. ——방전하는 백열광이 세로로 쓸어 베듯이 하이드런트가 서 있던 나무까지 통째로 하늘과 지면을 이으며 작렬했다. 지금까지 보지 못했을 정도의——아니, 본인도 의도하지 않았을 정도로 강대한 열파가 그 부근을 단숨에 건조시켰다. 팽창한 대기가 단숨에 상승하고 모래연기가 솟아올랐지만, 차가운 공기에 짓눌려 지면에 낮게 깔렸다——.

광열파는 숲의 일각을 완전히 쓸어 버린 다음에야 멎었다. 땅울림 같은 소리가 주변의 공기에 여운으로 남은 채로.

"……."

오펜은 말없이 내려친 오른팔을 끌어안듯이 몸을 당겼다. 오른팔 전체가 희미하게 화상을 입고 있었다. 팔의 솜털이 탄 냄새가 코끝을 스쳤다——.

"……마술을 제어할 수 없을 정도로 화를 낼 건 없잖아?"

하이드런트의 목소리는 이번에는 등 뒤에서 들려왔다. 오펜은 당황하지 않고 천천히 몸을 돌렸다.

20살 정도――오펜과 다르지 않은 나이의 남자였다. 기묘할 정도로 아름다운 이목구비였지만 그것은 얼굴의 오른쪽 절반만 보았을 때의 이야기였다. 하지만 왼쪽 절반이 추하다――라고 말하는 것은 조금 오해가 생길 여지가 있다. 왼쪽 절반은, 아예 얼굴이 없었다.

거대한 흉터로 눈꺼풀도, 뺨의 뼈도 모조리 떨어져 나가 있었다. ――왼쪽 귀 역시――왼쪽 머리에는 머리털도 없었다. 관자놀이 위부터 턱 끝까지 깊은 상처로 뒤덮여 있고, 왼쪽 눈은 거의 보이지 않았다.

입고 있는 것은 레티샤와 똑같은 《탑》의 로브였다. 왼손에 얼굴을 가리기 위한 마스크를 들고 있었고, 하이드런트는 그 마스크를 쓰며 말을 이었다.

"믿을 수 없는 열량이로군. 하마터면 살해당할 뻔했잖냐."

그는 비아냥대듯이 말하고는 힐끗 레티샤에게 얼굴을 향했다.

"어떻게 생각해, 티시? 간신히 얼굴 절반만은 살아남았으니까, 나로서는 남은 부분이라도 소중히 여기고 싶다고 바라는데."

"최고(엘더) 집행부(멤버) 직속 하이드런트 군이 마중? 나 혹시 그렇게 인기가 많았던 거야?"

레티샤가 삐딱하게 받아쳤다. 그 표정에는 비아냥댐과 동시에 적지 않은 경계심도 드러나 있었다――.

하이드런트는 주저하지 않고 고개를 끄덕였다. 지면에 누워 신음을 내뱉고 있는 스무 명의 드래곤 신앙자들에게 둘러싸여.

"물론. 《탑》은 너희를 환영하는걸."

그 한마디는——즉, 그가 말하는 '환영'은——입에서 나온 순간 바람을 타고 우뚝 솟은 《탑》으로 흘러 날아갔다.

그것을 눈으로 보고 있던 것은 아니었지만, 오펜은 말없이 《송곳니 탑》을 올려다보았다. 《탑》은 너희를 환영하는걸.

제3장 점심시간은 멀었는가

《송곳니 탑》은 사실 탑이 아니다.

시설 자체의 형상을 따지면 오히려 '성채'라고 할 수 있었다. 구별의 기준이 있는 것은 아니지만——높은 방벽에 둘러싸이고 입구는 단 하나(방벽에는 업무용 뒷문도 있지만). 창문은 작고 대부분은 높은 층에 설치해 두었다. 9층 구조의 고층 건축물——그 전부를 튼튼한 거대 압축 벽돌로 지었다.

외벽 내측에는 우선 시설 귀퉁이에 위치한 감시탑. 마음만 먹으면 일군을 대기시킬 수 있어 보이는 광대한 부지. 그 안쪽에 그 성채 같은 건물이 있다.

바깥에서 보면 너무나도 튼튼하고, 덤으로 무뚝뚝하게 보이는 이 《탑》도, 내부로 들어가면 별 특별할 것 없는, 조금 어질러진 복도가 존재할 뿐이다. 각 층 모두 동일한 구조로 한층에 십수 개의 방이 있다. 1층은 주로 《탑》 집행부 말단 조직——즉 접수나 사무 등을 맡은 방이 늘어서 있다. 《탑》에서 간단한 사무 수속을 마칠 뿐이라면 1층만으로도 충분하다. 다만——《탑》 집행부 그 자체는 최상층에 있기 때문에 연락의 불통이 다수 발생하여 문제시되고 있지만.

2층은 주로 창고나 보관실——그리고 이 층을 완충지대로 삼아 3층의 운동실과 그 외에서 일어나는 진동·소음을 완화하고 있다. 남은 층은 모두 교실 및 실험·실습실이다. 학생 등이 사는 기숙사는 부지 바깥의 다른 건물에 있으며, 그쪽의 출입은 주로 뒷문을 사용한다. ──공동묘지로 이어지는 출구이기도 하다.

현재 시각은 정오. ──그들은 그 건물의 4층에 있는 한 방에 있었다.

"말하자면 휴식실이지."

테이블에 팔꿈치를 댄 팔로 뺨을 짚으며 레티샤가 중얼거렸다. 각 층의 정면 계단에 가장 가까운 방에는 반드시 휴식실이 준비되어 있다. 대합실의 역할을 짊어질 때도 있는데, 요컨대 그러한 방이었다.

오펜은 그녀 쪽을 보며 씩 웃었다.

"티시 네가 싫어하는, 이 붙잖아?"

"그래. 나 이 방 진짜 싫어."

하고 입술을 삐죽이는 그녀를 보며 매지크가 옆에서 이상하다는 얼굴로 물었다.

"어째서인가요?"

그 질문에 그녀는 쌀쌀맞게 답하고,

"이런 방에서 마음 편히 쉴 수 있겠니?"

하고 건성인 동작으로 방 안을 가리켰다.

나무로 만든 긴 의자──얼룩이 진 테이블에는 만약 뜨거운 물만 가지고 돌아다닌다면 쓸 수 있을지도 모르는 커피메이커가 놓여 있다. 벽에 걸린 시계는 참으로 귀찮다는 듯이 바늘을 돌리고 있고, 덤으로 이 방에는 창문이 없었다.

'뭐, 하지만 여긴 원래 이랬지.'

오펜은 마음속으로 납득하며 그녀의 팔을 따라 방 안을 둘러보았다.

하지만 매지크는 좀처럼 이해가 가지 않았단 모양이다.

"하지만 스승님은 뭔가 즐거워 보이는데요. 봐요."

하고 이쪽을 바라보았다――.

레티샤의 의심스럽다는 눈길이 자신에게 향하는 것을 본 오펜은, 어리둥절한 얼굴로 되물었다.

"나…… 즐거워 보였냐?"

"예."

매지크의 망설임 없는 대답. 레티샤는 말없이 테이블에 엎드려 얼굴만 이쪽을 향해 들었다.

"……."

오펜은 대답하지 않고 조용히 천장을 올려다보았다. ――목재가 그대로 드러나 있는 천장은 마치 저주가 담긴 듯이 꿈틀대며 이쪽을 유혹했다. 딱히 볼 필요는 없지만――어째서인지 시선을 빨아들이려 하는 밤하늘의 별처럼.

그렇게 자신도 모르게 입을 다물고 만 오펜은, 다음에 어떻게 움직여야 할지 알 수 없게 되었다. 그리고――

철컥, 하고 가벼운 소리를 내며 갑자기 문이 열렸다. 실내의 눈이 일제히 향한 입구에 서 있는 사람은 한 명의 젊은 남자였다.

그 모습을 보고 실내가 곧바로 조용해졌다. ――그 남자 본인은 무언가 특별해 보이는 것 하나 없는 평범한 마술사 견습생이었다. 검은 로브조차 걸치지 않았다. 그래도 검정을 바탕으로 한 스타일로 셔츠 밑에 입고 있는 하이넥의 속옷(?)만이 하얗게 눈에 띄었다. 오른손 약지의 반지――천지개벽 이래 최대의 악취미일지도 모르는 싸구려 해골 장식 반지였지만, 신기하게도 그 사람에게는 어울리게 보였다.

나이는 오펜과 비슷한 정도일까——그 흰 하이넥 옷깃에 핀으로 금장 같은 것을 단 것이 눈에 들어왔다. 《탑》의 문장이 아니라 비서를 나타내는 증표였다.

그는 조용한, 아니 잠꼬대를 하는 듯한 음성으로 천천히 말했다.

"포르테 사보(師補)의 준비가 다 되었다고 합니다. ——단."

그는 조금 웃음을 띠고 있는 것으로 보이는 정도로밖에 표정을 내비치지 않는 눈빛으로 레티샤와 매지크 쪽을 보았다.

"단 레티샤 님과 소년은 조금만 더 이곳에서 기다려 주시길 바란다고 하십니다."

포르테 퍼킹검은 요컨대 느닷없는 남자였다.

오펜은 그렇게 생각하고 있다. 무슨 일을 하든 별안간. 무슨 말을 해도 뜬금없이——.

그리고 그 느닷없는 남자는 5년 만에 얼굴을 보자마자 이렇게 말했다.

"방금 그 남자는——스파이다."

그 말의 의미를 이해하는 데 몇 초가 필요했다. ——그동안 일단 상대의 얼굴 등을 관찰해 보았다. 긴 흑발을 뒤에서 묶고 아무렇게나 늘어뜨린 모습. 이것은 레티샤와 마찬가지로 《탑》의 두발 규정 위반이다. 침착한 두 검은 눈동자에는 광택이 없다. 상하의 입술을 떨어뜨리는 일이 별로 없고, 애초에 말 수 자체가 적은 이 남자는 교사 대리의 로브를 입고 있었다. 차일드맨 교실의 교실장을 맡고 있음을 나타내는 로브다.

전용 교사 대기실——몇 년 전까지는 차일드맨 교실이었던 그 방은, 당연히 기억에 있다. 있었다. 하지만——포르테는 자신이 그 방을 쓰게 된 뒤로부터 어느 정도 사물의 배치를 바꾼 모양이었다.

아니면 자신의 기억이 애매모호해진 것일지도 모르지만——그것은 스스로는 판단할 수 없었다.

"……."

잠시 후 오펜은 간신히 그의 말을 이해했다.

"방금 그 남자라니…… 아까 왔던 비서를 말하는 거냐?"

"그래."

포르테는 고개를 끄덕여 긍정하고는 의자에 자세를 고쳐 앉았다. 그리고 고개를 들며 말을 이었다.

"뷘비 스토트아울——물론 가명이겠지. 《탑》에 재적한 적이 없다고 해서 고용했다만, 조사해 보니 7년 전 토토칸타에 있는 교실에서 소행 불량으로 퇴학당했더군. 그런 것은 딱히 아무래도 상관없다만, 정처도 없이 방랑하던 때에 월 카렌과 접촉을 한 적이 있다고 한다."

"월 카렌이라면……."

오펜은 머뭇거리며 되물었다. 포르테는 옅은 웃음을 입술로 내비치며 말했다.

"월 교실의 월 카렌 교사 말이다. 잊지는 않았겠지?"

'잊을 리가 없지…….'

오펜은 실눈을 뜨며 속으로 혼잣말을 했다. 되물은 것은 포르테가 교사의 칭호를 붙이지 않았기 때문이다.

'아무래도 티시가 했던 말은 사실인 모양이군. 포르테 자식, 진심으로 《탑》의 교사라도 될 셈인가…….'

하지만 이쪽의 마음속과는 상관없이 포르테가 말을 이었다.

"월 교사가 점찍을 정도다. 상당한 역량을 가진 마술사겠지. 암살 훈련 정도는 받았을 터이고……."

하고 힐끗 이쪽의 눈을 바라보았다. ——오펜은 슬쩍 그 시선을 피했다.

그리고 작게 내뱉었다.

"뭘 침착한 척 있는 건데?"

"?"

포르테가 눈썹을 움직이는 것만으로 의문을 내비치며 되물었다. 오펜은 심호흡을 하고 고개를 들어 말을 고쳤다.

"월 교실이 뒤에서 손을 써서 보내온 암살자라며!? 그래, 월 교실에 대해 내가 잊을 리 없지——《탑》에서 유일한 암살자 교실이니까! 너야말로 잊은 건 아니겠지——난 10살이 될 때까지 저 교실에 있었다는 걸!"

뻔뻔한 얼굴로 마주보는 포르테에게 계속해 말했다.

"이 《탑》에서 무슨 짓을 하든, 월 카렌 교사에게만큼은 찍혀선 안 돼. ——그렇잖아!"

"그렇기에 가장 처음으로 제압해야만 하는 상대이기도 하지."

포르테는 막힘 없이 대답했다. 그리고 이쪽이 큭, 하고 숨을 삼키는 틈에 연이어 말을 던졌다.

"'하이드런트'와 만났지?"

"……!"

오펜은 우뚝 멈춰 섰다. 그 말을 듣고 그제야 떠올렸다——.

그는 천천히 말했다. 자신의 말을 곱씹듯이.

"그러고 보니 그 자식, 분명 《탑》의 집행부에 배속될 때까지는 월 교실에 재적하고 있었지. 왜 우리 마중 따윌 나왔나 싶었더니……."

포르테가 고개를 끄덕였다. 그런 그를 게슴츠레한 눈으로 내려다보며 오펜은 같은 말투로 덧붙였다.

"어젯밤, 티시의 저택에 《탑》의 스태버로밖에 보이지 않는 녀석이 침입했었어. 만약 정말로 《탑》의 암살자였다면 당연히 월 교실이 얽혀 있겠지."

다시 한 번 포르테가 고개를 끄덕였다. 그는 무표정을 유지한 채 말을 받았다.

"이미 월 교실의 몇몇 스탭이 어떠한 움직임을 보이고 있다."

"댁을 파멸시키기 위해서 말이지, 포르테."

오펜은 비아냥대듯이 말했다. 하지만――

"그것이 실은 그렇지 않더군."

포르테는 어깨를 으쓱이더니 그대로 기지개를 켰다. ――쭈욱 의자에서 허리를 펴고, 숨을 내쉬면서.

그 양손을 책상에 댄 자세로, 그는 중얼거리듯이 말했다.

"그들은 얼마 전부터 묘한 행동을 보이고 있다. ――그것이 아무래도 드래곤 신앙자와 연관이 있는 듯해."

"드래곤 신앙자……?"

"저번 주의 일이다만――타프렘 시 교외의 한 민가에서 수십 명의 인간이 학살당하는 사건이 있었다."

"또야?"

오펜이 신음하자 포르테는 훗, 하고 웃었다.

"그래. 하지만 그 전의 '키리란셀로' 소동과는 이야기가 달라. 그

집의 정면 현관을 부수고 침입한 다음, 가재도구를 전부 부수고 시체도 심각하게 훼손했어. ──즉, 일견으로는 절명하지 않은 것이지. 사인은 척살(刺殺)도 독살도 아닌, 타박상 혹은 쇼크사……."

"거창하게 일을 벌였군."

무심코 그 광경을 상상하고 만 오펜은 진절머리를 내며 대답했다.

"나는 입원 중이었으니까. ──하지만 그러고 보니 클리오 녀석이 그런 소문을 듣고 떠들었던 것 같기도 하군."

"그렇겠지. 무언가 알아차린 것은 없나?"

"몇 가지 있긴 한데, 말 안 할 거다."

휙, 하고 오펜은 뚱한 태도로 고개를 돌렸다. 그러자 포르테가 의아하다는 듯이 되물었다.

"어째서지?"

"댁은 분명히 몰래 채점할 테니까. 틀려서 감점이라도 당하면 기분 더럽다고."

"……너답군."

포르테는 그렇게 말하며 쓴웃음을 지었다.

"뭐, 좋아. 기묘한 점은 몇 가지나 있다. ──예를 들어 그 저택이 이미 몇 년 전에 버려진 폐가를 몰래 개조한 것으로, 피해자들은 그런 곳에 모여 뭘 하고 있었을까 하는 점이야. 하지만 가장 이상한 건 그 상황 자체다. 19명의 인간이 전부 맞아 죽었다는 것 자체가. 사람 한 명을 패서 죽이기 위해서는 적어도 같은 인원수의 노동력이 필요해. ──체력적으로 정신적으로도 말이지. 그만한 인원의 범인이 몰려가서 현관을 부수고 침입한 다음 안에 있던 인간을 살해한 끝에 아직 한 명도 붙잡히지 않았다? 말이 되질 않아."

"즉, 오히려 한 명의 스태버가 초보자의 방식을 가장해 행한 범행이라는 의미냐?"

"그렇게 보는 게 더 자연스럽다. 나는, 왠지는 모르지만——부끄럽게도 이건 솔직히 말해 단순한 감이지만——윌 교실이 수상하다고 본다. 그래서 조사를 시작했더니, 예전부터 총무에게 부탁해 두었던 비서의 알선에 곧바로 응모자가 나타나더군. 뷘비 스토트아울 군이 말이야."

뷘비——라는, 발음하기 어려운 이름을 머릿속에서 곱씹으며, 오펜은 문득 무언가를 떠올리고 입을 열었다.

"…….아까 윌 교실 녀석들이 드래곤 신앙자에게 손을 댄 듯한 뉘앙스의 말을 했었어."

"그 사건의 피해자들——즉 폐가에 모여 있던 남자 19명은 그들의 소지품이나 집회 내용에서 그들이 드래곤 신앙자라는 것이 판명되었다."

"어쩌면…… 그래서인가?"

"무얼 말이지?"

그렇게 되묻는 포르테의 표정에는 이미 이쪽이 하고자 하는 말을 알고 있는 듯한 미소를 띠고 있었다. 우습다는 것이 아닌——만족스러운 웃음이다.

그것을 깨달으면서도 오펜은 말했다.

"우리가 이 《탑》에 오던 도중에 드래곤 신앙자들의 습격을 받았거든. 마술사에게 동료를 살해당했다는 소릴 했으니까, 아마 댁의 추측이 옳을 거야. 그리고 하이드런트 녀석이 그 상황을 감시한 듯한 타이밍에 튀어나와선——."

거기까지 말하던 오펜은 잠시 입을 다물었다. 포르테의 표정이 살짝 변화하여 동정이 담긴 시선을 이쪽으로 보내 왔다….

"포르테?"

그렇게 그의 이름을 읊조리자 포르테는 가볍게 탄식했다. 그리고 책상 서랍 안에서 한 장의 종이를 꺼냈다.

"사실을 말하자면, 티시를 이곳으로 부르지 않은 이유는 이것을 네게만 보여두는 편이 좋을 것이라고 판단했기 때문이다──."

포르테는 그렇게 말하며 그 종이를 오펜에게 건넸다. 종이──아니, 서류의 사본으로 보였다. 아직 잉크도 잘 마르지 않은 그것을 시선으로 훑은 오펜은──

손가락에 힘이 풀려, 종이가 풀썩 바닥에 떨어졌다.

포르테는 심각한 얼굴로 그런 그를 바라보았다.

"그런 서류가 내 손에 넘어온 것──그들은 일부러 저지하지 않은 것이겠지. 그렇다면 월 교실은 날 그리 오래 살려둘 생각도 없을 거다. 뭐, 그렇게 간단히 죽고 싶지는 않다만."

오펜은 그의 말은 전혀 듣고 있지 않았다. ──귀 안쪽이 찌잉, 하고 통증을 품고 욱신거리기 시작했다. 그는 떨어진 서류를 내려다보며 멍하니 서 있었다.

서류를 작성한 사람은 하이드런트이리라. 물론.

"……티시에게는 보이고 싶지 않았어. 그녀의 성격을 생각하면, 곧장 녀석들의 교실로 쳐들어가도 이상하지 않으──"

쾅!

오펜은 짓밟듯이 바닥을 박차고 단숨에 방을 뛰쳐나갔다. 이제 아무래도 좋다. ──적이 스태버 군단이든 알게 뭐냐!

그렇게 그가 뛰쳐나간 방 안에서, 조금 뒤늦게 포르테의 중얼거림이 나지막하게 귀에 들어왔다——.

"……하지만 너도 마찬가지였군."

오펜은 딱히 대답하지 않았다. 방을 나와 복도를 달리며 기억에 남아 있는 월 교실의 위치를 떠올렸다.

서류에는 하이드런트의 서명이 있었다. ——본명으로다. 미란 트람이라는 이름으로.

내용은 간단했다. ——보고서였다.

바로 방금 전에 일어난 작은 소동의 상세 내용——.

《탑》 근처 가도에서 일어난 습격 사건——.

피해자는 상급 마술사 레티샤 맥크레디와 그 일행——.

습격자는 얼굴을 가린 23명의 드래곤 신앙자——.

하이드런트의 증언 하나. 저는 상급 마술사 레티샤 맥크레디와 그 일행의 행동이 정당방위였음을 증언합니다.

정당방위.

보고서에는 습격자들이 전투 끝에 모두 사망했다고 기록되어 있었다.

팡! 하고 달려온 기세로 문을 발로 차고——

오펜은 교실로 뛰어들었다. 발바닥으로 바닥을 문지르고 공격 자세를 잡은 뒤에서 문이 닫혔다.

교실에는 아무도 없었다.

"빌어먹을……."

생각해 보면 강의 도중이라도 아니면 교실이 쓰이는 일은 어지간해서는 없다.

'이 시간이라면 체기실(体技室)인가.'

요컨대 체술을 훈련하는 장소를 말하는데, 오펜은 그렇게 판단하고 곧장 몸을 돌리려 했다. 그때——

문을 향하려던 몸이, 움직임을 멈추었다.

"……!?"

오펜은 오싹한 기분을 느끼며 고개를 돌렸다. 뭐가 어떻게 된 것은 아니다. ——그저, 등골에 한기를 느꼈을 뿐이다.

사람 없는 교실은 점심 전인데도 옅은 어둠이 깔려 있었다. 더러워진 책상. 군데군데 놓인 의자. 다리가 구부러져 살짝 기울어진 게시판에는 압정 자국이 무수하게 보일 뿐 아무것도 붙어 있지 않다. 창가에는 먼지가 쌓여 있었다.

그리고 그 창문 옆에, 한 노인이 서 있었다.

'어느새……?'

자신도 모르게 전율하며 자문했다. 분명 방금 전까지는 아무도 없었을 터이다.

그 경악이 얼굴에 드러났는지——노인은 훗, 하고 웃으며 대답했다.

"사각에 있었다. 그저 그뿐이야."

낮고 조용한 목소리. 노인이라고는 해도 키는 오펜 자신보다 컸다. ——물론 체중은 가벼워 보였지만 몸놀림에는 빈틈이 없었다. 입은 옷은 은색 실이 들어간 칠흑의 로브. 오펜은 그 노인의 이름을 알고 있었다.

"윌 카렌 교사……."

"날 기억해 준 겐가, 키리란셸로 군."

노인은 그렇게 말하며 힐끗 출입구 쪽을 보았다——.

"이 마을에 돌아왔다는 이야기는 듣고 있었네. 인사를 와 준 것은 기쁘네만, 갑자기 뛰어들어온 이유를 말한 뒤에 나가면 어떤가?"

"하이드런트를 찾는 중이야."

오펜은 짧게 대답하고 노인——윌 교사의 눈을 노려보았다. 물론 그런 시선에 반응을 보일 만한 상대도 아니었지만.

윌은 다시 웃으며 말했다.

"미란 군은 이미 이 교실의 학생이 아닐세. 이곳으로 뛰어와도 별 수 없네만."

"……댁은 《탑》에서 최강의 스태버야."

오펜은 별안간 현재 상황과 관계 없는 말을 입에 담았다. ——그리고 그렇게 입에 담고 나서야 간신히 자신이 하고 싶었던 말을 깨달았다. 그는 재빨리 말을 이었다.

"당신은 이 윌 교실에서 위험한 암살기능자를 몇 명이나 키우고 있어. 하이드런트 녀석은 아마도 댁이 키운 최고의 학생이겠지."

그 말을 들은 윌은 비아냥대듯 입가를 일그러뜨렸다. ——금이 간 아스팔트처럼 엷은 수염 사이에서 맨살이 드러났다.

"진정으로 《탑》에서 최강의 스태버인 차일드맨이 길러낸 진정으로 최고의 학생인 자네처럼 말일세."

"마음에도 없는 소리 하지 마. 난 책임을 지라고 말하는 거야!"

오펜은 반쯤 절규하듯이 큰소리로 외치고 팔을 옆으로 휘둘렀다.

"어차피 댁이라면 집행부에 제출되는 서류의 사본 정도는 전부 손에 넣고 있겠지."

"훑어본 것은 어제 제출한 분량까지이네만."

"그럼 지금 내가 말해 주지! 방금 전——"

"필요없네. 자네가 왜 화를 내는지——심지어 날 향해 침을 튀길 정도로 말이지. 물론, 알고는 있어."

월은 전혀 숨길 기색 없이 말하고는 어깨를 으쓱였다.

"드래곤 신앙자들의 습격에 대해서겠지?"

"보고서에는 신앙자들이 전부 사망했다고 되어 있어——."

오펜은 자신도 모르게 그에게 다가갈 것 같은 충동을 간신히 자제했다.

"난 한 명도 죽이지 않았어. ——하이드런트 녀석이, 우리가 자리를 뜬 후에 움직이지 못하는 녀석들을 전부 죽인 거라고!"

"그래. ——시체의 회수는 우리 교실이 맡았지. 이미 진즉에 집행부로 올라가 관계가 없어진 자의 뒤처리까지 명령을 받을 줄이야, 참으로 본의가 아니었네."

노인은 그렇게 말하고 조용히 눈을 가늘게 떴다. 그 탓에 그때까지 짓던 웃음이 흔적도 없이 사라졌다.

"미란 군에게는 상응하는 벌칙이 내려졌다고 하네. ——감봉이었던가? 뭐, 난 그다지 그를 탓할 수도 없다고 봄세. 그는 어린 시절 부모를 광신도 집단에게 살해당했으니 말이지."

"……그런 말은 처음 듣는데?"

오펜은 의심스러운 심정으로 월을 노려보았다. ——하지만 상대는 딱히 염두에 두지도 않고 태연하게 그 시선을 받아내고 있었다.

오펜은 시선을 그 노인에게서 돌려 교실 안을 둘러보았다. 의미는 없었다. 그저 월 교사가 느닷없이 나타났듯이, 아직 이 교실에 몇 명의 암살자가 남아 있는 게 아닐지 의심이 들었기 때문이다. 보이지 않을 뿐.

그 시선을 따라가듯이 윌이 중얼거리는 말이 들렸다.

“애초에 그렇게 화를 낼 이유가 있는가, 키리란셀로 군? 그 드래곤 신앙자들이 일으킨 습격의 피해자는 다름 아닌 자네들이지 않나…….”

“……그들은 자신들의 동료가 마술사에게 살해당했다고 말했어. ――하이드런트에게 살해당하기 직전에 말이다.”

그렇게 대답하며 다시 시선을 윌에게 되돌렸다.

“포르테는 저번 주에 드래곤 신앙자의 집회소가 습격당해 전원이 맞아 죽었다고 설명했어. 그리고 그는 댁들을 의심하고 있지.”

“……그것을 그의 허락도 없이 내게 밝혀도 괜찮은 겐가?”

“댁들이 깨닫고 있을 건 포르테도 이미 알고 있어. 녀석을 얕보지 마시지. 며칠 이내에 포르테의 새로운 비서가 이 교실 앞에서 변사체로 발견될 거야. ――그 녀석은 그런 짓도 할 수 있는 녀석이니까. 하지만 그런 건 아무래도 좋아. 내가 모르는 곳에서 얼마든지 항쟁이든 내전이든 벌이라고.”

오펜은 토해내듯이 말을 이었다.

“댁들이 드래곤 신앙자로 뭘 꾸미는지는 내가 알 바 아냐. ――내가 신경 쓰는 건 단 하나.”

척, 하고 윌 교사를 향해 삿대질했다. ――이번에는 자제하지 않았다.

“티시의 저택에 숨어든 녀석이 있어. ――틀림없이 스태버였지. 《탑》의 암살자는 거의 전원 댁의 손을 탔을 터야. 티시나 내 일행에게 손가락 하나라도 대 봐. 암살자에게 노려지는 게 어떤 심정인지 가르쳐주지. 내가 누구인지 잊지 말라고!"

그는 그 말만을 남기고 등을 돌렸다.

그런 그의 뒤에서 월 교사가 가벼운 말투로 말을 던졌다.

"무슨 말인지 모르겠군——이라고는 하지 않음세. 시치미를 떼서 어떻게 될 일도 아니고 말이야. 자네는 결국 자신이 사태를 파악하지 못했다는 것을 폭로해 버린 걸세."

오펜은 문으로 걸어가며 그 말을 완전히 무시했다. 하지만 월은 상관하지 않고 말을 이었다.

"그리고 누가 최강인지에 대해서는——난 딱히 듣기 좋으라고 한 말이 아니야. 즉 하이드런트는 자네에게 당해내지 못했다는 것이지. 바로 그때. 정말 진심으로 후회했네. ——자네를 차일드맨 따위에게 건네는 것이 아니었다고 말이야."

오펜은 문을 열었다. 복도에는 인기척 하나 없었다. 좌우로 뻗은 통로에는 리놀륨이 깔려 바닥을 진동시키는 발소리조차 들리지 않았다.

월의 마지막 말은 협박이었다.

"허나 가능하다면 날 적으로 돌리지 않을 것을 권함세. 어찌되었든 현재 차일드맨은 《탑》에 없으니——."

문이 닫혔다.

복도에 나오자 온몸에서 힘이 빠져나갔다. ——오펜은 오른손으로 얼굴을 누르고 음울하게 한숨을 내뱉었다…….

굳이 말할 것까지도 없이, 오펜은 월 교실을 적으로 돌리고 만 것이다.

◆◇◆◇◆

매우 완만한 경사를 그리는 가도를 천천히 달려 올라간다——.

마을도 이 부근은 건물의 수가 줄고 아무것도 없는 공터나 잡목림이 눈에 띄기 시작한다. 멀리 보이는 만들다 만 저택은 상당히 큰 부지를 잡고 있는 듯했다. 이곳에 집을 세우는 것은 대부분 상급 마술사라고 오펜이 했던 말을 떠올리고, 클리오는 그 말을 들었을 때와 완전히 똑같은 의문을 마음속에 떠올렸다.

그녀는 발밑에서 아장아장한 발걸음으로 따라오는 레키를 밟지 않도록 주의하며 천천히 달렸다.

언덕길 위에 지붕만 보이는 레티샤의 저택——우리 집보다 크려나?——을 올려다보며 달린다….

티피스는 조금 뒤에서 따라오는 듯했다. 조깅 도중 그는 조금 뒤에서 자신을 따라오는 기색이었는데, 이쪽의 페이스에 맞춰준 것일지도 모른다.

거기서——갑자기 페이스를 올린 듯한 티피스가 옆에 나란히 다가왔다. 그는 레키를 하마터면 발로 찰 뻔하다가 황급히 다리를 비껴낸 뒤에 말을 걸었다.

"저기——"

"?"

클리오는 시선으로 대답했다. 달리면서 말하는 것은 그다지 능숙하지 않았다. ——당연한 일이지만. 다만 마술사는 운동하면서 목소리를 내는 훈련도 하는 모양이다.

실제로 티피스는 거의 지장 없이 말을 걸었다.

"조금 궁금한 게 있는데요. 물어도 괜찮을까요?"

"뭔데?"

'그러고 보니 나…… 2주 동안이나 같이 살면서 오펜이나 티시 이외에는 제대로 이야기도 나누지 않았었네…….'

그녀는 그런 사실을 떠올렸다. 티피스는 앞머리로 눈을 가리듯이 움직이고 조금 쑥스러운 듯이 물었다.

"클리오 씨는 마술사가 아니죠?"

"으——응."

보면 알 수 있는 질문을 받아 당황하며 고개를 끄덕이자, 티피스는 대놓고 역시, 라는 표정을 지어보였다.

"……그게 왜?"

클리오는 직접 살짝 찔러 보았다. 그 말을 기다렸다는 듯이 그가 입을 벌렸다. 클리오는 왠지 모르게 그가 꺼낼 말이 전부 예상될 것 같은 기분이 들었다. 과연 실제로는——

티피스는 정말로 클리오가 예상한 대로의 질문을 던졌다.

"그럼 어째서 오펜 씨나 매지크 군이랑 같이 계시는가 해서요."

'아 정말이지——.'

클리오는 자신도 모르게 머리를 부둥켜안고 한숨을 쉬었다. ——호흡이 흐트러지는 바람에 페이스도 떨어졌다. 티피스는 곧바로 깨닫고 자신도 페이스를 떨어뜨렸지만 레키는 전혀 깨닫지 못하고 조금 앞으로 지나치게 나아가고는 그제야 좌우를 살펴보다가, 고개를 흔든 탓에 균형을 잃고 그 자리에서 데구르르 굴렀다.

"저기……?"

의아한 얼굴로 티피스가 안색을 살피는 것이 보였다.

클리오는 그런 그의 말은 귀도 기울이지 않고 즉답했다.

"오펜은 그런 거 물은 적 없어."

조금 말투가 험악해진 것을 깨달은 것이리라. ――티피스는 조금 놀란 모양이었다.

하지만 클리오는 딱히 화가 난 것은 아니었다. ――그것은 또렷하게 자각하고 있었다. 그저 기막혀 했을 뿐이다.

그녀는 다시 페이스를 원래대로 되돌리고는 말을 이었다.

"아까부터 생각한 게 있는데――이 부근은 마술사의 저택밖에 없는 거지?"

"예에…… 뭐, 이곳은 덤즐즈 어리전즈가 한때 죄다 사들인 땅이니까요. ――먼 옛날은 《탑》의 시설 예정지였거든요."

"뭐, 그런 사정은 잘 모르지만…… 하지만 보통은 이상하게 생각하는 법이야. 마술사가 있는 곳은 모두 마술사뿐이고, 심지어 모두가 그걸 당연하다는 얼굴로 지내. 네가 방금 질문한 것처럼 말이야."

"허어……."

"이해 안 가지?"

클리오는 그렇게 단언하고는 그를 노려보았다. ――그 시선을 받고 티시가 그녀의 안색을 살피듯이 아핫, 하고 웃음을 띠었다.

그녀는 천천히 말을 골랐다. 딱히 타이르기 위한 연출이 아니다. 실은 스스로도 생각하며 말하고 있는 도중이다.

"내가 자린 토토칸타 시에 있는 마술사 동맹은 말이지, 마술사밖에 들어가지 못해. 시설 안을 들여다보려고 하는 것만으로도 경비를 보던 사람이 은근슬쩍 바깥으로 나오거나 하면서 말이야. 《탑》도 오펜은 나만 데려가 주지 않고. ――아까 그 세계도탑도 마술사가 경비를 서고 있었던 건 이곳은 마술사만의 장소입니다, 하고 기정사실을 만드는 거잖아. 그건 다시 말해서 출입금지 조치가 없어지면 마술사만이 조사할 수 있는 장소로 삼겠다는 말이지?"

"뭐어…… 그렇게 되겠죠……."

그의 석연치 않은 말투는 그대로 그렇게 간단한 일이 아니거든요, 하고 항변하는 것이나 다름이 없었지만, 클리오는 그 의중을 무시하고 말을 이었다.

"그럼 결국 마술사가 있는 곳은 전부 마술사뿐이고, 그 이외의 인간은 아무도 없어. 티시의 저택도 마찬가지야. ——마술사가 아닌 사람은 나뿐이지."

그녀는 그렇게 말하며 어깨를 으쓱였다.

"내가 있어도 안될 건 없잖아?"

"그, 그야 그렇지만……."

티피스의 당황한 목소리를 들으며 클리오는 발을 멈추었다. 그리고 하아—— 하고 숨을 내뱉고 두 손으로 무릎을 짚었다.

"달리면서 말하니까 지쳤어."

"아——. 죄송해요."

사과하는 티피스에게 클리오는 손을 내저었다.

"딱히 상관은 없어. 그냥 조깅인걸. 걷는다 해서 문제가 될 것도 없고——."

"저기이……."

두 사람이 발을 멈춘 것도 깨닫지 못하고 아장아장 달리는 레키의 등을 바라보며 티피스가 말을 걸었다. 의아한 표정으로 바라보자 그는 곤혹스러운 목소리로 말을 이었다.

"제가 묻고 싶은 건 그러니까 그런 게 아니라…… 애초에 당신 같은 사람이 사채 징수에 따라와 여행을 하는 게 별나다 싶어서 궁금했던 거예요. ──제 호기심이지만요……."

"어?"

이번에는 클리오가 어리둥절한 표정을 지을 차례였다. 그녀는 입가에 손을 대고 신음했다.

"그거 그렇게 별난 일이야?"

"보통은 안 그러죠……."

"……."

그즈음 전방에서는 간신히 두 사람의 정지를 깨달은 레키가 다시 넘어지고 있었다.

"어, 저기──그러니까, 오펜도 딱히 싫은 기색은 내비치지 않았고, 매지크도 오펜의 학생이 되겠다고 그러고, 뭔가 재미있어 보이기도 했고, 어머님도 언니도 말리지 않았고……. 어어, 그리고──."

아까와는 달리 지리멸렬하게 말을 늘어놓으며 저택 앞 가도에 다다랐고──

클리오는 레키를 안은 손을 허둥지둥 움직이며 어쨌든 그럴 듯한 말을 찾았다.

"나 번화가 쪽의 학교에 다니는데, 마음대로 장기 휴학계를 내도 상관없고, 졸업 검정은 이미 훨씬 전에 받아 놨고, 아, 그렇다고 해서 딱히 오든 말든 상관없다는 건 아니라──."

거기서 그녀는 말을 멈추었다. 조금 앞을 걷던 티피스가 멈춰 선 것이다.

"……왜 그래?"

클리오의 물음에 티피스는 허를 찔린 듯이 멍하니 문을 가리켰다.

"이건……."

그는 아연한 말투로 신음했다. 클리오는 그가 가리킨 방향을 들여다보았다. 레티샤의 저택에는 철책으로 된 문이 있다. 만들어진 지 얼마 되지 않은 튼튼한 물건인데——어째서인지 지금은 사슬로 감겨 있었다. 뿐만 아니라 그 사슬에는 나무판이 걸쇠 같은 것으로 고정되어 있었다. 판 너머에는 낡은 책상——상당히 무거워 보이는 소파가 세워 기대져 있고——

"바리케이트…… 인가?"

종합적으로 관찰한 클리오가 그렇게 판단을 내렸다. 품 안의 레키는 이상하다는 듯이 저택의 지붕 쪽을 올려다보았다. ——클리오는 거기서 무언가를 느끼고 레키가 보는 곳으로 자신도 시선을 따라갔다. 그러자 지붕 위에 인영이 있는 것을 알 수 있었다.

그 인영은 이쪽의 주의에 호응하듯이 큰 웃음을 터뜨리기 시작했다.

"우와~앗핫핫하!"

"아. 뭐야. 볼칸이네."

"그렇도다아아아!"

부석부석한 검은 머리에 너덜너덜한 모피 망토——평소와 다름없는 차림새의 지인은 가슴을 내밀며 큰소리로 대답하였다.

그는 척, 하고 짤뚝한 손가락을 하늘로 향하며 말했다.

"이 외침을 잊을 수는 없으리라! 나의 목소리는 인민의 마음을 꿰뚫으리——."

그 손가락을 다음에는 이쪽으로 내리며 그는 연설을 계속했다.

"모르는 것은 깊은 산속의 개구리뿐! 이 마스마튜리아의 투견 볼카노 볼칸, 천명에 따라 우민들을 샐러드유로 볶아 죽여 주겠노라!"

그 말을 마칠 즈음 볼칸의 손가락은 이쪽을 가리켰고——

클리오는 문의 바리케이드를 철거하는 도중이었다.

"아, 티피스. 이 판을 그쪽에서 잡아 줄래?"

"의외로 간단하게 빠질 것 같네요, 이거."

"얀마아아아아아아!"

볼칸이 큰소리로 외치는 소리가 들렸다.

"잠깐 기다려라, 네놈들! 남이 모처럼 쌓은 요새를 함부로——아아! 그 소파를 세우는 게 가장 힘들었는데!"

"거 시끄럽네! 대체 뭐하자는 거야!"

클리오는 일단 레키를 머리 위에 올리고 자신도 척, 하고 상대를 삿대질했다.

"무슨 생각인지는 모르지만 이쪽은 조깅하고 와서 지쳤거든!"

"훗! ——억지 고집 그만 부려라, 어린 계집!"

볼칸은 팟, 하고 망토를 펄럭이고 과장된 동작으로 외쳤다.

"항상 몸을 관리하는 것도 전사의 의무! 이 전장에 만전의 태세로 임하지 못한 네놈의 미숙——"

하지만 클리오는 그런 볼칸을 완전히 무시하고 단호하게 고했다.

"뭔진 잘 모르지만 놀이를 할 거면 남한테 폐 끼치지 않도록 하시지!"

"무어가 놀이냐아아아아아!"

볼칸은 옥상 위에서 두 손을 부들부들 떨며 분노했다.

"이봐, 잘 들어. ――잠깐, 사람 말 좀――"

"안 들어. 티피스, 이 사슬 벗겨낼 수 있을 것 같아?"

"뭐, 그냥 감기만 했을 뿐이니까요……."

"아아, 얀마! 어어――. 아, 그래. 있잖냐! 저기…… 바리케이드를 말이다, 억지로 철거하려 하면 설치해 둔 함정이 작동할 거다! 응! 그렇게 결정했어!"

"어휴, 진짜 재네들도. 남이 얼마나 폐라고 느낄지 생각을 해 줬으면 좋겠어~. 항상 성가신 일만 일으키고……. 아, 책상 움직여 봐."

"이거 무거운데요."

"저기―― 그리고 말이다, 그러니까―― 응, 인질의 생명은 보장하지 않는다! 노후도 걱정되고, 위장에도 좋지 않아! 그러니 책상을 움직이는 것은 포기하고――하지 말라고 했잖냐!"

"거 시끄럽네, 진짜!"

그런 소리를 들어 가면서 책상을 옆으로 밀어낸 뒤――이것으로 바리케이드는 대충 철거한 셈이 된다――클리오는 결국 참지 못하고 자신도 외쳤다.

"좀 조용히 하지 않으면 이 저택과 함께 증발시켜 버릴 줄 알아!"

"저기…… 그건 좀 참아 주세요……."

뒤에서 티피스가 조심스럽게 끼어들었다. 볼칸도 지붕 위에서 조금 겁을 먹은 듯이 보였다.

"하앗~핫핫하아! 그렇다! 되도록이면 그만둬 주기를 바란다아!"

"……또 마음 약한 건지 아닌 건지 알 수 없는 소릴……."

클리오는 투덜투덜 내뱉으며 문을 지나쳤다. 레티샤의 저택은 안뜰이나 뒤뜰과 비교해 앞뜰이 극단적으로 좁았다. ――부지 안을 바깥에서 관찰당하지 않도록 하기 위함이라는데, 저택의 창문도 앞뜰에 접한 쪽은 무늬가 들어간 유리밖에 쓰이지 않았다. 그래서 정면이 북쪽으로 향해 있는 별난 구조로 되어 있다.

어찌되었든 그 앞뜰에 들어간 클리오는 레키를 발밑에 놓아 주었다.

옥상 위에서 볼칸이 끈질기게 소리를 질렀다.

"아아! 나의 요새에 뻔뻔하게도 침입했겠다!"

"뻔뻔한 건 네 쪽이지!"

클리오는 두 손을 무릎에 대고 조금 몸을 굽히며 외쳤다.

"애초에 뭐야, 네 요새라는 건!"

"무어긴 뭐가 무어냐! 방금 전 이 저택은 이 몸이 점거했다! 다시 말해 이 몸의 것이다!"

"무슨 말도 안 되는 소리를 지껄이는 건데!"

"말이 안 되긴 뭐가! 점거했으니 점거한 것이다! 더 이상 불법 침입을 저지른다면 나의 스페셜 포스가 가만히 있지 않을 것이다!"

"스페……?"

그렇게 중얼거린 것은 티피스 쪽이었다. 왠지 모르게 다음 전개를 예상할 수 있었는지, 불안한 듯이 좌우를 살피고 있다….

클리오는 일단 발밑에 떨어져 있는, 아까 벗겨낸 사슬의 끄트머리를 잡았다. 그리고 그대로 얼굴을 숙인 채로 기다렸다.

그러자――

"목표 확인……."

클리오는 작은 속삭임도 놓치지 않았다. 살짝 고개만 들어 시선을 움직였다. ――조금 떨어진 화단 뒤에 작은 소녀가 더욱 몸을 움츠린 채로 혼자 뭔가를 중얼거리며 확인하고 있었다. 흑발을 댕기로 땋은 10살 정도의 어린아이이다.

차르륵—— 하고 클리오의 손 안에서 낡은 사슬이 소리를 냈다.

소녀는 계속해 중얼대고 있었다.

"목표 확인——포착 임무 완수. 패트는 다음 명령서를 개봉합니다."

하고 뭔가 꾸깃꾸깃한 전단지를 손에 들고 펼쳤다.

"명령 확인. 복창합니다. 어어…… 재활용 가구 파격 세일… 아니다. 명령은 뒤에 쓰여 있었지. 어어, '대담한 기습 작전! 눈에 띄지 않고 눈치 채이지 않고 꺾이지 않으며 들키지 않도록 등 뒤에서 적의 숨통을 끊을 것. 명령은 어떠한 수단으로도 이룰 것. 또한 죽어도 시체는 거두지 않는다.' ……뭔가 아닌 것 같기도 한데——복창 완료. 명령서는 처분합니다."

명령서를 화단의 흙 안에 묻은 소녀는, 안도하듯이 숨을 내뱉었다.

"처분 완료. 지금부터 패트는 작전 행동에 들어갑니다. 간식 시간은 아직 멀었나……?"

그렇게 중얼거린 소녀——패트가 고개를 들었을 때….

클리오는 사슬을 두 손에 들고 스윽——패트의 바로 옆까지 다가가 그녀를 내려다보고 있었다.

"……."

두 소녀의 시선이 잠시 서로를 바라보았고…….

몇 초 정도 경과했을까. 패트는 후, 하고 미소를 띠었다.

"패트가 야전 사령관에게 보고——기습에 실패했노라……. 그럼 안녕히."

그대로 털썩, 하고 그 자리에 쓰러졌다.

"……얘……."

클리오는 반쯤 뜬 눈으로 신음했지만 패트는 크게 고개를 저었다.

"죽은 사람에게 말 걸지 마."

"뭐, 됐어……."

그녀는 고개를 들어 티피스 쪽을 보았다. 티피스는 쓴웃음을 지으며 뺨을 긁적였다.

"아, 이 애는 10분만 있으면 질려서 되살아날 테니까 신경 쓰지 말아 주세요."

"알았어."

클리오는 골치가 아프다는 듯이 머리를 끌어안고 패트에게서 떨어졌다. 그리고 무거운 사슬을 잡아 끌며 또 다른 방향을 경계하듯이 주변을 둘러보았다.

"어차피 다음은……."

그렇게 찾고 있으니 갑자기 위에서 드르륵 창문이 열리는 소리가 들렸다.

재빨리 위를 보았다. ――창문에서 안경을 쓴 지인이 얼굴을 내밀고 있었다. 어째서인지 그를 잘 따르는 검은 고양이 노라가 그의 어깨에 매달려 있었다.

그다지 내켜 보이지 않는 도틴의 위에서 명령이 내려왔다.

"가라, 도틴!"

볼칸이 선언했다. 어느새 뽑았는지 낡은 검을 허공으로 향하며.

"선제 기습 덕분에 적은 이미 절반이나 무너진 상태이다!"

"그렇겐 안 보이는데……."

도틴은 그렇게 중얼거렸지만 볼칸은 모두 무시하고 말을 이었다.

"이곳에 우리가 궁극의 파괴 작전을 실천하면 녀석들을 꿈의 나라로 초대해 죽이는 것도 식은 죽 먹기이리라!"

"그걸 단언할 수 있는 정신력은 어디서 나오는지……."

"자아, 가라, 도틴! 어머니는 이날을 위해 널 낳으신 것이다!"

"……."

이제 도틴은 신음도 내뱉지 않고 그저 한숨만 나오는 모양이었다. 그는 발밑에서 양동이를 들어 올리더니——

그때까지 멍하니 위를 보던 티피스의 머리 위에 투명한 액체를 쏟아부었다.

"끄아아아아아아아아아아!?"

어쩌지도 못하고 머리부터 그것을 뒤집어 쓴 티피스가 절규와 비명을 지르며 땅바닥을 굴렀다. 클리오는 아등바등 지면에서 발버둥을 치는 그를 보고는 뒤로 물러서지 않을 수 없었다.

"뜨거운 물!?"

"훗! ——금색의 소형 야쿠자 계집도 깨닫지 않을 수 없었던 모양이로군!"

볼칸 자신은 아무것도 하지 않는 주제에 정말로 자랑스럽다는 듯이 외쳤다. 밑에서 클리오도 받아쳤다.

"누가 소형 야쿠자야!"

하지만 그 항의도 무시하고 볼칸은 말을 이었다.

"네놈의 그 내구소비재 같은 생명력도 뜨거운 물을 부으면 버티지 못하겠지! 시체는 깊이 구멍을 파고 묻어 줄 테니 여한 없이 데쳐

져라!"

"으으으으으……."

티피스가 반쯤 울상이 된 얼굴로 몸을 일으켰다. 어지간히 뜨거운 물이었는지 얼굴이 새빨개져 있었다.

"괜찮아?"

클리오는 그의 안부를 물으며 힐끗 레키가 있는 쪽을 확인했다. ——새끼 드래곤이 도틴이 있는 창문 위치에서 어떻게 뜨거운 물을 붓든 닿지 않을 위치까지 피난한 것을 보고 일단 안도했다.

지붕 위에서는 아직도 볼칸이 소란을 피우고 있었다.

"하앗~핫핫핫하! 나의 권모술수에 사각은 없노라! 희대의 책략가이자 무적의 투견! 볼카노 볼칸께서 세계를 정복할 날도 머지 않았느니라! 이 몸이 획책하는 시대의 흐름에 거스르는 자, 남김없이 이를 잡는 빗으로 빗어 죽여 주마! 자아, 도틴! 공격의 기세를 멈추지 마라!"

"저기, 형……."

도틴은 형에게 밝혔다.

"뜨거운 물은 방금 그걸로 다 떨어졌는데."

"……. 응?"

볼칸의 움직임이 우뚝 멎었다. 도틴은 별 일 아니라는 듯이 계속했다.

"주전자 한 가득이었는걸. 또 끓이려면 10분 정도 걸리니까 기다려."

"……."

바람이 쌩하니 불었다. 푹 젖은 티피스의 머리는 나부끼지 못하고 클리오의 얼굴만을 쓰다듬었다.

조용히 스쳐 지나가는 바람……. 도틴이 있던 창문이 쾅, 하고 닫혔다. 물을 끓이러 주방으로 간 것이리라. 아직도 죽은 척을 하는 패트도 움직이지 않았고, 클리오는 무표정하게 손에 든 사슬을 절그럭거렸다…….

"볼카안♪"

그녀는 기분 좋은 듯이 방긋 웃으며 상대의 이름을 불렀다.

볼칸은 얼어붙은 듯이 움직이지 않았지만, 그녀는 아랑곳하지 않고 말을 이었다.

"다음 공격은 뭘까~♪"

"……."

"없으면 나, 좀 생각하는 게 있어서 네 근처 1미터 부근까지 가고 싶은데에♥"

"……."

"그럼 이 사슬이 3미터 정도 되니까, 널 2미터 분량이나 묶을 수 있겠다아♥"

"……."

"슬슬 오펜도 돌아올 즈음이라고 생각하니까, 그때까지 사슬 끝에 철제 아령을 묶은 다음에, 깊고 흐름이 빠른 강이 어디 있을지 찾아야겠네. 아이 큰일이야♥"

"저기……. 당신들은 왜 성격이 죄다 그런 건가요……."

티피스가 새파래진 안색으로 신음했다.

"'들'이라니, 마치 동류인 것처럼 말하지 말아줄래?"

클리오는 그렇게 항의하며 사슬을 손에 들고 저택에 들어가려 했다. 순간——

털썩, 하고 등 뒤에 무언가가 낙하했다.

깜짝 놀라 뒤를 보자——지붕에서 떨어진 볼칸이 머리부터 지면에 박혀 있었다.

"어머나. 딱히 앞날에 절망해 자살 따위 하지 않아도 내가 제대로 강에 빠뜨려 줄 텐데……. 자살해도 빠뜨릴 거지만."

"아니——그게 아닌……데요."

대답한 사람은 티피스였다. 이번에는 조금이 아니라 완전히 새파래진 얼굴로 지붕 위를 올려다보았다.

"어……?"

클리오는 의아한 듯이 신음하며 그의 시선을 쫓았다. 방금 전까지 볼칸이 서 있던 곳——

그곳에, 자신이 본 적이 있는 다른 인영이 서 있었다.

그녀는 멍한 얼굴로 생각했다.

'왜 저런 곳에 사랑스러운 클리오 이하 생략 가면 2호가 서 있는 걸까…….'

물론 그녀는 그 검은 복장이 《탑》의 스태버 표준 스타일이라는 것은 알지 못했다.

제4장 한낮에 질주하다

"결국 나와는 만나지 않다니——포르테 자식, 배짱 좋은걸."

레티샤는 머리 뒤로 깍지를 끼며 그렇게 중얼거렸다.

그녀의 저택도 곧 시야에 들어올 언덕길——.

그녀를 포함한 세 사람은 천천히 그 길을 걷고 있었다.

"뭐, 바빠 보이더라고."

오펜이 그렇게 분위기를 수습하는 말을 들으며 레티샤는 아득한 눈빛으로 전방을 보았다. 마을 안에서 이 부근은 하루 종일 사람도 별로 지나다니지 않아 조용한 곳이었다.

그녀는 깍지를 꼈던 손으로 뒷목 부근을 긁으며 중얼거렸다.

"바빠 보인단 말이지……. 뭐, 됐어. 서류 쪽도 생각보다 빨리 수리됐고. 아——수리라고 하니, 매지크의 일 말인데."

그리고 옆을 걷는 매지크를 내려다보며 말했다.

"《탑》에 입문하겠다고——일단 신청은 해 두었어."

"……응."

뒤에서 따라오는 오펜의 대답은 지극히 간결했고, 매지크 자신도 그다지 반응을 보이지 않았다.

"솔직히 난 별로 권하지 않지만 말이야……."

레티샤는 그렇게 말하며 자신의 저택 쪽을 올려다보았다. 친숙한 붉은 지붕. 실은 그다지 눈이 좋지 않은 그녀는 눈을 반쯤 감으며 시야를 좁혔다. 그러자 지붕 위에 무언가 움직이는 것이 보인 듯한 기분이 들었다――.

"……?"

그와 동시에 그것이 사라졌다.

'지붕에서…… 뛰어내렸어!?'

뒤이어 저택 쪽에서 클리오의 것으로 여겨지는 비명도 들렸다.

레티샤는 곧바로 긴장으로 몸을 굳혔다. 오펜과 매지크도 이변을 깨닫고 레티샤를 보았다.

"집에서 무슨 일이 생긴 것 같아. ――서두르자!"

그녀는 그렇게 외치며 달리기 시작했다.

《탑》의 로브는 움직이기 편리하다고는 하기 어렵다. ――하지만 그래도 어떻게든 서둘러 저택 안으로 뛰어들어갔다. 저택에 있어야 할――이 아닌 사람도 있었지만――인간은 거의 모두 앞뜰에 있었다. 티피스(어째서인지 푹 젖었다), 패트(어째서인지 땅에 누워 있다), 그리고 볼칸(어째서인지 머리가 땅에 박혀 있다), 도틴은 없는 모양이었지만――마지막으로 클리오.

어째서인지, 금발이 피로 물들어 있었다.

"클리오!"

오펜이 외치는 소리가 들렸다. 다친 머리를 안고 웅크리고 있는 소녀 곁으로 매지크와 함께 달려갔다. 그가 다가가자 클리오가 몽롱하게 흐려진 두 눈을 천천히 위로 들었다.

"오……펜?"

그녀는 그렇게 그의 이름을 부르며 상처를 누르던 손을 천천히 뗐다. 그리고 마치 자기 자신의 출혈이 믿어지지 않는다는 듯이 고개를 젓고――머리를 움직이는 바람에 아픔을 떠올린 것이리라. 다시 꾹 눈을 감고 지면에 웅크렸다.

레키가 불안한 듯이 그녀의 주변을 빙글빙글 돌았다.

"어—— 이봐!"

오펜이 그런 그녀를 부르며 안아 일으켜 세웠다. 레티샤는 천천히 그들에게 다가가——오펜의 어깨 너머로 클리오의 얼굴에 핏줄기에 섞여 눈물 자국으로 얼룩이 생긴 것이 보였다. 상처는 관자놀이 부근으로, 단순히 찢어진 상처에 지나지 않았다. 흉터도 남지 않고 곧 나으리라.

하지만 기묘한 흉터였다. ——칼날로 생긴 것이 아니다. 둔기 같은 것으로 얻어맞은 듯 보이지도 않았다. 만약 원인이 그 중 하나라면 클리오가 이미 절명했을 가능성은 충분히 있었다. 상처는 한 줄기——똑바로 무언가로 그은 듯이 나 있었고, 게다가 칼날과 같은 예리함은 느껴지지 않았다. 마치 뾰족한 막대기 같은 것으로 찔린 듯이 보였다.

레티샤는 곧바로 티피스 쪽으로 시선을 향했다. 그는 당황한 듯이 머뭇거리다가 대답했다.

"잘 모르겠어요. ——갑작스러운 일이라."

그는 그렇게 입을 열었다.

"하지만, 저기…… 지붕 위에 갑자기 스태퍼로 보이는 자가 나타나서, 클리오 씨가 '누구냐' 하고 묻자 뛰어내리더니…… 손가락으로, 찔렀어요. 클리오 씨를요."

"손가락으로?"

레티샤는 자신도 모르게 반문했다. 그렇다면 살상 목적이 아니었을지도 모른다. ——뭐, 원래부터 그 암살자인지 뭔지가 조금이라도

이 소녀를 죽일 마음이 있었더라면 이 정도의 상처로 끝났을 리가 없지만.

"그 녀석의 정체는 뭐였니?"

"전 잘 모르겠어요. 복면으로 얼굴을 가리고 있었고요. 하지만, 그 녀석의 차림새가 《탑》에서 지급되는 전투복처럼 보이더라고요."

"《송곳니 탑》의…… 스태버……."

레티샤는 천천히 그 이름을 입에 담았다.

"그 녀석은 도망쳤어?"

"예. 중앙 시가지 쪽으로——"

"기다려!"

티피스가 가리키는 방향을 곁눈으로 본 레티샤가 외쳤다. ——티피스가 깜짝 놀라 반 걸음 정도 뒤로 물러났다. 무슨 일이 있어도 일어나지 않았던 패트조차도 힐끗 고개를 들 정도였다.

하지만 레티샤의 고함은 그들에게 향한 것이 아니었다. ——몸을 일으키려 하던 오펜에게였다.

그는 험악한 눈빛으로 자신을 제지한 레티샤를 돌아보았다.

"못 기다려. 내가 쫓겠어——."

"그만 하라는 말이 안 들려!?"

레티샤는 그렇게 외치며 오펜의 앞으로 돌아갔다. 그는 클리오를 안은 채 그런 그녀를 보았다.

그를 가만히 바라보며——조금이라도 눈을 돌리면 상대가 그 틈에 도망칠 것 같은 기분에 잠기며, 레티샤가 신음했다.

"뭔가 짐작가는 바가 있는 모양인데——말했을 텐데? 너, 이 마을에서 또 문제를 일으켰다간 이번에야말로 장로들이 가만히 있지 않을 거라고.”

“알 게 뭐야. 나는――.”

“내 말을 듣지 않겠다는 거야!?”

레티샤가 노성을 지르자 오펜은 큭, 하고 입을 다물었다. ――그대로 그가 무언가 반론을 꺼내지 못하는 동안 그녀는 말을 이었다.

“잘 들어……. 그 스태버는 내가 쫓겠어. 넌 클리오를 보살펴 줘. 알겠지?”

“하지만 적은 《탑》의 암살자야. 아무리 티시 너라고 해도――”

“아무리 나라고 해도 뭐가 어쨌는데. 이런 백주대낮에 여자애를 때리고 도망치는 3류 스태버 한 명 정도는 가볍게 상대해 주겠어.”

그렇게 말하며 레티샤는 커다란 검은 로브를 재빨리 벗어 던졌다. ――로브 아래에는 본래라면 전용 밑옷을 입어야 하지만, 바깥에서는 보이지 않기에 귀찮은 복장을 생략하고 평상복을 그대로 입는 경우가 많다. 오늘도 그렇게 한 덕분에 옷을 갈아입을 필요가 없었다.

레티샤는 검은 셔츠에 베이지색 슬랙스라는 평소와 같은 차림으로 저택 문을 향해 나아갔다. 그녀는 빠른 걸음으로 나아가며 불만스럽게 생각했다.

‘정말이지. 키리란셀로는 무슨 일만 있으면 자제심을 잃는다니까…….’

앞에서 걸리적대는 머리카락을 쓸어 올리며, 어째서인지 소파나 책상 등이 옆에 놓여 있는 문을 지나쳤다.

‘내가 그 정도로 다쳤다면 태연한 얼굴로 있을 거면서. 정말 못 해먹겠어. 게다가 뭐야. 아무리 나라고 해도, 라니.’

그녀는 속으로 혼잣말을 내뱉으며 흘끗 어깨너머로 뒤를 돌아보았다. 오펜이 클리오의 피를 훔치기 위해서인지 매지크에게 손수건을 물에 적시라는 말을 하는 참이었다.

'어차피 추적에 나서기에는 시간이 너무 경과했어. ——이제부터 그 암살자인지 뭔지 하는 녀석을 쫓을 수 있을 거라고는——'

거기까지 속으로 내뱉은 그녀는 움직임을 멈추었다.

그리고 등골이 서리는 느낌을 받으며——재빨리 몸을 돌렸다. 방금 지나친 문 바로 옆. 담장 아래——

그곳에 체구가 작고 검은색 일색의 복장을 한 남자가 조용히 서 있었다.

그는 말없이 레티샤를 보고 있었다. 복면은 깊이 뒤집어쓴 탓에 시선까지 가려져 표정을 읽을 수 없었다. 남자가 입고 있는 것은 전부 《탑》의 지급품——틀림없이 스태버였다.

"……!"

레티샤는 소리 없이 태세를 갖추었다. 남자는 순식간에 움직이기 시작했다. 작은 몸을 더욱 웅크리듯이 이쪽을 향해 달려오더니, 그리고——

옆을 스쳐 지나갔다.

잠깐, 하고 외치지도 못한 레티샤는 등 뒤로 돌아간 암살자를 쫓아 몸을 돌렸다. 적은 인기척 없는 길을 달려가고 있었다…….

'날 꾀고 있어!?'

그렇지 않으면 문 옆에서 기다릴 이유가 없다. ——그리고 모습을 보인 뒤에 도망칠 이유도.

'혼자서 쫓아서는 안 되겠지만——'

레티샤는 달리기 시작했다. 작은 암살자를 쫓아.

어젯밤 저택에 침입했다고 하는 암살자 차림의 남자——.

틀림없다. 그것이 지금 앞을 달리는 저 암살자이리라.

훤한 대낮에 암살자의 모습을 보는 일은 우선 희귀하다고밖에 말할 도리가 없다. ——상식적으로 있어서는 안 된다기보다는, 있어서는 안 되는 일이다. 물론 밤이라면 만나고 싶은 상대도 아니지만.

'무슨 일일까——. 내 저택에 침입해서 무언가를 찾고, 이번에는 클리오를 다치게 만들고 도주하고 있어…….'

의미가 없는 것은 아니다. ——하지만 역시 의미가 없다.

'《탑》의 암살자라고 한다면 교실에 명령을 내릴 수 있는 사람은 장로뿐. ——하지만 장로라고 한다면 일부러 이렇게 에두른 수를 취하지 않아도 직접 내게 명령을 하면 돼. 난 딱히 장로의 명령을 거스른 적은 한 번도 없는걸.'

계속해 달리며 그녀는 생각했다.

'장로의 명령이 아니라고 한다면…… 그들 암살자 자신이 멋대로 움직이고 있다? 그런 경우도 있을지 모르지만——왜 내 저택이 표적이 된 것일까. 키리란셀로를 노리는 것도 아닌 모양이고…….'

그런 그가——오펜이, 지나가듯 흘린 말을 간신히 떠올렸다. 암살자는 무언가를 찾고 있었다고….

'분명…… 브라우닝 가가 어쩌고라고 했지…….'

어찌되었든 처음 듣는 이야기다.

그렇게 생각에 잠긴 도중에도 지나치게 빠르지도, 지나치게 느리지도 않은 암살자의 다리는 완전히 이쪽을 선도하여 어딘가로 안내하고 있었다.

나아가지 않는 것은 추리뿐이었다.

'내가 모른 것이 내 저택에 있을 리 없어……. 저게 정말로 《탑》의 암살자라고 한다면 월 교실 소속?'

《송곳니 탑》에서도 유수한 암살자들을 보유한 월 카렌 교사의 교실이다. 어떤 의미에서는 레티샤가 장로들보다 구체적으로 두려워하던 자들이다.

'하지만——'

그녀는 무의미한 사고를 멈추고 다리를 움직이는 일에만 전념하기로 하였다.

'상관없어. 저 저택은 내 집이야. 그곳만이 나의 평온이라고. 그것만큼은…… 내가 지켜야만 해.'

그녀는 주위 상황이 만들어내는 의미를 알지 못한 채 계속해 달렸다.

느닷없이 앞을 달리던 암살자의 모습이 사라졌다.

줄곧 달려온 탓에 거칠게 숨을 내뱉으며 레티샤가 멈췄다. ——그리고 땀으로 젖은 앞머리를 치우고 시선을 움직였다…….

물론 암살자의 모습이 느닷없이 허공으로 사라진 것일 리는 없다.

정돈된 타프렘 시가에도 사람의 눈이 닿지 않는 사각이 존재한다. 달리던 와중에 어느새 그러한 구역에 들어오고 만 모양이었다. 달려온 길, 꺾은 모퉁이 몇몇을 떠올리며 레티샤는 머릿속에서 마을의 지도를 펼쳤다. 분명 이 부근은——

"미궁거리……. 그래. 그런 이름이었어."

마을 중앙을 다시 건축할 때 설계자들의 가설 거주 공간이 세워져 있던 구역이다. 가도에서 갈라지는 골목 하나에 이르기까지 계획적으로 건설된 타프렘 시였지만, 호적 접수 종료를 얼마 앞두지 않고 예상했던 인구보다 많은 인원이 도시의 거주를 바라는 것을 알게 되었다. 그 결과 그때까지 도시 설계안에 들어 있지 않았던 이 구역을 주위보다 건물이 밀집한 형태로 건설하여 수요를 충족시키기는 하였지만, 토지 면적의 무리한 이용이 복잡하게 얽힌 골목 구역을 만들어 내게 되었다.

——그러한 사정을 떠올리며 레티샤는 손바닥을 주먹으로 쳤다. 그리고 단시간에 숨을 고르고 어두운 골목길의 입구로 시선을 움직였다.

그 암살자가 자신을 꾀려 했다는 것은 이미 아는 바다. 그렇다고 한다면 따라가면 함정이 있다는 것도.

'모습을 감춘 건 더 이상 날 안내하지 않아도 충분하다는 거겠지.'

인기척은 물론이고 생명의 기척조차 없는 메마르고 좁은 길에 조용히 발을 내디뎠다. 좌우로 세워진 4층 건물에서조차 소리 하나 들리지 않았다. 이 부근 일대가 전부 폐건물인 모양이었다.

원래는 아파트로 쓰였을 왼쪽 빌딩 2층 창문에 텅 빈 화분이 놓여 있는 것이 보였다.

'도움을 요청해도…… 올 사람은 아무도 없다는 거로군. 노골적인 유인인걸. 그리고 노골적인 함정이야.'

잠시 멈춰 섰던 그녀는——결의를 다지고 다시 걷기 시작했다.

'동생에게 계속 얕보이는 것도 마음에 안 들어.'

그리고 숨을 들이쉬며 막연하게 떠올렸다——.

'설령 상대가 암살자라 해도 한 명 정도라면 어떻게든 돼. 복병이 있는 기척은 느껴지지 않고——포위를 당할 걱정은 필요없겠어.'

그녀는 들이쉰 숨을 내뱉으며 홀로 고개를 끄덕였다.

골목은 한 구획조차 직진하지 않았다. 건물과 건물 사이는 좁았고 곳곳에 곁길이 나 있지만, 어른이 몸을 비집어 넣을 수 있을 정도의 넓이도 아니었다. 그 암살자의 체구가 작았던 것을 떠올리면 그러한 곳에 숨어 있을 가능성은 있지만, 단순히 숨어 있는 게 아니라 그곳을 통과해 다른 골목으로 도망치는 일은 있을 수 없었다.

"적어도…… 무기를 가져오는 편이 좋았을지도 모르겠는걸."

맨손으로 싸우는 것은 내키지 않았다.

불안을 얼버무리려 하고 있군, 하고 자각하며 혼잣말을 내뱉었다.

"이런 건 키리란셀로가 특기였지. ――선생님도 마찬가지였지만. 그런 수상한 권법으로 용케도 그렇게 싸운다니까."

투덜거리듯이 내뱉으며 모퉁이를 돌고――

그녀는 다시 발을 멈추었다.

골목은 그곳에서 끝이었다. 막다른 길이었다. 그리고 바로 눈앞에 있는 폐건물의 뒷문이 빼끔 열려 있었다.

채광이 좋은 건물 안은 아무런 경고도 없이 그저 그 열린 채로 방치된 입구에서 사람의 낌새라곤 느껴지지 않는 공기를 흘리고 있었다.

안에서는――아무런 기척도 느껴지지 않았다. 하지만 그 암살자가 이곳으로 들어간 것은 틀림이 없으리라.

레티샤는 말없이 건물 안으로 침입했다.

들어가 보자 그곳은 뒷문이라기보다는 비상구였던 모양이었다. 내부에서라면 간단히 열 수 있는 잠금쇠가 달린 튼튼한 철문. 훤히 열린 채로 경첩에서 금속이 마찰하는 소리를 힘없이 내고 있다. 입구

안쪽은 그대로 복도로 이어져 있었고, 그 복도는 정면 건너편의 문으로 이어져 있었다. 하지만 정면의 문은 굳게 닫혀 있었다. ——손잡이가 각목에 사슬로 묶여 있었다.

정면 입구 근처에 관리인실로 보이는 창구가 있었다. ——물론 사람은 없다. 그곳에서 바로 왼쪽으로 꺾이는 통로가 있고, 그곳으로 꺾지 않으면 지금 레티샤가 서 있는 이 비상탈출구에 다다른다. 현재 보이는 범위에는 방으로 들어가는 문은 없었고, 그 왼쪽으로 꺾인 통로로 들어가지 않으면 어디로도 갈 수 없다. 계단도 그쪽에 있는 듯했다.

복도는 대청소 뒤처럼 정리가 되어 있었고, 적어도 보이는 범위 안에는 무기가 될 만한 것은 아무것도 없었다.

'상대의 기척만 잡으면 기습을 할 수 있을 텐데…….'

한 번 또각, 하고 크게 발꿈치로 소리를 내고는 그녀는 혀를 찼다. 그리고 한 번 심호흡을 하고——신중하게 발을 내디뎠다. 그 이후는 발소리를 내지 않고 나아갔다.

왼쪽으로 꺾인 통로. 힐끗 엿본 뒤 진입. 빌딩 안이 밝은 것은 이 통로에 창문이 늘어서 설치된 탓이었다. 창문과는 반대쪽의 벽에 문이 무수하게 있었다. 통로 끝에는 계단이 보였다.

문에 주의를 기울이며 천천히 나아가던 바로 그때——

쨍그랑!

"————!"

유리가 깨지는 소리가 들렸다——단지 이 층에서 난 것은 아니다. 위에서다.

"데이트 장소는 어디까지나 저쪽이 지시하겠다는 거로군……."

레티샤는 그렇게 중얼거리며 엄지 손톱으로 입술을 훑었다. 그리고 그대로 달려──단숨에 계단을 올라갔다.

2층에 진입한 순간, 다시 소리가 울렸다.

──쨍그라앙!

또 위층에서다.

'정말 친절도 하셔라…….'

속으로 투덜대며 다시 계단을 올랐다. 3층까지 올라가지 다시 위층에서 유리가 깨지는 소리가 들렸다.

'최상층…….'

레티샤는 그렇게 판단하자마자 다시 계단을 올랐다. 그리고 계단을 전부 올라 기세 좋게 플로어로 진입하려던 그 순간──

등 뒤에 기척을 느꼈다.

"……!"

그녀는 소리로 나오지 않는 비명을 지르며 일단 전방으로 몸을 던졌다. ──구르듯이 바닥을 박차 공중에서 거리를 두며 몸을 반전. 방금 전까지 그녀가 서 있던 곳을 예리한 바람이 스쳐 지나가던 참이었다.

그 바람의 중심에는 은색의 칼날이 있었다. 가늘고 차가운 장검이 날카로운 소리를 울렸다.

검을 휘두른 것은 그 암살자였다. ──작은 체구에 검은 복장. 얼굴은 물론이고 눈빛조차 읽을 수 없다. 어디에 숨기고 있었는지 그 검을 다시 겨누며, 암살자는 침착하고 낮은 목소리를 복면 아래에서 발했다.

"혼자서 쫓아왔나……. 가엾군."

"……뭐라고?"

레티샤는 긴장하며 되물었다. 맨손으로 칼날을 든 상대와 맞붙을 생각은 없었기에 순순히 마술 구성을 짜올렸다. ——마술 그 자체의 규모로 말하면 차일드맨 교실 안에서 그녀에게 당해낼 자는 거의 없다. 이미 이 세상에 없는 그녀의 여동생——아자리를 별개로 치면 코르곤 정도다.

"혼자서 쫓아온 것을 불행이라고 말하는 거야."

"——뭐!?"

갑작스러운 말소리에 레티샤는 경악성을 내뱉었다. ——그 목소리는 눈앞의 암살자가 꺼낸 것이 아니다. 바로 자신의 등 뒤에서 들렸다.

눈앞의 남자에게서 눈을 떼지 않고——그렇다고 해서 등 뒤를 무시할 수도 없었던 그녀는 일단 창문이 없는 벽 쪽으로 뛰어 물어났다. 그리고 그대로 벽을 등지고 통로 좌우를 살펴보았다.

왼쪽에는 검은 복장의 암살자——.

그리고 오른쪽에는…….

"하——하이드런트!?"

《송곳니 탑》 최고 집행부의 젊은 간부 후보——바로 그가 서 있었다. 얼굴을 가리는 마스크는 《탑》의 지급품이 아니라 흉터——라고 부르기에는 너무나 큰 상처자국——을 숨기기 위해 언제나 쓰고 있는 물건이다. 몸에 걸친 것은 검은 로브. 즉 평소와 전혀 다를 바 없는 차림인 셈이었다.

그는 여유만만하게 고개를 끄덕였다.

"본래라면 키리란셀로를 빼내오고 싶었는데 말이지. ——그를 붙잡아 당신과 거래를 하려고 했어. 뭐, 어느 쪽이 어느 쪽으로 되든 딱히 상관은 없지만."

"미란."

거기서 하이드런트의 본명을 부른 사람은 검은 암살자 쪽이었다.

"쓸데없는 사담은 삼가라."

"어차피 심문은 해야 하잖아."

"……."

레티샤는 두 사람의 대화는 완벽하게 무시하는 형태로 신음하듯이 내뱉었다.

"그럴 수가……. 기척은 전혀 느끼지 못했는데……."

"기술에 너무 의존하는 건 좋지 않아. 당연히 기척 정도는 지울 수 있으니까."

하이드런트는 득의양양하게 콧방귀를 뀌었다.

"목적이…… 뭐야?"

레티샤는 눈빛을 험악하게 만들며 물었다. 하이드런트의 마스크 틈새에서 입가에 애매모호한 웃음이 떠오르는 것이 보였다.

그는 아무 일도 아니라는 듯이 입을 열었다.

"브라우닝 가의…… '세계'다."

"세계……?"

레티샤는 눈살을 찌푸리며 전혀 들어본 적 없는 단어를 되풀이했다.

하이드런트는 개의치 않고 어깨를 움츠렸다.

"당신이 몰라도…… 당신들 중 누군가는 알고 있어."

"우리들? ——차일드맨 교실을 말하는 거야?"

“뭐…… 그런 셈이지.”

하이드런트는 그렇게 대답하며 조금씩 다가왔다.

레티샤는 온몸을 긴장으로 물들이며 고했다.

“날 그리 간단하게 마음대로 다룰 순 없을 거야.”

“간단히 끝날 생각은 없다.”

그렇게 내뱉은 것은 검은 복장 쪽이었다. 줄곧 하이드런트 쪽에 주의를 향하고 있었지만, 느닷없이 그쪽이 단숨에 기운을 팽창시켰다――.

살기, 라는 기운을.

‘죽는다!?’

무언가 예감과도 같은 것을 느끼며 레티샤는 일단 몸을 움츠리고 건너편 벽――즉 창문이 있는 쪽으로 도약했다. 마술을 구성할 시간도 없다. 어쨌든 급소를 지키기 위해 팔로 몸을 안은 채 뛰었다.

하지만 살기는――그대로 따라왔다.

――!

소리는 울리지 않았다.

다시 말해, 아까 전과 같은 허공을 가르는 소리는.

검을 전부 휘두른 검은 복장을 어깨너머로 보자――그의 손에 있는 검에 피가 묻은 것이 보였다.

칼날은 확실하게 자신의 육체를 베었다.

몸 어딘가에 격통이 일었나――그것이 정확하게 어느 부위인가는 곧바로 알아차리지 못했다. 어쨌든 졸도할 정도의 아픔이 뇌를 직격한 것만큼은 자각했다.

“흐아…… 윽!”

레티샤는 격통에 신음하며 다시 벽을 등지고 그 자리에 무릎을 꿇었다. 아픔이 어디에서 울리는가——멀리 천둥소리를 듣고 벼락의 위치를 찾는 듯한 심정으로 그녀는 몸을 점검했다.

상처는 왼손이었다. 본래는 그 왼손으로 감쌌던 복부를 노렸을 것이 틀림없으리라. ——왼쪽 새끼손가락과 가운뎃손가락이 거의 떨어져나갈 정도로 깊은 상처다. 적어도 뼈는 부러졌다. 피부 한장으로 붙어 있는 두 손가락을 보며 생각한 것은——바로 마술로 치유하지 않으면 죽는다는 것이었다. 수도꼭지에서 흐르는 물처럼 상처에서 선혈이 뚝뚝 떨어졌다.

'죽음——죽으면, 울어 줄까? 키리란셀로——. 아니면 화를 낼까? 아자리의 장례식 때처럼——.'

동시에 상처를 치유하기 위한 마술을 짜올리며——그 시야에 다시 은색의 칼날이 비쳤다.

'피하지 않으면 목이 사라질 거야!'

무릎을 꿇고 있었기 때문에 큰 움직임은 불가능. 하지만 그래도 그녀는 옆으로 구르듯이 그곳에서 이동했다. 짜올리던 마술의 구성은 비산하며 사라졌다. 그녀의 피가 그녀가 도망친 궤적을 쫓듯이 바닥을 더럽혔다.

"윽……!"

다시 덮쳐온 격통에 몸을 움츠렸다——왼손의 상처를 누른 레티샤는 고개를 들었다. 옷은 이미 피투성이었다. 바닥에 떨어진 피에 발끝을 닿도록 다가와 서 있는 것은 하이드런트였다. ——어느새 꺼낸 것인지 그도 검을 들고 있었다. 두 번째로 검을 휘두른 것은 검은 복장의 남자가 아니라 그였다.

"좋은 판단이로군."

빙글거리는 목소리. 그는 그렇게 중얼거리며 몸을 굽혀 피웅덩이 안에서 무언가를 주웠다.

"하지만 손가락은 떨어지고 말았네. 움직이니까 그렇지."

그가 검지와 중지로 쥔, 피로 물든 가느다란 것을 올려다보며, 레티샤는 등골이 얼어붙는 감각을 느꼈다. ――손가락이 사라진 것. 그뿐만이 아니다. 하이드런트를 올려다보는 시야가 급격하게 어두워지고 있었던 것이다.

'기절하려고 해…….'

피가 부족한 탓에 힘이 들어가지 않는 왼팔을 끌어당기며 그는 아랫입술을 깨물었다. 조금이라도 오래 의식을 유지해야 한다. ――하지만 체력은 물론 기력조차도 바닥이 났는지, 깨문 입술에서도 그다지 아픔이 전해지지 않았다.

"죽여서는 의미가 없어."

검은 옷이 하이드런트에게 건네는 말이 들렸다. 하지만 그 목소리조차 상당히 알아듣기 어려운 상태였다.

하이드런트가 무언가 대답을 한 듯했다. 하지만 잘 들리지 않았다.

'선……생님…….'

레티샤는 필사적으로 누군가를 부르며, 그대로 바닥에 얼굴을 떨어뜨렸다.

몽롱한, 무언가 거대하고 압도적인 것이 몸을 누르고 있다――.

어쩌면 자신의 잠꼬대였을지도 모르지만, 나머지는 기억의 단편에 몇몇 말소리가 남았을 뿐이었다.

"손가락이 없어진 정도로 간단하게는 죽지 않――"

"하지만 내버려두면 죽을 거다. 거래는――"

"흥. 기껏해야 책 한 권으로는――"

"스승에게 할 말이더냐? 너는――"

"선생님이 뭘 어쩔 정도로―― 내가 받은 상처는 이런 걸로――"

"사적인 원한이라면 본인에게 풀어라."

"네가 녀석을 끌어오지 못하고 이 여자를 데리고 왔잖나――"

"손가락이 없어진 정도로는――"

"――기껏해야 책 한 권――"

"사적인 원한이라면――"

기억이 암전하고 시간도 미쳐 돌아가기 시작했다. 레티샤는 어둠 속에서 울며 그저 들려오는 말을 기다렸다.

"내가 받은 상처는 이런――"

"그녀를 건넬 수는 없거든."

"끌어오지 못하고――"

'……!?'

레티샤는 문득 의아함을 느꼈다. ――목소리 안에 여자의 것이 섞이기 시작한 것이다.

"너――는!?"

하이드런트의 것인지, 그의 동료의 것인지는 모르지만, 경악에 찬 목소리가――

"사실은 건네도 어쩔 수 없다고 생각했지만――. 이런 대우로는 말이지……."

그 목소리를 듣고 레티샤는 한순간 의식을 회복시켰다. ――하지만 바닥에 쓰러진 채로 일어날 힘은 없었다.

'그럴……수가……!?'

레티샤는 그저 의미도 없이 절규하였다. 목소리로는 나오지 않는 절규를.

'미안해. ――난――네 장례식에는 출석하지 않았어――.'

어렴풋하게 저녁의 어둠이 닥치고 있었다.

검은 안개처럼 방 위 절반 부분을 뒤덮었다.

창문을 통해 과일처럼 새빨간 햇빛이 멀어져 가는 것이 보였다. 마치 빨려들어갈 듯이――그 창문의 바깥을 바라보다――

그녀는 간신히 자신이 의식을 되찾은 것을 자각했다.

딱딱한 베개 위에서 좌우로 머리를 움직였다. 흰 벽――흰 천장. 소독용 비누의 조금 자극적인 냄새. 꽃. 무늬 없는 꽃병. 사람 없는 침대. 청결한 시트. 천장의 커튼 레일. 물병과――

창가에 서서 가만히 바깥을 보는 남자.

한순간 그 사람이 누구인지 알아보지 못했다.

'선생님……?'

아니, 전혀 아니다. 남자는 차일드맨 교사처럼 키가 큰 것도, 머리가 긴 것도 아니다. 체격도 그 대륙 최강의 흑마술사와 비교하면 한층 작다. 그렇다고 마른 것도 아닌 평범한 키에 평범한 몸매. 눈매는 험상궂었다. ――아니, 정확하게는 전체적인 분위기 자체가 어딘지 냉소적이지 않을까. 그 남자는――

'아이 참……. 키리란셀로잖아.'

레티샤는 마음속으로 탄식했다. 그는 이쪽이 정신을 차린 것을 알아차리지 못하고 가만히 바깥을 쳐다보고 있었다.

그녀도 역시 잠시 그를 바라보고는……. 어느새 자연스레 입이 열렸다.

“고마워.”

그녀가 속삭이듯 말하자 그가 퍼뜩 놀라며 고개를 향했다. 그리고 황급히 달려왔다.

“티시——”

그는 그렇게 그녀의 이름만을 부르고 입을 다물었다. 레티샤는 몸을 일으키려 했지만——그럴 체력은 없었다. 결국 베개에 머리를 올린 채로 말을 이었다.

“고마워. 구해준 건 너였구나, 키리란셀로.”

“어? 어——어어…….”

그가 우물거리며 고개를 끄덕였다.

레티샤는 킥, 하고 웃으며 그런 그를 보았다——.

“바보 같아. 나 있지, 네 목소리를 아자리라고 착각했지 뭐야.”

그때의 일을 떠올리며——화제를 바꾸었다.

“클리오는 무사해?”

“그래. 그냥 까진 상처였어. 그리고 뇌진탕. 어찌됐든 죄다 오버스럽다니까, 그 녀석은. 벌써 팔팔해져서 여기에도……. 같이 오려고 했지만, 나 혼자서 왔어.”

그는 빠르게 말을 쏟아내고 거기서 자세를 바로 하며 시선을 들었다.

그리고 목소리는 물론 말투까지 톤을 낮추고 고했다.

"저기…… 티시. 네 상처…… 말인데…."

"응."

그녀는 온화하게 대답하고 이불 밑에서 붕대로 청결하게 감긴 왼손을 꺼내보았다.

그는 조용히 시선을 피했다. 겉으로 드러내려고 하지는 않았지만, 레티샤는 그 모습만으로 깨달았다.

"손가락은, 무사했어. 응급처치도 되어 있었고. ——아니, 내가 해서, 곪을 우려도, 아마 없을 거야. 하지만……."

그는 말하기 어려운 듯이 헛기침을 하고는 말을 이었다.

"한 번 신경이 완전히 절단되었으니까 이것만큼은 마술로도 치유할 수 없어. ——손가락을 붙이는 정도밖에 할 수 없었지. 그래서 신경이 이어질지는 자연치유력에 맡길 수밖에……. 없어. 흉터도 지우지 못했어. 시간이 너무 지나는 바람에."

"그래……."

고개를 끄덕인 그녀는 숨을 내뱉었다. 그리고 가만히 그의 얼굴을 바라보았다.

"뭐, 실수한 건 나니까 말이지. 어쩔 수 없어. 자업자득인걸."

거기서——레티샤는 퍼뜩 깨달았다.

"무슨 생각을 하는 거니, 키리란셀로?"

그는 가만히 자신을 무표정하게 바라보고 있었다. ——아까, 창밖을 쳐다보던 때와 똑같은 표정으로.

그는 즉답했다. 몸을 떨며.

"녀석들을 죄다 죽여 버릴 거야."

"그만둬!"

레티샤는 외치고――그리고 그 외치는 기세로 몸을 일으켰다. 피투성이었던 옷은 이미 환자복으로 갈아 입혀져 있었다. 그녀는 침대에 누울 수 있는 범위 아슬아슬한 곳까지 그에게 다가갔다.

"하지 마. ――바보 같은 생각은 하지 말아 줘."

"뭐가 바보 같다는 거야?"

조용히――그리고 살기까지 품은 목소리로 그가 되물었다. 레티샤는 고개를 저었다.

"바보라고밖에 말할 도리가 없잖아. ――제발 그만둬."

"그 녀석들은 네게 손을 댔어!"

"그렇다고 해서 내 손가락 두 개랑 네 인생을 교환하는 건 너무 비싼 거래잖아!"

레티샤는 고함을 지르듯이 그렇게 말하고 하아―― 하며 탄식했다. 그리고 가만히 오른손으로 그의 가슴에 손을 댔다.

"네가 날 위해서 그래도 전혀 기쁘지 않아."

"그럼…… 난 어떡하면 되는 거야?"

"포르테에게 연락해."

레티샤는 가슴에 댄 손으로 그의 심장 박동을 느끼며 천천히 말했다.

"월 교실은 어떤 의도인지는 모르지만 어쨌든 날 납치하려 했다 실패했어. 그들은 이미 이것만으로도 파멸이야. 포르테라면 장로들에게 연락해서 하이드런트를 해임시키고 월 교실에도 상응하는 처벌을 내리도록 움직이게 만들 수 있어. 아마 기꺼이 맡을 거야. ――월 교실을 말살할 두 번 다시 없을 기회니까."

그녀는 어깨를 으쓱했다.

"나도 곧바로 퇴원할 수 있어. 코미크론이 살아 있었다면 금방 치유해 줬겠지만――어쩔 수 없지. 그가 죽은 탓에 코르곤 같은 애들이 충격을 받고 《탑》을 뛰쳐나갔거든. 어딜 갔는지……."

레티샤는 말을 끊고 빙긋 웃었다.

"어느새 다들 《탑》에서 사라졌어. 모두 말이야……."

그녀는 손을 떨었다.

"날 걱정해 준다면, 부탁이야――. 이제 바보 같은 짓은 하지 말아 줘. 혼자서 암살자랑 싸우거나, 《탑》을 나가거나……."

"……."

그는 대답하지 않았다. 거기서――얼굴에 띠었던 웃음이 힘을 잃고 풀어지는 것을 느꼈다.

"이제 날…… 이 마을에 홀로 두지 말아 줘……."

레티샤는 그렇게 속삭이며 그의 가슴에 댔던 손에 이마를 올렸다.

그렇게 그에게 몸을 기대며 그녀는 잠시 눈물을 흘렸다. ――울음을 터뜨릴 정도로 약하지는 않았지만.

제5장 일몰 후 발소리가 울리다

하늘이 파랗게 물들어 지상으로 쏟아졌다.

우선 초목이 검게 지고, 그대로 밤이 시작되었다. 저택에 돌아올 때에는 그런 시간이 되어 있었다.

그는 철책으로 된 문을 밀어 열고 앞뜰에 발을 들였다.

"늦었네."

문 옆에서 별안간 말을 거는 자가 있었다. ——하지만 오펜은 딱히 놀라지도 않고 그쪽을 보았다.

예상은 하고 있었다. ——아니, 알고 있었다. 이미 정해진 일이라는 듯이 그곳에 그녀가 있을 것이라고 생각했다.

그는 말없이 문을 닫으며 그녀와 마주보았다.

"아자리……."

어둠 속에서 천천히 이쪽으로 걸어오는 그녀를 바라보며, 오펜은 자신도 달려가고 싶은 기분에 휩싸였다. 결국 자제했지만.

그녀는 그런 그의 분위기를 느꼈는지 걸음을 멈추었다.

"제대로 자고 있어? 많이 지친 것 아니야? ——어깨가 힘없이 늘어졌잖아."

오펜은 그런 그녀의 말을 무시하고 물었다.

"뭘 하러 나타난 거야?"

"딱히 상관없잖아. ——그리고 네가 말하지 않았어? 여기엔 내 방도 준비되어 있다면서?"

"아자리."

그는 경고를 날리듯이 낮게 신음했다. 그녀는 그의 그런 태도에 딱히 별다른 반응을 보이지는 않았지만, 변함없이 남을 삐딱하게 바라보는 듯한 웃음을 띤 채로 킥, 하고 코웃음을 쳤다.

"자꾸 내게 박하게 굴면 월 카렌에게 질 거야."

"……뭐?"

오펜은 눈을 동그랗게 뜨고 되물었다. 저택에서는 그다지 불빛이 없었다. ——이렇게나 커다란 저택에 몇 명이 살고 있을 뿐, 고용인은 한 명도 없다. 불이 들어온 방도 하나나 둘밖에 없고, 그 탓에 이 저택은 야간에는 폐허처럼 보였다.

그래서 현관 앞의 작은 가스등의 빛이 우연히 그녀의 갈색 눈동자를 반짝인 것은 거의 우연이라고 해도 상관없다. 그녀는 어둠 속에서 있었던 것이다.

그렇게 어둠 속의 작은 빛을 받으며, 아자리는 말을 이었다.

"안뜰로 가자."

레티샤 저택의 안뜰은 두 개의 건물 사이에 감싸인 형태로 앞뜰의 몇 배는 넓었다. 운동장으로도 쓰이고, 인공 연못 주위에는 벤치와 테이블도 준비되어 있어 좋은 휴게소 역할도 되었다. 어떤 의미에서는 이곳이 이 저택의 중심일지도 몰랐다.

"불빛을."

아자리가 중얼거리며 흰 인광처럼 빛나는 도깨비불을 인공 연못 바로 위로 띄웠다. ——오펜은 반짝반짝 빛나며 빛의 입자를 수면에 뿌리는 광구를 조용히 바라보았다. 빛은 조금씩 조금씩 어둠을 녹였다.

앞을 걷던 아자리가 휘릭 몸을 돌렸다. 전에도 본 검은 전투복은 생각보다 그녀를 작게 보이게 만들었다.

'아니. 그게 아니라 옛날과 다르게 키가 비슷한 탓인가…….'

오펜이 마음속으로 그렇게 혼잣말을 내뱉는 가운데 아자리는 똑바로 그를 보며 물었다.

"너무 끈질기게 물으면 질투하는 듯 들릴지도 모르겠지만── 너무 늦지 않았어?"

"병원에서 돌아오는 도중에 조금 들릴 데가 있어서."

"……《탑》에 전령을 부탁한 거야?"

"……."

오펜은 말없이 고개를 들었다. 그녀에게서는 조금 시선을 피해 그녀의 어깨너머로 밤의 어둠을 보았다.

아자리는 딱히 이쪽의 긍정을 필요로 하지는 않았던 모양이었다.

"티시의 지시지? 뭐──그녀가 생각할 법한 일이지만."

그녀는 그렇게 말하며 어깨를 움츠렸다.

"메신저는 이미 《탑》에 도착했겠지. 도중에 불의의 사고라도 당하지 않았으면, 말이지만."

"────뭐?"

오펜은 깜짝 놀라 되물었다. 하지만 그녀가 대답하는 것을 기다리지 않아도 그 말이 품은 의미는 이해하였다──.

"윌 교실 녀석들이 전령마차까지 덮친다는 거야?"

"그것만으로 끝나면 다행이겠지."

"……무슨 소리야?"

"뻔하잖아."

아자리는 그렇게 말하며 어둠을 휘젓듯이 손가락을 휘둘렀다. 저택, 그리고 이쪽을 가리키며.

"그들이 최후의 수단에 나섰다는 거야."

"최후의…… 수단."

오펜은 공허한 표정으로 그 말을 되풀이했다. 암살자들이 사용하는 최후의 수단——이라면, 하나밖에 없다.

아자리의 대답은 어둠 속에서 춤을 추듯 아무런 거리낌이 없었다.

"그래. 스탭이야. 그것도 적을 전부."

"말도 안 되는 소리 마!"

오펜은 스스로도 질색일 정도로 동요하며 목청을 높였다.

"타프렘 시에도 사법조직이 있어. ——《탑》의 최고 집행부도 무력하지도 무능하지 않아. 티시를 공격한 것도 녀석들에게는 그저 성공할지 실패할지 알 수 없는——"

"포르테, 티시, 너—— 아, 그래. 하이드런트에게 얼굴을 보였으니 나도 포함되겠네. 그들은 오늘 밤 중으로 모두를 없애려 들 거야. 그들이 성공할지 실패할지 알 수 없지만 최선의 수를 강구하는 것이라면——"

그녀는 입술에 손가락을 대고 덧붙였다.

"이것이야말로 바로 그렇겠지. 그들에게는 이제 뒤가 없잖아. ——내일이 되어서 집행부가 움직이기 시작하면, 다름 아니라 상급 마술사인 티시를 습격했으니까. 그것만으로 월 교실은 해체당하거나 구금당하겠지. 그때까지 그들은 행동을 끝내야만 한다는 말이야."

"의미가 없잖아."

오펜은 토하듯이 말을 내뱉었다.

"우리를 죽인다고 해 봐야 죄가 무거워질 뿐이야. 아무리 월 교실이라 해도 《탑》의 모든 전력과 싸울 힘은 없다고."

"하지만 도망칠 수는 있지."

"……뭐라고?"

무심코 되물은 오펜은 가만히 아자리의 얼굴을 쳐다보았다. 그녀는 관자놀이를 손가락으로 긁적이며 조금 생각에 잠긴 후에 말을 이었다.

"어떻게 설명해야 할까. ——말해 두자면 그들의 암살 목표는 사건의 관계자라서 너희들이 지목된 게 아니야. 그들이 목표로 삼은 것은…… 차일드맨 교실 전부지."

"더더욱 의미가 없어."

그 말을 듣고 아자리가 스윽 표정을 험악하게 만들었다. 그리고 어둠과 빛이 뒤섞이는 지점까지 머리를 물린 그녀가 대답했다.

"의미가 없는 짓은 하지 않아. 그 누구라 할지라도. 그들의 노림수는 브라우닝 가의 세계서야."

"세계……서?"

오펜은 의아한 듯이 되물었다. 아자리는 지극히 당연하게 그 단어를 입에 담았지만, 들은 적이 없는 말이다. 그것은 그녀도 예상하고 있었던 듯했다.

"처음 듣는 말이겠지. 나도 2주 전에 장로들에게서 캐물어서야 알게 된 거지만."

"장로들을…… 죽여서 말이지."

그는 굳이 그렇게 지적했지만 아자리 쪽은 어깨를 살짝 움츠릴 뿐

상대하지 않았다. 그저 천천히 말을 고칠 뿐이었다.

"세계서——그것에 관해서는 이야기하자면 길어질 거야. 기껏해야 한 권의 책일 뿐이지만. 종이 묶음인 주제에 이게 참, 사람을 얼마나 죽여댔는지."

"대체 그게 뭔데 그래?"

"발단은 말이지. 2백 년 전으로 거슬러 올라가."

아자리는 그렇게 말을 꺼내며 벤치 등받이에 몸을 기댔다.

"대륙에 점점이 존재하는 노르니르의 유적이 기본적으로는 전부 귀족 연맹의 소유가 되어 있는 건 알고 있지?"

"……그래."

오펜은 조금 주저한 뒤에 동의했다. 무슨 말을 하고 싶은지는 자신도 안다는 듯이 아자리가 킥, 하고 웃었다.

"물론 마술사 동맹이 숨긴 유적도 몇 개 있지만 말이지. ——거래 끝에 공식적으로 마술사 동맹의 소유물이 된 유적도 있어. 하지만 인류가 눈으로 볼 수 있는 최대의 유적은 아직도 귀족 연맹의 소유인 채야. 어느 유적을 말하는지 알지?"

"세계도……탑인가."

오펜은 그렇게 대답하며 무심코 세계도탑이 세워진 방향으로 고개를 향했다. 이 저택에서는 탑의 끄트머리조차 보이지 않지만.

"뭐, 말하자면 그거야. 킴라크가 귀족 연맹을 통해 우리에게 출입 조사를 금지한 세계도탑. 실은 말이지, 킴라크 녀석들은 탑이 세워진 목적을 알고 있어. 2백 년 전부터."

"목적?"

"그래. 노르니르가 어째서 세계도탑을 건설했는가——."

아자리는 그렇게 말하며 손가락을 세웠다.

"그것이 인간 마술사를 위해서 한 일이라는 건 틀리지 않아. 그녀들은 우리의 선조들에게 이렇게 말을 남겼어. ――'세상에 의문을 가진다면 탑을 엿보아라' 라고. 탑은 강력한 마술 장치야. 그녀들은 2백 년 전 강력한 마술을 행했어. 탑을 이용해서 말이야. 막대한 노력과 대가, 희생양까지 이용해 그녀들이 벌인 일은――"

그리고 세웠던 손가락을 조용히 오펜에게 향했다.

"겨우 한 권의 책을 소환하는 것."

"……"

오펜은 대답하지 않고 그녀의 손가락을 보았다. 그녀는 그 시선을 깨달았는지 재미있다는 듯이 빙글빙글 손가락을 돌려 보였다. 그리고 그대로 말했다.

"그 책이 세계서라고 불리는 물건이야."

"뭐가…… 기록되어 있지? 그 책에?"

"세계의 비밀."

그녀는 척, 하고 손가락을 멈추며 말했다.

"노르니르들이 우리에게 스스로 깨달아 주길 원했던 모든 것이. 그 책은 신들의 세계에서 기록된 역사서야."

"신이 썼다고 할 셈이야?"

오펜은 콧방귀를 뀌며 말했다. ――하지만 아자리가 진지한 얼굴로 고개를 끄덕이는 것을 보고 문득 등 뒤가 서늘해지는 것을 느꼈다.

"바로 맞췄어. 그 책의 이름은 스베덴보리. 알지?"

"마왕 스베덴보리……. 키에살히마의 역사 이전에 신들과 싸웠다

는. ——그거 단순한 신화가 아니었어?"

"킴라크 녀석들은 그 시대의 신들을 믿고 있어. ——물론 마왕의 존재도 믿고 있겠지."

그녀는 몸을 움직여 반동을 주어 벤치 등받이에서 몸을 뗐다.

"천사와 악마를 거느리고 만물을 제패한 마법사 스베덴보리. 시간을 호흡하고 밤하늘을 먹어치워 굶주림을 달래는 자. 그런 그가 기록한 신들의 세계에 존재하던 책."

거기서——그녀는 갑자기 오펜에게 얼굴을 가져가며 목소리를 낮추고 말했다.

"세계서. 그것이 세계도탑에 소환된 것이 2백 년 전. 킴라크는 그 책의 존재를 마술사들보다 먼저 탐지했어. ——그 이유는 모르지만. 예상컨대, 그런 부분이 바로 킴라크의 비밀이겠지만……."

오펜은 그런 그녀에게서 도망치듯이 뒤로 물러났다. 그리고 입술을 삐죽이고——뭔가 논쟁을 벌이는 심정이 됨을 느끼면서도 말했다.

"그런 건 아무래도 좋잖아. ——그 책이 세계도탑에 있다면 월 같은 녀석들은 손도 못 댈 거 아니야. 티시나 우리들과는 더더욱 관계가 없고."

"그래. ——지금도 세계도탑에 보관되어 있다면 말이야."

아자리가 의미심장한 말투로 그렇게 내뱉었다.

움찔, 하고 오펜이 표정을 일그러뜨렸다.

"무슨 일이 있었지?"

"간단해. 40년 전 모래 전쟁——킴라크 교회와 마술사들의 파국, 이라고 불리는 그거. 사실 킴라크의 노림수는 세계도탑에 있던 그 책이었거든. 그래서 마을을 파괴하고 그 책을 빼앗은 뒤에 재빨리 물러간 거야."

"……그럼……."

"무슨 말을 하고 싶은지는 알아. 아까랑 똑같은 생각을 한 거지? ——킴라크에 있다면 월 같은 녀석에게는 이하동문. 분명히 그 전쟁 이후 세계서는 교회의 성스러운 보물로 지정되어 킴라크 교사장의 최고 명문 브라우닝 가에 보관되어 있었어. 10년 전까지 말이야."

그녀는 막힘없이 설명하며 양팔을 펼쳤다.

"하지만 말이지, 보물이라는 건 도둑을 맞기 마련이야. 브라우닝 가에서 성보를 훔쳐 나온 사람도 단순한 좀도둑이었어. 손에 넣은 책의 가치조차 깨닫지 못했겠지. ——중고 서점에라도 팔아 넘기지 않았을까? 세계서는 그대로 어둠의 루트로 흘러들어가…… 몇 십 년 동안 행방을 알 수 없었어."

"하지만 그 행방을 찾았으니까 녀석들이 행동을 일으킨 거겠지?"

오펜에게는 이제 대강의 사정이 파악되었다. 아자리가 고개를 끄덕 앞으로 숙였다.

"이 정보가 뒷세계에서 대대적으로 흘러나온 것이 바로 저번 주야. 책은 6년 전부터 이 마을의 드래곤 신앙자들 손에 넘어가 있었지. 그들은——그 도적이니 뭐니랑은 다르게——고어를 어느 정도 알고 있었기에 그 책의 중요성을 어렴풋하게나마 깨달을 수 있었고."

"……그리고 정보가 퍼진 그 주에 월 교실의 녀석들은 드래곤 신앙자의 집회를 습격했다는 거군."

"뭐…… 헛수고였지만 말이야."

그녀는 웃음을 터뜨렸다.

"사실을 말하면 말이야, 그들이 집회장에 온 건 내가 그 집회를 엉망진창으로 만든 후였어. ——문을 까부수고 저택 안을 마구 헤집은 것도 바로 나고. 그 정도라도 하지 않았으면 입을 열지 않았을 테니까 어쩔 수 없었는걸."

거기까지 말한 그녀는——스윽 웃음을 지웠다.

"내가 떠난 뒤에 그들이 왔던 모양이더라고. 상황을 보고 누군가가 자신들을 앞서 왔다는 것을 깨달은 그들이 한 짓은, 일단 더 이상의 정보가 유포되는 것을 막는 것… 즉, 입막음이었어. 그곳에 있던 드래곤 신앙자들 전부 죽였다고 들었는데, 그때 내가 캐물은 것과 같은 정보를 손에 넣은 모양이야."

"다시 말해서——"

오펜은 천천히 입을 열었다. 그 말에 맞춰 아자리도 말을 이었다.

두 사람은 동시에, 같은 말을 입에 담았다.

"그 세계서는, 최종적으로 차일드맨의 손에 넘어갔다……."

"5년 전에 드래곤 신앙자와 무언가 거래를 했다고 해. 어떤 말로 구슬렸는지는 모르지만 말이야."

아자리만이 그 뒤를 이어 말했다.

"차일드맨이 '실종'된 지금——세계서의 소재를 알고 있을 가능성이 있는 건 그의 학생들인 우리뿐. 어차피 아무리 월 카렌이라고 해도 선생님으로부터 직접 책을 빼앗으려고 생각할 정도로 무모한 건 아니겠지만."

"세계서는 어디에 있지, 아자리!?"

오펜은 그녀에게 다가가 힐문했다. 그리고 자신도 모르게 손을 뻗으려다――그녀는 피하려고도 하지 않았지만――그녀의 멱살을 붙잡은 순간, 생각을 고쳐 멈췄다.

아자리는 그 손을 내려다보며 말했다.

"왜 내가 안다고 생각해?"

"네가 아직 모른다고 한다면 내게 그 정보를 건넬 리가 없으니까――내가 앞지를 기회를 줄 리가 없으니까 말이야. 그리고 넌 그 세계서인지 뭔지에 무엇이 기록되어 있는지 아는 듯이 말했어. 읽었겠지, 내용을!"

오펜은 대부분 어림짐작에 몸을 맡기는 기분으로 말을 쏟아냈다. 그리고 말을 한 뒤에 일단 그것이 올바를 것이라고 깨달았다――.

'그래. ――아자리는 날 이용하려 하고 있어…….'

아자리는 그래도 가볍게 웃음을 그려 보였다. 단지…… 그 두 눈은 주변의 어둠과 동화하듯이 그림자를 드리우며.

"그다지 날 좋게 생각하는 추리가 아니니까 감점 1점이야. ――하지만, 뭐, 그 외에는 거의 만점이고."

그녀는 그렇게 말하며 아까까지 계속해 내밀고 있던 오펜의 손을 신경 쓰듯이 자신의 옷 가슴 부분을 손으로 바로잡았다.

"세계서는 이 저택에 있어. 빈틈을 봐서 살짝 훔쳐보기도 했고. 하지만 그 책의 소재를 들어서 어쩔 셈이야?"

"그야 뻔하지! 그딴 거 월이든 누구든 줘 버리면 돼!"

"안 돼."

그녀는 단호하게 대답했다.

그리고 마치 빨려들어갈 것만 같은 눈동자로 그를 바라보며 말을 이었다.

"내가 책을 찾으려 했던 이유를 알려줄게. ——그 책은 파괴해야만 하는 물건이야. 세계서에는 가치도 없는 인간에게 알려져서는 안 되는 정보가 기록되어 있으니까……."

"그럼 그렇게 해. 그리고 월에게 전해주면 돼. 책은 태워버렸다고 말이야."

"그가 그걸로 납득할 거라고 생각해?"

아자리는 훗, 하고 웃으며 말했다.

"……"

자신도 모르게 입을 다물고 생각해 보았다. ——분명 그녀의 말이 옳다. 월은 믿지 않으리라. 아니, 《탑》에서 다른 교실의 마술사가 하는 말은 한 치라도 믿어서는 안 된다.

'허풍은 물론…… 속내조차 통하지 않으니까 말이지.'

씁쓰레한 기분으로 생각했다.

이쪽이 그런 사고에 달한 것을 알아차렸는지, 아자리가 다가왔다.

"선택할 여유는 없어. 내일 아침이 되면 《탑》의 집행부가 움직이기 시작해. ——하지만 엉덩이가 무거운 장로들을 기다릴 수는 없는 노릇이지. 월 패거리는 오늘 밤 중으로 움직일 거야. 너도 알겠지? 너나 포르테는 자기 몸 정도는 지킬 수 있을지 몰라. ——나도 말이야. 하지만 티시는? 그녀는 지금 부상을 입었고 병원은 무방비하기 짝이 없는 곳이야. 그녀까지 지켜낼 수 있을 리 없어. 말해 두지만 그들이 한밤중에 행동을 일으킨다고 치면… 지금부터 그들이 집합하고 있을 《탑》으로 직행해도 아슬아슬한 시간이야."

"……믿을 수가 없군."

오펜이 갑자기 그렇게 내뱉었다.

"어?"

아자리가 허를 찔린 듯이 되물었다. 오펜은 쓴웃음을 감추듯이 얼굴 아래쪽에 손을 대고——크게 한숨을 내쉬었다.

"댁이 티시의 안부를 걱정하는 게 말이야."

순간, 진심으로 화가 난 듯 아자리가 눈꼬리를 치켜 들었다——.

"키리란셀로……."

마치 사납게 으르렁대듯이 자신의 이름을 부르는 목소리를 들으며, 오펜은 고개를 저었다.

"미안. ——딱히 진심으로 한 소린 아냐."

"알아. 당연하잖아."

그녀는 스윽 허리를 폈다. 그리고 똑바로 이쪽을 바라보고——아니, 바라보기만 하는 것이 아니라 피하듯이 고개를 돌리려 하던 이쪽의 눈을 들여다보듯이 시선을 보내 오며 말을 이었다.

"해 주겠지? 할 수 있을 거야. 월 카렌을…… 스탭하는 것을."

암살(스탭)——.

오펜은 마음속에서 그 단어를 곱씹었다. 한 번 씹어 보자 그 울림이 무수하게 귓속에서 반향되었다…….

'할 수 있긴 뭐가!'

고함을 지를 뻔했지만, 그 말이 목에 걸려 나오지 않았다. 목만을 울리며 잠시 그녀를 마주본 후——간신히 나온 것은, 자신이 생각했던 것과 다른 말이었다.

"……티시와는 정반대의 말을 하는군."

"널 이해하고 있으니까. ——나만은 말이야."

그녀는 조용하고 침착한 목소리로 그렇게 대답했다.

오펜은 주먹을 틀어쥐었다.

"그래. ……그러니까 날 이용할 수 있는 거겠지. 네 마음대로."

"하지만 감사는 해 줄 거지? 내가 생각했던 대로…… 넌 옛날의 자신과 마주하고 예전의 센스를 상당량 되찾지 않았어? 그 사람의 후계자로서 불가결한 힘을 말이야……."

'쓸데없는 짓을!'

오펜은 소리로는 내지 않고 외치며 그녀를 노려보았다. ——아자리는 주머니에서 작고 검은 상자를 꺼냈다. 그녀가 손에 넣은 노르니르의 유산 중 하나로, 자유롭게 공간을 이동할 수 있는 물건이라고 한다.

아자리는 그 상자 표면에 손가락으로 복잡한 문자를 훑으며 고 했다.

"세계서는 네 학생이 가지고 있어. 차일드맨의 저택에서 가지고 나온 모양이더라. ——책은 월과의 거래에 쓸 수 있어. 유효하게 말이야——."

상자 위에 무수한 빛의 문자가 떠오르기 시작했다.

춤을 추듯이, 혹은 노래라도 부르듯이 문자가 빙글빙글 돌고 형태를 바꾸며 빛을 더욱 발했다. 그 빛이 스르륵 아자리의 몸 전체를 감쌌고——

다음 순간, 그녀는 사라졌다.

"정말——순 제멋대로다!"

그녀의 모습이 사라진 뒤, 그제야 오펜은 목청을 높여 외쳤다.

"댁이 날 이해하고 있어? ——남을 이해하는 여자가 사람을 죽이겠냐고!"

그렇게 말하고는, 움찔 몸을 움츠렸다——.

공포를 느낀 것은 아니다. 그것만큼은 확실했다.

그래도 이용당할 수밖에 없는 자신을 어찌할 도리가 없을 정도로 또렷하게 자각하고 말았기 때문이었다.

'……저렇게 큰소리를 내고도 남이 듣지 않을 거라고 생각하는 걸까….'

외부 복도 출구에 몸을 숨긴 클리오가 나지막하게 혼잣말을 내뱉었다. 레키가 발밑에서 지루한 듯이 귀를 긁적였지만 일단 무시했다.

'방금 그 여자…… 어둠 탓에 잘 보이진 않았지만…….'

어딘가에서 본 적이 있는 여자였다. 좀처럼 생각은 나지 않지만.

연못가에 홀로 남겨져 멍하니 서 있는 오펜을 바라보며, 클리오는 작게 탄식했다.

"오펜도 참. 굉장히 절박한 목소리를 냈었지……."

발밑의 레키에게 말을 걸었다.

그리고 느닷없이 대답이 돌아왔다.

"음. 저건 분명 무언가 사연이 있겠군."

"옛날로 돌아가자고 우기다가 말싸움이 벌어진 걸로 보였어."

"————!?"

눈을 부릅뜨고 고개를 돌렸다. ——그러자 지인 둘이 외부 복도 지붕의 기둥에 묶인 채, 열심히 아는 척을 하며 고개를 끄덕이고 있었다.

"어——어째서 너희가 이런 곳에 있는 거야!?"

클리오는 작은 소리로 외치며 두 사람 쪽으로 다가갔다. 볼칸은 무겁게 고개를 끄덕이며 대답했다.

"음. 쿠데타에 실패한 자는 포로로서 살려 두고 치욕을 안겨야 한다며 그 패트라는 꼬마가 강제로 우릴 이곳에 묶었다."

"넌 참 한심한 소릴 당당하게도 자백하는구나……."

"그치만 걔 돌을 들고 때리려고 들었는걸. 난 상관도 없는데."

도틴이 느릿느릿 말하며 신음했다. 어째서인지 볼칸보다도 더 너덜너덜하게 된 것처럼 보였다.

볼칸이 퍼뜩 고개를 들었다. 등을 맞대고 묶여 있었기에 얼굴을 마주 볼 수는 없지만, 그래도 어떻게든 어깨너머로 고개를 돌린 채로 외쳤다.

"상관이 없긴 뭐가 없냐! 피를 나눈 아름다운 형제애는 순교의 자리에서도 그 피를 나누는 법이지 않느냐!"

"뭔지는 잘 모르지만……."

클리오는 게슴츠레한 눈으로 머리를 긁적였다.

"너, 무슨 가르침을 바탕으로 순교하려는 건데?"

"훗——."

볼칸은 의기양양한 미소를 지었다.

"이 몸의 강력한 전사의 뜻이 있다면 실은 종교가 없는 것 따위 아무런 문제도 되지 않는 법이지."

"될 것 같은데……."

이건 도틴의 말.

클리오는 이제 그들에게 묻는 것은 그만두고 또 탄식했다. 그리고

머리 뒤를 긁적이려다 억지로 몸을 꼬고 있는 레키를 안고 오펜이 있는 쪽을 힐끗 보았다.

"아, 오펜 벌써 저택에 들어온 모양이네. 그럼 나도 갈게. ——잘 있어."

"으엑!? 풀어주지 않는 건가요!?"

도틴이 울먹이는 목소리로 비명을 질렀다. 클리오는 이미 저택으로 향했던 몸을 반전시켜 그들을 돌아보았다.

"왜 내가 그런 귀찮은 짓을 해야 하는 건데?"

"왜냐니…… 인정이라든가……."

"뭐? ——나, 다치는 바람에 피가 부족해서 기분이 안 좋으니까 영문을 알 수 없는 소리는 하지 말아 주겠어?"

"영문……을 모르는 말인가요? ……그치만 인정이잖아요……?"

도틴은 새파래진 안색으로 말했다. 클리오는 눈을 차갑고 가늘게 뜨고 그들이 묶여 있는 기둥을 척 가리켰다.

"그 기둥."

"아…… 예."

도틴이 대답했다. 클리오는 될 대로 대라는 식으로 기둥의 꼭대기와 아래를 순서대로 가리키며 말했다.

"꽤나 낡은 모양인걸. 노력하면 뺄 수 있지 않을까?"

"뺄 수 있겠냐아아아아아!"

볼칸이 묶인 채로 두 다리를 아등바등 움직이며 외쳤다.

"코끼리 다리보다 굵은 기둥이라고, 인마! 이딴 걸 뽑을 수 있을 정도라면 그것만으로도 밥 벌어 먹고 살겠다, 멍청아! 갈색 바나나를 먹여 죽인다!"

"그럼 열심히 해 봐~♪"

클리오는 명랑하게 손을 흔들며 그곳을 뒤로했다.

거실로 돌아오자 오펜과 매지크가 있었다. 요즘 계속해서 매지크가 붙들고 있던 검은 책에 대해 무언가 이야기를 나누는 모양이었다.

'또 나만 따돌리고…….'

마음속으로 투덜거렸다.

하지만 그런 내심은 추호도 내비치지 않은 얼굴로 그들에게 다가갔다. 발소리를 듣고 오펜이 가만히 고개를 향했다.

매지크는 무슨 일인지 안색이 새파랬다. 하지만 딱히 아무래도 좋은 일이었다.

"아. 어서 와, 오펜. ——티시의 상태는 어때?"

그녀는 머리 위의 레키의 등을 쓰다듬으며 물었다. 오펜은 음——하고 애매한 표정으로 고개를 끄덕였다.

"괜찮더라. 저기 말이다…."

그는 곤혹스러운 듯이 입을 열었다——.

클리오는 내심 울컥하면서도 그가 꺼낼 법한 말들을 줄줄이 예측했다.

'정말이지, 항상 이런다니까…….'

"이제부터 나, 잠시 나갈 예정인데……."

오펜은 말하기 어렵다는 듯이 마음에도 없는 웃음을 띠고 있었다.

'아~아~. 그렇겠지. 딱히 별일은 아니라든가, 금방 돌아온다든가, 여기서 기다리라든가 같은 소리겠지.'

대체 어떤 식으로 미행해 줄까 궁리하면서도 클리오는 역시 그런 내심은 전혀 비치지 않은 채 방긋방긋 웃으며 고개를 끄덕였다.

“그래?”

대답도 능청맞았지만——그것을 깨달은 것은 매지크뿐인 듯했다.

오펜은 딱히 그런 그녀의 기색을 깨닫지 못하고 말을 이었다.

“티시를 그렇게 만든 녀석들과 싸우러 갈 거다. ——《송곳니 탑》으로 말이야.”

‘어휴, 참. 그렇게 자신이 갈 곳도 목적도 비밀로 하고 말이야. 몰래 따라가야 하는 이쪽의 사정도 생각해 달라고.’

“하지만 나 혼자로는 무리야.”

‘가끔은 남에게 의지하는 법도 모른다면 하나도 안 귀엽다고, 응.’

오펜은, 거기서 말을 끊고 천천히 시선을 향했다.

“날 도와줘.”

‘결국 이번에도 날 내버려두고 갈 셈이겠지——’

…….

클리오는 거기서 생각을 멈췄다.

그리고 천천히——웃음의 형태로 굳어진 표정을 풀며, 눈을 동그랗게 떴다.

“……뭐?”

진지하게 이쪽을 바라보는 그에게, 클리오는 완전히 얼빠진 목소리를 내뱉었다.

제6장 한밤에 불타오르다

이미 심야라고 할 시간도 몇 분 정도 지났을 시각이었다.

밤의 나무들 사이에 몸을 숨긴 채, 시계 따위가 있을 리는 없지만 왠지 모르게 알 수 있었다. ——하늘에는 옅은 구름이 소용돌이를 치고 있어 달의 위치는 도움이 되지 않았다. 시간을 알리는 종이 울리고 있는 것도 아니었다. 물론 저택을 나온 뒤부터 시간을 세고 있었던 것도 아니다. 그저 한밤인 것만——알 수 있었다.

《송곳니 탑》의 입장은 경비부의 검문을 필요로 한다. 하지만 순순히 그곳에 얼굴을 내밀 수는 없는지라 오펜 일행은 정문에서 조금 떨어진 수풀 안에 몸을 숨기고 있었다. 눈앞에는 고개를 들어야 할 정도로 높은 벽이 우뚝 솟아 있었다.

셋이 나란히 숨고 멍하니 그 광경을 보며——그 침묵을 깬 것은 이런 말이었다.

"……뭐, 사정은 대강 파악했어."

레키를 품에 안은 채 홀로 고개를 끄덕이는 클리오에게 오펜은 의심스러운 눈초리로 물었다.

"정말로 이해한 거 맞겠지……?"

"응."

금발의 소녀는 진지한 얼굴로 자신의 작은 턱을 턱 부분에 가져가듯이 고개를 끄덕엿다.

"매지크가 책을 훔친 탓에 나는 머리가 깨지고, 티시는 병원행—

—그리고 계속된 추궁을 피해기 위해서는 이쪽이 쳐들어가서 원흉과의 단절을 꾀할 수밖에 없다는 말이잖아. 정론이지."

"……."

오펜은 그녀가 말한 내용을 조금 시간을 들여 머릿속에서 되풀이해 보았다. ——개요는 틀리지 않고 이쪽도 적당한 부분은 생략하고 설명했으니 완전한 이해를 보이는 것은 무리이리라. 하지만…….

"저, 저어어어어엉말로 이해한 거 맞지?"

더욱 예리한 눈빛으로 오펜이 추궁하자 클리오는 괜한 트집은 잡지 말라는 듯이 입을 삐죽이며 반박했다.

"대강만 이해하고 있으면 충분하잖아."

"저기이……."

클리오의 반대편에서 매지크가 말을 걸었다. 오펜은 진지한 얼굴을 유지한 채로 말했다.

"뭐냐, 좀도둑 꼬마."

"그~러~니~까~요~, 스승니임!"

그는 울음을 터뜨릴 것 같은 얼굴로 파닥파닥 팔을 저었다.

"그건 그러니까, 뭐라고 해야 하나, 저도 모르게——딱히 훔치려고 해서 가지고 온 게——."

"요컨대 혼란을 틈탄 도둑질이잖아."

그 뒤를 이어 오펜은 이마에 손을 대고 과장되게 신음했다.

"아~아. 내가 도둑놈의 선생님이라니~."

"아우우우우으으으……."

매지크는 눈물을 흘리며 일단 조용해졌지만, 그래도 곧 회복해 물었다.

"하지만——저기, 딱히 저희 나쁜 짓을 하러 온 게 아니니까, 이런 곳에서 몰래 숨어드는 짓은 하지 않아도 괜찮지 않나요?"

"하지만 말이지……. 경비부가 나와 월 카렌을 저울질하다가 내쪽을 선택해 줄 거라고는 생각이 안 들거든."

오펜은 크게 숨을 내뱉었다.

"레티샤가 습격당했다는 보고가 제대로 《탑》까지 도착했는지 아닌지 확인할 방법이 없어. 여기서 경비부와 서로 투닥대는 동안 월 교실 녀석들이 탈출이라도 했다간 난리가 벌어질 거야."

"……그건 그렇고——."

클리오가 갑자기 진지한 목소리로 말했다.

그녀의 시선을 따라 오펜도 그 방향으로 고개를 돌렸다——함께 《탑》의 외벽을 올려다보고, 잠시 침묵. 그녀가 무슨 말을 하고 싶은지는 대강 알 수 있었다.

오펜은 클리오가 말하는 것보다 앞서 대답했다.

"……이 벽을 어떻게 넘을지 묻고 싶은 거지?"

"그렇지……. 나, 저거 못 뛰어넘어."

"나라고 뛰어넘을 수 있겠냐, 저딴 걸."

"레키라면 넘을 수 있을지 모르는데?"

"……그 검은 개만 저 너머로 던져놓고 우리는 여기서 모기랑 싸우자는 거냐?"

"그럼 어떡할 건데."

그 질문에 오펜은 한숨을 내뱉었다. 그리고 어깨를 으쓱이고 자신의 가슴 아래에서 은제 펜던트를 꺼내 들어 보였다.

"날 뭘로 보는 거야? 완력으로 불가능하다면 마술로 커버하는 게 마술사라는 놈이라고."

그 말을 듣고 클리오는 팟, 하고 얼굴을 빛냈다. 그리고 아무래도 악의만큼은 없는 듯한 분위기로 손가락 하나를 세우며 말했다.

"즉, 완력으로 무리라면 폭력으로 파워업해서 보조하겠다는 거네?"

"……아무래도 내 주변에는 한 번쯤 진심으로 끝장을 봐야 할 녀석들만 모이는 모양이로군."

오펜은 탄식하고 클리오의 손가락을 밀어 치운 다음, 수풀을 나왔다. 그 뒤를 따라 클리오와 매지크도 모습을 드러냈다. 경비부의 순찰이 자정을 지나면 순찰 간격이 극단적으로 길어지는 것은 《탑》에서 공부한 적이 있는 마술사들 사이에서는 지나칠 정도로 유명한 일이었다. ——즉, 그 틈을 타고 야간 외출을 감행하는 풍습이 있다는 의미다.

뒤를 따라오며 아직도 조금 낙담한 분위기의 매지크가 물었다.

"저기, 스승님……."

"뭐냐, 절도범 예비군."

윽……. 하고 매지크가 몸을 뒤로 젖히는 것이 소리가 되어 들려왔지만, 아무래도 아주 넘어가지 않고 버티는 것에 성공한 모양이었다. 그는 참으로 불안하게 들리는 목소리로 말을 이었다.

"마술로 벽을 넘는다니…… 저번에 말씀하셨던 그, 실패하면 단숨에 몸이 증발하거나 격돌해서 사망하는 그건 아니겠죠?"

오펜은 기막힌 얼굴로 고개를 뒤로 향했다.

"둘이나 안고 그딴 위험한 짓을 하겠냐."

그리고 벽 위를 가리켰다.

"애초에 공간전이라고 해서 벽을 통과할 수 있는 건 아니야. 그것보다 위가 비어 있으니까 뛰어넘으면 될 뿐이잖냐. 조금 중력을 중화해서 높이 뛸 수 있게 하면 충분하다고."

"저번에 공중에 떴을 때 썼던 그거네?"

클리오는 그때를 떠올리며 말했다.

오펜은 그런 그녀의 말에 맞아, 하고 고개를 끄덕여 긍정했다.

"그런 거다. 중력 중화라면 공간 전이만큼 제어가 어렵지 않거든."

그리고 매지크의 몸을 단단히 붙잡으며 말을 이었다.

"실패해도 내장부터 폭발하는 정도로 그치고 말이야."

《송곳니 탑》의 부지 안으로 무사히 착지한 오펜은 주변을 둘러보았다. 그리고 우선 운동장에 자재가 쌓여 있는 지점 뒤로 세 사람 모두 몸을 숨겼다.

어둠 속, 너무나 인공물의 부지답게도 어떤 생물의 숨소리도 발소리도 들리지 않았다——아까까지 수풀 안에서 느꼈던 모든 감각이 사라져 있었다.

있는 것은 인간을 식사로 삼는 모기뿐이다.

레키를 머리에 올린 클리오가 조용히 오펜의 옆으로 다가왔다.

오펜은 일단 작은 목소리로 물어보았다.

"레키의 마술로 단숨에 《탑》 안으로 전이할 수는 없냐?"

클리오는 잠시 머릿속에서 검토하는 모양이었다. ——살짝 시선을 들고 생각에 잠겼다. 레키에게 말을 거는 것으로도 보였지만.

잠시 후 그녀는 고개를 저었다.

"무리일 거야. 아직 새끼인걸. 어려운 말을 해도 통하질 않아."

"뭐…… 기대는 하지 않았지만."

오펜은 어깨너머로 매지크를 보았다.

"그 책, 누가 가지고 있냐?"

"아…… 저예요."

매지크는 그렇게 대답하며 옷 아래에서 새카만 가죽 표지의 책을 보였다.

"그래……."

나지막하게 내뱉은 오펜은 어둠 속에 우뚝 솟은 거대한 《탑》을 올려다보았다. 월 교실 녀석들은 아직 《탑》을 나오지 않았을 터이다.

——그 이유는 몇 가지가 있다.

우선, 당연하게도 십 수 명이나 되는 암살자가 완전무장을 하고 야간에 출동한다면 경비부가 수상하게 여기지 않을 리 없다. 애초에 마술사가 다수로 어떠한 「작업」을 하는 것은 귀족 연맹과의 협약 위반이다. 협약 위반은 때때로 벌어진다고는 해도, 결국은 일개 교사에 지나지 않는 월에게 그것을 강행할 수 있는 권력은 없다.

마술사의 출입은 전부 기록되기 때문에 한 명 한 명 나간 후 합류해도 마찬가지이다.

레티샤가 습격을 당한 것은 오후. ——그 후로 동료를 집합시켜 준비를 마친 다음 습격 계획을 짤 시간을 고려하지 않더라도, 해가 떠 있는 와중에 《탑》을 나왔다는 가정 역시 그다지 거론할 필요가 없다. 그들은 자신들이 포르테에게 마크당하고 있다는 것을 알고 있다. 조금이라도 《탑》에서 움직이면 포르테의 '네트워크'가 순식간에 포착하리라…….

'그렇다면…… 녀석들은 가장 간단한 수를 쓰겠지. 내가 들어온 것과 마찬가지로――경비부의 순찰이 허술해지는 자정 이후에 《탑》을 나오려 할 거야…….'

즉 월 교실의 암살자들은 바로 지금 《탑》을 나오려 하는 참이라는 뜻이다.

'바로 지금, 이라…….'

오펜은 기분 나쁜 맛이 나는 침을 목구멍으로 삼키고 혼잣말을 내뱉었다.

"그 녀석들이 설마 내 공격을 예상하지 않을 리 없겠지――."

"내 공격, 이 아냐."

클리오가 그의 혼잣말을 듣고 정정했다.

"우리들의 공격이지."

그 말에 오펜은 씨익 웃었다.

"아니, 녀석들이 예상하는 건 내 공격이야. 너희들에 대해선 고려하지 않을 거다."

"아, 그래서 저희를 데리고 오신 건가요."

매지크가 놀란 듯이 말했다. 오펜은 잠시 눈을 깜빡이고는 당황한 듯이 고개를 끄덕였다.

"그――그래. 그런 거야."

그리고 순식간에 눈빛을 예리하게 바꾸고, 《송곳니 탑》을 다시 돌아보았다――.

"가자."

오펜은 조용히 속삭이고 밤의 어둠으로 발을 들였다.

야간의 《탑》은 정적에 가라앉아 있었다. 인기척도 없었다. ——부지 바깥에 있는 학생 기숙사에는 불도 켜져 있지만, 《탑》에서 다소 소란이 벌어진다고 해서 들릴 리 없다. 문제는 경비부다——.

발소리를 내지 않고 걸으며 오펜은 홀로 생각에 잠겼다. 뒤에서는 생각했던 것보다 더 조용하게 매지크와 클리오가 따라왔다.

《송곳니 탑》 집행부에 소속된 경비부는 둘로 나뉜다. 흔히 하우스펫과 워치독이라고 불리는데, 즉 《탑》의 시설 내 경비를 담당하는 과와 문지기이다. 의미와는 반대로 전자 쪽이 상급직으로 여겨지지만, 문지기 쪽은 인원이 충실한 데 반하여 내부 경비는 좋게 말하면 소수 정예——실상은 인원 부족의 만성화를 겪고 있다.

'포르테와 확실하게 연락을 취했더라면——경비부를 아군으로 삼을 수도 있었을 텐데…….'

그렇게 상황을 계산하며 들키지 않도록 차폐물에 숨어 운동장을 빠져나왔다.

'뭐, 안 되는 걸 아쉬워해 봐야 어쩔 수 없지.'

도구실이나 방치된 잉여 건축자재 등, 운동장에는 몸을 숨길 것이 그다지 부족하지 않았다. 클리오와 매지크도 잘 따라오고 있었다.

——순간 문득 뇌리에 매지크의 말이 떠올랐다.

——그래서 저희를 데리고 오신 건가요——.

'아마도…… 아니겠지.'

오펜은 멍하니 자문자답을 내렸다.

달이 뜨지 않은 밤길이지만 잘 보면 윤곽은 보인다. 저 멀리 자리 잡은 학생 기숙사의 불빛 덕분이리라. 오펜은 힐끗 어깨너머로 뒤에서 따라오는 둘을 보았다.

클리오는 딱히 긴장한 기색도 없이 달려서 따라왔다. 평소 입고 다니던 방검 재킷은 질렸는지 어젯밤 레티샤에게서 빌렸던 그녀의 전투복을 또 입고 있었다. 이번에는 머리카락을 등에 넣지 않았다. ——옷을 벗었을 때 머리카락이 잔뜩 빠진 것을 발견하고 기겁했던 모양이다. 물론 머리카락이 방해되어 복면은 쓰고 있지 않다.

생각해 보면 이 소녀가 무언가를 무서워하는 모습을 본 적이 없다. 지금도 마찬가지다. ——그녀에게는 아마도 《탑》이라는 단어도 경외의 대상은 되지 않으리라. 그렇게 생각하며 오펜은 홀로 살짝 쓴 웃음을 흘렸다. 이 금발 소녀가 거의 쉴 틈도 없이 말려드는 소동에 싫은 소리 하나 없이 따라오는 이유를 알 것 같았기 때문이다——.

그런 그녀의 뒤에서는 매지크가 달리고 있다. 이쪽은 따지자면 비장한 눈빛으로.

요즘엔 그다지 보이지 않았던 그 위아래가 전부 검은 복장이다. 망토 옷깃을 손으로 누르고 있는 모습을 보면 긴장하고 있는 것인지도 모르겠다.

《송곳니 탑》에 잠입한다고 밝혔을 때 이 소년은 딱히 아무 말도 하지 않았다. 자신이 가지고 나온 책을 둘러싸고 사건이 벌어졌고, 그래서 레티샤가 입원할 정도의 상처를 입었다고 들었을 때 조금 놀랐던 정도다.

'이게 끝나면…… 두 사람에게 전부 이야기하자.'

오펜은 조용히 결심을 세웠다.

'이미 알고 있을지도 모르지만… 내가 누구고, 차일드맨은 어떤 사람이고, 이미 내 여행이 단순한 빚 징수 여정이 아니게 되었다는 것도——.'

그리고——

오펜은 발을 멈췄다.

"꺄악!"

그런 그의 등에 부딪친 클리오가 비명을 흘렸다. 매지크는 천천히 그녀의 옆을 지나 스스로 멈춰 서 있었다.

코를 누르고 이쪽을 보는 클리오의 머리를, 그 위에 올라타고 있는 레키까지 함께 톡톡 두드린 오펜은 그녀의 시선을 앞으로 향하도록 재촉했다. 세 사람 앞에 유유히 서 있는——《송곳니 탑》으로.

성채로 설계된 《송곳니 탑》이지만 바깥을 둘러싼 성벽을 돌파만 한다면 부지 안은 《탑》 건물까지 막힘없이 뚫려 있다. 하지만 그 마지막 벽으로 《탑》의 입구가 존재한다.

바깥에서 보면 《탑》의 1층에는 입구가 없다. ——창문도 없이 튼튼해 보이는 벽만이 매끈하게 서 있을 뿐이다. 중앙에 폭 5미터 정도의 돌계단이 있고, 그 위 2층에 입구가 있다. 단지 이것은 바깥에서 보았을 때의 이야기로, 실제 입구가 있는 플로어가 1층이라고 불린다. 그 밑은 지하창고——거의 폐품 보관소지만——로 쓰인다.

물론 돌계단을 오르면 입구 바로 옆에 경비부의 대기실이 있다. 어떻게 숨어서 올라가든 침입자는 그곳으로부터 훤히 보이는 구조다.

그런 주제에 돌계단 밑에서는 대기실의 창문 안쪽을 들여다볼 수 없다. 즉 대기실의 경비창 바깥에 조명——《탑》에서 유일하게 야간 내내 밝혀 두는 가스등이 걸려 있다. 대기실 내부에는 별다른 조명이 없기 때문에 빛의 반사 작용으로 경비창이 매직미러처럼 되는 구조다.

'간단한 구조인 주제에 성가시단 말이지. 어디에 경비가 있을지 모른다는 건 말이야.'

오펜은 입안에서 조그맣게 중얼거렸다. 마술로 빛을 유도해 사각을 보조할 수는 있지만, 그것을 위해서는 대기실 위치까지 주문의 목소리를 닿도록 발해야 할 필요가 있다.

은밀한 행동에는 전혀 도움이 되지 않는 것이 음성마술 전반의 치명적인 결점이었다.

"……어떡할 거야?"

클리오가 작은 목소리로 물었다. 머리 위의 레키도 궁금하다는 듯이 고개를 끄덕였다.

"《탑》을 드나들기 위해서는 이곳을 쓸 수밖에 없어."

"비상구 같은 건 없나요?"

매지크가 역시 작은 목소리로 물었다. 오펜은 고개를 끄덕여 긍정했다.

"여차하면 어느 층의 창문으로도 뛰어내릴 수 있는 녀석들에게 비상구 따위 필요 없잖냐."

"그야 그렇지만요……"

그는 그렇게 웅얼거리고는 무언가를 떠올린 듯이 눈을 깜빡였다.

"그럼 월 교실 사람들도 창문으로 탈출하지 않을까요?"

"중력을 중화하기 위해서는 주문의 목소리를 지상까지 닿게 할 필요가 있어. 그런 커다란 소리를 내며 뛰어내리면 경비부도 알아차리지."

"하지만 낮은 층에서라면……."

"1층은 사무실과 서무실, 2층은 보관실이야. 둘 다 엄중하게 보안

처리가 되어 있는데 더해 경보 시설도 설치되어 있어. 일부러 복잡한 구조를 가진 경비 장치를 채용하고 있으니까 마술로 무효화할 수 있는 물건아 아냐."

"하지만…… 그 녀석들은 암살자잖아? 열쇠 정도는…"

이것은 클리오의 말이었다. 오펜은 어깨를 움츠리며 말했다.

"스태버는 금고 털이범과는 달라. 애초에 암살이라는 건 야외에서 이루어지는 법이야. ——고생해서 상대의 집에 숨어들지 않는 건 간단히 탈출할 수 없기 때문이지."

"……."

매지크도 클리오도 그 말을 듣고 잠시 입을 다물었지만——.

거기서 클리오가 어리둥절한 목소리를 내뱉었다.

"저기, 오펜. ——혹시 그 암살자들 말인데, 오늘 밤 내내 이 《탑》에서는 탈출할 수 없는 거 아니야? 그럼 의미가 없잖아."

오펜은 그 말을 듣고 조용히 입을 닫았다.

그녀가 그렇게 말을 꺼내는 것은 이해할 수 있다. ——그는 말을 고른 후 대답했다.

"《탑》 내부 경비원은 상근인 4명밖에 없어……. 그 대신 입구를 철저하게 망을 보니까 그들에게 들키지 않고 탈출하는 건 불가능하지."

그리고 뒤이어 후방의 운동장을 넘어 《탑》 성벽 정문을 가리켰다.

"문지기는 1백 명 이상의 대원이 8시간 교대로 4팀, 로테이션을 짜서 정문과 성벽의 바깥을 순찰하고 있어. 그들의 감시망을 빠져나가는 건, 소수 인원이라면 불가능하지 않아. 단지 경보 하나로 수십 명 이상이 순식간에 집합하다가 들켰다간 월 교실의 암살자들이라고 해도 아무런 피해 없이 도망가는 건 불가능할 거다."

"……그러니까 무슨 뜻이야?"

"내부 경비원을 돌파할 방법 말이다. 들키지 않고 움직이는 것이 불가능하다면, 들켜도 돌파하면 돼. ——겨우 4명. 월 교실 녀석들에게는 식은 죽 먹기지."

"……! 죽여서 돌파한다는 말씀인가요?"

"상대는 암살자다."

오펜은 조용히 단언했다.

"심지어 십수 명이나 있어. 내가 《탑》을 나온 뒤에도 인원의 변동이 있었을 테니까 정확한 수는 모르지만, 그래도 10명보다 적을 일은 없을 거다. 나 혼자서는…… 대처할 수 없어. 너흴 지켜줄 여유도 있을지 없을지 몰라."

"차일드맨 교실의 동료라는 분들을 부를 수는 없나요?"

매지크는 조금 기대를 담아 말했다.

오펜은 즉답했다.

"할 수 있으면 했어."

레티샤는 상처 자체는 완치되었어도 대량으로 피를 잃은 탓에 체력적으로 정신적으로도 지금 당장 퇴원을 할 수는 없다.

포르테와는 연락을 취할 수 없다. ——적어도 타프렘 시의 자택에는 없었다. 최악의 경우 이미 월 교실의 손에 암살당했을 가능성도 있다.

코르곤, 하티아는 애초에 이 마을에 없다.

코미크론과 차일드맨 교사는 아예 이 세상에조차 없다…….

아자리는——

그녀에 대해 생각하자, 오펜은 기분이 우울해지는 것을 느꼈다.

아자리는 그가 실패했을 때를 대비해——혹은 그 정도까지는 아니어도 예상치 못한 일이 일어났을 때를 위해——레티샤를 지키기 위하여 남 몰래 그녀의 병원에 대기 중이다. 그 이전에 그녀는 《탑》에 모습을 드러낼 수 없는 처지다.

티피스나 패트, 볼칸과 도틴에 이르러서는 애초에 논외다.

"자, 그럼 어떡할까……."

그렇게 생각하는 오펜의 옆에서 클리오가 저기요, 하고 작은 목소리로 말했다. 그녀 대신 레키가 앞발을 들고 있는 것이 보였다.

"나, 좋은 생각이 있어."

"호오?"

반응을 보이자 그녀는 방긋 웃으며 설명을 계속했다.

"저기 말이지, 여기에서 레키에게 《탑》까지 한꺼번에 적을 날려버리도록 부탁하는 거야♡……어, 어라? 오펜, 왜 내 목을 조르는 거야?"

"레티샤 씨의 몸이 위험하기 때문이라면, 병원 쪽에서 대기하는 편이 좋았던 게 아닌가요? 엇갈릴 위험도 있고……."

마이페이스로 질문하는 매지크에게 오펜은 탄식하며 대답했다.

"스태버를 막기 위해서는 기다리는 것으론 안 돼. ——녀석들도 습격 계획을 세워. 그 계획대로 인원을 편성해 공격해 올 녀석들을 막는 건 불가능하지. 즉 이쪽이 쳐들어갈 수밖에 없는 거야. 적보다 먼저 말이다. 그리고——"

"……그리고?"

클리오가 뒷말을 재촉했다. 가볍게 목을 죄고 있는 이쪽의 손을

치우려고 하며——최종수단이리라, 물어 뜯으려고 입을 벌리면서.

오펜은 훗, 하고 웃었다.

"시험해 보고 싶은 기분도 있거든. 내 힘으로 녀석들에게 이길 수 있는지. 내가——"

그렇게 말하며 고개를 들어 《탑》을 올려다보았다.

"내가 정말로 '석세서 오브 레이저 엣지'인지를……."

클리오가 손을 물었다.

일단 손을 놓고——멍하니 자신을 보는 두 사람을 쳐다보았다. 오펜은 작은 목소리로 말을 쏟아내며 화제를 바꾸었다.

"뭐, 이런 곳에서 끙끙대 봐야 일은 해결되지 않아. 일단 대기실까지 뛰어들자. 여하튼 사정을 설명해 보고, 그 뒤의 일은 임기응변이다."

"으——응."

클리오의 대답을 들은 오펜은 돌계단 밑으로 뛰쳐나왔다. ——클리오와 매지크도 그런 그의 뒤를 따랐다.

어둠 안에서 대기실의 가스등이 비치는 곳으로 뛰어든 이상, 이제 차폐물로 도망치는 것도, 뒤로 물러나는 것도 불가능해졌다.

입구로 이어지는 계단을 달려 올라가며, 오펜은 마음속으로 혼잣말을 했다.

'지나칠 정도로 잘 알고 있어——.'

이미 몇 백 년이나 마술사들의 신발로 닳은 돌계단을 박차며, 도약하듯이 위로 올랐다.

'석세서 오브 레이저 엣지, '강철의 후계자'——.'

아마도 그녀는 그 녀석을 필요로 하고 있다——자신이 죽인 위대한 마술사, 그의 후계자를.

'그리고 그 녀석만이 그녀를 저지할 수 있어!'

그는 소리 내지 않고 외치며 계단을 모두 올라 그대로 대기실의 문——훤히 열려 있었다——으로 안에 들어갔다.

"조용히!"

어두운 실내를 향해 일단 목청을 높였다. 적의가 없다는 것을 보이려고 두 팔을 들며.

"차일드맨 교실의 키리란셀로다. 긴급사태로 《탑》에 숨어 들었는데——응?"

거기까지 말하고는, 입을 다물었다.

대기실 안은 책상 두 개와 몇 개의 로커——그 정도의 물건밖에 없었다. 책상 위에는 서류로 보이는 종이다발이 흩어져 있었고, 매우 지저분한 커피 메이커는 그런 상태임에도 아직 사용되고 있는지 거뭇한 액체가 바닥에 조금 고여 있었다. 하지만——

"……아무도 없네요."

매지크가 나지막하게 내뱉은 소리가 들렸다.

뒤를 보자 매지크가 등 뒤에 서 있었다. 클리오는 어수선한 이 방에 들어가는 것이 싫었는지 입구에서 기다리고 있었다.

"그렇군."

오펜은 머리를 긁적이며 동의했다.

대기실 안에는 아무도 없었다. 벽에 붙은 당번표를 보면 3교대제로 움직이게 되어 있어 오늘 밤도 4명이 근무하고 있어야 할 터였다.

그런데도 없다. ——그렇다면 이유는 단 하나였다.

"월 교실이…… 이미 행동을 시작한 건가…?"

오싹한 기분으로 중얼거린 바로 그 순간――

"아니. 바로 지금이야."

"――――!"

목소리는 천장 위에서 들려왔다. 고개를 듦과 동시에――

"야스란의 관이여!"

구웅――!

대기실의 벽이 진동하더니, 방 전체가 쩌저적 파괴음으로 가득 찼다. 천장에서 부슬부슬 가느다란 모래가 떨어지고, 유리가 깨지는 소리가 울렸다. ――창문 바깥에서 턱, 하고 가스등이 떨어졌다. 빛이 사라져 어둠이 공기에 스며들더니 단숨에 주변을 메웠다.

'대기실이――압축되고 있어!?'

"오펜!"

클리오의 목소리에 오펜은 반사적으로 외쳤다.

"들어오지 마!"

그녀가 있는 입구를 향해 손을 휘두르며, 천장을 향해 마술 구성을 짜올렸다. 그리고 아까 전 말소리가 들려왔으리라 여겨지는 곳으로 대강 눈대중으로 조준을 하고 외쳤다.

"나 발하노라, 빛의 하얀 칼날!"

순간 열파의 소용돌이가 빛을 동반하여 천장을 꿰뚫었다. 폭음과 함께 거칠게 몰아치는 충격파가 주변을 뒤흔들었다.

하지만――반응이 없었다.

'빗나갔어!'

혀를 차고 고열파가 꿰뚫은 구멍 아래에서 물러나자――

"푸아누크의 마검이여!"

목소리는 그 뒤를 쫓듯이 울려 퍼졌다. 그리고 아까 전 뚫은 구멍에서 그대로 답례라는 듯이 열충격파가 쏟아져 내렸다.

대기실은 대폭발을 일으켰다.

어디로 어떻게 도망쳤는지는 잘 기억이 나지 않는다. ――창문으로 뛰쳐나온 듯한 기분도 든다. 어쨌든 오펜은 폭발로 일어난 불꽃을 등지고 바깥으로 몸을 내던지고 있었다. 뒤에서 대기실로 쓰이는 방이 불에 타기 시작했다.

"매지크! 클리오!"

오펜은 지면을 구르며 두 사람의 이름을 불렀다. ――하지만 주변을 둘러보아도 불꽃의 빛이 닿는 범위에는 두 사람의 모습을 볼 수 없었다.

"젠장――."

그는 불을 끄기 위해 마술을 짜려 했다. ――하지만――

몸을 일으키며 대기실을 바라보는 그 시야에, 한 남자의 모습이 들어왔다.

불로 타오르는 대기실 위에서 두 손을 내린 채 이쪽을 바라보는 남자…….

"하이드런트!"

오펜은 그 남자를 향해 외쳤다. 하이드런트는 가만히 그런 그를 보고, 그리고 웃었다.

웃고 있다. 그는 마스크를 쓰고 있지 않았다. 표준적인 전투복에 오른손에는 장검을 들고 있었다.

붉게 밤하늘까지 물들이는 불꽃 속에서, 얼굴의 절반을 떼어낸 듯한 흉터를 드러낸 채로, 그는 천천히——일부러 느긋하게 입을 열었다.

"화려하게 붙어 보자고, 키리란셀로."

"난 상관없는데 말이다……."

오펜은 자세를 취하며 비아냥대듯이 웃어 보였다.

"이렇게 커다랗게 불을 지르면 경비부가 알아차리는 거 아니냐?"

"그럴지도 모르겠군."

그는 그렇게 말하며 다시 웃었다. ——하이드런트는 그게 어떠냐는 듯이 어깨를 으쓱이며 말을 이었다. 주변에 불꽃이 마구 폭발하여 상당히 듣기 어려웠지만, 그래도 똑똑히 들렸다.

"하지만 곤란한 건 월 카렌 교사이지 최고 집행부 직속인 내가 아니거든. 그리고 월 교실과 차일드맨 교실의 사적인 싸움을 중재했다면 다소 점수를 벌 수도 있고 말이야. 옛 제자에 지나지 않는 내게 아직도 의리가 통할 거라고 여기는 월이 어리석은 거야. 난 그저 널 죽일 수 있으면 그걸로 충분해."

오펜은 확 화가 끓어 소리쳤다.

"네놈이 티시를 공격했잖냐!"

"너희야말로!"

지붕 위에서 단숨에 뛰어내리며——하이드런트가 말을 받아쳤다.

"천마의 마녀가 살아 있는 걸 숨기고, 뭘 꾸미고 있는 거냐!"

착지와 동시에 내려쳐진 하이드런트의 검을 오펜은 뒤로 뛰어 피한 다음, 왼손을 내밀며 읊었다.

"나 발하노라, 빛의 하얀 칼날!"

"타만카마의 거울이여!"

두 사람 사이에서 부풀어오르고 작렬하는 열충격파를, 하이드런트가 만들어낸 마술의 장벽이 감싸듯이 받아냈다——.

오펜은 아랑곳하지 않고 다시 후방으로 뛰었다. 그리고 《탑》의 외벽을 따라 입구에서 멀어지듯이 움직였다.

'이런 녀석을 상대할 때가 아니야——.'

냉정하게 판단한 그는 힐끗 《탑》을 올려다보았다.

'내부 경비원이 없었어. 월 교실 녀석들에게 이미 살해당한 것이라고 한다면 녀석들의 행동이 이쪽이 생각했던 것보다 더 빨랐다는 말이 돼…….'

그는 도박을 하는 심정으로 주문을 외쳤다.

"나 드노라, 강마의 검!"

후욱——하고 오른손 안에 실제로 검을 쥐는 듯한 무게가 느껴졌다. 그는 곧바로 다른 구성을 짜올렸다.

"나 달리노라, 하늘의 은령!"

중력이 중화되어 한순간 체중이 가벼워진다.

타앙!

그 순간 오펜은 있는 힘껏 지면을 박찼다. ——귓가에서 기류가 휘몰아치며 기묘한 소리가 들렸다. 그는 날아올라——1초도 되지 않아——《탑》의 3층 창문으로 뛰어들었다.

"가라아아아앗!"

그리고 기합성을 지르며 손 안에 있는 역장의 검을 창문을 향해 던졌다.

유리가 깨진다. 손에 들고 있던 검의 무게가 소멸하고 마술의 효과가 사라졌다. 두 팔로 얼굴을 감싸며 유리가 없어진 창문 안으로 굴러 들어갔다.

최악――.

《탑》 내부로 들어가자마자 곧바로 몸을 일으켰다. 오펜은 유리 파편이 흩어진 창가에서 떨어져, 실내 중앙 부근으로 걸어간 다음 읊었다.

"나 낳노라, 작은 정령……."

주문과 함께 그의 어깨 부근에 어렴풋이 흰 빛을 발하는 도깨비불이 떠올랐다. 마술의 빛이 방 안을 비추었다.

"……여기, 인가……."

오펜은 조금 고개를 숙이고 혼잣말을 내뱉었다.

그가 뛰어든 곳은 3층의 체기실이었다. ――체술 따위를 훈련하는 곳이다. 자신이 잘 아는, 그리운 장소…….

그리고 등 뒤에서 목소리가 들렸다――.

"여기서 결판을 내자는 건가?"

오펜은 말없이 뒤를 돌아보았다.

그가 뛰어든 망가진 창문에 하이드런트가 몸을 기대고 서 있었다. 이미 안에 들어와 태평한 분위기로 검을 어깨에 짊어진 자세로.

체기실은 한산하지만 넓고, 작은 의자가 몇 개 널려 있을 뿐 아무런 기구도 없다. 무기 종류도, 목검 등의 연습용 도구까지 포함해서 전부 창고에 정리해 두었을 터다. 바닥은 나무――벽도 나무. 리놀륨을 깐 복도와는 다르다. 그렇다고 해도 플로어링 그 자체를 나무로 깐 것은 아니고 일부러 바닥 위에 부드러운 합성목을 깐 것이지만.

하이드런트는 창가에서 몸을 떼고 말했다.

"그립지 않나, 키리란셀로?"

"그래."

오펜은 쌀쌀맞게 인정했다. 그는 도깨비불을 천장 근처까지 띄우고는 조금 빛을 강하게 만들었다. ——이렇게 하면 도깨비불의 수명은 많이 줄지만 방의 넓이를 생각하면 광량은 아직도 부족할 정도다.

날카롭게 쏘아보는 이쪽의 시선은 아랑곳하지 않고 하이드런트가 다가왔다. ——나머지 10미터 정도 지점일까. 아직 제대로 싸울 수 있는 거리가 아니다. 마술조차 이 거리라면 상대의 구성을 본 뒤에 반사적으로 방어 구성을 짤 수 있을 만한 여유가 생긴다.

하이드런트는 비어 있는 왼손으로 가만히 자신의 뺨——얼굴이 없는 왼쪽 뺨을 쓰다듬었다.

"넌 이 상처에 대해 생각한 적이 있나?"

"……글쎄다."

부루퉁한 대답에 하이드런트의 표정이 한순간 분노로 일그러지는 것이 보였다. 하지만 그 분노를 곧바로 지우고 평온한 얼굴로 돌아왔다.

"난 5년 동안 매일매일 이 상처를 안고 살아왔어."

"그거 미안하게 됐군."

그렇게 대답하며 오펜은 재킷 안쪽에 손을 넣었다. 그리고 그곳에 누빈 칼집에서 단검을 뽑았다.

빛 안에서도 차가운 칼날은 반짝이지조차 않았다.

그는 칼끝을 바라보며 작게 중얼거렸다.

"……하지만 네놈이 하찮은 소릴 지껄였기 때문이잖냐."

하지만 하이드런트는 그런 그의 말을 무시하고 말을 이었다.

"난 윌 카렌이 찾는 책 따위는 아무래도 좋다. 네놈에게 복수만 할 수 있다면. 아무래도 좋아. ――아무래도 좋다고! 왕도에서 네놈에게 입은 이 상처의 빚을 갚을 수만 있다면!"

"빌린 것은 갚는다. 어딘가의 누구에게 가르쳐주고 싶군 그래."

탄식 섞인 목소리로 말한 오펜은 나이프를 든 오른손을 스윽 옆으로 내렸다. 그리고 그대로 말했다.

"네놈이 기뻐할 뉴스를 하나 주마."

그리고 험악하게 눈꼬리를 치켜 올렸다. ――정면의 하이드런트가 이쪽을 향해 달려오는 모습이 보였다――.

"네놈의 상처와 똑같이――네놈이 내뱉은 한마디가 날 괴롭히고 있었어!"

키잉!

날카로운 소리와 함께 금속과 금속이 부딪쳐 불꽃이 튀었다――.

아무런 주저 없이 내려쳐진 검을, 이쪽도 두 손으로 단단하게 쥔 나이프로 망설임 없이 튕겨낸 오펜이 외쳤다.

"티시의 손가락이라는 빚을 나도 갚아 주마!"

"오펜! 매지크으!"

충격음과 열풍 때문에 입구에서 몇 걸음 밀려난 클리오는 절규했다. ――곧바로 대기실 안에 불꽃이 휘몰아쳐 두 사람의 모습이 사라졌다. 아무래도 지붕 위에서 불꽃 마술을 퍼부은 듯한데――.

억지로 입구로 몸을 들이려 했지만――열풍으로 더 나아가지 못한 채 발을 동동 구르며 클리오는 다시 한 번 외쳤다.

"오페에에엔!"

하지만 대답은 없었다. 불꽃의 굉음, 팽창하는 공기가 대기실의 틈새에서 쏟아지는 소리——무언가가 부서지는 소리, 무언가가 쓰러지는 소리, 무언가가 갈라지는 소리만이 돌아왔다.

그 불꽃 속을 눈을 부릅떠 살펴보고——

클리오는 간신히 미쳐 날뛰는 열파 안에서 인영으로 보이는 것을 두 개 발견했다.

"레키!"

그녀는 애원하듯이 외치며 머리 위에서 딥 드래곤의 새끼를 내렸다. 그리고 그것을 품에 끌어안으며 계속해 외쳤다.

"부탁이야. ——뭐든 좋으니 두 사람을 도와줘!"

————!

소리다운 소리는 아무것도 일어나지 않았지만——.

클리오는 직감적으로 레키가 '무언가를 했다'는 것을 알아차렸다. 새끼 드래곤 자신은 딱히 특별한 점 없이 이쪽의 목덜미에 코를 들이댈 뿐이었다. 하지만 클리오는 그 시선이 대기실 안을 일별한 것을 깨닫고 있었다. 재빨리 시선을 움직이자 대기실 안에 보였던 인영 같은 것이 이미 사라져 있음을 알 수 있었다.

"다행이다!"

환성을 터뜨린 그녀는 새끼 드래곤의 코 끝을 가볍게 입술로 건드렸다. 물론 인영이 없어진 것도 완전히 불꽃에 휩싸인 탓일지도 모르고, 애초에 그것이 인영이었는지 아닌지도 확실하지 않았지만, 클리오는 일단 잘 풀렸다고 생각하기로 하였다.

그러자——

"사라져라……."

뚝……. 하고 당기던 실이 끊어지는 듯한 소리와 함께, 대기실의 불꽃이 전부 사라졌다. 다음 순간 눈을 달구던 열기도, 이 부근을 비추던 붉은 빛도 지금까지 있었던 일이 거짓말이기라도 하듯이 사라졌다.

"레키? ……가 아니, 네……."

클리오는 느닷없이 주변을 감싸는 어둠 속에서 신음하며 식은땀을 흘렸다. ——그리고는 매캐한 공기의 냄새에 반 걸음 물러섰다. 그리고 점점 어둠에 눈이 적응하자, 그 어둠 속에 희미하게 인간의 윤곽 같은 것이 떠오르기 시작했다…….

그 윤곽이 살짝 움직였다.

"비추어라."

그 중얼거림과 함께——그 인영 바로 옆에 광구가 출현했다. 흰 빛에 비쳐진 인영은 이제 인영이라고 부를 수 없게 되었다.

대기실 안에 홀로 서서 차가운 시선으로 클리오를 흘겨보는 사람은 젊은 남자였다.

다만 젊다고는 해도 그녀 자신보다는 연상이리라. ——오펜과 비슷한 정도려나, 하고 클리오는 막연하게 생각했다. 소리 없이 든 남자의 오른손에는 장난감 같은 해골 반지가 장식되어 있었다.

검은 머리카락——검은 상의 아래에 흰 하이넥이 엿보였다. 키도 쭉 뻗은 상당한 미남이었다. 그가 의아하다는 듯이 혼잣말을 내뱉는 소리가 들렸다.

"미란 트람 녀석……. 갑자기 이렇게 눈에 띄는 짓을 저지르다니……. 무슨 생각이지?"

남자가 별안간 고개를 들었다. 차가웠던 시선이 무언가 재미있는 것을 발견한 듯한 빛으로 물들었다.

"그렇지 않나, 아가씨?"

"그——글쎄? 대체 무슨 생각인 걸까?"

그녀는 건성으로 맞장구를 치며 슬금슬금 뒤로 물러났다. ——하지만 남자도 같은 속도로 이쪽으로 다가오는 것처럼 보였다.

"당신…… 누구야?"

그녀는 말없이 다가오는 남자에게 물었다. 그러자——

《뷘비——스토트아울. 최근은 그렇게 이름을 대고 있지. 본명은 2년 전 고문을 당했을 때 잊고 말았다.》

'어……?'

말소리는 아무런 전조도 없이 그녀의 머릿속에서 울렸다. ——육성이 아니다. 눈앞에 있는 남자의 목소리와 비슷하지도 않다.

하지만 그것이 남자의 뇌리에 떠오른 말이라는 것은 왠지 모르게 알 수 있었다.

자연스레 시선이 아래로 내려갔다——.

'이 아이……가 중계하는 거야?'

레키의 시선이 평소와는 달리 남자에게 고정된 채 움직이지 않는 것을 보며 클리오는 빠르게 알아차렸다.

그러고 있는 와중에도 차례차례 머릿속에 목소리가 터졌다가 사라졌다.

《키리란셀로를 죽이면 오늘 밤의 임무는 끝이다.》

《세 명이 있었을 텐데…? 키리란셀로는 미란이라는 바보자식이 쫓아갔어. 대기실 안에는 매지크라는 꼬마가 있었을 터다.》

《나와 스웬이 지붕의 구멍으로 뛰어들고——그 직후에 폭발이 있었다. 미란의 짓이겠지. ——녀석의 주문이 들렸어. 경비부는 알아차렸겠군. 뭐, 이 소동을 틈타 이곳을 빠져나가는 건 어렵지 않아. 나 한 사람이라면…….》

《묘하군. 셋이 있었을 텐데. 매지크라는 녀석은 어디로 갔지? 스웬도 마찬가지야. 젠장, 남은 게 이딴 거라니 놀잇감으로도 쓸 수 없겠어——》

"누가 '이딴 거'야!"

무심코 그렇게 외치고 난 뒤에——클리오는 자신의 실언에 혀를 찼다. 남자——뷘비라는 이름인 듯한데, 어쨌든 남자의 표정이 갑자기 경계로 물드는 것이 보였다.

다음으로 날아온 말은 짧았다.

《뭐지? ——죽이자!》

미지의 존재는 죽인다.

'인간이란 너무 단락적이야——!'

마음속으로 비명을 지르며 일단 클리오는 오른손을 드는 적의 움직임으로부터 몸을 지키듯이 왼팔로 얼굴을 감쌌다. ——하지만 거의 효과가 없으리라고 자각은 하고 있지만. 뷘비가 외치는 소리가 들렸다——.

"녹아라!"

'그런 건 싫어!'

그녀가 죽음을 각오할 틈도 없이——

다음으로 울린 것은 작은 소리였다. 무언가가 폭발한 듯이 펑, 하고. 동시에 클리오의 왼팔을 스쳐 안면에 무언가가 철썩 부딪혔다.

그리고 비명.

"으——끄아아아아아아아!"

뷘비가 오른손을 누르며 그 자리에 웅크렸다. 손목을 누르는 왼손이 피로 물들어 있었다. 상대가 마술을 쓰려던 순간 레키가 무언가 반격을 한 모양이지만——

클리오는 불길한 예감을 느끼면서 살짝 눈에 힘을 주었다. 뷘비의 오른쪽 손목이 날아간 듯이 갈갈이 찢겨 사라져 있었다.

'……날아가?'

거기서 사고를 정지했다. 그러고 보니 아까 얼굴에 무언가가 튀지 않았던가…….

그것은 아직 미간에 달라 붙어 있었다. 무언가 접착제 같은 것으로 끈끈하게.

안색을 새파랗게 물들이며 그것을 손가락으로 집어 보았다——.

처음에 눈에 들어온 것은 피로 물든 사람의 뼛조각이었다.

"으꺄아아아아아아아아아아!?"

자신도 모르게 곰곰이 살펴보고 난 후, 그녀는 두 손을 번쩍 들며 절규했다. 그리고 그대로 털썩 엉덩방아를 찧고 바로 근처에서 웅크리고 있는 뷘비를 가리켰다.

"뭐——뭘 하는 거야! 손가락 같은 거나 날리고!"

하지만 당연하게도 그는 대답하지 않았다.

"네……놈……!"

그는 분노로 떨리는 목소리를 내뱉으며——눈동자 안에 무언가를 이글이글 불태우고 있었다.

"나아라…!"

그렇게 중얼거림과 동시에 그의 오른손에서 출혈이 멎고 찢겨진 부분은 그대로 둔 채 새로운 피부에 뒤덮여 상처가 사라졌다. 그는 벌떡 몸을 일으켜 이쪽을 내려다보았다.

"딥 드래곤……일 줄이야. 하지만 이제 끝이다…."

"뭐――뭐가 끝이야?"

아직 다리가 풀린지라 지면에 엉덩이를 댄 채로 슬금슬금 후퇴하던 그녀가 말했다.

"또 뭔가 이상한 짓이라도 해 봐. ――이번엔 손 정도로 끝나지 않을 테니까."

"호오?"

뷘비는 씨익 웃으며 말을 이었다.

"어떻게 할 건데?"

"어떻게냐니――."

클리오는 대답하며 레키를 앞으로 내밀어 보이려 했다. 그리고 움직임을 멈추며 다시 안색을 새파랗게 물들였다.

"……어라?"

그녀는 텅 빈 자신의 두 손을 내려다보며 신음했다.

"레키? 어디야?"

"글쎄다."

뷘비의 대답.

클리오는 오싹한 기분 속에서 최후의 순간을 떠올렸다. 비명을 지르며, 찢어진 손가락을 버리려고 두 손을 들었고――

"레키까지 내던진 거야!?"

황급히 주위를 둘러보았지만 새끼 드래곤의 모습은 어디에도 없었다.

"죽어라."

"꺄아아아아아아아아아아!?"

뷘비의 주문에, 풀렸을 터인 다리로 벌떡 일어서서——

폭음과 불꽃을 등지고 그대로 도망쳤다.

'웃기지 말라고, 정말이지!'

어둠 속을 미친 듯이 달리다——일단 우연히 파 두었던 골에 떨어지는 일은 벌어지지 않았지만, 클리오는 완전히 방향감각을 상실하고 말았다. 어두운 허공에 거뭇거뭇하게 솟은 《송곳니 탑》의 실루엣은 보이지만, 커다란 건축물은 오히려 이쪽의 거리감을 혼란스럽게 만들었다.

아마도 차폐물에 몸을 숨기고 달려왔던 길을 되돌아가고 있는 것이라고 추측했다. 그녀는 자재 뒤에 몸을 숨기고 숨을 죽였다.

'오펜도 정말, 소동을 일으키면 곧바로 경비원이 쇄도할 거라고 말했으면서——아무도 안 오잖아!'

왔다면 온 대로 불법 침입으로 그녀도 붙잡혔겠지만, 이런 상황에 비하면 그쪽이 더 나으리라.

'저 뷘비라는 녀석도 왠지 모르지만 진심으로 날 죽이려 드는 것 같았고.'

계속해 투덜거리며 일단 주머니 안에 무기로 쓸 만한 것이 없는지 찾아보았다. ——레키를 찾을 수 있다면 그걸로 충분하지만, 솔직히 아까 전의 장소로 다시 돌아가는 건 당연하게도 내키지 않았다.

'어휴 진짜, 연약한 내가 이런 짓이나 하게 만들고——'

결국 주머니 안에는 아무것도 없었고——그녀는 서둘러 신발을 벗기 시작했다.

'오펜도 매지크도 여차할 땐 하나도 도움이 안 돼!'

"우와아아아아아아아아아아!?"

시야를 물들이는 새빨간 빛무리 속에서 비명을 질렀다.

갑자기 화염에 둘러싸이는 것이 어떤 심정일지를 묻는다면——

아프다. 당연하게도. 이런 정도면 여기저기에서 듣던 거짓말도 다 폭로할 수 있을 듯한 기분이 들었다. ——조금 상황과 어울리지 않는 생각임을 자각하면서도, 매지크는 마음속으로 말을 쏟아냈다. 거짓말투성이다. ——죽는 것은 최후의 구원이다. 천국이 보인다. 그것은 아름다운 꽃밭으로……. 잠이 오듯이 몸이 무거워진다. 괴롭지는 않아. 자아, 당신도…….

'자아, 당신도는 무슨!'

그는 망토에 붙은 불을 파닥파닥 털어 끄려 하며 속으로 절규했다.

'헛소리 말라고——. 뜨겁지, 아프지, 주변은 하나도 안 보이지, 숨도 잘 못 쉬겠지, 서지도 못하겠지, 눈도 점점 무거워지지…….'

발안간 대기실 안에 작렬한 불꽃에 휘감긴 매지크는 완전히 혼란에 빠져 날뛰고 있었다. 그렇다고 해도 날뛰고 있는 듯한 기분이 들 뿐이지 실제로는 제대로 움직이지도 못하고 있을지도 모르지만——

'모르지만!? 왜 자기 몸에 관한 일인데 그런 것도 모르는 거야!?'

자신의 감각에 불평을 내뱉으며 그는 아파오는 목에 어떻게든 타

액을 흘려보내려 했다. 하지만 혀가 바싹 말라 움직여 주지도 않았다.

'큰일이다——. 정말로 죽을 것 같아……. 이번 생일에는 어머니가 놀러오신다고 했는데, 마을에도 돌아가지 못하고 여기서 끝이라니…….'

…….

어느새 아픔은 없어지지 않았는데도 열기는 느끼지 않게 되었다. 오히려 싸늘하게 밤기운이 몸을 쓰다듬는 기분이 들었다.

'아——하지만, 어머니가 집에 놀러오셔도 나 《탑》에 입문하는 거였지……. 여기는 몇 년제일까? 여름방학 정도는 있으려나? 애초에 나 왜 이런 《탑》 같은 곳에 입문하려고 한 걸까…….'

무릎은 자신의 체중을 채 받치지 못하고 딱딱한 바닥에 무겁게 달라붙어 있다. 몸을 일으킬 힘은 이미 없었다. 어둡다. ——눈을 감고 있어도 빨갛게 타오르는 불꽃은 눈꺼풀의 틈새로도 힐끗 보였지만, 지금은 그런 낌새가 전혀 없었다.

마치 어둠 속에 홀로 앉아 있는 것처럼——

'……어라?'

그것을 깨달은 매지크는 고개를 들었다. 그리고 눈을 떠 멍하니 주변을 둘러보았다.

마치가 아니라, 정말로 어둠 속에 혼자 앉아 있었다.

"……여긴…… 어디지?"

두리번두리번 주변을 둘러보고는——자신의 손바닥을 내려다보고, 결심을 하며 고개를 끄덕였다. 그는 다시 눈을 감고 집중하더니, 그의 주변——그리고 세계 전체를 떠올리며 조용히 구성을 짜기 시작했다.

"나 낳노라……, 작은 정령……."

후욱——.

바람이 한 곳으로 모여드는 듯한 소리와 함께 물을 받듯이 하나로 모았던 그의 손바닥 위에 작은 도깨비불이 켜졌다. 순수한 백색의 빛을 발하는 그 불덩이는 천천히 천장으로 올라갔다.

빛이 주변을 비추기 시작했다.

"……회사?"

떠오른 주변의 광경을 둘러보며 매지크는 그런 단어를 나지막하게 입에 담았다.

대충 그런 분위기였다. ——규칙적으로 늘어선 개인 책상. 그 책상 위에는 서류가 그저 산더미처럼 쌓여 있거나, 아무렇게나 널부러져 있었다. 여기저기에 서 있는 흰 기둥에는 출근표 같은 것들이 붙어 있고, 흰 판에 쓰여 있는 직원의 이름 옆에는 무슨 의미가 있는지는 모르지만 원이나 엑스자가 쳐져 있었다. 방 안쪽 깊숙한 곳에는 커다란 책상——그 옆에 떡하니 놓은 내화 금고. 캐비닛에는 튀어나올 정도로 잔뜩 종이더미가 쑤셔박혀 있고, 구석의 개수대 위에는 빼끔 놓여 있는 텅 빈 꽃병.

그곳이 어디인지는 결국 알 수 없었지만——매지크는 퍼뜩 떠오르는 생각에 손뼉을 쳤다.

"아, 그래. 내가 불에 휩싸이는 걸 보고 레키가 어딘가로 이동시켜 준 거구나. 이동……."

거기서 투덜대며 말을 고쳤다.

"아니야. 좀 더 멋진 표현이 있었어. 이전. 이사. 아니 그게 아니라——"

"전이."

"아, 그거, 그거. 스승님의 주특기였지. 드래곤 종족의 공간이동과는 달리 스승님의 기술은 유사 공간이동이라고 하셨었어……."

거기까지 중얼거리던 그는——

싸아악 얼굴에서 핏기가 사라지는 것을 느꼈다.

"누……누구신지……?"

매지크는 그렇게 물으며 뒤를 향했다. 도깨비불의 빛을 받은 덕분에 실내는 꽤나 밝아져 있었다.

뒤를 돌아본 곳에 서 있는 것은 검은 옷에 체구가 작은 인영——.

그 복장을 자랑하던 누군가를 떠올리며, 매지크는 일그러진 웃음을 띠고 떨리는 목소리를 흘렸다.

"사랑스러운 클리오 가면 2호……."

"아무래도 나도 함께 전이된 모양이로군."

검은 복장——스태버가 낮은 목소리로 중얼거렸다. 매지크는 울 것 같은 기분에 잠기며 목청을 높였다.

"그럴 수가아."

"대기실이 폭발할 때 뛰어들었지. ——너의 스승은 그것보다 먼저 창문으로 도망친 모양이었다만. 아마도 날 키리란셀로로 오인하고 전이시킨 것이겠지."

"아아아, 그 짐승 녀석."

매지크는 머리를 부둥켜안고 신음했지만 아무래도 적은 동정해 줄 것 같지 않았다.

그는 슬금슬금 이쪽으로 다가오며 스윽 손가락으로 가리켰다.

"뭐, 좋아. 키리란셀로는 미란에게 양보하도록 하지. ——검이여."

최후의 한마디가 주문인 듯했다. 매지크도 동시에 도박에 나서는 심정으로 몰래 짜올렸던 구성을 해방하였다——.

"나 잣노라, 광륜의 갑옷!"

그의 바로 눈앞에 다소 일그러진 형태로 전개된 빛의 장벽이 암살자가 발한 광열파를 받아냈다. 공기가 맞물려 마찰로 타오르는 가운데, 매지크는 휘릭 몸을 돌려 출입구 쪽으로 달려갔다.

'스승님과——합류해야 해!'

뒤에서 작렬하던 굉음이 사라졌다. ——암살자의 기척을 따가울 정도로 느끼며 매지크는 돌아보지 않고 출구로 향했다. 하지만——

곧바로 쫓아오리라는 이쪽의 각오를 무시하고, 다음으로 들린 것은 온화한 목소리였다.

"도망치는 건 상관없다만——괜찮겠냐?"

"……?"

무언가 불길한 예감을 느끼고 발을 멈추며 돌아보았다.

암살자는 무언가 검고 네모난 것을 들어 보이며, 여유가 넘치는 느긋한 태도로 말을 이었다.

"대기실 안에서 네가 떨어뜨린 것이다만, 내가 가지고 가도 괜찮겠냐?"

"그건……!"

매지크는 눈을 부릅뜨며 자신의 옷 밑을 뒤척였다. 셔츠 밑에 넣어 두었던 책——분명 세계서라는 이름의——이 사라져 있었다.

"너어……!"

그는 완전히 암살자 쪽으로 몸을 돌려 그렇게 내뱉었다. ――노기를 담아서. 암살자는 그런 클리오를 딱히 상대할 기색도 보이지 않고 책을 옆구리에 안은 채 말했다.

"엇갈릴 경우를 고려해 책을 가지고 돌아다녔겠지만…… 그것이 역효과가 났군. 그건 그렇고 키리란셀로가 아니라 소년이 가지고 있었을 줄이야."

"스승님은――날 믿고 그 책을 가지고 있으라고 하셨어!"

"나의 스승은――날 신용해 이 책의 탈취를 명하셨다만."

암살자는 그렇게 말하며 다시 손을 이쪽으로 향했다.

"너는 멈춰 서지 말아야 했어. 어차피 되찾을 길은 없을 테니 말이야. 아니면 나와 싸울 셈이냐?"

"나 발하노라――"

매지크는 상대의 말에 대답하지 않고 최대 위력으로 마력을 쥐어짰다. ――자잘한 꼼수 따윈 없다. 부려 보아야 통하지도 않으리라. 그렇다면 각오를 하고 전력으로 공격하자――.

"빛의 하얀 칼날!"

주문을 외친 바로 그 순간――

'……뭐지!?'

퍽, 하고 몸이 등 뒤에서 밀리는 듯한 느낌이었다. ――하지만 곧바로 착각임을 깨달았다. 밀리고 있는 것은 등이 아니다. 몸 바깥에서가 아니다――.

'이 감각은…… 전에도 느낀 적이 있어!'

그는 그때를 떠올리며 더욱 손바닥을 앞으로 내밀었다. 머릿속에서 무언가가 작렬하며 너무나 상쾌하게 맑아진다――.

번쩍! ——.

평소와는 달리 강렬한 광열파가 그의 손 끝에서 암살자의 곁까지 일직선으로 뻗었다. 발을 구르며 돌진하는 거인(유미르)처럼 충격파가 가지런히 늘어서 있던 책상을 닿는 대로 전부 날려 버리며 나아갔다. 위력에 휘둘리려는 몸을 필사적으로 버티며——물론 조금이라도 마술의 구성을 잘못 세워 전 위력의 1퍼센트라도 반작용이 발생한다면, 그것만으로도 이쪽의 몸이 쓸려 나가겠지만——그는 필사적으로 대상을 적의 몸 하나로 집중했다.

광열파는 목표의 위치까지 다다르기 직전, 소용돌이를 치듯이 모였다. 모든 파괴력을 단 한 점에 집중하기 위하여.

'사라져——버렷——! 책 같은 건 없어져도 괜찮아. ——스승님의 신뢰만큼은 배신할 수 없어——!'

마치 저주의 문구처럼 내뱉으며 빛을 쏟아내는 매지크.

'스승님은——분명 킴라크에 가실 셈일 거야. ——마지막까지 짐덩어리로 여겨져서——나만 《탑》에 남는 건——싫어!'

매지크는 자신이 마음에 담는 한마디마다 밀어내는 힘이 강해지는 것을 느끼며 더욱 마술에 열중했다.

'그래…….'

거기서 그는 깨달았다.

스승님은 분명 이렇게 말했다……. 마술을 쓸 수 있다는 것 따위는 별 것 아니다. 요는 어떻게 쓰는가다, 라고——.

후우——.

마지막 숨을 내뱉자 마술의 효과가 사라졌다. 책상을 비롯해 모든 것이 부서진 실내. 매지크는 피로를 느끼며 그 자리에 주저앉고는,

전신을 흠뻑 적신 땀에 기분이 나쁜 가운데 자신의 두 손을 내려다보았다.

"화상은…… 입지 않았어. 제어에 성공한 거야."

"맞지는 않았지만 말이지."

"……!"

움찔 몸을 떨며 벌떡 일어나 옆을 보았다——.

그곳엔 아무런 피해도 없이 아까의 암살자가 서 있었다. ——옆구리에 책을 끼운, 방금 전까지 보았던 것과 전혀 다를 바 없는 자세로.

암살자는 이쪽이 아연해 있는 동안 물 흐르는 듯한 동작으로 팔을 들었고,

"검이여."

섬광이 단숨에 이쪽까지 날아와——다음에는, 폭발했다.

"……나 원. 여유 같은 건 부리는 게 아니었어. 처음부터 이렇게 단숨에 죽일 걸 그랬지. 그건 그렇고, 이만한 위력을 낼 줄이야……. 발동 전에 뛰쳐나와 다행이지."

그는 매지크의 광열파가 만들어낸 파괴의 흔적——소용돌이를 그리며 책상이 찌그러지고 융해되어 있었다——을 보았다.

"뭐, 됐어. 죽으면 어떤 재능이든 귀여워 보이는 법이니까."

"하지만, 맞지는 않았거든?"

"뭣!?"

아까 전의 자신과 똑같은 표정——이리라, 아마도——으로, 암살자가 이쪽을 돌아보았다. 복면 탓에 확실히는 알 수 없지만, 그 목소리에는 명확한 경악의 기색이 엿보였고, 그것은 매지크에게 자그마한 만족감을 안겼다.

수 초 전까지 주저앉아 있던 곳에서 2, 3미터 정도 떨어진 책상의 산에 파묻힌 자세로——매지크는 책상과 책상의 틈새에서 얼굴을 내밀었다.

"될 줄은 몰랐지만——."

"공간전이, 라고!?"

암살자는 명백히 낭패를 느끼는 태도로 뒤로 물러났다.

"차일드맨 교실의 최종 오의를!? 이런 꼬마가——"

거기서 그는 생각을 고친 듯이 고개를 젓고 신음하며 말을 이었다.

"그래……. 키리란셀로도 분명 그 마술을 사용했지. 그래서인가……. 믿을 수는 없다만."

"따, 딱히 스승님께 배운 건 아니지만…."

매지크는 그렇게 중얼거리며 몸을 일으키려 하다——전신에 소름이 돋는 것을 느꼈다. 몸이 움직이지 않았다.

아마도 연속해서 발동한 큰 마술 탓에 극단적으로 체력을 소모한 것이리라. ——정말로 손가락 하나 까딱할 수 없었다.

"어——어라……?"

나오는 것은 공허한 목소리뿐——흐려지는 그의 시야 안에서 암살자가 조용히 자세를 잡는 모습이 보였다.

"두 번은 쓸 수 없는 모양이로군."

냉정한 암살자의 목소리.

"검이여——"

"빛이여."

그 목소리는 거의 환청처럼 아무런 맥락도 없이 옆에서 끼어들었다.

쿠웅——.

나무로 바위를 때린 듯한 짧고 묵직한 소리가 울리고——번뜩이는 섬광이 암살자의 얼굴을 옆에서 후려쳤다.

"어……!?"

매지크가 눈을 부릅뜨는 동안, 빛은 다시 작게 부풀더니 이번에는 암살자의 옆구리에 꽂혔다. ——그리고, 마지막으로, 다시 안면에.

"으아아아아아아악!?"

암살자가 타오르는 복면을 부여잡고 비명을 지르며 그 자리에 쓰러졌다.

'지금 그건…… 스승님, 은 아니지……?'

매지크는 암살자를 공격한 것이 상당히 위력을 조인 광열파라는 것을 알아차렸다. 그 마술 구성은——구성에는 자연스럽게 개성이 드러나는 법인데——언뜻 보기에는 오펜과 비슷해 보이면서도 실은 상당히 달랐다.

적어도 상당한 위력임에는 틀림이 없어 보였다. ——세밀한 마술을 하나의 주문으로 세 발이나 만들어내는 재주는 오펜에게도 불가능하리라.

매지크는 조심조심 주변을 둘러보았다. ——그러자 문이 열려 있는 것을 깨달았다.

그곳에 한 남자가 서 있었다. 그리고 그 남자의 옆을 지나쳐 네 마술사가 우르르 방으로 들어왔다.

언뜻 보아도 입구에 서 있는 남자가 그 네 명에게 명령을 내린 것임을 알 수 있었다. 남자는 상당한 장신으로, 험상궂은 얼굴에 고요한 표정을 띠고 있었다. 머리카락을 길게 길러서 아무렇게나 끈으로 묶었지만, 솔직히 말하자면 그다지 어울리지 않았다. 뭔가 무거워 보이는 망토로 몸을 감싸고 있었는데, 상당히 근육을 단련한 튼실한 체격으로 적어도 겉보기만이라면 자신의 스승보다 몇 단계 위의 마술사로 보였다.

그때——

"으——오오오오!"

바닥을 구르던 암살자가 느닷없이 지른 포효에 매지크는 관찰을 중단당했다. 그리고 고개만 돌려 그쪽을 보았다. ——찢어진 복면 사이로 화상을 입어 물집이 잡힌 뺨을 드러낸 암살자가 몸을 일으키고 있었다. 옆구리에 입은 상처도 상당히 깊은 듯했다. 하지만——암살자는 몸을 일으키자마자 자신을 향해 달려오는 네 마술사를 피하더니 다른 출구를 마술로 부수고 그대로 바깥으로 뛰쳐나갔다.

"기다——!"

매지크는 그런 그를 뒤쫓기 위해 몸을 일으키려 했다. 물론 팔도 올라가지 않았지만.

네 마술사 쪽이 당연하지만 훨씬 기민했다. 도망치는 스태버를 쫓기 위해 출구로 쇄도했지만——

"그만둬!"

입구에 있던 장신의 남자가 제지했다.

모두가 척, 하고 움직임을 멈추고 남자를 보았다.

남자는 조용히 그들에게 말했다.

"녀석은 월 교실의 스웬이다. ——허투루 추적했다가는 쓸데없는 희생자를 낼 거다. 어차피 순직할 정도의 의리는 없을 텐데? 나머지는 키리란셀로에게 맡겨 두면 돼."

그리고 이번에는 이쪽을 돌아보고——

"그리고, 부외자의 구속이 먼저다."

그 말을 들은 매지크는, 눈을 동그랗게 뜨며 대답했다.

"아…… 저기, 잠시만 기다려 주세요. 저, 부외자가 아니에요. 이번에 이 《탑》에 입문하려고 신청해서——"

"알고 있다."

남자는 그렇게 말하면서도 다른 네 명에게 명령 중지의 지시를 내리지 않았다. 그리고 그대로 무표정하게 말을 이었다.

"내 학생이 될 예정이니 말이다."

5년 전, 왕도 메베렌스트——.

키리란셀로는 깜짝 놀라며 고개를 들었다. 궁정 마술사 《십삼사도》에 소환되었다고는 해도 결국은 면접을 받기 위해 서부에서 온 수험생에 지나지 않는 그의 방은 당연하게도 왕궁 안에 있지 않았다. 한없이 광대한 왕도 한 구석의 자그마한 여관——교실 내에서 이루어진 모금으로는 노잣돈을 제외하면 그 정도가 한계였다.

"뭐라고?"

열리기 직전이었던 낡은 더플백의 입구를 다시 잠그며, 키리란셀로는 되물었다.

방 입구에는 한 소년이 서 있었다. ——키리란셀로 자신과 그리 다르지 않은, 역시 열다섯 정도의 소년. 검은 로브에 드래곤 문장을 매달고 있는 것도 그와 마찬가지다. 단지 그 당시에도 두 사람의 처지는 비슷하면서도 결정적으로 달랐다. 차일드맨 교실의 암살기능자 키리란셀로. 그리고 《송곳니 탑》 최고 집행부에 이미 배속이 결정된 미란 트람――'하이드런트'.

그는 그 이명은 아마도 그 시절에 생긴 것임을 기억하고 있었다.

――이유는 단순하다. 소화전(하이드런트)이라면 어디에나 있다. 미란 트람도 어디에나 있었다. 최고 집행부의 의향을 등지고 이곳 왕도의 심문을 받으러 온 이날 키리란셀로의 눈앞에조차.

하이드런트가――조용한 음색으로 말했다.

"그러니까, 네가 없어지면 곤란하다는 말이야. 장로들은――"

"내가…… 뭐라고?"

다시 되물었다. 그러자 하이드런트는 깊이 탄식했다.

"알기 쉽게 고쳐 말해 달라는 소리로군? 뭐, 좋아."

그는 머리카락을 쓸어 올리며 말을 이었다.

"반드시 있어야만 하는 거야. ――그 천마의 마녀를 언제든 죽일 수 있는 인간이, 《탑》에 한 명은."

그가 하는 말을 곧바로 이해할 수 있었던 것은 아니었다――.

단지 키리란셀로는, 이해하기보다 먼저 자신의 안에서 무언가가 작렬하는 것을 느꼈다.

"나 발하노라, 빛의 하얀 칼날!"

외침과 동시에――체기실의 나무바닥이 그의 발밑에서 하이드런트가 서 있는 곳까지 일직선으로 타올랐다. 그 뒤를 쫓듯이 공간에 흰 빛이 작렬했다.

좌악, 하고 수분을 품은 걸레를 벽에 내던진 듯한 소리가 울리며 공기가 찢어졌다. ——연속해서 울리는 충격음, 그리고 그 리듬에 맞추어 까맣게 탄 바닥이 가늘게 부서져 날아올랐다.

하지만 열충격파를 자장 장벽으로 받아 흘리는 하이드런트 자신은 전혀 피해를 입지 않은 상태로——왼쪽으로 가볍게 스텝을 밟았다. 광열파의 궤적에서 벗어난 그는 재빨리 작게 검 끝을 상대에게 향했다.

"푸아누크의 마검이여!"

섬광이 눈 옆을 스치고——마치 답례라는 듯이 하이드런트가 발한 광열파는 바닥을 훑으며 이쪽으로 돌진했다. 시간으로 치면 뇌가 그것을 지각할 정도의 틈도 없었지만, 오펜은 마술이 발동하기 전에 자신이 아까 전 방출한 광열파——아직도 방전하고 있는——의 뒤에 몸을 숨기듯이 이동하고 있었다.

추격하는 하이드런트의 마술이 이쪽 광열파의 여파에 닿아 궤도가 틀어졌다.

오펜은 틈을 주지 않고 외쳤다.

"나 튕기노라, 유리의 우박!"

마술 구성에 사로잡혀 저항도 하지 못하고 하이드런트의 몸이 한 순간 공중에 떠올라——그대로 건너편의 벽까지 날아갔다. 콰직!——하고 결코 온화하지 않은 소리를 내며 그의 몸이 벽에 부딪혔다.

그 광경을 보고——오펜은 재빨리 바닥에 발을 미끄러뜨렸다. 스탠스를 약간 넓게 잡은 자세로 정면에서 하이드런트를 노려본 채 오른손을 들었다. 그리고 왼손을 오른쪽 어깨에 대고 혼신의 힘을 담아 외쳤다.

"나 발하노라, 빛의 하얀 칼날!"

번쩍! ——

새하얀 빛의 띠는 바위를 휘감는 격류처럼 표적의 곁으로 모였다. 하지만——

그 빛이 느닷없이 시야 안에서 지나칠 정도로 밝게 빛나기 시작했다.

'——역류한다!?'

다음 순간——오펜은 폭발의 중심에 있었다.

"……!"

그는 소리로는 내지 않고 비명을 지르며 몸을 감싼 불꽃으로부터 도망쳤다. ——열파는 의복을 태울 정도로 강하지는 않았고, 그저 그 공간에 머물러 있을 뿐이었다. 그 자리에서 반쯤 비틀거리며 탈출하고——하이드런트가 서 있는 쪽을 돌아보자, 그는 어느새 완전히 이때를 기다리고 있었다는 듯이 이쪽을 쳐다보고 있었다. 오른손을 들고, 이쪽이 마술을 발하는 것과 비슷한 자세로.

오펜은 천천히 자세를 바로 잡으며 신음했다.

"……벽에 부딪히고도 곧바로 광열파를 맞받아쳤다는 건가."

"마술의 강함으로는 내가 위다. 잊었나?"

그는 씨익 웃으며 말을 이었다.

"차일드맨 교실이 최강인 것이 아니야. 절대로."

"그야 그렇지."

오펜은 별로 주저하지도 않고 긍정하고는, 손 안의 나이프를 재빨리 하이드런트에게 던졌다.

"————!?"

하이드런트가 황급히 몸을 꼬아 나이프를 피하는 것을 보며, 오펜은 단숨에 땅을 박찼다. ——그리고 한 호흡만에 간격을 좁히고 그 사이에 쥔 주먹으로 공격했다.

"허술해!"

동작이 큰 이쪽의 공격을 빈틈으로 보았을까——. 하이드런트가 작게 내뱉으며 주먹을 피하고, 동시에 오펜의 뒤로 돌아 들어가려 했다.

하지만 그것은 페인트였다.

'걸렸다!'

마음속으로 쾌재를 부른 오펜은 속삭이듯이 외쳤다.

"나 춤추노라, 하늘의 누각."

"——뭣!?"

어깨너머로 들린 하이드런트의 목소리가 한 순간 사라지고——

오펜은 그 자리에 몸의 방향만을 바꾸어 공간전이를 행했다. 반전하여——하이드런트와 마주보도록.

경악으로 굳어져 있는 상대의 옆구리에 툭, 하고 주먹을 댄 오펜이 말했다.

"하지만 접근전이 되면 마술의 강함 따위는 한 줌도 의미가 없어. ——귓가에 폭죽을 터뜨리는 것만으로도 인간을 고통에 떨게 만들 수 있으니 말이다."

"이 놈……!"

분노로 얼굴을 일그러뜨리면서도——허투루는 움직이지 못하고 하이드런트가 신음을 내뱉었다.

적의 옆구리에 주먹을 대고 가슴에 머리를 내미는 듯한 자세로,

오펜은 계속해서 중얼거렸다.

"순간적으로 움직임을 멈춘 건 역시 대단하다고 하겠지만──. 그래도 '촌경'을 꿰뚫어 봤으면 곧바로 반격에 나서는 게 좋았겠지."

그는 그렇게 말하고 가볍게 머리로 하이드런트를 밀었다──.

하이드런트는 반사적으로 그 머리를 몸으로 살짝 되밀었다.

그 기회를 놓치지 않고 오펜은 전신의 근육을 파열시킬 기세로 조여 주먹을 내질렀다. 상대가 도망치는 움직임, 혹은 다가오는 움직임에 대해 지근거리에서 카운터를 지른다. 이것이 촌경──차일드맨의 주특기 중 하나이기도 하다.

쿠당!

그것은 오펜이 바닥을 박차는 소리였다. ──하이드런트가 뒤로 쓰러졌다. 오펜은 곧바로 달려가 쓰러진 상대의 가슴에 발뒤꿈치를 박아 넣으려 했지만, 당연하게도 회피당했다. 하이드런트는 재빨리 몸을 회전해 그 기세로 몸을 일으킨 다음 외쳤다──.

"푸아누크의 마──"

"느려!"

촤악──

오펜은 바로 마술을 발하려 하던 하이드런트를 향해 오른손을 뻗었다. 주먹이 아니라 손끝을 세워서. ──상대가 내뱉은 숨이 느껴질 정도로, 손가락이──

하이드런트의 안면에 꽂혔다.

"으가윽!?"

하이드런트가 비명을 질렀다──.

물론 손가락으로 인간의 두개골을 관통할 수 있을 리 없다. 오펜

의 손가락이 꽂힌 곳은 원래부터 뚫려 있던 구멍이었다. ——엄지가 입구멍으로부터 목까지——그리고 검지가 오른쪽 눈꺼풀 사이로….

"아아아아아아아아아윽!?"

공포와 아픔으로 비명을 지르는 하이드런트에게 오펜은 조용히 말했다.

"그때와 똑같군. 안 그래?"

그리고 처절한 눈빛으로 말을 이었다.

"그때랑 똑같이 강의를 해 주마. 간단하게 말이다. ——치명상에는 두 종류가 있다."

그가 그렇게 말하며 살짝 검지를 움직이자, 하이드런트의 몸이 움찔 경련했다. 손가락이 두 번째 관절까지 파고든 눈꺼풀에서 피가 섞인 눈물이 뚝뚝 흘러내렸다.

"하나는 단숨에 생명활동이 멎는 커다란 대미지. 또 하나는 결코 봉합할 수 없는 상처다. 단숨에 마술로 상처를 덮는 마술사에게는 후자는 거의 의미가 없지만 말이지."

"네놈——!"

입에 손가락이 들어간 탓에 잘 알아들을 수는 없었지만, 하이드런트가 원한에 찬 목소리로 신음했다. 오펜은 그 소리를 무시했다.

그리고 거친 목소리로——외쳤다.

"그때, 네놈의 안면 절반을 찢어놨던 것처럼 이번에는 오른쪽도 벌려 줄까?"

"그……만둬……."

"그건 네놈이 죽인 드래곤 신앙자나 티시에게 사정해!"

오펜은 그대로——격정에 몸을 맡긴 채, 눈꺼풀을 찢기 위해 손가락을 뽑으려 했다.

그러자——

순간, 마술을 봉인하기 위해 목에 찔러 넣었던 엄지에 뜨뜻미지근한 감촉을 느꼈다.

"뭣——!?"

오펜은 순간적으로 엄지를 뽑았다. ——그리고 검지도. 오른손을 끌어당겨 가슴에 품으며 보았다.

산성액의 냄새가 코를 찔렀다.

'위액인가!'

오펜은 혀를 차며 주문을 외쳐 산을 중화했다. ——위액은 강염산이다. 묻는다고 해서 즉시 피해를 입는 것은 아니지만, 그렇다고 가만히 내버려둘 수 있는 것도 아니다.

순간——

퍽! ——하고 예리한 충격과 함께 눈앞이 어두워졌다. 그리고 얻어맞은 충격을 따라 그대로 몸이 옆으로 쓰러졌다. 바닥에 얼굴을 부딪힌 오펜은 구역질을 느끼며 몸을 일으키기 위해 발버둥쳤다. 하지만——뇌진탕이라도 일으킨 것인지 몸이 움직이지 않았다.

'검으로…… 맞은 건가……?'

이쪽이 산을 중화하고 있을 때의 일이리라. 뒤에서 추격을 날리듯이 머릿속이 지끈거리기 시작했다. 맞은 곳은 아무래도 머리인 듯했다——흐르는 피가 안면을 더럽히는 것을 입속에 흘러들어온 피의 맛으로 알 수 있었다.

어두워진 시야 저 멀리에 별이 보였지만——아무리 발버둥을 쳐도 손이 닿지 않았다…….

"순간적인 판단은…… 레티샤 맥크레디가 더 위로……군……."

허억허억 숨을 몰아쉬는 하이드런트의 목소리가 들렸다.

"손가락 하나 아까워해선, 죽는 법이야……."

'제기……랄!'

오펜은 자신에게 일갈하며 간신히 몸을 회전시켰다. 의도하지 않고 대자로 뻗은 팔의 손가락에 무언가 딱딱한 것이 닿았다. 그는 무의식적으로 그것을 붙잡고 눈을 부릅떴다. 위로 누운 덕분에 시야가 트였다. ——쓰러져 있는 그의 바로 위에 하이드런트가 검을 내려치는 자세를 취하고 있었다——.

절반이 흉터로 떨어져나간 얼굴로, 절반뿐인 잔인한 미소를 띠며, 하이드런트가 외쳤다.

"이번에는 나의 승리다. ——키리란셀로!"

동시에 검이 더할 나위 없이 명쾌하게 자신을 향해 떨어졌다——.

'최후의——승부다!'

오펜은 마음속으로 외치며 아까 붙잡았던 딱딱한 것을 그대로 위로 찔렀다. ——자신이 던진, 그 나이프였다. 나이프의 칼날은 검을 받아내지는 않고 그대로 허공으로 미끄러졌다. 하지만 원래부터 검을 나이프로 받아낼 생각은 추호도 없었다. 한순간의 감으로 오펜은 나이프의 자루에 붙어 있는 스위치를 엄지로 밀어올렸다. 철컹! 하고 용수철이 튕기며, 손잡이에서 칼날만이 튀어나갔다——.

서걱!

——키이이이잉…….

소리가 연달아 울린 후, 곧바로 정적으로 바뀌었다.

하이드런트가 믿을 수 없다는 듯이 자신의 손 안을 내려다보고 있다. 그의 텅 빈 손 안에 검은 없었다. ──그의 손을 빠져나가, 저 멀리 떨어진 바닥에 허무하게 튕겨 떨어졌다.

"승부가…… 났군."

오펜은 천천히 중얼거리고 몸을 일으켰다. ──칼날이 없어진 나이프를 버리고 아연해 있는 하이드런트를 보았다.

나이프의 칼날은 하이드런트의 오른쪽 손목에 박혀 있었다. 황당무계한 악몽처럼 상처에서 선혈이 기세 좋게 뿜어져 나온다. 힘을 잃은 손목은 팔 끝에서 덜렁대며 흔들렸다.

"……"

하이드런트가 말없이 고개를 들었다──.

오펜은 그런 그와 마주보며 말했다.

"상처를 치료해. 팔 하나가 아깝다면."

"시──시누크의, 샘이여……."

하이드런트가 작은 목소리로 주문을 왼 순간, 상처가 사라지고 나이프의 칼날이 바닥으로 떨어졌다. 그 모습을 내려본 뒤 다시 하이드런트가 고개를 들었다──.

퍼억!

오펜이 즉시 지른 주먹으로 명치를 깊숙히 찔리자 하이드런트는 그대로 정신을 잃었다.

팔이 지끈거렸다…….

마술로 상처를 덮은 손목을 누른 채, 뷘비는 신중하게 주변을 경계하며 나아갔다. ──운동장 구석에는 무의미하게 물건이 어질러져 있어 계속해 시야를 가렸다. 불필요한 자재, 혹은 필요한 자재, 간이창고 등등일 뿐이었지만, 실제로 수풀 하나라도 있으면 그 작은 소녀가 몸을 숨기는 일은 식은 죽 먹기일 것이다.

본래라면 그런 소녀는 무시해도 상관없다고 할 수 있었다. ──오히려 하이드런트나 스웬과 합류해 전설의 '석세서 오브 레이저 엣지'를 말살하는 일에 협력해야 하리라. 그것이 고용주인 월 카렌의 비위도 맞출 수 있을 것이 틀림없다.

하지만 그는 그 소녀를 살려둔 채 돌아갈 생각은 없었다.

'가슴이 지끈거려…….'

설마 완전히 무력할 것이라고 생각했던 상대에게 이런 큰 상처를 입게 될 줄은 생각도 하지 못했다.

'내가…… 이런 벽지에 와서, 이런 꼴을 당하다니. 뭐, 좋아. 아는 사람 중에 훌륭한 의수 장인이 있으니까.'

그는 자연스럽게 얼굴을 누그러뜨리며 적을 찾았다.

'그 여자의 손을 박제로 만들어서 내 손이 있던 자리에 붙여 주마. 응──?'

거기서 무언가를 깨닫고 눈썹을 치켜 올렸다. 바로 근처 수풀 앞에 무언가가 떨어져 있었다.

"신발……?"

자신도 모르게 목소리를 내서 혼잣말을 내뱉었다.

'미끼……인가. 아마추어가…….'

아마도 다가가 신발을 줍는 순간 기습이라도 할 셈이겠지만──이쪽으로서는 딱히 다가갈 필요 따윈 없었다.

'마술로 날려 버리면 돼.'

너무 커다란 소리를 내면 경비부가 몰려올 가능성이 있지만——.

'응? 그러고 보니…….'

그는 그 사실을 깨닫고 의아한 표정을 지었다.

'경비부는 어떻게 된 거지? 그렇게나 큰 폭발이 일어났는데… 경보도 울리지 않다니…….'

하지만 아무래도 좋은 일이다.

그는 생각을 고치고 신발이 놓여 있는 수풀을 향해 무사한 왼팔을 들어올렸다. 그리고 냉소적으로 입을 열었다.

"애새끼들의 싸움과 같은 수준으로 생각하는 게 어리석다는 증거다. 나는 마술사야——."

"정말이지, 반드시 마술에 의존할 거라고 생각했어."

"뭣——!?"

파스락!

등 뒤에 무언가가 뛰어내렸다——.

뷘비는 황급히 뒤를 돌아보았다. 그리고 힐끗 머리 위를 보고——한밤이라 깨닫지 못했다. 조금 떨어진 곳에 있는 커다란 나무로부터 바로 머리 위까지 가지가 뻗어 있었던 것이다.

그곳에서 매복하다 뛰어내린 것이겠지만——

돌아본 곳 바로 앞에는 그 소녀가 있었다. 무언가를 위로 들고, 힘차게 내리치는 모습이——

퍽!

관자놀이에 강렬한 일격을 받은 뷘비는 졸도하기 일보직전까지 몰렸다. ——하지만 간신히 버티고 소녀를 보려본 다음, 다음에는 그녀가 내려친 것으로 시선을 향했다.

"……양말에…… 모래를 담은 건가! 개싸움이 뭔지 잘 알고 있군 그래."

그녀는 오른손에 그것을 든 채 대담한 표정으로 이쪽을 바라보고 있었다. 그 모습이 마음에 들지 않은 빈비는 말을 이었다.

"하지만 결국은 여자의 완력일 뿐이지. ──그런 걸론 날 쓰러뜨릴 수 없다고, 아가씨!"

"실은 나도 그렇게 생각해서──"

소녀는 그렇게 말하며 스윽 오른손을 내밀어 보였다. 무언가를 든 채로.

"다른 쪽 양말에는 돌을 담았어."

"……어……?"

자신도 모르게, 그녀가 그것을 들어올리는 것을 멍한 머리로 기다리고 말았다──.

"이번에는 뇌수 같은 거 튀기지는 마!"

빠각──.

빛이 번뜩이며 의식이 사라졌고──그리고 이것은 후일담이지만 ──빈비 스토트아울은, 그날 밤 그 이름도 잊게 되었다.

제7장 아침노을에 맞추지 못하다

자신의 발소리가 무겁게 느껴진다――.

옷이 조금 탔는지 냄새가 코를 찔렀다. 아침바람부터 생긴 출혈은 멎은 상태다. ――상처도 덮어 두었다. 뇌진탕의 후유증인지 아직도 허리부터 위가 어딘가로 분리되는 듯한 감각이 남아 있긴 했지만 걷지 못할 정도는 아니었다.

그는 열병을 앓는 듯한 얼굴로 복도를 나아갔다. 숨이 턱까지 차올랐군――하고 자각하며 다리만을 앞으로 움직였다.

쭉 이어진 창문의 바깥은 아직도 밤――.

마치 '밤'이라는 것의 견본시라도 되듯이 창문에 거뭇한 밤하늘이 비치고 있었다. 여전히 하늘에는 구름이 껴 있어 별빛도 보이지 않았지만, 그래도 시야는 어렴풋한 빛에 잠겨 있었다. 어둠을 희석하는 빛의 물. 그는 그 안을 아등바등 헤엄쳐 나아갔다….

덜컥, 하고 갑자기 무릎에서 힘이 사라졌다. 그는 넘어질 뻔한 몸을 간신히 지탱했지만 움직임은 멈추었고――이번에는 다리 전체가 떨리기 시작했다.

'빌어먹을――.'

오펜은 저주하듯이 혼잣말을 내뱉었다.

'뭐가――키리란셀로냐. 만족스럽게 걸을 수도 없잖냐…….'

그리고 다시 천천히 걸음을 재개했다.

월 교실이 있는 곳은 《탑》의 5층. ――그가 걷는 곳도 그곳이었다. 광대한 건물을 한 걸음 한 걸음 바닥에 뿌리를 내리는 듯한 속도로 나아간다. 신기하게도 복병은 없었다.

그리고 오펜은 복병이 없을 것을 어렴풋하게 예상하고 있었다.

'녀석들은…… 그곳에서 기다리고 있겠지…….'

멀리 보이는 월 교실의 문을 바라보며, 그는 속으로 중얼거렸다.

'월 카렌……. 날 《탑》으로…… 데리고 온 남자…….'

지끈지끈 아픈 머리 안에서 과거가 떠올라서는 사라진다.

'내 마술사로서의 재능을 꿰뚫어본 사람도, 그리고 최종적으로 키운 사람도 전부 암살자였어……. 얄궂은 일이군. 그런 내가 암살자는 되지 못하다니…….'

아마도 되려고 하던 시기도 있었을 것이다.

의문을 품지 않았던 시기도 있었을 것이다.

'아자리——.'

내가 널 죽이기 위한 암살자가 아니었다고만 한다면——.

적어도, 그것을 모르고 지냈다면——.

'혹시, 난…….'

투쾅! ——하고 오펜은 문을 두드렸다…….

어느새 다다른 월 교실의 문.

잠겨 있지는 않았다. ——완전히 닫혀 있지조차 않았는지, 두드린 반동으로 문이 열리기 시작했다. 열리는 문을 막지 않고 몸을 물린 오펜은 가만히 문이 열리기를 기다렸다.

이윽고 소리도 없이 문의 가장자리가 눈앞을 스쳤다.

오펜의 앞에 월 교실이 길을 열었다. 예전 자신이 공부한 차일드맨 교실과 그다지 차이가 없는 구조의 방. 18시간 전에 뛰어들었던,

암살자들의 교실——.

"……늦었군."

어두운 방에 희미한 마술의 등불이 떠 있었다. 오펜을 맞이한 것은 그 한마디였다. 그리고 월 카렌을 지키듯이 둘러싸고 있는 몇 명의 암살자들.

오펜은 방에 들어가며 침착하게 대답했다.

"암살자가——예정대로 올 거라고 생각한 거냐?"

"가엾지만, 자네의 패배야. ——바로 지금 이것을 받은 참이지."

월 카렌은 창문을 등진 채 그렇게 고했다. 수없이 입어 왔을 전투복 차림. ——단지 복면은 하지 않았다. 그는 태평하게까지 보이도록 팔을 들었고, 그 손에는 한 권의 책이 들려 있었다.

아무런 제목도 적혀 있지 않은 칠흑의 가죽 표지.

"자네의 학생에게서 스웬 군이 빼앗아 준 것일세. 뭐——스웬 군은……."

하고 교실 구석으로 시선을 향했다.

그 움직임을 따라 오펜도 그쪽을 보았다. ——구석, 정말로 교실 한 구석에 움직이지 않는 검은 덩어리가 굴러다니고 있었다. 완전히 더러워진 인간의 주검. 숨이 이미 완전히 끊어진 스웬이라는 자는 바닥에 누워 있었다.

'처음에…… 티시의 저택에 숨어들어온 녀석……인가.'

그 정체를 멍한 머리로 판단했다.

오펜은 아무런 감정 없이 얼굴을 찡그리고 윌을 마주보았다. 학생들——모두 훈련된 암살자들——을 좌우로 대동한 월 교사는 가만히 그런 오펜을 바라보았다.

월은 재미있다는 듯이 고개를 기울였다.

"솔직히 자네의 학생이 그렇게까지 할 수 있을 줄은 생각 못했어. 뭐, 그렇게 따지면 자네가 내게 도전하는 데 동료를 데리고 올 것이라고도 생각하지 않았지만 말일세. 자네는 항상…… 홀로 움직인다고 생각했거든."

"……."

오펜은 곧바로는 입을 열지 않았다. 숨을 내뱉고――그리고 등으로 벽을 찾아 통, 하고 기댄 다음에야 간신히 목소리를 쥐어짜냈다.

"……이런…… 때, 란 말이지."

"?"

의아한 표정을 짓는 월에게 오펜은 헷, 하고 웃었다.

"아무래도 난 성질이 급한 것 같거든."

"……호오?"

오펜은 다시 깊이 숨을 내쉬며 말을 이었다.

"빌린 것도 갚지 않고 태연한 낯짝을 하고 돌아다니는 복너구리라든가, 하찮은 일로 떼를 쓰는 계집애를 보면 고함을 지르며 마술 두세 방을 지르는 경우도 있지만 말이지……. 결국은, 네놈 같은 자식이 제멋대로 지껄이는 걸 볼 때면 말이야. ――아예 화조차도 안 나지 뭐냐."

그는 침을 뱉었다.

"네놈이 가진 책――세계서라고 했던가. 그딴 것은 손에 넣고 보면 별 것 아닌 물건이잖냐. 기껏해야 그런 책을 위해 티시를 덮치고, 사람도 몇 명이나 죽인 거냐?"

"이쪽을 너무 업신여기는군."

윌이 가볍게 웃어 보였다. ──그는 우아한 움직임으로 책을 팔락 팔락 넘겼다.

"이 책에는 세계의 비밀이 기록되어 있어. 신의 세계가 존재한다면, 신의 힘도 실존하는 것을 이해하지 못하는 겐가? 그래, 마법이다."

그는 책의 표지를 팡, 하고 두드렸다.

"고대어로 기록된 이 책에는 세계의 비밀을 풀 모든 열쇠가 담겨 있다. 거인 대륙(요툰헤임)──그 모든 것을 지배할 무한한 힘, 마법이 말이다!"

그 말을 마지막으로 윌은 가만히 오펜을 노려보았다. ──다른 암살자들도 마찬가지였다. 9명──모두 18개의 시선에 못박힌 오펜은 잠시 입을 다물었다. 그들에게 대항하기 위해서라기보다는 그저 지쳐서 숨을 골랐을 뿐이다.

이윽고──

"고대어라……."

오펜은 씨익 웃었다. 그리고 벽에서 등을 떼고 반다나를 당겨 벗었다.

"뭐, 읽기 어려운 글자인 건 틀림없지."

"……뭐라고?"

그 말에 무언가를 느꼈는지, 윌은 신음을 내뱉고는──처음으로 책의 내용에 시선을 떨어뜨렸다.

"이──"

"이건 뭐냐, 라고라도 말하고 싶냐?"

낭패에 빠진 월을 보며 오펜은 대담하게 웃었다. ──동시에 벗은 반다나를 반으로 접어 단단히 쥐었다. 굳은 피로 딱딱해졌을 뿐인 평범한 반다나지만, 한 번 정도는 검을 받아낼 수 있을지도 모른다.

오펜은 뻔뻔하게 말했다.

"클리오의 일기가 딱 똑같은 크기여서 말이지. ──슬쩍 표지에 검은 가죽 커버를 씌우고 건드려 봤어. 뭐, 팔 상대를 잘 고른다면 용돈 정도는 들어오지 않겠어? 잘 됐구만 그래."

"네놈……!"

월이 바닥에 책을 내동댕이치며 노성을 질렀다. ──동시에 암살자들이 재빠르게 주변으로 산개하기 시작했다.

'적은 9명. ──승산은 없지만──.'

오펜은 자세를 낮추며 눈을 부릅떴다.

"월 카렌! 네놈은 죽이겠어."

"위세는 좋군!"

그렇게 대답한 사람은 월이었다. ──하지만 실제로 뛰어든 것은 암살자 중 한 명이었다. 모두 같은 차림으로 얼굴까지 가리고 있어 체격에 다소 차이가 있어도 거의 구분이 가지 않았다. 월 교실의 편성을 생각하면 여자도 몇 명 섞여 있을 터이지만, 그것조차 오펜은 구분할 수 없었다.

벽을 등지고 있는 이상, 집단 전투 훈련을 받은 암살자들이라고 하여도 동시에 뛰어드는 것은 두 명이 한계이리라. 하지만 그 두 사람씩의 공격을 네 번──심지어 모두 상처 없이 빠져나갈 가능성은 제로에 가깝다.

전투복으로 몸을 감싼 상대와 달리 이쪽은 안면을 포함해 여기저기 맨살을 드러내고 있다. ――그러한 의미에서도 불리했다. 첫 번째 암살자가 뻗어 온 주먹을 후려치고――두 번째 암살자의 팔꿈치를 회전하며 피한 다음――세 번째 암살자는 무기를 들고 있었다. 닥쳐 오는 나이프의 칼날을 포착한 오펜은 왼팔을 내밀려 했다.

'왼팔의 힘줄로 받아내고 나이프를 빼앗자. ――할 수 있을까!?'

그 경우 치명상이 될 가능성도 있지만――

각오를 굳힌 오펜은 작전을 감행했다. 아픔을 느낀 순간 적이 나이프를 거두거나 그대로 칼날을 비틀어 공기를 넣으려 하기 전에, 이쪽이 팔을 비틀어 뼈에 칼날을 걸어야만 한다.

모든 것은 한순간. 생각할 시간도 없으리라. 오펜은 일단 왼팔을 적의 공격이 올 궤도 위에 쑤셔넣고――

빠각! ――……

아픔을 느끼지 못한 채 시간이 멈추었다.

'……!?'

순간 눈앞에서 그 암살자가 사라졌다. 재빨리 주변을 보자 암살자는 왼쪽으로 날아가고 있었다. ――눈에 한 자루의 보병창을 꽂은 채로.

"뭣――!"

오펜은 경악하며 자신의 눈앞을 횡일자로 지나가는 창의 자루를 따라 시선을 이동시켰다. 창은 아직도 훤히 열려 있는 입구에서 일직선으로 암살자의 두개골을 관통했다. 물론 즉사했으리라. ――경련조차 하지 않고 창을 부둥켜안은 자세로 암살자는 그 자리에 무너졌다…….

"포르테!"

오펜은 입구에 서 있는 남자를 보고 외쳤다. 술렁——교실 안의 암살자들이 동요를 소리로 만들어 몸을 뒤척이는 것이 들렸다.

포르테 퍼킹검이었다.

전투복에 중중급(中重級) 프로텍트 아머. ——무장 벨트 두 개에 사이즈가 다른 장검을 두 자루 매달고 있다. 손등에는 칼날이 달린 사슬이 감겨 있는데, 갑옷 위에 걸친 망토에도 방어용 사슬이 짜여져 있을 터이다.

전투용이 아니라——전쟁용 장비였다. 포르테처럼 키가 큰 마술사가 이만한 완전무장을 하면 그것만으로도 위압감은 어마어마하다. 오펜은 얼이 빠진 표정으로 그를 보았다.

"포르테——? 어째서……."

하지만——포르테는 질문에는 대답하지 않았다. 그 대신 조용히 월 카렌을 바라보고 담담한 말투로 고했다.

"월 카렌 교사. 그리고 학생제군."

그는 검을 빼며 말을 이었다.

"차일드맨 교실의 상급 마술사 레티샤 맥크레디 습격 사건 및 드래곤 신앙자 집단 폭행 치사 사건에 관해 질문이 있으니 구속하겠다. ——용의를 부인한다면 이 요청에 거스를 수 없을 것이다. 이것은 최고 집행부의 지령에 따른 행동이다. 하지만——"

그리고 방 안을 둘러보고——오펜에게는 그때 포르테가 살짝 쓴웃음을 짓는 것처럼 보였지만——선고를 이었다.

"그 이전에 사적인 전투 및 결투를 금하는 규칙을 위반하였군. 지금 즉시 전투를 중지하지 않으면 이 자리에서 섬멸하겠다만?"

"포르테 퍼킹검……!"

월의 목소리가 교실에 울렸다. ——당황한 듯이. 전혀 예상하지 못했는지, 거의 망령이라도 보는 듯한 눈빛으로 외쳤다.

"최고 집행부의 지령이라고!? 허풍 떨지 마라! 집행부가 움직일 시간이 아닐 텐데!"

"……하지만, 이런 시각에 기운차게 움직이던 집행부원이 딱 한 분 계셔서 말이지. ——당신도 잘 아는 사람이야, 노인."

"뭐라고……?"

월은 혼란스러운 듯이 눈을 깜빡였다. 그런 두 사람을 번갈아가며 보고——오펜은 퍼뜩 깨달았다.

"하이드런트인가!"

"그렇다."

포르테는 조용히 고개를 끄덕여 긍정했다.

"키리란셀로가 보낸 전령을 받은 시각에는 이미 어제부의 집행부 근무 시간은 끝난 후였다. ——뭐, 정시 이후는 사인 하나 쓰지 못하는 장로분들을 이제 와서 원망해도 어쩔 수 없지. 그래서 경비부를 독단적으로 소집해 기다리기로 하였다. 키리란셀로가 하이드런트를 전투불능으로 만들기를 말이다."

그는 품에서 지령서를 꺼내 펼쳐 보였다.

"미란 트람의 대리서명으로 서류는 유효하다. 하이드런트 군을 놓아주는 교환 조건이지만. 뭐, 그렇게 낙담한 모습을 보건대 한동안은 얌전해 있어 줄 것 같았거든."

입을 크게 벌리고 아연해하는 월의 앞에서 포르테는 다시 지령서를 품에 넣고 대강 등 뒤를 가리켰다.

"그렇게 소집된 전 경비부원은 이미 이 시설의 요소 및 부지 내의 모든 곳에 배치를 마쳤다. 난투를 일으켜도 혼란을 틈타 도주할 셈이었겠지만——이제 도망칠 수 없어. 그리고 말해 두지만——"

그는 벽의 사각에서 몰래 다가가던 암살자 중 한 명을 향해 방심 없는 시선을 향했다.

"나는 키리란셀로만큼 무르지 않아. 죽이지 않을 정도의 힘 조절을 할 수 있을 정도로 싸움에 익숙하지도 않고 말이야."

"8대2로 싸울 셈이냐, 포르테 퍼킹검 교사보……."

월이 궁지에 몰린 자 특유의 비장함으로 경고했다. 하지만——

"난 안 세는 거야?"

술렁——

다시 웅성거림을 발하며 그곳에 있는 모든 시선이 한 곳에 모였다.

"아자리!?"

어느새 열려 있었는지 월의 바로 뒤에 있던 창문에 발을 꼬고 앉은 인영을 보고는 오펜은 믿을 수 없다는 심정으로 외쳤다. 포르테처럼 무장은 하지 않았지만 간이 전투복을 입고 삐딱한 웃음을 띤 그녀가 있었다.

아까 전까지 월을 쳐다보았을 때에는 없었다. ——창문조차 열려 있지 않았다. 마술 장치를 이용해 전이해 온 것이겠지만…….

"아자리——어째서!?"

"너 혼자선 불안불안해서."

킥, 하고 웃으며 대답하는 그녀에게 오펜은 이성을 잃은 듯이 떠들었다.

"그게 아냐! 모습을 보이면——여기엔 포르테도 있다고——!"

하고 입구의 포르테 쪽을 보았다. 하지만 복면 아래에서조차 경악의 빛을 감추지 못하는 암살자들과는 달리, 포르테 퍼킹검만은 매우 평온하였다…….

오펜은 조금 맥빠진 얼굴로 중얼거렸다.

"포르테——너, 아자리가 살아 있는 걸 알고……."

"2주 전."

포르테는 별 일 아니라는 듯이 밝혔다.

"그 '키리란셀로' 소동 때, 나의 '네트워크'는 해당하는 암살자의 얼굴을 일순간밖에 보지 못했다. 하지만 그럼에도 나는 그 자를 키리란셀로라고 단정했지. 바로 근처에 그녀가 있었기 때문이다."

"제대로 숨어 있을 셈이었는데."

아자리가 혀를 내밀었다. 포르테는 이마와 머리카락의 경계를 손으로 쓰다듬듯이 움직이며 말을 이었다.

"살아 있다는 것만 알아내면 접촉을 시도할 방법은 얼마든지 있지."

"윌 카렌. 어차피 당신은 키리란셀로의 습격밖에 예상하지 않을 테니까 말이야."

아자리는 창틀에 앉은 채 위험한 눈빛으로 늙은 암살자를 노려보았다.

"우리는 그런 당신의 등을 찔러 주려고 계획했어. 윌, 당신이 어수룩했던 거야. ——차일드맨 교실을 적으로 돌려 놓고 키리란셀로밖에 보지 않다니."

"천……마의 마녀……. 미란과 스웬의 착각이 아니었다는 건가."

윌이 분노로 몸을 떨며 중얼거렸다. ——그는 아자리에게서 이쪽으로 몸을 돌렸다. 아직 초로의 나이인 피부에 깊이 흉터 같은 주름이 지는 것이 보였다.

그는 비틀거리며 말을 이었다.

"그리고 포르테 퍼킹검 교사보와——석세서 오브 레이저 엣지……. 오호라, 분명 내가 어수룩했던…… 것이겠지. 나의 교실이 이런 곳에서 끝나다니——."

꾸욱 주먹을 틀어쥔 월은 말을 멈추었다. 그 순간 그의 얼굴에서 망설임이 사라졌다——.

"그런 걸 참을 수 있을까 보냐아아아아!"

월은 그렇게 외치며——피로도를 보아 가장 상대하기 쉬울 것이라고 보았는지 오펜을 향해 돌진해 왔다. 늙어서도 아직 강인한——차일드맨이 죽은 지금 명실상부하게 《탑》의 최강 암살자인 월 카렌의 절규를 들은 오펜은 조용히 상대를 기다렸다. 무서울 정도로 빠르고——예리한 노 암살자의 돌격을 정면에서 바라보며…….

하지만 머릿속에 떠오른 것은 지금 상황과는 전혀 상관이 없는 일이었다.

'석세서 오브 레이저 엣지, '강철의 후계자'…….'

단 한순간——의지의 힘으로 시간을 멈출 수 있다고 하여도 그 정도이리라. 그 한순간도 되지 않는 시간 안에서, 오펜의 의식은 소리 없이 폭발했다.

'내가 자신보다 강대한 적과 맞서기 위한 유일한 무기——.'

전신에 급격하게 한기를 느꼈다. ——시야가 어두워진다. 소리도 들리지 않게 된다. 하지만 그래도 주변의 상황은 알 수 있었고, 월의 움직임도 또렷하게 보였다.

'나의 '과거(우르드)'! 과거의 감각——바로 이것이야!'

착란에 빠져서인지 월의 공격 그 자체는 거의 초보자처럼 둔중했다. 자신에게 다가오는 상대의 손——그 중지와 약지 사이에 오펜은 주먹의 끝 부분만을 박아넣었다. 그렇게 월의 손을 쳐낸 다음, 튕겨나간 팔의 안쪽으로 몸을 쑤셔넣었다.

다음으로 겨드랑이 밑 급소를 향해 팔꿈치를 쳐올리며 오펜은 이렇게 외쳤다——.

'내가 차일드맨에게서 물려받은 단 하나의 기술——!'

그 한순간 후에는 월의 몸이 튕겨 날아갔다.

급소를 맞아——공중에서 회전한 노 암살자가 고통에 몸부림치며 바닥에 쓰러졌다. 그에게서 시선을 떼지 않은 오펜은 추격하듯 다가갔다. 월은 이미 제정신이 아니었으리라. 아픔과 호흡곤란으로 신음하고 있었다. 몸을 반으로 접고 버둥대며 폐를 부풀리고 줄이는 그 몸은 너무나 무방비하게 급소를 드러내고 있었다. 단 일격. 주먹을 내리꽂는 것만으로도 충분할 터다——.

오펜은 숨을 거칠게 내뱉으며 가만히 상대를 내려다보았다. 아무도 제지하러 오지 않는다——.

정할 수 있는 것은 자신뿐이다. ——자신만이 이 노인의 명운을 쥐고 있다.

"……."

자기 자신의 다음 행동을 다른 사람의 일처럼 지켜보며, 오펜은 힘주어 쥐었던 주먹을 천천히 풀었다.

'그리고…… 쉽사리 사람을 죽이고, 쉽사리 날 스태버로 만드는 기술이다…….'

호흡이 잦아들어간다…….

순간, 살며시 팔을 건드리는 감촉을 느낀 오펜이 고개를 돌렸다. 아자리가 그곳에 서 있었다.

그녀는 빙긋 웃었다.

"비키렴, 키리란셀로. ──더 이상은 못하지? 그와 그의 학생에게서 나에 관한 기억을 빼앗을게."

그녀는 교실의 다른 쪽을 보았다. ──오펜도 따라 시선을 향하자, 암살자들은 전원 머리 뒤에 손을 댄 투항의 자세로 무장해제당해 있었다.

아자리가 암살자들에게 고했다.

"다 너희를 위한 소리니까 저항은 하지 말도록 해. ──난 억지로 폐인으로 만들어도 딱히 상관없거든."

그렇게 말한 그녀는 긴 시가 같은 주문을 외기 시작했다.

아름다운 목소리다──.

그녀의 목소리를 들으며 방 입구에 계속 서 있던 포르테의 옆까지 물러난 후──오펜은 그에게 속삭이듯이 말했다.

"너희 둘이 같이…… 날 이용한 거로군."

"그렇다."

포르테는 부정은 물론이고 변명조차 하지 않으며 고개를 끄덕여 긍정했다.

"감사한다. 월 교실을 없애고 싶었지만 솔직히 타격을 가할 수단이 없던 참이었거든."

"진심으로……《탑》을 장악할 수 있다고 생각해? …선생님처럼."

오펜의 중얼거림에 포르테는 후…… 하고 메마른 웃음을 보였다.

그리고 희미하게 몸을 떨며 그가 신음했다.

"선생님이…… 돌아가셨을 줄이야."

"……."

그 이상의 대답은 없었다. 소리 없는 고문처럼, 몸을 누르는 분위기만이 무게를 더했다.

거기서——끼어드는 목소리가 있었다.

"……난 감사할 수 없는데."

아자리였다. 최면 상태로 모두가 쓰러져 있는 교실에서 한 권의 책을 들고 걸어오고 있었다.

그녀는 책의 표지를 손가락으로 튕기고 물었다.

"날 따돌렸다고 생각하는 거야? 진짜는 어디에 숨겼어?"

"글쎄."

오펜은 작은 목소리로 얼버무리고 다시 아프기 시작한 머리를 눌렀다.

"……뭐, 됐어."

그녀는 그런 그의 품에 책을 떠밀었다.

"꼭 그 애에게 돌려주도록 해. 설마 내용을 읽거나 한 건 아니겠지?"

"당연하지."

그 대답에 그녀는 만족한 모양이었다. ——마치 진짜 세계서가 어디에 있는지보다 일기장을 되돌려주는 일이 더 중요하다는 듯이. 그녀는 상대를 놀리는 듯한 미소를 짓고는 나지막하게 말했다.

"……고마워, 둘 다."

"그래."

대답을 한 사람은 포르테뿐이었다. 오펜은 말없이 그녀를 바라보았다.

아자리는 개의치 않고——오히려 다정하게 그런 오펜을 마주보며 말했다.

"진심으로 나와 결판을 내고 싶다면——킴라크에 오도록 해."

"교회 총본산……."

오펜은 몇 번이나 들은 적 있는 그 도시의 이름을 입에 담았다. 그러자 팟——하고 시야에 아무런 전조도 없이 흰 빛이 스쳤다.

아자리가 전이용 검은 상자를 꺼내 발동을 위한 월드 그라프를 손으로 훑고 있었다.

팟——팟—— 하고 빛의 문자가 인광이 되어 사라져 가는 가운데, 그녀가 말했다…….

"이 빚은 꼭 갚을게, 키리란셀로."

그것이 오늘밤 그녀에게 이용당해 준 일을 의미하는지, 아니면 세계서를 숨긴 일에 대해 말하는지 오펜은 판단할 수 없었다.

그저 떠나려 하는 그녀에게 이렇게 대답할 뿐이었다.

"환영할게. ……난 언제든 빌려주는 쪽이거든."

무의미한 천진난만함을 뿌리며 이른 아침의 작은 새들이 높은 지저귐을 흩뿌리며 하늘을 날고 있다. 아침은 천진하다. 모두 아무 생각도 하지 않으니까.

아침 안개에 젖은 타일에 몸을 기대고 있던 도틴은 나지막하게 중얼댔다.

"우격다짐으로 해결했네……."

그의 발밑에는 간신히 푼 가느다란 로프——그들을 하룻밤 내내 기둥에 묶었던 물건이다——가 아무렇게나 널려 있었다.

"아니, 그게 아니다, 도틴."

주먹을 틀어쥐며 외친 사람은 물론 볼칸이었다. 그는 남자다운 얼굴로 눈물을 흘리며 감격에 겨운지 주먹을 떨었다.

"이것이야말로 전사의 숙명! 속박에서 해방된 지금 우리가 해야만 하는 일은 새로운 혁명의 불씨를 일으키는 것! 분명히 강력한 속박이긴 하였으나, 우리의 사명감 쪽이 몇 단계나 위였다는 의미이다!"

"……것보다 매듭 부분이 손이 닿는 부분에 있었던 걸 깨닫지 못한 게 치명적이었는데…."

도틴은 게슴츠레한 눈으로 신음하며 안경의 위치를 바로잡았다. 그리고 저택 쪽을 돌아보고——아무래도 아직 아무도 일어나지 않았는지 조용했지만——일단 해야만 하는 일을 떠올렸다.

그래도 일단 물어보았다.

"그래서…… 앞으로 어떡할 거야, 형?"

"음!"

볼칸은 크게 고개를 끄덕였다.

"성공 직전에 아깝게도 실패했다고는 해도 우리가 일으킨 혁명의 등불은 이미 이 땅에 뿌리를 내렸다! 우리는 또 우리를 필요로 하는 인민이 있는 별천지로 떠나야만 할 것이다!"

"도망친다는 거네."

"도망치는 것이 아니다아아아아!"

퍽, 하고 검으로 두들겨맞은 도틴은 익숙한 표정으로 복도를 굴렀다. 볼칸은 검을 들고 더욱 목청을 높여 고했다.

"그 사악한 마술사를 12색으로 스케치해 죽일 때까지! 우리의 여행은 끝나지 않는다! 일단은——"

하고 태양이 얼굴을 드러내려 하는 쪽을 가리키고——

"북으로!"

"아침해는 동쪽이야."

"사소한 걸로 따지지 마라아아아아아!"

다시 얻어맞았지만 이번에는 곧바로 일어났다. 하아, 하고 탄식한 도틴은 빈틈없이 여행 준비를 시작했다——라고 해도 제대로 된 소지품 따위는 있지 않았지만.

"그럼 서두르자. 얼른 가지 않으면 흑마술사가 돌아올 거야."

"……뭔가 요즘 때리는 보람이 없다, 너……."

볼칸이 조금 쓸쓸한 듯이 중얼거렸다.

거기서——문득 궁금해진 도틴이 고개를 들었다.

"그러고 보니 형, 어젯밤에 흑마술사가 나가기 전에 뭔가 주는 것 같던데, 뭐였어?"

"음."

볼칸이 고개를 끄덕이며 품에서 무언가를 꺼냈다.

"시시해 보이는 책이다만……. 그건 그렇고 그 사채꾼 마술사 같으니."

검은 가죽 표지——제본은 튼튼하게 되어 있지만 그저 그뿐인 책이다. 제목조차 어디에도 없다. 그 책으로 부채질을 하듯이 움직이며 볼칸은 가슴을 펴고는 말했다.

"무슨 알랑방귀인지는 모르지만, 이런 책이라도 팔면 어느 정도 받을 수 있을 거라면서 내게 상납한 물건이지! 녀석의 벼룩 옮은 뇌에도 간신히 주종이라는 개념이 확립되기 시작한 모양이다!"

"……그 책을 판 돈으로 조금이라도 빚을 갚으라고도 했잖아."

"……음."

작게 중얼대는 볼칸에게 도틴은 연이어 물었다.

"그래서, 갚을 거야?"

볼칸은 정말 뜻밖의 말을 들었다는 듯이 눈을 동그랗게 떴다.

"왜?"

"……뭐, 됐어……."

그렇게 선명한 아침 노을 속에서——두 사람을 마을을 빠져나갔다.

에필로그

"……어째서 《탑》에 입문할 마음이 든 것이지?"

포르테 퍼킹검의 목소리는 이쪽의 머리를 훤히 뚫고 지나가듯 시원스럽게 울렸다.

그의 사무실——원래는 차일드맨 교실이라고 불리던 강의실에 책상을 넣어 쓰고 있다고 한다. 조금 어둡지만——아직 아침이기에 그렇고, 낮이 되면 일조량도 나쁘지 않으리라. 그것보다도 매지크의 주의를 끄는 것은 정연하게 늘어선 10개의 로커였다. 아직 모든 캐비닛에 이름표가 붙어 있었다. ——가장 오른쪽 끝에 익숙한 필적으로 읽기 어려운 이름이 보였다. 키리란셀로. 그 밑에는 다른 필적으로 ——누군가의 낙서인지, 한마디가 덧붙여져 있었다.

단지 닳는 바람에 읽을 수 없었다.

잠시 멍하니 있다가…… 매지크는 퍼뜩 정신을 차렸다. 그리고 책상에 앉아 고요한 시선을 이쪽으로 쏟고 있는 남자를 향해 헛기침을 했다.

"아, 그러니까……. 저기——."

상당히 망설인 뒤에 입을 열었다.

"짐이 되는 게, 싫어서입니다. 스승님께요……."

덜컹…… 하고 소리가 난 것은 포르테가 조금 몸을 움직인 탓이리라. 의자 다리에서 난 소리다. 매지크는 선 채로 그를 보고 막연한 불편함을 느꼈다.

어젯밤의 난투에 대해서는 사전에 포르테가 손을 쓴 덕분에, 매지크 일행에게는 거의 불문에 붙여졌다. ――반면 월 교실은 해체. 상급 마술사 레티샤 맥크레디 습격에 관해, 혹은 그 외에도 용의선상에 오른 몇몇 살인에 관해 나중에 집행부의 심문이 기다리고 있으리라. 최종적인 처벌이 어떻게 될지 매지크는 짐작도 되지 않았고 솔직히 별로 흥미도 없었다.

단지――

"키리란셸로는 사적인 전투의 주모자 중 한 명으로 인식되었다."

느닷없이 포르테가 중얼거리듯 말을 시작했다. ――매지크는 깜짝 놀라 몸을 웅크렸다. 마치 이쪽이 생각하는 바를 읽을 수 있다는 듯이 포르테는 태연한 얼굴로 화제를 바꾸었다.

"《탑》 집행부는 결국 동맹 반역죄를 적용했지."

"……동맹…… 반역죄, 요?"

"죽음을 명령받은 것이나 마찬가지다."

"……."

얼굴에서 싸악 핏기가 가심을 느끼며 다음 말을 기다렸다――.

포르테는 어깨를 가볍게 으쓱이며 말을 이었다.

"다만 그런 녀석들에게 키리란셸로를 죽이게 해 줄 의리는 없어서 말이지. 나도 이리저리 발버둥을 쳐 두었어. 덕분에 말살 명령은 면했다만, 《탑》에서 영구제명이 되었다. 드래곤의 문장도 압수당했고. 지금의 그 녀석은…… 단순한 무뢰한이야."

"……그치만……."

매지크는 떨리는 목소리를 필사적으로 얼버무리며 말했다.

"스승님은 원래부터 무뢰한인데요."

"네게는 그렇겠지."

포르테는 별달리 고민하지도 않고 말하고는 자리에서 일어났다. ——그리고 휙 몸을 돌려 창문으로 향했다. 아침 해에 감싸여 바깥을 바라보며 그는 말을 이었다.

"키리란셀로가 《탑》을 뛰쳐나갔던 때, 너 정도의 나이였다."

"……."

무언가 말하려 하다——매지크는 나오려던 말을 삼켰다. 무슨 말을 해야 할지 알 수 없었고, 게다가 어차피 듣고 싶은 이야기이기도 했다.

"레티샤도 나도 말리려고는 했지만, 전혀 말을 듣지 않았지. 그는 우수한 마술사였어. ——그리고 내게도 마음에 드는 후배였고. 하지만 너무 미숙했다."

그는 힐끗 어깨너머로 매지크를 일별했다——.

"그의 도주가 주변에 얼마나 피해를 끼쳤는지 녀석도 알고 있는지 모르고 있는지……. 뭐, 한 번이라도 얼굴을 비쳤으니 용서한다만."

그리고는 다시 시선을 창 밖으로 향했다.

"그런데, 내 책상에 상자가 놓여 있는 것이 보이나?"

"? ……예."

매지크는 조금 헤맸지만 그 '상자'라는 것은 곧바로 찾을 수 있었다. ——단순한 종이상자였다. 아마도 신발 같은 것을 넣어 두었던 상자이리라.

"열어 봐라."

포르테의 말에 재촉을 받은 매지크는 그 상자를 열어 보았다. 안에 들어 있는 것은——

"이건……."

매지크가 경악에 찬 신음을 흘렸다. 은세공이 된 드래곤의 문장——검에 얽힌 외다리 드래곤. 가느다란 사슬에 녹 하나 없었다.

그것이 두 개 들어 있었다.

"그 드래곤은 대륙의 드래곤 종족이 아니라 별개의 강대한 존재를 의미한다고 전해지지. ——전설에 따르면, 유일하고도 진정한 드래곤……이라고 불리는 존재다."

포르테의 목소리는 거기까지 말을 마친 후 스윽, 하고 음색을 떨어뜨렸다. 그렇게 조용한 목소리로 말을 이었다.

"그 펜던트는 하나는 키리란셀로의 것이다. 장로들에게 몰수당한 후 더스트슈트에서 찾아낸 것이지. 이른 아침부터 쓰레기통에 머리를 처박고 찾은 고생을 생각해서라도 감사해 줬으면 좋겠군."

"다른 하나는…… 뭔가요?"

"키리란셀로에게 건네면 알 거다."

"……?"

의아하게 생각하며 매지크는 살짝 문장을 뒤집어 보았다. ——문장 펜던트에는 소유자의 이름이 새겨져 있는 것을 알고 있다. 하나는 분명 키리란셀로라고 새겨져 있었다. 다른 하나는——

'아자리……?'

"그 두 물건을 녀석에게 건네다오."

포르테는 조용히 말하며 매지크를 돌아보았다. 이쪽이 예, 하고 대답하기 전에 다시 말을 이었다.

"단지 장로의 결정을 거스르고 영구제명이 된 부외자에게 멋대로 《탑》의 문장이 들어간 장비품을 건네는 일이다. ——중죄지. 두 번 다시 《탑》에 돌아오지 않는 편이 무난할 거야."

"……예?"

영문을 알 수 없게 된 매지크는 멍한 목소리로 되물었다. 그는 문장 두 개를 손에 든 채로 포르테와 마주보았다….

그는 조용한 목소리로 다시 물었다.

"어째서 《탑》에 입문하려고 생각한 건가?"

"……."

이번에는 대답할 수 없었다. 이쪽이 입을 다물고 있자 포르테는 웃지도 않고 코로 후우, 하고 숨을 뿜었다.

"미안하지만, 아까 했던 대답은 시시하다고 생각하지 않을 수 없더군."

"……하지만——"

포르테는 무언가 말하려 하는 매지크를 무시하고 말을 이었다.

"이제까지 함께 있던 인간이 어느 날 없어지는 것은 매우 쓸쓸한 일이야. 우리들……처럼 말이지. 녀석이 네가 없기를 바란다고 말한 것은 아니잖나? 그렇다면 그걸 자네가 멋대로 판단하는 건 쓸데없는 배려인 셈이야."

그는 조용한 말투로 말하고는 다시 의자에 앉았다.

"그가 《탑》을 나간 이유는…… 사적인 일이라 이야기하지는 않겠다. 직접 물어봐라. 레티샤에게 말해 그들의 출발을 오후까지 늦추도록 부탁했으니, 서두르면 늦지 않을 시간이다."

"……."

매지크는 문장을 든 채——그래도 다음 말을 기다렸다. 하지만 포르테는 이제 할 말도 들을 말도 없다는 듯이 책상에 팔꿈치를 내고 뺨을 짚으며 눈을 감았다…….

매지크는 눈 밑을 손등으로 문지르며 천천히 입을 열었다.

"정말로…… 감사합니다!"

그는 외치듯이 그렇게 말하고는 재빨리 방에서 달려나갔다.

매지크가 나간 후 혼자가 된 방에서, 포르테는 나지막하게 중얼거렸다——.

"천마의 마녀 아자리……라. ——황금빛 비장의 수. 아니, 무효패일지도 모르지. 어떡할 텐가, 키리란셀로? ……킴라크는 손쉬운 상대가 아니야——."

후기

"짠~! 그리 해서, 여러분 이미 깨닫고 계십니까! 작가의 횡포가 다 뭣이냐! 징크스를 깬 기세로 거머쥐자, 히로인 자리! 애칭 패트인 패트리시아입니다! 저번에 이어서 권말 진행을——"

"한 후에, 해고입니다."

"흑흑흑……."

"아~, 좀 시끄러운 녀석은 내버려두고, 작가입니다. 이 시리즈 6권째의 권말! 그녀가 지껄인 대로, '권말 출연이 최후의 출연' 제도에 살짜쿵 예외가 생기고 말았습니다만."

"그런 것치고는 너, 당당하잖아…."

"거짓말은 죄가 아니야! (단언)"

"……뭐, 죄인에게도 가슴을 펼 권리 정도는 있는 법이지."

"(무시) 아~, 그건 그렇고 이 시리즈도 드디어 6권까지 온 즈음해서 저저번부터 예정했던 《송곳니 탑》 편에 착수할 수 있었습니다. 사실은 저번 5권과 이 권의 이야기까지 합쳐 《송곳니 탑》 편으로 할 예정이었지만요. 그렇게 하면 등장인물이 너무 많아지는 바람에 두 권으로 나누었습니다."

"그걸로 이번엔 쓸데없이 전권에서 이어진 복선이 많았던 거군?"

"그런 것이지요. 일단 각각 완결이 되도록 궁리는 했습니다만. 복선에 관해서는 소화하지 못한 것도 나오는 바람에, 살짝 으음, 하는 상태이지만요."

"어디 갈 데까지 가 보도록 하는 게 좋을 것이야."

"……그 말, 대충 들으면 그럴 듯하게 들리지만 따지면 굉장히 책임이 심해지는 말 아니냐?"

"패트의 말에는 사랑이 있으니까 괜찮아!"

"사랑이라고……?"

"아니, 그냥 한 말……. 하지만 이번으로 《송곳니 탑》 편은 끝이지? 다음은 어떡할 거야?"

"어떡하다, 라기보다 아키타의 감각으로는 어떻게 되나, 라는 느낌인데(무책임). 사실은 이 다음에 킴라크 편을 또 두 편 정도 낼까, 하고 생각했었거든."

"근데 아니야?"

"살짝 번외편 같은 이야기를 끼워 볼까 생각하고 있습니다."

"번외편?"

"그렇다고 해서 마술사 오펜 무모 장편이라든가 그런 걸 하는 게 아니고. 평범하게 작중 시간으로도 이 6권과 킴라크 편 사이에 들어가는 이야기이긴 하지만, 현재 작중에서 진행하는 세계의 비밀이 어쩌고저쩌고하는 이야기랑은 상관이 없는 에피소드. 우연히 들린 마을에서 일어난 불가사의한 사건! 아, 그래. 이걸로 결정했어."

"쓰면서 생각하는 거구나, 너……. 뭐, 상관없지만. 하지만 왜 그런 어중간한 걸 사이에 넣는 거야?"

"그야 물론 이야기가 진행되면서 점점 시리어스 일변도가 되어가는 느낌이 드니까지."

"호호오. 너도 일단 생각은 하고 다니는 것처럼 보이는 말도 할 수 있구나."

"결코 킴라크 교회의 세세한 설정이 아직 완성되지 않았기 때문이 아닙니다."

"……전언철회……."

"아, 아니, 정말로 전자의 이유에서라고. 킴라크 교회도(이하 비밀. 미정이 아니라. 설득력은 없지만 믿어 주세요)라는 식으로 대강 결정되었고. 그러니까 7권은 이 5, 6권 부근의 이야기와 비교하면 다소 정신없는 이야기가 될 예정입니다."

"하지만 이 작가가 쓰는 글이니 어차피 마지막엔 주인공이 피투성이가 되어서 끝나겠지."

"피투성이가 되어 서성이는 것이 주인공의 조건이라고 굳게 믿는 아키타입니다."

"또 그런 식으로 제 목을 조르네."

"그러니까 거짓말은 죄가 아니라니까(웃음). 하지만 뭐~. 불의는 죄가 되려나. 뭐 그렇게 되어서, 팬레터의 답변 같은 걸 좀처럼 쓰지 못해서 죄송스럽게 여기고 있씁니다.”

“아, 잠깐. 팬레터 같은 고상한 게 오는 거야?”

“너한텐 없거든――하고 말하고 싶은 참이지만, 이 시리즈, 정말 감사하게도 점점 팬레터의 수가 늘어 최근에는 아키타 혼자서는 답장을 쓰지 못하게 되었습니다.”

“하지만 어떻게 해도 넌 한 명밖에 없지.”

“그러니까 못 쓰고 있다고. 차라리 아예 추첨으로 답장을 쓸까도 생각했지만요. 그렇게 되어서, 답장이 오지 않아도 화내지 말아 주십시오. 그만큼 올해엔 노력해서 장편 시리즈와 무모편, 합쳐 격월로 발간할 예정이고요. 간신히.”

“뭐, 그게 되면 용서해 줘, 쯤 되려나.”

“으으…… 뭐, 그렇게 변명을 하며 이만 작별입니다.”

“정말이지 딱 너다운 인사네. 그럼, 다음 권말에서도 만나요~!”

“나만 말이야(무정).”

1996년 3월――

아키타 요시노부

'나의 유지를 전하라, 마왕'

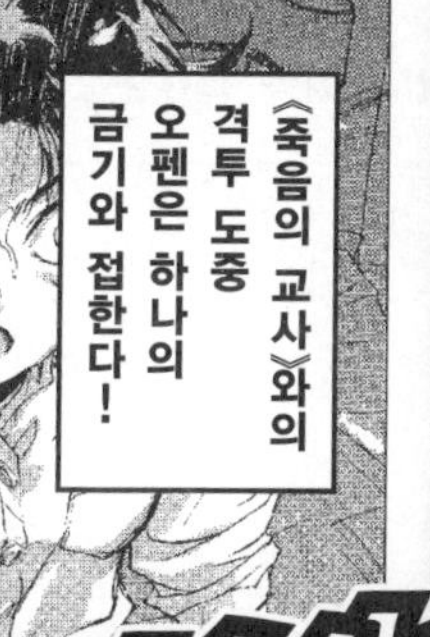

애장판4 2016년 연속 발매 예정

마술사 오펜 뜻밖의 여행 애장판 3

초판 1쇄 발행 2016년 10월 31일

저자 아키타 요시노부

발행인 원종우
발행처 (주)이미지프레임

주소 (13814) 경기도 과천시 뒷골1로 6, 3층
영업부 02-3667-2653 **편집부** 02-3667-2654 **팩스** 02-3667-2655
메일 edit01@imageframe.kr **웹** vnovel.co.kr

ISBN 978-89-6052-675-4 02830 **(세트)** 978-89-6052-649-5

Majyutsushi Orphan Haguretabi Shinsoban Vol.3
by Yoshinobu Akita